한국시의 이론

# 한국시의 이론

초판 1쇄 발행 2012년 8월 30일

지은이 신진
펴낸이 강수걸
펴낸곳 산지니
편집 손수경 권경옥 양아름 윤은미 이아람 정지윤
디자인 권문경
등록 2005년 2월 7일 제14-49호
주소 부산광역시 연제구 거제1동 1498-2 위너스빌딩 203호
전화 051-504-7070 | 팩스 051-507-7543
홈페이지 www.sanzinibook.com
전자우편 sanzini@sanzinibook.com
블로그 http://sanzinibook.tistory.com

ISBN 978-89-6545-195-2 94810
      978-89-6545-194-5(세트)

*책값은 뒤표지에 있습니다.
*파본은 구입하신 서점에서 바꾸어 드립니다.
*이 도서의 국립중앙도서관 출판시도서목록(CIP)은 e-CIP 홈페이지
 (http://www.nl.go.kr/ecip)에서 이용하실 수 있습니다.
 (CIP 제어번호: CIP 2012003674)

크리티카& 01

# 한국시의 이론

신진

산지니

우리 현대시사는 편 내용주의와 편 형식주의의 대결로 이어져 왔다. 통합적 인식의 가치를 강조하고 실천하는 이들도 적지 않았지만, 실질적인 논리계발은 지지부진했고 논의는 답습의 차원에서 벗어나기 어려웠다. 편 형식의 축은 은유, 환유를 중심으로 한 시어분석과 구조분석, 아니면 언어유희 해명을 위한 마술적 논리 동원에 부산했고, 편 내용주의는 이념, 사회, 역사, 주제의 의의 높이기에 진력했다.

주제적 내용과 표상의 형식을 통합하면서 선입견이나 편의성에서 해방되는 것은 시의 본질에 한 걸음 더 다가갈 수 있는 길이 된다. 불편하고 귀찮은 행군이긴 해도 외면할 수만도 없는 길이다. 대학 강단에서 현대시를 팔면서 어영부영 세월 보내던 중에 뭔가가 목엣가시처럼 걸려서 개운치 않았던 것도 그와 관련되었다. 요 한 7, 8년 이래 교수들에게 연구업적이 강제화(?)되는 것을 계기로 나는 목엣가시들을 하나둘 발라내서 등재 학술지에 발표해 보았다. 그 글들을 군데군데 수정, 보완한 것이 이 책이다.

과제의 해결을 위해 원론적인 면에서 언술전략의 축을 다시 세우는 것이 '차유(差喩)'론이다. 차유는 시적 언술과 상황과의 긴장이 야기되는 언어적 전략의 기반이며 은유, 환유라는 두 축이 갖는 언어주의 극복의 근거가 된다. 차유는 은유, 환유라는 양극을 가능하게 하는 중심축으로서, 보다 개방적인 시 해석뿐 아니라 시적 인식의 실질적 근간의 하나이다. 이를 통해 관념적 논리의 벽을 넘어 낱낱의 구체적인 삶이 체험된다.

비슷한 관점에서 시의 유형, 언어적 구조를 실질적인 차원에서 체계화하고자 하였고, 6·25 전쟁 시기의 시 분석을 통해 남북한 시의 언어전략의 차이를 살펴보았다.

지난 100년 동안의 우리 시사(詩史)에서 서구화는 근대화의 목표와도 같은 것이었다. 우리 역사, 정치, 사회를 배경으로 이루어지는 자생 시문학의 가치는 바르게 주목받지 못했다. 서양을 추종하면서 남 앞서 흉내 내는 일에 지나친 자부심을 가졌고, 그 이론 베껴 쓰는 것을 권위로 여겼다. 우리 언어, 우리 역사를 토대로 한 논리와 실천은 제자리를 잡기 어려웠다. 우리나라 동양의 전통시학을 적용하려는 노력은 이미 토착화한 이식 언어에 의해 배척당하였고, 서구화해 버린 현대시는 한문학이나 동양경전의 용어들을 받아들이지 못했다. 하지만 서구의 신문학이 유입되던 100여 년 전에도 우리 시문학은 자생의 근대화를 이루고 있었고, 전통문화, 민주, 민중 등을 명분으로 전통을 계승, 변용하여 왔다. 문화적 환경이자 조건이 되고 만 서양식 옷 속에서도 자생 근대시의 몸이 성장하고 있었던 것이다.

이 책에서 시도한 근대의 전통 서정시, 자생의 전위와 모더니티, 생태의식과 도시 의식에 대한 시사적 조명이 조촐하나마 기존 시문학사의 반성을 위한 작은 디딤돌이 되기 바란다. 서양 모방 모더니즘에 대한 새로운 성찰과 현대시에 대한 주체적인 관심을 환기하기를 바라는 것이다. 가령, 우리의 전위시는 외국의 것을 흉내 내어서 성립되는 것이 아니다. 그따위 매명주의와 상업주의는 부단하게 비판하고 성찰해야 한다. 서양의 모방, 모방의 재모방이 어째서 기성의 것을 전복하여 문화의 품을 새로 개척하는 자국의 첨단, 전위로 대접받아 마땅한가?

우리 근·현대사에서 우리 토양의 모더니티가 생성되고 그것이 수입 모더니즘과 길항하면서 우리 시의 현재성이 생성된다는 균형감각을 잃고 싶지 않았다. 생태적 상상력을 두고 말하자면, 그것은 서양으로부터 수입되기 이전에 동양 시관 본래의 핵이고, 유불선을 바탕으로 한 자연관을 가진 우리 시의 DNA이기도 하다는 관점에서 논의를 시작해야 한다는 것이다. 여기에 우리 근·현대 시단의 실제적인 대세라 할 소위 '전통 서정시'의 정체를 밝히고 서정시 생성과정의 기본양식들을 탐색하였으며, 도시시, 생태시, 자생 모더니티의 문제도 새로 점검하고자 했다. 아울러 반도국가의 특수성을 감안, '바다시'의 유형을 조명하였다. 몇 가지 주제를 탐색하는 과정에서 김지하 시인의 가치를 자주 깨닫게 되었다. 젊은 날 품었던 그의 시에 대한 존경심이 새삼 다가서기도 했다.

목엣가시를 시원하게 뽑아내지 못한 것은 능력 부족의 탓이거니와 개별 주제에서 문학사적 의의를 갖는 선구작 또는 대표작을 거론하는 일도 버거운 일이었다. 처음부터 오랜 선입견과 구차한 편의주의의 함정에 빠지지 않으려 애썼으나 이 역시 마음뿐, 방대한 자료를 충분히 섭렵했다고 할 수는 없다. 혜안과 정직을 품은 다른 연구자들에게 기대고 싶은 마음 간절하다.

우리 현대시와 시문학사를 관통하는 원리를 찾는다는 것이 얼마나 어려운 일인지 실감해 왔다. 그래도 문덕수, 김용직, 윤재근, 김준오, 오세영 교수 등의 학술적 성실성과 창의에 감복하면서, 조금이나마 그 단서와 자세를 배울 수 있었다. 이 책의 이름을 『한국시의 이론』이라 정한 것도 조동일 교수의 얇은 책 『한국소설의 이론』을 접한 당시의 존경심과 각성이 새로웠기 때문이다.

기꺼이 자료를 나누어 주신 허정 교수, 흔쾌히 출판을 맡아 주신 산지니의 강수걸 대표와 여러분께 감사의 마음 전한다.

2012년 여름 돛대산 농막에서

# 제1부 차유의 시학

# 제2부 우리 시의 논리

제1부

———

차유의 시학

# 1. 시의 네 유형

## 1) 현대시의 본질과 의의

그리스 시대에도 서정시에는 여러 하위 장르들이 있었다. 그 대표적인 것들로 찬가, 송가(頌歌), 디오니소스 축가, 전승가(戰勝歌), 풍자시, 장송가(葬送歌), 비가(悲歌), 서정시 등을 꼽을 수 있다. 상위 장르의 서정시가 있고 그 하위 양식들 가운데에도 같은 명칭의 서정시, 좁은 의미의 서정시가 있었던 셈이다. 대체로 17세기를 전후해서 서정시는 시를 대표하는 양식이 되었다. 근대적 감성에 맞추어 하위 양식들을 포용하면서 시 장르를 대표하게 되었고 운문 문학과 산문 문학이 뚜렷이 분화되면서 서정시가 운문 문학의 대표가 된 것이다.

고대 상위 장르인 서정시(lyric)가 오늘날 시(poetry)라는 명칭으로 바뀌었다고 보아야 한다.[1] 그래서 현대시의 핵심 요소는 다름 아닌 '서정'이라 할 수 있다. 공포, 슬픔, 기쁨, 분노 등 정서(emotion)는 쾌, 불쾌 등

---

1) 오늘날 새롭게 시도되는 실험시, 사실주의 시를 서정시 범주에서 배제할 경우도 있겠으나 넓은 의미에서는 특정 목적에 의한 서사시, 극시를 제외한 모든 현대시는 서정시의 범주에 든다고 본다. 주관적 전망-서정은 시장르의 본질이란 관점에서이다. 좁은 의미의 서정시만을 서정시라고 부를 수도 있지만 그런 경우 그것을 순수서정, 전통서정 등으로 구별하여 명명하는 것이 대체적인 관행이다.

의 감정(feeling)과 구분되기도 한다. 정서는 신체적 반응을 동반하는 데 비해 감정은 심리적인 데 그치는 반응이라 할 수 있다.[2] 서정(lyricism)은 감정에 비해 보다 강렬하고, 신체적 움직임을 동반하는 정서를 중심으로 형성된다. 하지만 문학을 논하는 자리에 있어 감정과 정서는 별로 구분되지 않고 둘 나 '서정'의 소재로 포함하는 것이 일반이다. 그런데 넓은 의미에서나 좁은 의미에서나 서정시는 발화자로서 서정적 자아가 세계와의 융합을 시도한다. 즉, 자아와 세계 사이의 갈등과 모순을 동화시킴으로써 자아와 세계 간의 거리를 없애려는 시적 세계관을 반영한다. 슈타이거가 서정시를 '자아와 대상의 대립이 없는 상태'로 보는 것이 그것이다. 말하자면 서정시는 '주체와 객체의 간격 부재로서 상호 융화(Ineinander)작용'[3]에 의한다는 것이다. 물리적 현실을 주관적 체험의 요소로 전환하는 과정에서 발생하는 서정적 자아란 존재는 자기 초월에서 가능해지고 그래서 시적 자아란 시인 자신이면서 시인 자신을 초월하는 모순의 존재이기도 하다. 그러나 이 초월의 과정에 시적 자아가 표면상 언제나 상호 융화하지만은 않는다.

시의 유형은 시적 자아의 세계 해석의 태도, 세계를 주관화하는 과정의 성향에 따라 분류될 수 있다. 시적 자아의 동일화 내지 융합과정은 긴장과 마찰, 심지어 비동일화를 통하여 이루어지기도 하는 것이다. 이것이 서정적 자아의 세계에 대한 태도에 따른 분류가 우선적이고 본질적인 유형 분류의 방안이 된다고 보는 이유이다. 그러나 서정시의 유형 또는 시의 종류에 관한 논의는 의외로 빈약하고 피상적인 차원에서 행해지고 있다.

---

2) I. A. Richards, *Principles of Literary Criticism*, Routledge & Kegan Paul Ltd., 1955, p.98 참조
3) Emile Staiger, 이유영 · 오현일 역, 『시학의 근본개념』, 삼중당, 1978, 96쪽. 카이저 역시 서정 속의 자아와 세계는 자기표현적 정조속에 상호 용해된다고 했다. W. Kayser, 김윤섭 역, 『언어예술작품론』, 대방출판사, 1982, 296쪽

서정시는 세계를 주관적이고도 창의적으로 해석할 줄 아는 유일한 존재인 인간이 그의 내면의 한 단면을 보여주는 양식이다. 마땅히 세계에 대한 주관적이고 개성적 해석 태도에 초점을 둔, 보다 본질적이고 구체적인 유형체계가 마련되어야 할 것이다. 기존의 서정시 유형 나누기가 공전하는 것은 이 사실을 간과하고 추상적이고 정형적 유형 체계에 자동화되어 있기 때문이다. 서정도 시대에 따라 환경에 따라 개개의 취향과 인지 능력에 따라 달라지기 마련이기에 그 범주와 유형을 나눈다는 일은 지난한 일의 하나이다. 서정시에 대한 개방적인 포용력과 함께 현실적인 구체성을 요하는 대목이다.

그동안 전문적인 논의 차원에서조차 별다른 성찰 없이 시의 종류란 이름으로 받아들여져 온 서정시 유형의 체계를 살피고 그 한계를 논하면서 보다 본질적이고 구체적인 차원에서 대안을 모색해 보고자 한다. 현대시를 보다 구체적으로 이해하고 시 텍스트의 특성을 체계화할 수 있는 논리적 기반의 하나가 되리라 기대한다.

## 2) 기존 시의 유형

서정시의 유형은 다양하게 거론되어 왔다.

내적 형식에 따라 서정시, 서사시, 극시로, 외적 형식에 따라 정형시, 자유시, 산문시로, 길이에 따라서는 장시와 단시로, 전체를 구성하는 작품의 독립성 여부에 따라서는 연작시와 단시(單詩)로 나누어진다. 그러나 이런 분류는 필요에 따라 이용되기도 하지만 본질적이지 못하고 실제 시해석에는 별로 도움이 되지 못한다.[4] 한마디로 분류의 기준이 시, 즉 '서정'의 본질에서 벗어난 것이다.

---

4) 윤석산, 『현대시학』, 새미, 1996, 50쪽 참조

시의 내용은 객관적인 것이 아니라 주관적이고 내면적인 세계이다. 사색하고 감동하는 심정이며, 행동으로 진행하는 것이 아니라 내면성 그자체에 있다. 따라서 서정시는 주관적 삶의 표현 자체를 유일한 형식과 궁극적 목표로 삼는다.[5] 리차즈(I. A. Richards), 에즈라 파운드(Ezra Pound), 랜섬(J. C. Ransom) 등은 인간의 내면을 이성과 감성으로 양분하는 관점에서 다음의 도표와 같이 시의 유형을 나눈 바 있다.[6]

| 리차즈 | 파운드 | 랜섬 | 초점 |
|---|---|---|---|
| 배제의 시(poetry of exclusion) | 음악시 (melopoeia) | 관념시(platonic poetry) | 이성 또는 감성의 단순체험 |
| | 영상시 (phanopoeia) | 사물시(physical Poetry) | |
| 포괄의 시(poetry of inclusion) | 이지시 (logopoeia) | 형이상시 (metaphysical poetry) | 이성과 감성의 통합적 체험 |

시를 논의하는 자리에서는 거의 저항 없이 받아들여지고 있는 위의 시유형 체계들도 일관되게 서정시의 본성에서 출발한 것 같지는 않다. 리차즈의 것은 지나치게 단순하여 모든 문화현상 일반에 해당할 이분법적 체계이고, 파운드의 것은 음악, 영상 등 외적 형식과 이지(理智)라는 내용으로 나눈 것이어서 피상적이고 형식적이라 할 수 있다. 랜섬의 것도 시가 아닌 모든 문학 텍스트의 제재나 그 제시 방식이라 보아야 할 것이다. 이런 분류들도 유용하게 적용될 수는 있겠지만 역시 세계에 대한 화자의 내면-서정의 본질에 초점을 두고 있지는 않다.

---

5) G. W. F. Hegel, *Aethetics*, trans by T. M. Knox, Oxford: At the Clarendon Press, 1975, p.1038
6) 윤석산도 이와 유사한 의도로 비슷한 도표를 제시한 적이 있다. 파운드의 유형 대신 워렌(R. P. Warren)의 순수시(pure poetry), 비순수시(impure poetry)을 이용했다. 윤석산, 앞의 책, 51쪽

전체적으로 보아 기존 유형 체계의 문제점은 이성 또는 감성의 단순 체험 아니면 복합적 체험 그 둘만으로 모든 서정시를 다 포괄하겠다는 단순성과 피상성에 있다. 시의 내용이나 외적 형식 중심의 분류체계는 모두 세계와 자아의 관계에 대한 본질적인 관점이 되지 못하고 형식적이고 의례적인 분류에 그치고 만다. 시는 주체적 독백의 양식이요, 본질적으로 실존적 고뇌의 결과이다. 시적 자아의 내면을 존중하고 탐색하는 데서 벗어나 있는 것이다. 문제의 핵심은 서정시 장르 구조의 핵이라 할 수 있는 세계와 서정적 자아와의 관계, 시적 자아의 태도를 중심 사안으로 고려해야 한다는 점에 있다.

야콥슨(Roman Jakobson)의 언어행위의 여섯 가지 기능에 관한 이론을 빌어 ①지시적 서정시, ②감정 표시적 서정시, ③정보적 서정시, ④친교적 서정시, ⑤메타시적 서정시, ⑥심미적 서정시 등으로 나누는 것도 때로 유익한 분류가 될 수 있다.[7] 그러나 이는 원래 언어 소통의 여섯 기능에서 비롯된 층위적 논리를 가지고 온 것이니만큼 언어적 자질에 지나치게 집중하고 있다. 내면적 태도에 따른 서정의 유형은 아닌 것이다.

국내에서 시의 유형에 대해 각별한 관심을 보인 이로는 윤석산(尹石

---

7) 람핑은 시의 유형을 나누기 위한 의도로 마지막 심미적 서정시를 제외하고 앞의 다섯만 서정시의 유형으로 든 바 있다. 야콥슨의 시적 기능은 모든 서정시의 근본적인 기능이고 오로지 시적 기능만을 충족시키고 있는 발화는 생각할 수 없다는 것을 그 이유로 들고 있다. 디이터 람핑, 장영태 옮김, 『서정시: 이론과 역사』, 문학과지성사, 1994, 179-180 쪽 참조.
그러나 필자는 시 텍스트의 모든 언어는 이미지를 형성한다는 전제하에 이미지를 변용적 심상과 기반적 심상으로, 기반적 심상을 정서적 심상, 지령적 심상, 정보적 심상, 친교적 심상, 대언어적 심상 등으로 나눈 바 있는데, 이 논리에 따라 변용적 심상을 위주로 하는 시를 '심미적 서정시'라 하여 여섯 유형으로 나누는 것이 보다 합리적이라 생각한다. 실제 시 텍스트에서는 지시적 기능이나 감정표시적 기능이 언술의 근본을 이룰 수도 있다는 관점에서 시적 기능, 즉 변용적이고 미적인 기능을 중심으로 하는 시는 심미적 서정시라 불러 마땅하다고 생각한 것이다. 신진, 「정지용 시의 기반적 심상연구」, 『동아대학교 대학원논문집』, 제16집, 1991 참조

山)을 들 수 있다. 그는 시의 유형을 기존 유형론의 '이성 중심형', '감성 중심형', '이성과 감성의 포괄형' 등과 그에서 빠진 '무의식 중심형', '기호적 상징형' 등을 더하여 다섯 갈래로 나누었다.[8] 이 다섯도 시의 유형으로 이용될 수 있을 것이다. 하지만 이 또한 세계에 대한 시적 자아의 내면을 고려하기보다는 겉으로 드러난 시의 주제와 형식에 따른 분류라 할 수 있다. 이 경우, 예컨대 '기호적 상징형'의 경우 감성 중심형이거나 무의식 중심형 또는 이성 중심형일 수도 있다는 점도 감안되어야 할 것이다.

　서사나 극문학은 인물의 성격과 행위에 의해 개연성이 부여된 일련의 사건으로, 복잡하게 얽히고 그 상태를 전달한다. 따라서 세계가 비록 주관 속으로 이입해 들어온다 하더라도 그 세계는 객관적으로 형상화된다. 이에 비해 서정시는 내부로 이입된 세계를 주관화하여 표출한다. 서정시가 지니는 주관성과 내면성은 서정적 자아가 대상을 대면하고 감지하는 특수한 방식을 통해 설명된다. 장르 이론에서 말하는 세계의 자아화[9] 혹은 대상의 주관화는 서정시의 고유한 자아와 대상, 주체와 객체의 관계를 함축적으로 표현하고 있는 말이다. 이것이 자아와 대상의 상호 융화이다.

　서사나 극과 구분되는 시정신은 뭐니뭐니해도 자아와 세계의 동일성에 있다.[10] 서정적 자아는 객관적 현실을 현실에서 분리시켜 자아의 주관적 체험의 한 요소로 전환시킨다. 그러므로 서정시가 개별화된 주체의 자기 발언을 통해 자아와 세계의 상호 융화 상태를 표현하는 문학 장르라는 정의는 가장 본질적이고 궁극적인 특성을 지적하는 말이 된다. 캐테 함부르거(Käte Hamburger)는 언어 사용, 시행, 각운, 즉 형식의 요소들을 '서

---

8) 윤석산, 앞의 책, 52-59쪽 참조
9) 조동일, 『한국소설의 이론』, 지식산업사, 1988, 99-104쪽 참조
10) 김준오, 『시론』, 삼지원, 1997, 34쪽

정적 시의 징후들'로 특정 지으면서 '서정적 진술 주체'의 존재가 비로소 서정시를 구성한다고 덧붙이고 있다.[11]

람핑(Dieter Lamping)이 지적한 바와 같이 서정적 주관성의 개념도 시의 전체 현상을 모두 포괄하지 못할 수도 있다.[12] 서정적 자아와 세계는 동일성의 지경만 겨냥한다는 선입견도 경계해야 한다. 서정적 자아의 태도가 시적 텍스트의 핵심인 것은 사실이지만 세계와 자아와의 동일화 또는 융합의 과정이 결코 순탄치만은 않은 것이다. 이는 시적 대상, 즉 세계를 향한 서정적 주체의 태도에 따라 서정시의 다양한 하위 양식을 가늠할 수 있다는 말이다. 세계는 서정적 자아와의 긴장을 통해 언술을 생산하는 시적 상황이며, 물질적이기도 하고 사회적이거나 심리적인 것이기도 하다. 그것을 바라보는 서정적 주체의 모습은 실로 다양할 수밖에 없다.

## 3) 서정시의 네 유형

볼프강 카이저(Wolfgang Kaiser)에 의하면 세계와 자아의 융합 또는 대상의 내면화 과정에서 시인은 세 가지 과정을 거친다.[13] 문덕수는 이를 ①세계와 자아와의 대립관계를 보여주는 서정시, ②세계와 자아가 단절이나 대립이 아니라 상호 작용하면서 해후하면서 전개되는 시, ③세계와 자아와의 관계가 완전히 융합되어 모든 것이 내면화되어 버린 상태의 서

---

11) 디이터 람핑, 장영태 옮김, 앞의 책, 20쪽
12) 디이터 람핑, 장영태 옮김, 같은 책, 98쪽
13) 볼프강 카이저, 김윤섭 역, 『언어예술작품론』, 대방출판사, 1982, 525쪽. 카이저는 세계와 자아와의 대립관계를 표현한 것을 서정적 거시(擧示), 세계와 자아가 서로 작용하여 고조된 감정 속에서 완성되는 것을 서정적 단언(斷言), 세계와 자아가 융합하여 모든 것이 내면화돼버린 상태를 가요적 표현이라고 말한다. 문덕수는 이를 서정적인 것에 대한 시인의 세 가지 기본태도로 정리하고 있다. 문덕수, 『시론』, 시문학사, 1996, 27-29쪽

정시 등 셋으로 나누어 정리한 바 있다.[14] 이는 서정적 주체의 성향을 유형화할 수 있는 단서가 된다.

그런데 문덕수는 위의 카이저의 논리를 빌어 모든 서정시에서 세계의 자아화 또는 세계와 자아의 융합이 이루어지는 것은 아니라는 문제를 제기한다. 세계의 자아화가 아니라 경우에 따라서는 세계에 대한 대립이나 갈등도 있을 수 있다는 것이다.[15] 물론 표면적으로 그렇다. 하지만 어떤 시에서도 세계의 자아화, 주관화에 궁극적으로 반하는 예는 없다. 모든 서정시는 본질적으로 세계를 자아화, 주관화하여 융합하는 본성을 지닌다. 단지 그 과정에서 대립, 적응, 융합, 거부 등의 서정 양식을 갖는다. 이는 서정의 하위 양식이기도 하고 융합과정에서 발생하는 개성이기도 하다. 우선 카이저의 세 가지 서정 양식을 요약해서 마땅한 명칭으로 정리하면 ①대립의 서정시, ②적응의 서정시, ③융합의 서정시 등이 된다. 그것은 세계에 대한 시적 자아의 태도-카이저가 셋으로 나눈 바를 좇아 세계에 대한 대립과 적응 그리고 주객일체적 융합 등으로 서정의 기본 유형을 명명해 본 것이다.

그런데 이 세 가지 유형은 서정시의 본질에 뿌리를 두고 있지만 실제 적용에는 뚜렷한 한계를 보인다. 세계와 자아와의 관련성 자체를 거부하거나 세계로부터 이탈해 버리는 환상시 또는 의미파괴의 실험시 같은 것들은 어디에도 속할 수 없다는 문제에 봉착하는 것이다. 이는 위의 세 유형에는 수용될 수 없는, '거부의 서정시'라 일컬을 만한 것이다. 세계 자체를 거부하고 기존의 전통과 논리와 의미를 거부하는 서정, 세계에 대한 거부의 정서가 미적 명분이 되는 시이다. 따라서 앞의 세 가지 서정적 자아의 유형에 '거부의 시' 하나를 더하여 현대 서정시의 유형을 네 가지로

---

14) 문덕수, 같은 책, 같은 면 참조
15) 문덕수, 같은 책, 26-27쪽

나누어 보고자 한다. 이 넷은 물론 세계를 자아화하고 궁극적으로는 세계와 융합하는 서정적 자아의 하위 양식이요 서정적 주체의 구체적인 성향을 반영한다. 이는 물리적 차원이나 심리적 차원에서도 나타난다.

## (1) 대립의 시

'대립의 시'는 세계와 자아와의 대립관계를 보여 주는 시이다. 이는 사물과 현상, 즉 시적 대상에 동의하지 못하고 대결적 태도 또는 세계와의 단절감을 갖는다. 대립과 절망, 비판과 회의가 시적 자아의 서정적 바탕이 된다. 기본적으로 세계의 자아화와 주관화가 이루어지는 시적 언술 내에서 시적 자아가 세계에 대해 비판하고 풍자하거나 절망한다.

> 솜덩이 같은 몸뚱아리에
> 쇳덩이처럼 무거운 짐을
> 달팽이처럼 지고,
> 먼동이 아니라 가까운 밤을
> 밤이 아니라 트는 싹을 기다리며,
> 아닌 것과 아닌 것 그 사이에서,
> 줄타기하듯 모순이 꿈틀대는
> 뱀을 밟고 섰다.
> 눈앞에서 또렷한 아기가 웃고,
> 뒤통수가 온통 피 먹은 백정이라,
> 아우성치는 자궁에서 씨가 웃으면
> 망종(亡種)이 펼쳐가는 만물상이여!
> 아아 구슬을 굴리어라 유리방에서—
> 윤전기에 말리는 신문지처럼

내장에 인쇄되는 나날을 읽었지만,
그 방에서는 배만 있는 남자들이
그 방에서는 목이 없는 여자들이
허깨비처럼 천장에 붙어 있고.

—송욱, 「하여시향·일」 일부

  전반적으로 세계를 주관화하고 있다. 뱀처럼 징그러운 모순의 현실, 몹
쓸 놈의 종자(망종)처럼 절망적인 미래 등이 그것이다. 그 가운데 화자는
세계와 대립의 자세를 취하고 있다. 실험적인 압운, 연쇄, 그로데스크, 대
구(對句) 등 언어유희 속에 심각한 비판의식이 번뜩이고 있다. 암울한 사
회상에 대한 대립이 산만한 언어실험에 의해 불명료하게 비틀어지긴 하
지만 그것은 다름 아닌 당대 사회의 혼란과 냉혹함에 대한 풍자와 원망
(怨望)의 눌언이다. 이렇게 세계와 대립하여 비판하는 시를 '대립의 시',
'대립의 서정시'라 부를 수 있을 것이다.

신(神)이란 이름으로서
우리는 최종의 노정(路程)을 찾아보았다.
어느 날 역전에서 들려오는
군대의 합창을 귀에 받으며
우리는 죽으러 가는 자와는
반대 방향의 열차에 앉아
정욕처럼 피폐한 소설에 눈을 흘겼다.

지금 바람처럼 교차하는 지대
거기엔 일체의 불순한 욕망이 반사되고

농부의 아들은 표정도 없이
폭음과 초연이 가득 찬
생과 사의 경지에 떠난다.


달은 정막(靜幕)보다도 더욱 처량하다.
멀리 우리의 시선을 집중한
인간의 피로 이루운
자유의 성채(城砦)
그것은 우리와 같이 퇴각하는 자와는 관련이 없었다.


신이란 이름으로서
우리는 저 달 속에
암담한 검은 강이 흐르는 것을 보았다.

—박인환, 「검은 강」 전문


　전쟁의 참상, 부조리한 상황, 시대적인 불행과 비극에 대한 내면적 아픔이 배어 있는 시이다. 전쟁의 부조리와 그 모순적 상황에 절망하면서 내적인 고발을 감행하고 있다.

　현실세계에 대한 절망감을 직설적으로 털어내던 20년대 초반 이상화의 「나의 침실로」나 50년대 박인환의 「목마와 숙녀」와 같이 다소 막연한 세계와의 대립이나 단절을 보이는 시들도 있지만, 대부분의 카프(KAPF)시나 분단의 비극을 소재로 한 시, 현실적 참상을 비판하고 고발하는 시들이 보이는 이념적, 역사적, 사회적 대결의식, 나아가 풍자적 전위시의 현실적, 심리적 절망감도 이 대립의 서정시를 생성한다. 이때 대립의 적은 외부적 현실이나 사회체계일 수도 있고, 이념이나 가정사 또는 자기 자신일 수도 있다.

### (2) 적응의 시

'적응의 시'는 세계와 자아가 서로 단절되거나 대립하지는 않고 상호 작용하는 과정을 보이는 시이다. 세계와 자아가 대립하지도 않고 동화되지도 않은, 중간지대의 서정시이다. 시적 자아가 세계에 적응하기 위해 동일시나 자기합리화, 책임전가 등 투사의 대상을 발견한다. 실제나 상상을 통해 세계와 타협하거나 위안의 방도를 찾음으로써 대립과 단절에서 헤어나고자 한다. 세계와의 교섭을 통해 위안을 받거나 새로운 각성의 계기를 얻게 되면서 적응 과정에 드는 것이다.

> 달빛 밟는 머나먼 길 오시리
> 두 손 합쳐 세 번 절하면 돌아오시리
> 어머닌 우시어
> 밤내 우시어
> 하이얀 박꽃 속에 이슬이 두어 방울
>
> —이용악, 「달 있는 제사」 전문

아버지를 여읜 어린 아들이 체험하는 애절한 제삿날의 정경이다. 아버지의 죽음이라는 불행한 체험은 달빛 속의 제사와 어머니의 삭여 온 슬픔으로 대치된다. 마지막 행에서는 어머니의 슬픔마저 순결한 모습으로 승화되고 있다.

> 이것은 소리 없는 아우성.
> 저 푸른 해원을 향하여 흔드는

영원한 노스텔지어의 손수건.
순정은 물결같이 바람에 나부끼고
오로지 맑고 곧은 이념의 푯대 끝에
애수는 백로처럼 날개를 펴다.
아아 누구던가.
이렇게 슬프고도 애달픈 마음을
맨 처음 공중에 달 줄을 안 그는.

—유치환, 「깃발」 전문


시적 자아의 애달픈 마음은 깃발에 투사되기도 하고, 애수 어린 백로의 날개로 대체되기도 한다. 대립이나 단절에서 벗어나 세계에 참여하게 된다. 한용운의 「님의 침묵」, 김소월의 「진달래꽃」, 김영랑의 「모란이 피기까지는」, 이육사의 「광야」, 윤동주의 「별 헤는 밤」, 서정주의 「무등을 보며」, 박목월의 「하관」, 박남수의 「새」 등 수적으로 가장 많은 시가 이 유형에 해당한다.

시적 대상을 통한 자기위안 혹은 교훈 터득의 시, 정신적 성장과정을 보이거나 일면적일지라도 세계에 대한 미래적 전망을 제시하는 시가 이 유형에 든다 할 것이다.

## (3) 융합의 시

'융합의 시'는 세계와 자아와의 관계가 완전히 융합되어 일체화 또는 내면화되어 버린 상태의 시이다. 세계와 자아와의 융합 또는 '세계의 자아화'가 가장 좁은 의미에서 이루어진 유형이다. 세계에 대한 대립이나 갈등이 없고, 따라서 적응의 과정이 나타나지 않는다. 융합의 서정시는 대립과 갈등을 벗어나 시적 대상과의 일체감을 획득한 순간의 체험을 보여 준다.

>아모도 그에게 수심을 일러준 일이 없기에
>흰 나비는 도모지 바다가 무섭지 않다.

>청무우밭인가 해서 나려 갔다가는
>어린 날개가 물결에 저러서
>공주처럼 지처서 도라온다.

>3월달 바다가 꽃이 피지 않아서 서거푼
>나비 허리에 새파란 초생달이 시리다.
>
>—김기림, 「바다와 나비」 전문

　시의 제재인 나비는 심미적 목표일 뿐이다. 세계나 시적 대상에 대한 반감도 없고 갈등도 없다. 시적 주체는 세계와의 갈등이나 대립이 없이 나비에 대한 심미적 관찰에 몰입하고 있을 뿐이다. 아무것도 모르는 나비는 바다를 청무밭으로 잘못 알고 물에 빠졌다가, 지치고 슬퍼진다. 나비는 미적 대상일 뿐이다. 나비의 허리에 걸린 새파란 초생달 이미지 자체가 서정의 도착점이다. 화자는 심미적 서정에 젖을 뿐이다. 시적 목표에 집중할 뿐 세계와의 대립이나 갈등은 없는 작품이다.

>흰 달빛
>자하문

>달 안개

물 소리

대웅전
큰 보살

바람소리
솔 소리

범영루
뜬 그림자

흐는히
젖는데

흰 달빛
자하문

바람 소리
물 소리.

—박목월, 「불국사」 전문

자연에 동화하여 일체감을 이루고 있는 시이다. 세계에 대한 체념과 달
관 그리하여 자연과의 주객일체적 경지에 있는 작품이다. 정지용의 「구
성동」외 산수화풍의 자연시, 박목월의 「나그네」, 조지훈의 「고풍의상」과
「승무」, 백석의 「여우난곬족」 등과 같이 심미적 세계와 주객일체적으로

동화하는 작품들도 이 유형의 서정시이다. 이와 같이 구체적인 현실이나 심미의 세계 또는 특정 감정 등 시적 대상과의 일체감에 이른 시를 '동화의 시', 동화의 서정시라 부를 수 있을 것이다.

### (4) 거부의 시

'거부의 시'는 현실세계나 시적 대상 자체에 의미를 두지 않는 시이다. 현실적 의미와 관습을 아예 거부한다. 이때 언어는 전달의 도구라는 실용적 기능을 버리고 그 자체로 거부적 정서 표출의 목적이 된다. 따라서 거부의 시는 불합리한 언술 상태를 병치하거나 고의로 기존의 권위와 논리를 조롱한다. 아예 비현실의 환상세계에 잠입하기도 한다. 자기 동일성을 지향하기보다 끊임없이 동일성을 해체하고 새로운 탐색을 감행하기도 하는 현실 부정과 도피의 심리에 의한 시라 할 수 있다.

> 13인의아해가도로로질주하오.
> (길은막달은골목이적당하오)
>
> 제1의아해가무섭다고그리오.
> 제2의아해가무섭다고그리오.
>
> (중략)
>
> (길은뚫린골목이라도적당하오.)
> 13인의아해가도로로질주하지아니하여도좋소.
> ㅡ이상, 「오감도 시제1호」 일부

기존의 논리와 질서를 거부하는 다다이즘적 발상이다. 의식의 주체가 꿈이나 환상 등을 추구하거나 모든 기존의 관습과 질서를 거부하는 시들이 이 유형에 속한다.

영원히 날아가는 의문의
화살일까.
한 가닥의
선의 허리에
또 하나의 선이 와서
걸린다.
불꽃을 뿜고
얽히는
난무.
불사의 짐승일까.
과일처럼 주렁주렁 열렸던
언어는 삭아서
떨어지고
일체가 불타버리고 남은
오직 하나
신비한 매듭

—문덕수,「선에 관한 소묘 2」전문

비현실의 세계이다. 50년대 초현실주의적 자동기술, 비논리 속에서 입체파(cubism)적 조형성이 추구된다. 현실적인 관계, 물리적인 사실에 대한 거부 내지 외면을 실재처럼 구축하고 있다.

융합의 시가 현실적 질서와 논리의 바탕 위에서 세계와 일체가 되어 주관적인 몰입을 하는 데 반해 거부의 시는 현실 세계를 아예 부정하고 외면한다. 아니면 철저하게 도피한다. 그것이 세계에 대한 치기 어린 투정이든 새로운 모색을 위한 것이든 보편타당함에 입각한 물리적 질서와 현실적 관계를 외면하거나 해체해 버리는 것이다. 거부 자체에 진력할 수도 있고, 거부 다음의 독자적인 실재에 탐닉할 수도 있다. 다다이즘, 초현실주의, 순수한 가치중립의 해체시, 순수 기호의 시도 이에 해당한다. 대립의 서정에는 세계에 대한 절망감이나 소외감, 대결의식 등 표면적이건 내면적이건 세계에 대한 비판적 의욕이 있는 데 비해, 거부의 서정에는 세계에 대한 관심 자체가 없음은 물론 비판적 열정도 없다. 이는 절대적 절망에서 나온 현실도피일 수도 있고 순수 언어의 놀이에서 나온 것이거나 문예사조적 모방에서 오는 말장난일 수도 있다. 소통의 문을 닫지는 않되 현재에서 이탈하는 자가당착적 언어라 할 것이다.

### 4) 현대시의 유형

특수한 경우의 서사시, 극시 등을 제외한 오늘날의 모든 시는 서정시라 할 수 있다. 따라서 현대시는 세계를 어떤 방식으로든 주관화하거나 자아화한다. 시적 대상을 내면화하고 자아화하는 과정에서 시적 서정 – 자아와 세계의 융합이 이루어지는 것이다.

시를 분류하는 체계가 없는 것은 아니다. 그러나 현대시의 '서정'이란 본질에 초점을 맞춘 이론 체계는 아직 없다시피 하고, 그에 대한 논의도 극히 미흡한 상태이다. 리차즈의 배제의 시와 포괄의 시, 파운드의 음악시, 영상시, 이지시 그리고 랜섬의 관념시, 사물시, 형이상시, 워렌의 순수시, 비순수시 등 이러한 유형 체계들도 시를 분석하고 그 특성을 해석하기 위해 필요한 이론이기는 하다. 그러나 이들은 지나치게 단순하여 피상적이고 형식적인 분류에 그친다는 한계를 지닌다. 야콥슨의 여섯 가지 언어의 기능에 관한 이론을 빌어 시의 유형을 여섯 가지로 나눌 수도 있다. 지령적 서정시, 정서적 서정시, 정보적 서정시, 친교적 서정시, 메타언어적 서정시, 심미적 서정시 등이 그것이다. 이는 텍스트 분석을 통해 상징적 의미의 범주와 언어적 특성을 파악할 수 있는 유용한 분류가 될 수는 있다. 그러나 보다 본질적이고 기본적인 서정시의 유형에 관한 논의는 더 필요하다. 서정시의 유형은 서정적 자아의 세계에 대한 태도에 초점을 둘 때, 보다 본질적인 관점에서 구체적인 체계를 마련할 수 있을 것이다. 그것은 이론과 실제 사이의 간극을 좁힐 수 있는 길이기도 하다.

카이저의 세 가지 서정의 양식에 시사 받아 서정의 유형을 세계에 대한 대결, 적응, 동화, 거부 등 넷으로 나누어 보았다. 세계는 텍스트와의 길항을 통해 특정한 의미적 지향성을 생성하는 시적 상황이다. 시적 상황에 대한 주체의 태도에 따라 서정시의 네 유형을 나눈 것이다.

첫째, 대립의 시는 세계와 자아와의 대립관계를 보여 준다. 현실적 상황이나 물질적 대상에 내면적으로 동화하지 못하고 세계에 대한 대결적 태도와 절망감을 갖는다. 세계의 자아화나 주관화가 이루어진 서정적 언술 내에서, 시적 자아는 비판·풍자하거나 저항하면서 현실세계에 대립한다.

둘째, 적응의 시는 세계와 자아가 서로 단절되거나 대립되지는 않고, 상호 교류하고 상호 작용하는 시이다. 시적 자아가 세계에 적응하기 위해 동일시나 자기합리화, 책임전가의 대상을 찾는다. 실제나 상상을 통해 세계와 타협함으로써 대립에서 헤어나고자 하지만 세계와 일체감을 이루지는 못하는, 경계 지점의 시이다. 세계와의 교섭을 통해 위안을 받거나 새롭게 각성하는 계기가 나타나는 시이다.

셋째, 융합의 시는 세계와 자아와의 관계가 완전히 동화되어 일체화되거나 내면화되어 버린 상태의 시이다. 세계의 주관화 또는 '세계의 자아화'가 가장 좁은 의미에서 이루어진 유형이다. 세계에 대한 대립이나 갈등이 없고, 따라서 적응의 과정도 나타나지 않는다. 융합의 서정시는 대립과 갈등을 벗어나 완전한 일체감을 이룬 순간의 체험을 보여 준다.

넷째, 거부의 시는 현실세계와 물리적 대상 자체에 의미를 두지 않는 시이다. 기존의 논리와 권위를 부정하거나 외면한다. 현실적 의미와 관습을 거부하기에 언어는 의미 전달의 도구라는 실용적 기능을 버리게 된다. 의미 파괴의 언어를 나열하거나 현실세계에서 유리된 환상에 빠진다.

현대시의 네 가지 유형은 서정시의 본질에 기준을 둔 분류일 뿐만 아니라, 모든 시를 포용할 수 있는 체계가 될 것이다. 따라서 시의 분석과 분류에 있어 일반화도 가능할 것이다. 부언해 둘 것은 이들이 한 편의 시에서 밀도의 편차를 두고 동시적으로 작용할 수 있는 층위적 양상이기도 하다는 점이다.

# 2. 현대시의 구조

## 1) 구조의 의의

일찍이 아리스토텔레스의 『시학』은 시란 아름다운 전체, 즉 유기체 (organism)를 형성하는 '부분들의 질서 있는 정돈'임을 일깨웠다. 18세기 말에서 19세기에 이르는 유럽의 낭만주의 운동은 문학 예술작품의 생명원리(life principle)와 살아있는 유기체의 생명원리 간의 유추를 통해 시의 유기체적 형식을 논했다.[1] 시에 있어 유기적 형식이란 내부의 모든 재료들-내용과 형식, 부분과 전체가 상호 침투적으로 통일성을 이루면서 단순한 물리적 합산 이상의 역동적인 생명력을 발휘하는 언어 체계와 다름 없다.

구조(structure)란 말은 유기적 형식이란 말의 20세기 후반기적 계승이다. 시 텍스트가 온갖 소재를 다듬고 배열하여 미적 효과를 발휘하도록 하는 체계 또는 질서가 시의 구조이다.[2] 언어적(형식적) 구조 외 상상력의 구조, 현실인식 구조, 심리적 구조 등등 부분적이고 비형식적 국면에

---

1) Wilfred L. Guerin et al, *A Handbook of Critical Approaches to Literature*, Second Edition, Harper&Row, 1979, pp.72-73

2) R. Wellek&A. Warren, *Theory of Literature*, Penguin Books, 1949, p.141

대한 논의도 가능하다. 이 중에 독자와 작가에게 가장 직접적으로 다가 갈 뿐 아니라 여타 구조의 기반이 되는 것은 언어적 구조이다. 다른 국면 의 구조들은 언어적 구조를 바탕으로 성립되고, 이를 기준으로 검증될 때 인정된다 할 수 있다. 시를 쓰는 행위나 시가 특성화하는 과정은 어디까 지나 언어적 구조를 기반으로 하는 것이다.

구조적 인식의 중요성은 1950년대 레비스트로스에 의해 창시된 구조 주의라는 대규모 문화운동 이래 역사적으로 입증한 바가 있거니와[3] 이 는 1970, 80년대에 우리나라 문학 연구의 주된 관심사의 하나가 되기도 했다. 대부분 문학 연구자들은 프랑스 중심의 구조주의 이론을 소개하거 나 이를 문학작품에 적용하는 작업에 참여했다. 구조주의 언어학에 대한 관심이 높아지고, 고전문학과 현대문학, 장르를 막론하고 주제, 소재, 운 율, 이미지, 화자의 태도 등 형식적인 국면은 물론 비형식적 국면까지 구 조 분석이 가해졌다. 동시에 구조 파악이 초래하는 텍스트의 비역사성, 공허한 보편성, 언어학을 차용한 도식성, 가치 평가의 단념 등이 구조주 의의 태생적 한계로 지적되었다.[4] 한마디로 구조주의는 문학 작품의 역 동적 생명력을 외면한다는 것이다. 바르트(Roland Barthes)에서 비롯되는 탈구조주의가 구조주의 언어학의 이상주의와 낙관적 전망에 반기를 들 고, 의미란 본질적으로 불안정하며 유동적인 것이어서 독자도 그 다원적 의미의 생산자가 된다는 데서 논리를 출발시킨 것도 구조주의의 경직성 을 사회적 소통 이론으로 극복하려 한 노력이었다. 기존 구조이론의 여러 한계에도 불구하고, 구조는 본질적으로 인간의 보편적 사고 양식이라는

---

3) 문화 인류학자인 레비스트로스가 소쉬르의 구조언어학을 모델로 해서 신화·친족관계· 음식조달 방법 등의 문화현상을 분석한 바와 같이 구조주의 비평은 언어학적 이론을 모델로 하여 분석하고 체계화한다. M. H. Abrams, 최상규 옮김, 『문학용어사전』, 보성출판사, 1997, 297-298쪽 참조
4) 홍문표, 『현대시학』, 양문각, 1987, 498-499쪽

사실은 흔들릴 수 없다. 인간 정신의 본질 가운데 하나가 구조를 형성하는 능력에 있기 때문이다.

지금에 와서도 시 읽기나 짓기에 있어 그 구조적 인식이 핵심 로드맵이 된다는 사실을 의심할 사람은 별로 없다. 시의 구조 파악이 언어학적 현상을 설명하는 데 그쳐서는 안 되겠지만, 그것이 언어표현의 구조에 관한 논의의 중요성을 폐기하는 이유가 되어서도 안 될 것이다. 모든 사회·문화현상의 실상에는 이분법적 대립이나 정형적인 도식 외에 병렬과 대비 등 무수한 중간층도 있기 마련이고 내부나 외부 상황과도 접촉하는 그들을 생명력 있게 통합하는 원리가 작동한다. 복잡 다양한 현대시의 구조 연구는 그만큼 통합적이고 개방적인 인식을 요구한다. 이런 입장에서 현대시 구조의 탐구는 언제라도 필요한 작업이라 할 수 있다. 아직까지 일반화할 만한 현대시 언어구조의 모델이 마련되지 못하였을 뿐 아니라, 이에 관한 본격적인 논의도 찾아보기 어려운 것이 현실이기에 실제적인 차원에서의 본격적인 논의는 여전히 요청되고 있다 하겠다.

여기서는 휘일라이트(Philip Wheelwright)의 비유론과 러시아 형식주의의 구조 이론을 논거로 하여, 근간 『한국현역 100인 대표시선』[5] 수록 시들을 대상으로 현대시의 언어구조 유형을 제시하고자 한다. 정통 구조이론의 한계로 지적되는 한계를 극복하면서, 통사체계를 무시하는 해사체 텍스트, 놀이시, 환상시, 해체시 등 실험성이 강한 현대시를 해석하고 시인·독자의 개별적 체험, 의미의 유동성까지 보장할 수 있는 논의의 틀을 마련해 보고자 하는 것이다. 휘일라이트는 직유나 은유 같은 문법적이고 수사론적인 종래의 비유론을 지양하고 전반적인 언

---

5) 문덕수, 김광림, 김윤식, 신경림, 오세영, 최동호 선정 『한국현역 100인 대표시선』, 푸른사상, 2005. 이 책을 대상으로 하는 우선적인 이유는 비교적 우수하다고 인정되는 당대의 시를 대상으로 하기 위해서이다.

어의 기능 형태에 따라 비유를 치환비유(epiphor)와 병치비유(diaphor)로 구분했다. 여기에 '치환비유와 병치비유의 결합형(epiphor and diaphor combined)'이 있다고 하고 이 결합 방식에 따라 여러 가지 비유 형태가 성립할 가능성을 설명하기도 하였거니와[6] 이에 시사 받아 현대시 언어 표현을 여섯 가지 형태로 분류한다면, 이항 대립의 단순성과 도식성에서 탈피하면서 현대시의 표현 형식에 대해 보다 섬세하고 유연한 체계를 마련할 수 있을 것이다. 나아가 개방 원리에 입각한 구조 개념으로 정통 구조주의의 한계를 극복하고 탈구조주의의 '독자의 생산성'을 포용할 수도 있을 것이다.

구조분석의 비역사성과 가치 외면의 한계는 토도로프(Tzvetan Todorove)의 해석을 위한 지표(indices)에서 도움받아 보완할 수 있을 것이다. 여기에 시 언어에 대한 유기적 통일성과 주도자(dominant)의 개념, 즉 유기화하거나 지배하는 자질 등 둘로 요약되는 러시아 형식주의자들의 이론을 전반적 언어구조의 방향을 이끄는 중심 요소로 인식할 필요가 있다. 전경화(foregrounding)와 후경화(backgrounding)에 의해 구조의 생성과 조절이 이루어지고, 전경과 후경을 통일시키는 것이 목표가 되면서 언어의 통합을 이끄는 자질이 주도자라는 러시아 형식주의의 구조인식은 시의 표현을 역동적인 통합체로 인지하는 논리의 바탕이 될 수 있을 것이다.

---

6) Philip Wheelwright, *Metaphor and Reality*, Indiana University Press, 1968, pp.72-90 참조. 이 책의 우리나라 시론 관련 저술에서는 epiphor와 diaphor를 대부분 기존의 직유, 은유 등과 함께 치환은유, 병치은유 등의 명칭으로 비유의 한 유형으로 보고 있다. 이를 휘일라이트의 관점에서 보고, 적극적인 구조적 적용의 가능성을 타진한 논문은 신진의 「비유어와 미적구조-정지용 시의 경우」(『문학예술』, 1992. 8)가 처음이다.

## 2) 기본구조

언어는 정신활동의 두 가지 기본 형태에 상응하여 구조화된다고 알려져 있다. 구조주의 언어학의 창시자인 소쉬르(Ferdinand de Saussure)가 어휘들에 대한 의미인식의 원리를 통합적 관계(syntagmatic relation)와 연상적 관계(associative relation)로 설명한 것이 이와 관련된다. 연상적 관계는 선택되어 드러난 각 요소들, 즉 통합적 관계 밖에 잠재된 내용적 공통성이 있는 말들로서, 기억 속에 자리 잡고 있는 내적 창고에서 선택될 수 있는 말들의 관계이다. 이는 선택된 낱말들이 언술의 선조적 특성에 의하여 연쇄적인 관계를 맺으면서 결합되어 표면화하는, 통합관계와 결합하여 의미를 생산한다. 통합 체계와 연상의 체계는 모든 언어생활에서 결합·융합되어 작용하거니와, 언어를 매개로 하는 시적 표현의 두 가지 기본 구조를 시사하기도 한다. 시에도 어휘의 수평적 결합을 통하여 결합하는 통합체 지향의 축이 있는가 하면, 잠재적 언어창고에서 선택하는 심리적 계열체 지향의 축도 존재하는 것이다.

은유, 직유 등 형태론적인 차원에서 다루어지던 종래의 비유론을 지양하고 시라고 하는 비유적 언어체계를 구조적 차원에서 논의했던 휘일라이트[7]는 의미의 결합작용(combining)과 탐색작용(outreaching)이란 이중적 상상행위를 비유 과정의 본질적 성격이라고 보았다. 그는 결합작용과 탐색작용이 작용하는 데 따라 각각 치환비유(epiphor)와 병치비유(diaphor)란 명칭을 붙였는데, 전자는 비교를 통한 의미의 탐색과 확대작용이며 후자는 병렬(juxtaposition)과 종합(synthesis)에 의한 새로운 의미

---

7) 휘일라이트의 비유론을 종래의 비유법-은유, 직유 등과 함께 비유의 유형에 포함하는 체계는 휘일라이트가 쓸모없는 논리라고 지양했던 종래의 형태론적 비유법에 억지로 그의 개방적 구조 인식을 되옭아매는 일이다.

의 창조이다.[8] 시 텍스트의 본질을 비유적 체계로 본 점 그리고 그 구조적 인식을 위해 통합적·계열적 체계를 염두에 두고 있었다는 점에서 그도 구조주의적 면모를 보인다 할 것이다. 이것이 그의 비유론이 수사학의 차원을 넘어 시적 언어 전반에 적용될 수 있는 이유가 된다. 뿐만 아니라 이 글에서 시석 언어 기본 구조의 명칭을 굳이 휘일라이드의 치환과 병치라는 조어에서 찾아 명명하는 까닭도 모든 시적 언어는 비유의 성질을 띠게 마련인데다 휘일라이트가 치환과 병치라는 두 용어를 통해 이를 적절히 체계화하고 있기 때문이다.

통합체(syntagma)가 의미를 이루는 단어의 일치적인 배열과 결합함으로써 치환구조의 언어학적 토대가 된다면, 계열체(paradigma)는 하나의 통합체를 설정하기 위해서 탐색 가능한 단어들의 무리들로서, 현대시에서 표면화되어 병치구조의 언어학적 바탕이 된다. 휘일라이트의 비유론에 의하면 의미확장을 위한 선조적 결합이 종래의 비유론에서 말하는 직유와 은유 등이 치환비유라면, 잠재적 계열체를 밖으로 드러내어 병렬하는 것이 병치비유다.

이 두 축에 의해 언어표현이 이루어진다면, 시의 방향을 이끌고 효과적인 표현을 견인하는 원리로는 전경화(foregrounding)와 후경화(backgrounding) 그리고 주도자(dominant) 등의 개념을 들 수 있다. 이들에 의해 시적 언술의 방향이 갖추어지고 문맥적 의미가 발휘된다. 무카르조프스키를 따르면 이는 구조주의 시학의 기본 개념이자 시적 언어의 특성이라 할 수 있다.[9] 전경과 후경의 구조적 정점이자 시라고 하는, 낯설게 하는 언어의 목표가 되는 것이 주도자이다. 아이헨바움과 티냐노프

8) Philip Wheelwright, op. cit., p.72

9) J. Mukarovsky, "Standard Language & Poetic Language", 이승훈, 『한국시의 구조분석』, 종로서적, 1987, 36쪽에서 재인용

등이 개발한 주도자란 구성인자들 중의 뛰어난 요소나 그룹, 문학작품을 지각할 수 있게 해주고 문학으로 정립할 수 있게 하는 방향제시(set)이며 작품을 특수화하는 핵심적 자질이다. 후경화란 일상적이고 규범적인 언어들을 배경으로 하여 낯선 시어들을 전면에 내세우는 수법이다. 이는 음성, 리듬, 어휘, 어조 등 시적 언어의 모든 차원에서 실천된다. 습관적인 언어로부터 이탈하여 심미적 정서를 환기하는 장치이다.[10] 전경과 후경, 주도자 등에 의해 시는 기법들의 집합에 그치지 않고, 특별한 목적에 의해 통합되면서 복잡하고 역동적인 차원의 구조를 얻게 된다.

한편, 토도로프는 상징적 언어 해석의 실마리가 되는 지표(indices)로 통합적 지표와 계열적 지표 둘을 든 바 있다. 전자는 반복, 과다, 모순, 생략 등 주어진 언술상의 언어들의 관계에서, 그리고 후자는 주어진 부분과 집단적 기억, 역사적 문화적, 사회적 지식과의 관계에서 파악된다고 했다.[11] 이는 각각 치환과 병치의 구조 해석을 위한 지표로서도 유용하다 할 것이다.

1

내 그대를 생각함은 항상 그대가 앉아 있는 배경에서 해가 지고 바람이 부는 일처럼 사소한 일일 것이나 언젠가 그대가 한없이 괴로움 속을 헤매일 때에 오랫동안 전해오던 그 사소함으로 그대를 불러보리라.

2

진실로 진실로 내가 그대를 사랑하는 까닭은 내 나의 사랑을 한없이

---

10) Victor Erlich, 박거용 역, 『러시아 형식주의』, 문학과지성사, 1983, 227-230쪽 참조
11) Tzvetan Todorov, 신진 · 윤여복 역, 『상징과 해석』, 동아대학교출판부, 1987, 39-43쪽 참조

잇닿은 그리움으로 바꾸어버린 데 있었다. 밤이 들면서 골짜기엔 눈이
퍼붓기 시작했다. 내 사랑도 어디쯤에선 반드시 그칠 것을 믿는다. 다
만 내 기다림의 자세를 생각하는 것뿐이다. 그 동안에 눈이 그치고 꽃
이 피어나고 낙엽이 떨어지고 또 눈이 퍼붓고 할 것을 믿는다.

—황동규, 「즐거운 편지」 전문

「즐거운 편지」는 치환이 바탕이 된 시이다. 치환구조란 언어의 통합체
를 바탕으로 하며, 시라고 하는 비유적 언어표현을 기본구조의 한 축으
로 삼는 휘일라이트에 있어 치환비유는 유사성을 전제로 하는 주지(主
旨)와 매재(媒材) 사이의 비교를 통하여 의미를 탐색하고 확대하며 이는
축자적 의미를 바탕으로 한 의미의 이동이라 할 수 있다.[12] 차이성보다는
유사성이 큰 언어의 수평적인 결합으로 의미를 확대하는, 비교적 해석이
용이한 구조이다. 시「즐거운 편지」중 〈1〉은 화자의 그리움을 사소한 일
이라 하고, 그러나 그 사소함은 자연현상처럼 숨길 수도 거역할 수도 없
이 사랑하는 이의 괴로움을 덜어 주게 되는 비범한 마음으로 보았다. 이
는 반어적 표현으로 상황적 비유의 소지가 있다. 이것이 선조적으로 결합
되어 연상하거나 인접한 비유적 의미—그칠 수 없는 자연현상에 비유되
는, 간곡한 사랑이라는 문맥의 치환적 구조를 이루는 것이다. 〈2〉는 한없
이 잇닿은 그리움, 기다림의 자세를 눈이 내리거나 계절이 순환하는 비유
어들을 이용해 치환적으로 엮어낸다. 그다지 낯설지 않는, 일반의 유사성
이나 인접성의 차원에서도 결의에 찬 단정적인 어조와 강약이 분명한 호
흡, 진정성 있는 운율로 인해서 인상적인 경지를 열고 있다.
　후경을 말한다면 일반의 사랑에서 볼 수 있는 맹목적인 진지함이나 열
정, 이별의 슬픔이나 괴로움 따위라 하겠다. 전경이라면 일출과 일몰, 계

---

12) Phillip Wheelwright, op. cit., 1968, pp.72-74 참조

절의 순환과 같은 자연의 섭리처럼 현실적 시공을 초월하는 지경으로까지 나아가는, 새롭고 독특한 진정성에 있다 하겠다. 이는 통합적 지표상의 모순과 반복 과다의 전략에 의해 뒷받침되고 있다.

순수한 치환구조는 일상적인 통사체계에서 가정될 수 있다. 〈2〉는 부분적으로 치환과 병치가 뚜렷이 구별되지 않고 잠시 융합하기도 하지만 ('눈이 퍼붓는 골짜기', '꽃이 피고 낙엽이 지고' 와 같은 부분에서) 시 「즐거운 편지」는 전체적으로 치환구조의 예시가 된다. 치환구조는 대부분의 순수 서정시, 계몽시, 선전시, 사실주의 시 등에서 택하는 구조라 할 수 있다. 이에 비해 병치구조는 표현 자체가 낯선 언어들로 나열된다.

흰 말(馬) 속에 들어 있는
고전적인 살결
흰 눈이
저음(低音)으로 내려
어두운 집
은빛 가구 위에
수녀들의 이름이
무명(無名)으로 남는다
화병마다 나는
꽃을 갈았다
얼음 속에 들은
엄격한 변주곡(變奏曲)
흰 눈의
소리 없는 저음
흰 살결 안에

램프를 켜고

나는 소금을 친

한 잔의 식수를 마신다

나는 살 빠진 빗으로

내리 훑으는

칠흑(漆黑)의 머리칼 속에

삼동(三冬)의 활을 꽂는다

—김영태, 「첼로」 전문

병치구조에서는 언어가 통사적으로도 의미론적으로도 결합되지 않은 채 던져지기 때문에 의미의 순조로운 해석이 봉쇄된다. 흰 말 속의 고전적 살결, 흰 눈이 저음으로 내리는 어둠 속 집, 은빛 가구 위 수녀들의 이름, 화병의 꽃, 얼음 속에 들리는 변주곡, 칠흑의 머리칼 등등 일반적으로는 별 관련성이 없는 잠재태 자체나 계열적 지표들이 던져져 있다. 개별적이고 차이성이 훨씬 큰 이미지들이 새로운 의미 창조를 향해 배치되고 있는 것이다.

휘일라이트의 병치비유는 병렬과 통합(systhesis)에 의해 새로운 존재를 창조하며 주지와 매재를 인상적으로 대조하여 새로운 의미를 배후에서 암시한다. 상대적으로 치환비유가 의미 비유적이라면 병치비유는 암시적 분위기, 어떤 특수한 존재를 창출한다. 그 순수한 형식은 추상적인 음악과 미술에서 볼 수 있다.[13] 병치구조는 병치비유의 구조적 이해라 할 수 있다. 시 「첼로」의 후경은 일반의 논리에 의해 오염된 현실세계다. 이로써 특정한 첼로 연주의 순수한 시간이 전경화되고 있다. 감각적인 병치구조다.

---

13) Ibid., p.72, pp.78-86 참조

그런데 300편의 시가 선정·수록된 텍스트에서도 순수한 병치구조의 예는 별로 찾지 못했다. 순수 병치구조는 전면적으로 의미가 부정되는 미래파의 순수한 음향시 계통이나 다다이즘의 데뻬이즈망시나 무의미시(nonsense verse) 같은 데서 볼 수 있을 것이다.[14] 예로 들 만한 텍스트를 더 찾기 어려운 까닭은 순수 병치구조에 가까운 양식이 그만큼 창작되어 발표되는 빈도가 낮기도 하고, 시인 자신이나 독자로부터 가작(佳作)으로 선정되기 어렵기 때문이기도 할 것이다.

### 3) 분할구조와 치환의 병치구조

같은 언어를 사용하더라도 시에서의 구체적인 쓰임(parole)은 언제나 새로운 의미와 기능을 발휘한다. 새로운 주도자에 의해 새로운 의미와 기능을 발휘하는 언어 사용방식이 현대시라 할 수 있다. 기성의 의미와 일반의 기능은 후경화하고 새로운 의미와 기능은 전경화하여 낯설게 된다. 이것이 문맥을 이루는 구조의 축이라면 치환·병치의 구조는 그 언어적 표현의 기본 구조이다.

야콥슨에 의하면 언어의 시적 기능은 선택(selection)의 축으로부터 결합(combination)의 축으로 등가의 원리를 투사한다. 그리하여 등가는 연속(sequence)을 성립시키는 지위로 끌어올려진다.[15] 이와 같이 시적 언어의 실천은 잠재적 계열체들을 표면에 드러내어 구현하는데, 표현의 두 방식-수평적 결합의 치환구조와 잠재태 노출방식인 병치구조는 시 텍스

---

14) 우리나라에서는 조향의 일부 시를 위시한 1990년대의 전위시에서 순수 병치에 가까운 예를 찾을 수 있다. 이러한 시는 언어들이 각기 상호 충돌하면서 나열될 뿐 통일적인 맥락은 추상적인 분위기에 의존한다. 지나친 언어유희, 불가해(不可解)한 의미 때문에 실험성은 있되 소통이 불가능하거나 성공한 시로는 인정받지 못하는 경우가 많다.

15) Thomas Sebeok, *Style in Language*, Cambridge, Mass.: Belknap Press, 1971, p.358

트의 언어를 주도하는 두 축이 된다. 이 중 한 가지만으로 존재하는 시는 이론상 존재할 수는 있지만 실제에 있어 그 순수한 구조가 단일하게 구현되는 일은 없다. 순수한 치환구조는 축자적 의미의 통사적 결합에 의존하다 보니 시적인 긴장이 없는, 순수 지시(指示)만의 서술이 되고, 순수 병치구조는 언어들이 충돌하거나 파괴되어 의미 파악이 불가한 잔해만 남기게 되기 때문이다. 대부분 실제의 시에는 치환과 병치가 결합되어 다양한 형태를 생성한다. 치환과 병치의 구조는 무수한 형태로 혼합되면서 구체적인 쓰임새와 시 텍스트를 구현하는 두 축이라 할 수 있다. 그 결합 양식 중 대표적인 모델이 될 만한 네 가지 형태를 들어보기로 한다. 이들이 다시 다양한 방식으로 결합하거나 혼성되면서 개개의 시는 새로운 전체성을 확보하며, 변형성과 자동조절성, 전체성[16]을 갖는 자립적 구조가 된다.

그중 '치환·병치의 분할구조'라 부를 만한 것이 있다. 치환과 병치 구조가 제각기 기능을 하여 결합하는 기능 분담형태이다. 텍스트가 치환과 병치 구조로 분할되어 있다.

누군가가
「이 강산 낙화유수 흐르는 봄에」
문밖 세상 나온 기념으로
사진이나 한 방 찍고 가자고 해
사진을 찍다가 끽다거를 생각했다

---

16) 구조의 개념이나 성질은 흔히 피아제(J. Fiaget)의 설명을 빌어 전체성, 변형성, 자동조절성 등으로 나누어 설명된다. 전체성이란 요소들의 집합체이면서도 요소들의 단순한 집합이 아니라 그것들을 지배하는 원리 속에서 기능하는 집합체의 성질이고, 변형성이란 그 전체성이 언제나 새로운 발언이 될 수 있도록 변형될 수 있는 자질이며, 자동조절성이란 변형절차를 수행함에 있어 스스로 새로운 구조로 자동조절될 수 있는 힘이라 할 수 있다.

그 순간의 빈 틈에

카메라의 셔터가 터지고

나도 터진다

빈 몸 터진다

「이 강산 낙화유수 흐르는 봄에」

—서정춘, 「낙화시절」 전문

　5행까지는 외출한 기념으로 사진을 찍다가 끽다거(喫茶去)를 생각했다는 선조적 연결-치환구조의 언어다. 끽다거, '차나 한 잔 하게'란 말은 조주스님에서 말미암은 선가(禪家)의 화두이다. 봄을 맞아 누군가와 함께 야외로 외출 나간 기회에 사진을 찍는다. 오랜만의 여유의 시간, 때맞추어 화두 끽다거를 떠올린다('끽다거'에는 '찍다가'와 동음중첩의 효과도 있다). 여기까지 수평으로 연결되던 치환구조는 "카메라 셔터가 터지고/나도 터진다/빈 몸 터진다/「이 강산 낙화유수 흐르는 봄에」" 등으로 병치된다. 선교(禪敎)의 분위기를 암시하는 등가의 계열체들이다. 「이 강산 낙화유수 흐르는 봄에」라는 대중가요 구절, 사진 찍는 장면, 셔터 터지는 순간들의 터짐(열림)이 계열적 지표가 된다. 끽다거에 대한 생각은 화자의 내면이 노출되고 병치구조로 전환되는 계기이기도 하다. 7행 "카메라의 셔터가 터지고"까지와 이후 3행이 치환과 병치라는 두 구조로 분할되는 구조이다. 치환구조는 외부적 조건을, 병치구조는 독특한 내면의 소리와 영상들의 몽타주를 보여 주는 것이다.

　치환, 병치의 분할구조는 현대시에 자주 쓰이지는 않는다. 내면과 외면, 현실과 비현실을 넘나드는 시에서는 쓰일 만한 형식이다. 분명한 의도에서가 아니라면 습작기의 미숙성이 드러날 수도 있을 것이다.

　치환과 병치가 결합되는 다른 구조로 '치환의 병치구조'를 들 수 있다.

다수의 다양한 치환적 언어가 병치되어서 주도자를 향하는 형태인데, 이와 유사한 비유형태에 대해 휘일라이트는 나열·병치되는 낱낱의 치환이 비유의 문법을 갖춘 경우도 있지만 중국의 『도덕경』에서처럼 현상의 서술이 병치되어, 주제를 향해 귀납적으로 통일됨으로써 표현을 이루기도 한다고 설명한 바 있다.[17] 이를 구조 개념으로 수용한 것이 치환의 병치구조이다.

> ①여자대학은 크림빛 건물이었다
> ②구두창에 붙은 진흙이 잘 떨어지지 않았다
> ③알맞게 숨이 차는 언덕길 끝은
> 파릇한 보리밭—
> ④어디서 연식정구의 흰 공 통기는 소리가 나고 있었다
> ⑤뻐꾸기가 울기엔 아직 철이 일렀지만
> 언덕 위에선,
> 신입생들이 노고지리처럼 재잘거리고 있었다
>
> —김종길, 「춘니(春泥)」 전문(번호는 필자)

①에서 ⑤까지의 낱낱은 치환의 언어이지만 ①, ②, ③, ④, ⑤ 등 다섯 정황이 병치된 구조이다. 크림빛 건물, 찰진 진흙, 산책로 위의 파란 보리밭, 연식 정구공 소리, 신입 여대생들의 노고지리 같은 재잘거림 등은 여자대학교의 초여름 정취와 등가의 의의를 가지는 계열적 정황들이다. 이들을 전경으로 하여 암담하고 혼잡한 당대 현실에 대한, 밝고 생명력 있는 주도자를 드러낸다. 이를 감각적으로 형상화한 시라 할 것이다.

---

17) Phillip Wheelwright, op. cit., 1968, pp.87-89 참조

①사랑할 시간이 많지 않다

②아이가 플라스틱 악기를 부~부~ 불고 있다

③아주머니 보따리 속에 들어있는 파가

보따리 속에서 쑥쑥 자라고 있다

④할아버지가 버스를 타려고 뛰어오신다

⑤무슨 일인지 처녀 둘이

장미를 두 송이 세 송이 들고 움직인다

시들지 않는 꽃들이여

⑥아주머니 밤 보따리, 비닐 보따리에서

밤꽃이 또 막무가내로 핀다

—정현종, 「사랑할 시간이 많지 않다」 전문(번호는 필자)

이 시도 치환이 병치된 예이다. ①~⑥의 각각은 치환적이다. 여기에 ①의 이유가 ②~⑥에 병치되어 있고, ①~⑥이 모두 등가의 계열체가 표면으로 드러난 병치인 셈이다. 이 병치를 이끄는 주제가 주도자이다. ③~⑥은 표면상 모순을 지닌 역설의 언어이다. 보따리에서 파가 자란다든지 할아버지가 젊은이들처럼 뛰어다닌다든지 하는 상황은 불합리한 사건이다. 통합적 지표가 되는, 모순의 반복적 병치에서 독자는 등가(等價)의 내용을 찾게 된다. 등가는 시 장르의 그리고 예술적 구조의 기초적인 조직 원리라 할 수 있다. 구조 분석가는 개별 텍스트의 층위에서 음운론적, 형태론적, 통사적, 의미론적 등가들을 찾게 되며 그때마다 각기 다른 그룹의 등가를 발견할 수 있다. 사랑할 시간이 별로 없는, 자연의 생명이 사라지는 위기의식을 표상하는 등가적 상황들이 시 「사랑할 시간이 많지 않다」에서 전경화되고 있다.

사회나 문화적 지식으로 해석할 때 이 시의 의미론적 후경은 편의성을 좇는 문명의 삶이나 일반화된 생명 연장의 욕망 따위 비생태적 이기심이다. ①~⑥의 모순적 상황이 주도자에 의해 낯선 경험으로 전경화하고, 이에 대해 문명비판의식으로 자연의 섭리를 거스르는 생태파괴의 일상적 현장을 전경화함으로써 원래적 생명의 회복이나 생태 복원의 열망이라는 주제(주도자)를 구현한다 하겠다. 이 치환의 병치구조는 현대시에서 비교적 자주 볼 수 있다. 사실적인 시에서도, 모더니즘 시에서도, 서정시에서도 낯선 긴장감과 지적인 독서의 즐거움을 줄 수 있는 구조라 할 것이다. 단순한 서술로는 이룰 수 없는, 논리 초월의 각성이나 선동적인 감성을 다양한 이미지나 상황의 병렬로써 조명할 수 있을 것이다.

### 4) 비약구조와 융합구조

치환 병치의 결합구조로 '치환·병치의 비약구조' 그리고 '치환·병치의 융합구조'를 추가할 수 있다. '비약구조'는 치환적인 구조가 병치적인 것으로 돌변하거나 병치구조가 치환비유로 비약하는 경우이다. 치환의 국면과 병치의 국면이 따로 존재하는 것이 아니라, 문맥이 시 전체와의 관련 속에서 한순간에 다른 형태로 급변한다. 아이러니컬한 충격, 도치적 문맥 등이 자주 쓰인다.

첫돌 지난 아들 말문 트일 때
입만 떼면 엄마, 엄마
아빠 보고 엄마, 길 보고도 엄마
산 보고 엄마, 들 보고 엄마

길옆에 선 소나무 보고 엄마

그 나무 사이 스치는 바람결에도

엄마, 엄마

바위에 올라앉아 엄마

길옆으로 흐르는 도랑물 보고도 엄마


첫돌 겨우 지난 아들 녀석

지나가는 황소 보고 엄마

흘러가는 도랑물 보고도 엄마, 엄마

구름 보고 엄마, 마을 보고 엄마, 엄마


아이를 키우는 것이 어찌 사람뿐이랴

저 너른 들판, 산 그리고 나무

패랭이풀, 돌, 모두가 아이를 키운다

— 김완하, 「엄마」 전문


    첫돌 지날 때쯤의 아이는 보이는 대로, 만져지는 대로 "엄마" 하고 입을 떼기도 한다. 어휘가 부족한 아기의 호명이 귀여운 때이다. 1, 2, 3연은 이를 실감 있게, 아이의 행동들을 끝까지 치환으로 서술해 나간다. 그런데 마지막 4연을 거치면 앞의 세 연이 한순간 아기 행위의 단순한 묘사에서 벗어나 삼라만상이 상생하는 원래적 자연 생태의 경이로운 세계로 비약한다. 앞의 세 연은 모든 자연의 본성에는 서로 친밀감을 느끼며 따르는 본성이 있고, 문명에 손상되지 않은 아이는 본능적으로 이를 실천한다는 등가의 예들로 비약하면서 치환의 병치 구조로 재인식된다. 어휘부족으로 인해 닥치는 대로 "엄마"라고 발음할 수밖에 없던 아이가 생태적 자연의 모성애를 일깨우는 성품(聖品)마저 띠게 되는, 상황적 비유에 의한 문맥적 도치라 할 수 있다. 치환적인 서술이 마지막 4연으로 인해서 앞의 문맥까지 치환의 병치로 비약시키는 것이다. 치환, 병치의 분할 구조에서는 두 개의 구조가 각각 독립적으로 작용하면서 결합한다면, 비약의 구조에서는 문맥이 일관되게 이어지다가 일순간 비약을 이루게 된다. 이는 풍자, 해학, 위트 등에 의한 새로운 각성, 오노(悟道), 신앙적 깨달음 시 등 위트와 아이러니가 발휘되는 시에서 성공적으로 쓰일 수 있다.

다음으로는 '치환·병치의 융합구조'라 부를 만한, 치환과 병치가 구분할 수 없이 상호 용해된 채 작용하는 형태가 있다. 통합적 문법성에 의존하는 치환의 구조와 번역과정이 난해한 병치 구조가 용해되어서 단어들이 말하는 것 이상의 초월적인 것을 의미하게 된다. 독자에게 해석상의 정답을 요구하지 않고, 심층적인 힘과 분위기를 느끼게 하면서 선택의 가능성을 열어주는 체계라 할 수 있다.


산자락 덮고 잔들
산이겠느냐.
산 그늘 지고 산들
산이겠느냐.
산이 산인들 또 어쩌겠느냐.
아침마다 우짖던 산까치도 이제는
간데 없고
저녁마다 문살 긁던 다람쥐도 지금은
온데 없다.
길 끝나 산에 들어섰기로
그들은 또 어디 갔단 말이냐.
어제는 온종일 진눈깨비 뿌리더니

오늘은 하루 종일 내리는 폭설(暴雪)

빈 하늘 빈 가지엔

홍시 하나 떨 뿐인데

어제는 온종일 난을 치고

오늘은 하루 종일 물소리를 들었다.

산이 산인들 또

어쩌겠느냐.

—오세영, 「겨울노래」 전문

동양적 사유를 보여주는 시이다. 자연을 거스르지 않고 받아들이는 데서 경험하는 언어도단의 경지이다. 산그늘 덮고 자고 산그늘 지고 사는 인간의 삶과 산의 내면이 병치되는 듯하다가 산까치가 잠시 우짖다 가고 다람쥐도 문살 갉다가는 사라지는 통사체계에 용해된다. 진눈깨비 내리고, 폭설이 내리기도 한다. 감나무 겨울 가지에 홍시 하나 떠는데, 화자는 난을 치기도 하고 물소리를 듣기도 한다. 문맥이 이어질 듯하다가 이어지지 않고, 등가적 계열체가 병치되는 듯하지만 통합적인 연결도 계속된다. 산자락 끼고 산다 해서 곧 산(자연)이 된 듯 여기는 것도 착각이고, 산을 산이라고 규정하는 일 자체도 순수성을 손상하는 일이라는 의미일까?

참모습은 언어도단, 불립문자의 지경에 있다. 비현실적인 심층의 주도자이며 그를 위한 전경들이다. 동양적 사유가 현대 추상 미술이나 음악의 미적 구조인 병치양식을 수용하면서 등가의 언어들을 연결하여 선조적으로 풀어내는 경우라 하겠다.

모던한 환상시류에서 융합구조는 자주 쓰인다.

사나이의 팔이 달아나고 한 마리 흰 닭이 구 구 구 잃어버린 목을

좇아 달린다. 오 나를 부르는 깊은 명령의 겨울 지하실에선 더욱 진
지하기 위하여 등불을 켜놓고 우린 생각의 따스한 닭들을 키운다.
닭들을 키운다. 새벽마다 쓰라리게 정신의 땅을 판다. 완강한 시간
의 사슬이 끊어진 새벽 문지방에서 소리들은 피를 흘린다. 그리고
그것은 하아얀 액체로 변하더니 이윽고 목이 없는 한 마리 흰 닭이
되어 저렇게 많은 아침 햇빛 속을 뒤우뚱거리며 뛰기 시작한다.

—이승훈,「사물A」전문

초현실주의적 환상의 기법이 주도하는 시이다. 도입부에서는 1970년대
까지만 해도 더러 볼 수 있었던 풍경-주인에 의해 목이 끊긴 닭이 순간적
으로 탈출하여 마당을 뛰어다니던 풍경이 연상된다. 하지만 의미 지표들
과 함께 볼 때 이 시는 흰 닭을 매개로 하여, 아침의 눈부신 생명력이 발
산되는 과정의 정황들을 좇아 생명 본질에 대한 진지한 탐구에 바쳐지고
있다. 처절하게 달리는 닭, 겨울에 키우는 따뜻한 닭, 새벽마다 정신의 땅
을 파는 닭, 시간의 사슬이 끊어진 새벽, 쏟아지는 아침 햇살 속의 흰 닭
등 생소한 이미지들이 줄지어 나타난다. 등가의 정황들이 선조적인 흐름
속에 병치된다. 모순과 반복과 열거가 통합적 지표가 되고 이미지들이 용
해되어 융합을 이룬 구조이다. 이런 시들은 어디서부터 어디까지가 치환
이며 병치인지 구분되지 않는다. 분할되어 제가끔의 역할을 하면서 혼재
하거나 일순간 비약하는 형태가 아니라, 상호 용해되어 융합한 상태이기
때문에 선택된 말들이 결합하는 듯하면서도 잠재된 등가의 자질들에 의
해 용해된다. 단조로운 해석을 방해하면서 동시에 선택의 문을 무한히 열
어젖히는 구조이다. 시간과 공간의 이동이 자유로운 현실 초월의 모티프
를 형상화하는, 융합구조의 대표적인 형태라 여겨진다. 비교적 성공한 환
상시류가 많이 택하고 있는 구조이기도 하다.

치환과 병치구조 그리고 그 네 가지 결합형은 주도자, 전경, 후경 등 기본구조와 함께 전체성, 변형성, 자동조절성 등의 원리에 의해 시 텍스트를 생산하는, 시적 언어표현의 기반이 된다 할 것이다.

## 5) 현대시의 구조

전통 구조론에 의한 이항 대립의 단순성과 도식성은 문학뿐 아니라 모든 인간사를 양극단으로 바라보거나, 무수한 중간자들을 도식적으로 재단하고 마는 한계를 가지고 있었다. 시의 구조를 파악할 때 랑그와 파롤, 기표와 기의, 통합체와 계열체, 전경과 후경 등등 이항대립적 논리를 고수하는 전통 구조론의 한계를 가능한 극복할 필요가 있다. 이러한 관점에서 현대시 텍스트의 방향을 설정하는 중심 요소를 전경과 후경 그리고 주도자라는 삼각점의 긴장으로 보고, 구체적인 시의 언어구조를 치환구조와 병치구조 등 두 가지 기본구조와 그 둘의 네 가지 결합구조 등 여섯 가지 구조로 제시하고자 한다. 휘일라이트가 문법적이고 형태론적인 종래의 비유론을 지양하고자 구조적인 기능 형태에 따라 치환비유와 병치비유 그리고 그 둘의 결합형으로 구분한 데서 시사 받고, 러시아 형식주의의 구조시학 원리와 토도로프의 지표 해석이론을 원용하여 텍스트에 보다 섬세하고 상황적 맥락과의 접촉에도 보다 유연한 구조 유형을 마련하고자 한 것이다.

치환구조는 의미를 이루는 단어의 수평적인 배열과 결합을 토대로 한다. 유사성을 전제로, 주지(主旨)와 매재(媒材) 또는 언술 사이의 비교를 통하여 의미를 탐색하고 확대해 간다. 축자적 의미를 바탕으로 하는 시적 의미의 이동이다. 모든 발화는 언어를 선택하고 선택한 언어를 결합함으로써 단어에서 구절로 더 크고 복잡한 단위로 결합되면서 의미 맥락을 형성하거니와 시의 치환구조는 기본적으로 이와 같은 선조적 체계에 의한다. 이는 전통 서정시, 교훈시, 선전시 등에서 주로 사용된다.

병치구조에서는 선택되기 전의 잠재적 등가어, 즉 계열체들이 표면에 드러나면서 나열되고 병치된다. 축자적 의미에서 해방된 등가적이며 대체가능한 언어, 이미지, 상황 등이 그것이다. 병렬과 통합(systhesis)에 의해 새로운 존재를 창조하며 주지를 갖는 매재 또는 언술들을 인상적으로 병렬하고 대조하여 새로운 의미를 배후에서 암시한다. 잠재적인 등가 자질들이 통사적 연결을 벗어나 병치됨으로써 난해성을 조장하는 것은 현대시의 특징이기도 하거니와, 언어표현의 관점에서 볼 때 이는 병치구조 때문이라 할 수 있다. 그 순수한 형태는 예술적 전위시의 순수한 형태—오브제 놀이나 환상시 등 실험시에서 가능하다.

실제 시에서 치환구조와 병치구조는 대개 결합된 형태로 나타난다. 치환·병치가 한 작품에 혼재하는 결합구조로는 치환·병치의 분할구조와 치환의 병치구조, 치환·병치의 비약구조와 융합구조 등 네 가지다. 그래서 시 텍스트는 이 여섯 가지 언어 구조에 의해 구체화된다.

'분할구조'는 시의 세부적 조직에 있어 치환과 병치, 두 구조가 제가끔 기능을 하는, 분할 혼재형이다.

'치환의 병치구조'는 여러 개의 치환이 병치되어서 특정의 주지를 통합적으로 표현하는 형태이다. 이는 다양한 경향의 현대적 서정 표현에 효과적인 구조로, 비교적 높은 수준에 이른 현대시에서 자주 쓰이고 있는 구조라 할 수 있다.

'비약 구조'는 치환적인 구조가 시 전체와의 관련 속에서 병치적인 것으로 돌변하거나 또는 그 역인 경우이다. 주로 극적 아이러니나 도치적 맥락에 의하며 텍스트가 조성하는 상황적 맥락에 의해 새로운 차원으로 비약한다. 위트, 풍자에 의한 내적 발견 또는 신앙적 깨달음 등을 나타내기에 용이하다.

'융합구조'는 치환과 병치가 구분할 수 없이 상호 용해되어 작용하는 형태이다. 통합적 문법성에 의존하는 치환의 구조와 병치 구조의 번역 난해성이 용해되어서 선택적 해석의 가능성을 열어주는 체계라 할 수 있다. 심층적이고 환상적인 지경을 계기로 하는 시에서 자주 쓰이고, 비교적 성공률이 높은 양식이라 할 수 있다.

주도자와 전경, 후경이 이끄는 방향으로 위의 여섯 가지 구조가 상호 혼합되거나 마찰하고 대조되면서 시는 그 역동적인 구조를 이루게 된다. 이는 물론 언술의 3차원-음성·음운론적 차원, 형태론적 차원, 의미론적 차원 등 어떤 차원에서도 구현되며, 텍스트 내에서 총체적으로 작용한다.

한편, 특정구조라는 모형만 남고 구체적인 문화·사회적 맥락이 파악되지 않는다는 전통 구조론의 한계는 토도로프의 해석 지표를 보다 세밀하게 적용함으로써 극복 방안이 마련될 수 있을 것이다. 해석의 지표는 역사, 문화적 사건 외에 발상의 계기가 되는 문학적 관습과 개인적 상징어, 이미지, 상황 등으로 훨씬 세밀하게 현실화할 수 있을 것이다. 여기에 변형성, 자동조절성, 전체성을 이루는 주도자와 전경과 후경 그리고 여섯 가지 언어표현의 구조를 지표로 활용한다면 역동적인 생명원리에 대한 구조 인지가 가능하고, 보다 구체적이고 유연한 현대시 인식의 방안이 마련될 수 있을 것이다.

# 3. 은유와 환유 그리고 차유(差喩, transphor)

## 1) 비유론의 한계

시적 언술은 개개의 단어와 그 단어로 결합된 구문, 그 구문과 시적 상황의 집합으로 유기적 조직을 이루게 된다. 그렇다면 이 언술 체계를 관통하는 원리는 어떤 것인가?

시를 시답게 하는 원리에 대한 답으로 별 주저 없이 은유와 환유라는 두 축을 드는 것이 어문학계의 대체적인 추세이다. 이 양극론은 어문학뿐 아니라 인간의 모든 언술 행위의 원리로 대접받기도 한다. 수십 년 전까지만 해도 시적 언어의 특성으로 비유적이고 내포적이며 음악적이고 간결한 표현이나 유기적(organic) 통일성 등을 꼽으면서 장황한 수사법을 나열하여 그 원리를 설명하려 했다. 이렇듯 은유와 환유 양극론은 훨씬 핵심적이고 객관적인 과학으로 인식되고 있는 것이다.

야콥슨은 소쉬르 이래 모든 언어 작용의 원리로 인정되어 온 계열적 (paradigmatic) 관계와 통합적(syntagmatic) 관계를 1950년대 후반에 선택과 결합이라는 언술 성립의 원리로 받아들이면서 그 과정에서 형성되는 시적 언술을 각각 유사성에 의한 은유와 인접성에 의한 환유로 구명하였고, 이러한 내용을 담은 그의 논문이 1980년경부터 본격 소개되면서 우리나라에서도 양극론은 시학과 인지언어학의 소중한 논거로 받들어졌다. 1990년경부터는 정신분석학자 라캉(Jaques Lacan), 인지언어학자 레이코프(George Lakoff)를 위시한 은유와 환유론이 전 문화영역에 논의의 붐을 조성했다.[1] 은유와 환유라는 양극론의 본격적인 출발점은 역시 야콥슨으로, 그 양극론의 국제적인 전도사라 할 수 있다. 그는 언어행위의 여섯 가지 요소 중 언어행위가 메시지 그 자체를 지향하여 메시지 자체의 표현성에 초점을 둘 때 시적 기능(poetic function)이 생성된다고 했고 시적 기능은 은유와 환유라는 양극적 축에 의해 발동한다고 보았다. 이는 물론 시의 영역에만 나타나는 것이 아니고 다른 언어활동에서도 부수적 현상으로 나타난다.[2]

　메시지를 이루는 언어활동은 선택(selection)과 결합(combination)이라는 두 개의 원리에서 추구된다. 선택과 결합에 의해 말의 연쇄가 이루어지고 우리는 그것을 사용하여 언어생활을 하는 것이다. 이때 선택은 등가성과 유사성(類似性), 차이성과 유의성(類義性) 그리고 반의성(反義性)을 기초로 이루어지며, 선택된 말의 결합은 인접성을 기초로 이루어진다. 메시지 자체에 초점을 맞추는 시적 기능은 등가의 원리를 선택의 축에서 결합의 축으로 투영한다.[3] 선택과 결합은 랑그의 체계 안에서는 제한을 받지만 빠롤의 차원에서는 무한히 열려 있다. 빠롤의 차원에서 생성되는 언어의 심미적 기능과 시적 기능은 선택과 결합, 은유와 환유라는 양극적 원리의 창조적 영역에서 가능해지는 것이다. 그리하여 은유는 계열체

---

1) 야콥슨, 라캉, 레이코프의 논문과 저서가 많이 번역 또는 소개되었고, 유관 논문도 자주 보인다. 필자가 1개 서점에서 구한 『은유와 환유』라는 동일 책명의 1990년대판 도서만 해도 정원용(신지서원, 1996), 한국기호학회 편(문학과지성사, 1999), 김욱동(민음사, 1999) 등 3권이다.

2) Roman Jakobson, eds., Krystina Pomorska and Stephen Rudy, *Language in Litrature*, Cambridge: Harvard University Press, 1987, pp.69-70

3) Ibid., p.71

의 원리를 따르는 유사성에 의해 성립되고, 주지와 매재의 관계는 동일성(identification)에 기초한다. 환유(제유 포함)가 통합체의 원리를 따르는 인접성에 기초하여 치환(displacement)의 기능을 갖는다는 것은 문학, 철학, 언어학 등 여러 분야에 걸친 상식의 하나가 되었다.

시적 언술의 생산원리인 은유와 환유 양극론은 수많은 수사적 진략의 원리를 간략히 구명한다는 점, 은유와 환유를 단순히 문학작품의 수사적 장치에 국한시키지 않고 전반적인 인지작용의 관점에서 파악한다는 점 그리고 은유에 비해 별로 주목받지 못했던 환유를 은유와 대등한 위치로 격상시킨 점 등에서 크게 공감을 얻고 환영을 받게 되었다. 그러나 이 양극론은 시성(詩性)을 구명하거나 일상의 언술을 이해하는 데에 큰 한계를 지닌다. 현재까지 공론화된 불만은 시적 언술을 언어과학으로 환원시킨 나머지 시의 문화적 존재 의의 자체를 간과한다는 점, 시적 언술의 원리를 둘로 단순화한 결과 복합적인 원인으로 복잡하게 얽히기 마련인 시적 언술과 인간의 인지작용을 지나치게 단순화하여 있으나 마나 한 성긴 그물에 지나지 않을 수 있다는 점 등이 그것이다.[4] 언어현상과 텍스트의 구문 분석을 할 수는 있을지언정 구문과 관련되는 맥락이나 물질적, 정신적 관련 상황과의 유기성을 외면할 수밖에 없다는 말로 요약될 수 있다. 지나친 간소성을 극복하고자 제유를 포함하여 은유, 환유, 제유 등 셋을 시적 언술의 주도적 양식으로 해야 한다는 주장도 있지만 제유는 인접성이라는 언술 원리상 환유에 포함될 수 있다는 것이 설득력 있는 중론(衆論)이고, 또 그 정도로 양극론의 본질적인 한계가 해소된다고 생각하지도 않는다.

---

4) 이러한 비판은 적지 않다. Riffaterre, Mounin, Culler 등, 야콥슨의『선집Ⅲ』, pp.765-789, 그리고 Gerard Genette, 「줄어드는 수사학」, 김현 편, 『수사학』, 문학과 지성사, 1985, 정원용, 『은유와 환유』, 155-170쪽, 김욱동, 「은유와 환유의 언어학적 기초」, 한국기호학회 엮음, 『은유와 환유』, 문학과지성사, 1999, 115쪽 등 이 외에도 숱한 논의를 찾을 수 있다.

우리는 언어를 분석하려고 시를 읽지는 않는다. 뿐만 아니라 일상생활에서 사람들은 은유와 환유 이외 신호나 몸짓 등 중립적이고 분별 불가한 언어행위를 무수히 이용하고 있다. 양극론으로는 이해할 수 없는 반어, 역설, 암호, 순수어 등이 시뿐만 아니라 일상어에서도 다반사로 쓰이고 있다. 그러한 언술들은 유사성의 은유나 인접성의 환유가 아닌, 특수한 정황을 반영한 것이다. 언어는 구체적인 삶의 반영이고, 실제적 존재의 집이다. 그래서 시는 물론 모든 텍스트의 생성과 해석의 원리에 은유와 환유를 넘어서는 또 다른 축이 있어야 마땅하다.

## 2) 야콥슨의 양극론 비판

### (1) 언어주의의 한계

언술(discourse)의 생산과 수용은 예로부터 두 개의 분리된 학문인 수사학과 해석학을 낳았다. 야콥슨의 시적 기능은 이 중 생산적 측면인 수사학에 모아져 있다. 수사학은 동양에서는 시문(詩文)의 작법을 위한 것이었고, 서양에서는 아리스토텔레스 이래 말을 아름답게 꾸미는 변론술, 궤변 등으로 불리기도 했다. 하지만 20세기에 이르러 다른 사람을 설득하고 그에게 영향을 미치기 위한 기법이라는 의미로 통용되게 되었고 특히 리차즈(I. A. Richards)를 중심으로 하는 신비평가들은 수사의 가치를 재발견, 수사를 현대 언어와 문학의 본질적인 기능으로 보았다.[5]

야콥슨은 이 수사학적 전통을 언어과학으로 체계화했다. 그는 언어 생성의 원리이자 시적 기능의 두 축으로 은유와 환유를 들고 20세기 인문학의 특징이 그러하듯 엄밀한 객관성을 유지하는 과학을 수립하려고 했다. 야콥슨이 「언어학과 시학」이란 논문에서 시적 기능의 두 축으로 제시

---

5) Tzvetan Todorov, 신진·윤여복 역,『상징과 해석』, 동아대학교출판부, 1987, 27쪽 참조

한 은유와 환유 이론은 그보다 두어 해 전에 발표된 논문 「언어의 두 양상과 실어증의 두 유형」에서 실어증 환자를 통한 논증과 함께 설명된 바 있다. 그는 소쉬르의 설명을 빌어 선택은 표면적인 발화가 아니라 기억의 연쇄 속에서 존재하는 잠재적인 집합체에서 이루어지며, 결합은 현재적(in presentia) 관계로서 실제적 연쇄 속에 현존하는 둘 이상 어사(語辭)들의 결합 관계임을 주장한다. 나아가 주어진 발화는 모든 구성 가능한 부분들의 목록(언어코드)으로부터 선택된 구성부분들(문장들, 단어들, 음소들)의 결합체이고 이 결합체의 구성요소들은 일종의 인접상태에 있다고 본다. 또 선택의 대체군(代替群)을 이루는 기호들은 유사성, 더 구체적으로 말해서 동의어로서의 등가성 혹은 반의어로서의 공통성을 공유하는 유사성에 의해 연관을 맺고 있다고 설명한다.[6]

실어증 환자를 조사해 본 결과 수많은 실어증도 선택 기능의 손상과 결합 기능의 손상 등 둘로 나눌 수 있고 전자는 유사성 관계가 허물어진 메타언어적 작용의 손상이요, 후자는 인접성 관계가 허물어진 언어단위의 계층성 능력 유지에 대한 손상으로 판단되었다. 이렇게 해서, 유사성을 바탕으로 하는 선택은 은유의 원리이며 인접성에 의한 결합은 환유의 원리라는 사실이 증명된다. 따라서 모든 수사학상의 문채 장치, 언술적 전략은 은유와 환유에 수렴되며 은유와 환유는 모든 새롭고 심미적인 체험을 기왕의 언어로 적절하고 아름답게 표현해 내는 원리의 두 축이 되었다.[7] 하지만 논리의 일관성이 결여되어서 실제의 적용에 있어 환유와 은유의 구분이나 그 둘과 기타 다른 수사법과의 구별이 모호하고, 나아가 수사적 어법 전반에 관한 보다 세밀한 탐구와 자리매김을 요하는 등 비

---

6) Roman Jakobson, op. cit., pp.99
7) Ibid., pp.100-114 참조

판을 받기도 한다.[8] 무엇보다 야콥슨의 시적 기능에는 인식적 요소들, 즉 언어표현이 선택하거나 명명하는 실체들, 사건들의 속성이나 특징, 위치, 관계 등의 요소들이 개입할 여지가 없고 그의 실제 시 분석 역시 그 한계를 넘어서지 못한다는 큰 문제점을 안고 있다. 실제의 언술은 언어화를 넘어서는 여러 내용들을 갖고 있으므로 그 내용들은 언어표현의 해석에 있어서도 마땅히 중요한 역할을 해야 한다. 그러나 인식적 내용으로부터 언어의 독립성을 고집하는 소쉬르의 구조주의나 프라그학파의 언어 기호학적 이론은 객관성 추구라는 구호 아래 언어표현과 인식적 내용의 관계성을 부정한다.[9]

이러한 사실에 주목할 때 우리는 우선 야콥슨의 은유와 환유, 즉 시적 기능의 체계가 의외로 명료하지 못하다는 점과 기호화되지 않은 것은 이해가 불가능하기 때문에 실제 문학을 향할 때는 불명료하고 편협한 언어 과학에 머물고 만다는 태생적 한계를 가진다는 사실을 지적할 수 있다. 그의 말대로 선택과 결합은 언어의 이중적 특성이요, 어떤 기호이든 두 양식의 배합에서 생성된다 하더라도 그것은 형식주의자의 언어관일 뿐 언어표현 밖의 인식적 내용을 담는 원리로는 충분하지 않은 것이다. 언어는 언어에 의해 생성되는 면도 없진 않지만 언어 밖의 것을 전이(transfer)하기 위해 생성되는 원천적인 비유어들인 것이다.

야콥슨은 그의 이론을 지지하기 위해 어린이들에게 '오두막집(hut)'이란 단어로 자극을 주고 그 단어에서 생각나는 첫 단어를 말하라고 했다. 아이들의 반응을 관찰한 것이다.[10] 의미상 유사성(혹은 대조)으로 연결된 은유적인 반응으로 분류된 단어로는 오두막집(hut, 동어반복), 통나무

---

8) Seto Ken-ichi, "Metonymy and the Cognitive triangle", 정원용, 앞의 책, 155쪽 재인용
9) 앞의 책, 162-163쪽
10) Jakobson, op. cit., p.110

집(cabin, 동의어), 초옥(hovel, 동의어), 궁전(palace, 반의어), 짐승 굴(den, 은유), 은신처(burrow, 은유) 들이 있다. 야콥슨이 이 여섯 단어를 모두 은유적 반응으로 여기면서도 짐승 굴, 은신처 등 두 단어에만 은유라고 토를 단 것은 그 두 단어만이 전통적인 수사학에서 은유로 취급되기 때문일 것이다. 그런데 위의 여섯 단어는 모두 유사성에 의한 은유라기보다는 거주지(居住地)란 개념 내의 구성원들이 아닌가? 대체로 위의 여섯 단어는 상호 간에 논리적 인접성에 의한 결합이 가능한, 환유 내지 제유의 관계가 성립된다. 이런 데서도 그의 양극론의 불명료성을 지적할 수 있다.[11] 환유의 관계란 원인 혹은 결과의 관계, 수단과 목적의 관계, 사물과 장소의 관계, 재료와 생산물의 관계, 모형과 실물의 관계, 소유주와 소유물 등이고, 제유의 관계란 전체와 부분의 관계, 유과 종의 관계, 개인과 종족의 관계 등이라 할 수 있다.

특히 '오두막집'과 '궁전', '짐승 굴' 등의 관계를 은유적 반응으로 보는 것은 언술의 현장적 구체성을 외면하고 언어주의적 관념성을 드러내는 대목이다. 그는 궁전이란 반응에 대조(contrast)라는 사족을 달기도 했는데 이는 그의 은유가 그야말로 랑그 차원의 문법적이고 위치적인 선택과 대치에서 오는 언어주의적 발상에 뿌리를 둔 탓이다. 오두막에 대한 궁전이라는 반응은 전통적 수사(修辭)의 용어로는 과장(hyperbol)이라 할 수도 있겠지만 아이러니나 역설 등의 범주에서 다루는 것이 더 타당할 것이다. 오두막집을 궁전이라 할 때, 그 언어적 반응은 오두막과 궁전의 유사성을 목표로 발생된 것이라기보다는 의도적인 이질성과 모순에서 발생한다고 보아야 한다. 자조적(自嘲的)인 한탄을 할 때나 마음먹기에 따른 삶의 행복을 말할 경우, 청빈(淸貧)의 여유를 해학적으로 표현한 경우 오두막집을 궁전으로 대치할 수도 있는 것이다. 과장도, 역설도 넓은 의미

---

11) 정원용, 앞의 책, 159쪽

의 아이러니에 포함된다는 것이 일반적인 시각이기도 하려니와 이 작은
예 하나도 시적 기능은 언어적 자극과 반응에서 생산되기도 하지만 상황
에 따른 창조적 인식에서 비롯되기도 한다는 사실을 보여 준다 하겠다.

야콥슨의 언어의 6개 기본 기능과 헤르나디(Paul Hernadi)의 문학작품
의 산출과 전달에 관한 도식을 대비해 보면 문학과 언어학적 관점의 차
이가 확연해진다.


**언술행위의 6개 요소[12]**

관련상황

메시지

발신자.........................................................수신자

접촉

약호

**문학작품의 구성요소[13]**

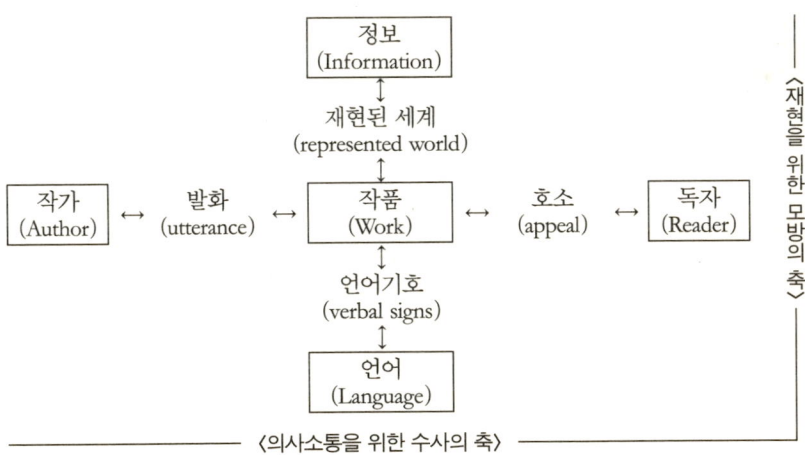

12) Jakobson, op. cit., p.66

13) Paul Hernadi, "Literary Theory; A Compass for Critics, Critical Inquiry", 윤석산, 『현대시학』,
새미, 1996, 94쪽 재인용

주지하다시피 야콥슨의 6요소는 어디까지나 언어로 현재화된, 텍스트 내부의 언어에 집중하고 있다. 헤르나디의 도식에 비하면 야콥슨의 6요소는 작품(work)과 언어기호(verbal signs)와 언어적 자원으로서의 언어(language)에 관심이 모아져 있음을 알 수 있다. 6요소 중 발신자, 관련상황, 수신자도 실제에 있어 텍스트 내의 언어적 한계를 넘지 않는다. 이는 작품 내에서 언어분석을 통한 객관화가 가능한 헤르나디의 발화(utterance)와 재현된 세계(represented world) 그리고 호소(appeal)의 범위 이내이다. 헤르나디의 도표에서 보이는, 재현된 세계 밖의 정보나 작 품 내의 화자나 내포 독자가 아닌, 작가와 독자가 공유하는 인식적이고 체험적인 내용을 야콥슨의 6요소는 간과할 수밖에 없는 것이다. 독자는 텍스트의 화자와 내포 독자를 관찰하면서도 작가의 진의(眞意)를 찾는다. 결코 내부적 화자와 청자를 만나는 데 그치지 않고 그를 설정한 작가의 의도를 알고자 텍스트 밖의 상황과 접촉하려 한다. 그것이 시적 언술에 대한 독자의 해석이요 감상이다. 작가도 그런 독자를 염두에 두고 그의 창조적 언술을 전개한다. 야콥슨에 의하면 시학이란 텍스트의 시적 기능에 대한 언어학적 탐구이고, 시적 기능이란 언어 생성의 기본 축인 선택과 결합, 은유와 환유인데 그것으로 창조적 산물인 문학, 특히 시의 주도적 원리를 대신하기엔 해석의 잉여가 너무 크게 남을 수밖에 없는 것이다.

리파테르가 야콥슨의 시학이 시에 나타나는 문법적 형상의 규명에 열중한 나머지 그 시의 문법 외 어떠한 것도 더 가르쳐 주지는 않는다 하고,[14] 시와 문법의 무연관성(irrelevance of grammar)을 강조한 것도[15] 야

---

14) Michael Riffaterre,"Describing Poepic Structures: Two Approaches to Baudelaire's Les Chats", 1966, p.213, R. Jakobson, 신문수 역,『문학 속의 언어학』, 문학과지성사, 1989, 187쪽 참조
15) 같은 책, 186쪽

콥슨의 언어주의적 한계를 지적한 것이다. 시를 문법적으로 분석하는 데 열중한 나머지 문학은 독자와의 소통 과정이 중요한 인식적 내용이라는 점을 간과하기 때문이다.[16] 이는 비단 문학뿐 아니라 일상적으로 사용하는 언어에 있어서도 사정은 마찬가지이다. 문법적 과학만능주의에 그치는 은유, 환유의 피상성과 인식주관을 넘어 시의 피와 살을 회복하는 구체적 실제의 지경을 열 수 있어야 한다.

### (2) 실제 적용상의 한계

야콥슨의 양극론은 실제 시 텍스트 해석에 있어서도 모순을 보이고 있다. 그가 분석한 블레이크의 시 「유아의 서러움(infant sorrow)」의 인용 부분을 보자.

> 엄마는 신음하였다! 아빠는 눈물을 흘렸다.
> 이 험난한 세상 가운데로 나는 뛰쳐나왔다
> 무력하게, 발가벗고, 고소성을 지르며
> 구름 속에 숨은 한 악마처럼.
>
> 아빠의 손아귀에서 발버둥 치면서
> 강보에 싸여 버둥대면서
> 옥죄이고 지친 나머지 나는
> 엄마의 젖을 빠는 것이 제일이라 생각하였다.[17]

---

16) 같은 책, 182쪽 이하 '회상' 참조. 야콥슨은 리파테르의 비판을 재비판하고 있으나 야콥슨의 시 분석 논문들을 볼 때 거의 음운적 문법적 분석에 일관하고 있어 리파테르의 비판은 상당한 설득력을 지닌다 하겠다.

17) 같은 책, 319쪽. 번역시이지만 시의 언술적 특성은 드러난다. 원문은 같은 번역서 참조

야콥슨은 이 시의 압운과 운율 분석, 문법적 패턴 분석에 골몰한다. 두 단어의 동일한 형태론적 범주, 두 개의 엄밀한 대칭절, 유사한 문법적 범주 등이 그것이다. 그러나 시적 기능을 주도한다는 은유, 환유론이 실제 텍스트 해석에는 별로 도움을 주지 못하고 있다.[18] 이 작용의 시적 전략은 주체적인 사고력도 행동 능력도 없는 영아가 출생시 부모의 모습과 스스로의 모습을 알아보는가 하면 아빠의 손에서 발버둥쳤다든지 엄마의 젖 빨기를 제일로 여겼다든지 하는 등 생리적이고 본능적인 몸짓을 스스로의 판단과 의지에 의한 것인 양 모순되게 진술한 데 있다. 또 독자는 그 모순된 언술과 작가의 실제 의미─출산의 고통과 약동하는 새 생명의 경이로움, 안식처로서 모성 사이의 긴장을 체감하게 된다. 그러나 영아의 탄생이라는 상황과 표면적 진술의 모순을 용인해 가는 과정에서 발생되는 시적 긴장을 야콥슨은 설명하지 못한다. 그가 본 은유와 환유의 양극은 이 시의 핵심적 언술 전략을 비켜나 있다.

야콥슨은 그의 대표적인 논문 「언어학과 시학」에서 어휘적인 비유가 없을 경우에도 문법적 차원의 화려한 비유와 문채가 이를 보충하는 시가 있다고 하면서 그러한 시의 문법에 대해서는 문학 비평가나 언어학자들이 모르거나 무시해 왔지만 실제 창작가들은 이를 능란하게 구사해 왔다고 한다. 그 예로 제시한 셰익스피어 희곡 속 안토니우스의 연설, 즉 시저를 죽이고는 시저의 야망 때문에 그를 죽였다고 스스로를 변호한 브루터스를 청중 앞에서 비판한 안토니우스의 연설을 분석한다. 하지만 이 경우에도 실제 언술의 핵심은 파악하지 못하고 있다.

　고결한 브루터스는
　여러분께 시저는 야심을 가졌다고 말했습니다.

──────────
18) 같은 책, 319-330쪽 참조

왜냐하면 브루터스는 공명정대한 분이니까요,

그러나 브루터스는 그가 야심을 품었다는 것입니다.

그런데 브루터스는 공명정대한 분입니다.

그런데 브루터스는 그가 야심을 품었다는 것입니다.

그런데 브루터스는 공명정대한 분입니다.

그렇지만 브루터스는 그가 야심을 품었다는 것입니다.

그런데, 정녕, 그는 공명정대한 분입니다.[19]

　야콥슨은 안토니우스의 연설을 계속 인용하면서 돈호법, 직유법, 어원적 은유, 환유 등의 용어를 적용해 보지만 시적 언술의 주도적 원리를 제시하는 데는 실패한다. 발신자와 수신자의 접촉이 강화된 극시와 같은 상황에서의 시적 기능은 발신자와 수신자가 공유하는 상황적 맥락을 바탕으로 하는 작가와 독자 사이의 강화된 접촉, 그것을 바탕으로 하는 모순된 언어표현에서 곧잘 발생하는 것이다. 그렇지 않고는 이 언술의 가장 중요한 장치가 브루터스를 겉으로는 공명정대하다고 찬양하지만 실제로는 비꼬고 비판하고 있는 안토니우스를 발견하게 하는 그 이중성의 극적 효과에 있다는 사실을 설명할 수 없다.

　야콥슨의 실어증 환자 관찰 태도에도 문제가 있다. 그에 의하면 유사성 장애(similarity disorder) 환자는 어떤 단어를 그것의 동의어나 우회적 표현, 이음이의어(heteronym) 등으로 바꿔 말하는 능력이 결여된 상태다. 메타언어적 능력을 상실했기 때문이다. 2개 언어 사용의 능력을 상실하여 특정 방언에만 집착하는 것은 이 장애의 징후적 표현이라고 한다.[20] 인접성 장애(contiguity disorder)인 경우, 낱말을 더 이상의 단위로 형성시

---

19) 같은 책, 85쪽 참조
20) Roman Jakobson, op. cit., p.104

키는 구문규칙을 상실하여 필경은 문장을 낱말더미로 퇴화시키고 만다는 것이다.[21]

그런데 이들을 반드시 유사성 장애, 인접성 장애만으로 볼 수 있을까?

언어의 사용에 있어 특정 방언에 고착하는 현상은 언술의 상대와 시간, 장소, 태도 등 상황소(deixis)를 인식할 능력의 장애에서 올 수도 있는 것이다. 인접성 장애의 실문법성(agrammatism)도 마찬가지이다. 그 역시 상황소 인식력 장애로 인한 언어장애와 구분될 수 없겠다. 언술 상황이 파악되지 않을 때, 유사성 장애는 물론 인접성 장애도 함께 일어날 수 있는 것이다. 이를 간과한 것은 선택과 결합이라는 구조주의적 언어관 자체의 태생적 한계이다. 언어 생성의 원리를 선택과 결합, 둘에 한정하는 태도 자체가 문제가 아닐 수 없는 것이다. 구체적인 언술 현장, 살아 있는 언어 표현의 경우 상황적 맥락이 개입되지 않을 수 없다. 아니, 구체적인 언어 표현 어느 것도 상황적 맥락을 벗어나 성립될 수 없는 것이다. 따라서 시성(詩性)의 주도적 자질이라는 시적 기능에 있어 은유와 환유라는 두 축은 무엇보다 시적 언술의 상황적 맥락을 돌보기 어렵다는 점에서 수정되고 보완되어야 한다. 그리하여 작가와 독자 사이의 교류를 조건으로 생성되기도 하고 은밀한 암호가 되어 쏟아지기도 하는, 양극론으로는 이해할 수 없는 반어, 역설, 암호, 순수어 등과 같은 언술의 비합리성, 모순성도 체계적으로 이해할 수 있어야 한다. 양극론이 가진 문제의 핵심은 우리의 언술 가운데 은유나 환유의 방식이 아닌 것이 없다고 생각하는데 실제에 있어서는 그렇지 않다는 데 있다.

실제로 야콥슨은 규범적 언어로 이루어진 텍스트를 분석하거나 개방적인 텍스트의 경우 언어의 배치나 소리현상의 분석에 치중하였는데 그것이야말로 양극론의 한계를 반증하는 일이 아닐 수 없다. 그로써 현대시

---

21) Ibid., p.106

에 나타나는 인간의 복잡하고 미묘한 내면을 개진할 수는 없다. 더욱이 인도-유럽 말처럼 1차원적 시간 개념 아래 주어를 중심으로 논리를 펴는 것이 아니라, 우리말과 같이 구체적인 삶의 논리와 3차원적인 시간관에 의해 술어 중심으로 동작과 양상을 표현하는 긴장된 대화형의 말[22]의 경우 속 좁은 언어주의로 그 내면을 바라볼 수 없는 것이다. 정통 구조주의적 언어관의 한계를 넘지 못한 야콥슨의 양극론을 벗어나 언술의 상황적 맥락을 이해할 수 있고, 그리하여 은유나 환유 밖의 언어-넓은 의미의 아이러니, 다다이즘시, 구체시, 순수시 등 무수한 어조적 전략들의 의의를 원리적으로 파악할 수 있는 새로운 언술체계를 수립할 필요가 있다. 실제 언술의 생산원리가 되는 동시에 해석의 원리를 찾기 위한 노력, 이는 양극적 태도가 내재한 관념성의 한계를 넘어 구체적 언술의 해석원리를 찾는 작업이요, 시적 언술 원리의 지나친 간소화로 파생된 한계를 훨씬 좁히는 길이 될 것이다.

### 3) 차유의 성립

  양극론의 치명적인 결함은 모든 언어행위가 마치 언어행위 그 자체를 위한 것인 양 여기는 데 있다. 모든 언어행위와 마찬가지로 시를 쓰는 행위 역시 언어 체계의 확인과 그 체계의 운용을 위한 것이 아니라 삶의 표현이요 삶의 언어적 소통이다. 인간의 존재의식과 삶은 시시각각 변화하고 이 변화는 새로운 세계의 탐색 - 창작이란 행위로 나타나게 된다. 텍스트 이면의 변화무상한 삶의 맥락을 전제로 수신자와의 교감이 이루어지는 것은 시 읽기, 언술 해석의 가장 핵심적인 과정이라 할 수 있다. 은유와 환유의 두 축 외 표현상의 '차이'의 충격, 다시 말해 모순, 불합리, 비

---

22) 이규호, 『말의 힘』, 제일출판사, 1974, 101-111쪽 참조

상식 등의 표현이 언술상황과 관련되는 문맥상의 특정 주지를 가지는 경우, 이 역시 비유의 의미론적 구조-이미 언중들이 알고 있는 언어를 이용하되, 거기에 새로운 의의를 부여하여 매재로 사용하는 전이의 본성을 갖게 된다. 이것이 차유이다. 차유의 성격을 보다 구체화하고, 차유가 은유, 환유 등과 함께 왜 언어석 원리이자 시적 기능의 한 축이 되는지, 또 진통적인 문채인 아이러니류와 차유와의 관계 그리고 실제 시에 있어 은유와 차유, 환유와 차유 등의 의의를 점검하여 차유의 위상을 체계적으로 정립하면서 개념을 뚜렷이 할 필요가 있다.

예로부터 비유법은 무척이나 다양한 모습이었다. 의미나 형식이 일상 표준어법에서 벗어난다면 일단 비유법의 테두리로 수렴되었다. 그래서 비유법은 학자에 따라 수십 종(種)에서부터 백 수십 종까지 나누어졌다. 그들은 다시 두 가지 양식으로 나뉘기도 했는데, '의미에 따른 비유'와 '형식에 따른 비유'가 그것이다. 전자는 은유, 직유, 환유, 제유, 반어, 역설, 상징, 우화, 과장법, 의인법 등이고 후자는 병치법, 도치법, 대조법, 점층법 따위이다.[23] 일찌기 보시우스(Gerardus Joanne Vossius)는 종(種)들이 장르에 관계하는 것처럼 모든 비유들이 은유, 환유, 제유 그리고 아이러니 등 네 개의 원칙에 관계된다는 계급체계를 제의한 바 있다. 형식에 따른 비유의 양식을 제외하고 의미의 전이를 주축으로 하는 비유 양식을 네 가지 유형으로 제시한 셈이다. 그런데 뒤이어 아이러니는 표현상의 문채(다른 말로 假비유 pseudo-trope)라는 이유로 제외되고 러시아 형식주의자들, 특히 야콥슨에 이르러 환유와 은유의 양극론이 확고히 자리 잡게 된 것이다.[24]

---

23) 김욱동, 앞의 책, 35-36쪽
24) Gerard Genette, 「줄어드는 수사학」, 김현 편, 『수사학』, 문학과지성사, 1985, 123-124쪽 참조

이 양극론은 급기야 모든 비유를 은유라는 하나의 극으로 몰아가는 현상마저 보인다. 여타 문채들이 지닌 언술적 전략의 다양성을 외면하고 은유를 비유와의 동의어로 취급함으로써 은유를 유일한 비유로 떠받드는 현상을 초래하게 된 것이다. 이에 대해 제라르 주네트(Gerard Genette)는 모든 비유가 어떤 치환에 의해 이루어질 뿐 아니라 주지와 매재가 등가 관계라면 모두 은유 하나로 통할 수도 있게 된다고 지적하고, 일반적인 다른 수사학을 청산해 버리는 오류에 빠지지 말라고 경고한다.[25] 비유를 은유 하나로 단순화해 버리면 더 이상 시적 언어의 체계적 이해를 포기하는 길이 될 것이기 때문이다. 은유 단일 비유론까지 가지 않더라도 은유와 환유 양극론도 텍스트 내의 언어에만 집중하는 나머지 발신자와 수신자 사이의 상황적 요소를 간과하기 십상이다. 이를 극복하기 위해서는 네 가지 비유의 축에서 잠시 축출되어 있는 아이러니에 주목할 필요가 있다. 현대시에 있어 아이러니류는 다채로운 변형을 보이면서 결코 표현상의 문채에 그치지 않는 의미론적 기능을 하기 때문이다. 다른 비유와 마찬가지로 어휘적 차원에서 통사적, 의미론적 차원에 이르기까지 의미적 전이의 기능을 하는 대표적인 비유의 양식이며, 은유, 환유와 함께 비유적 언어의 한 축을 배태할 수밖에 없는 성격의 것이다.

전통적인 아이러니 역시 미지의 어떤 것이나 특정의 의미를 나타내기 위해서 기지의 언어를 매재로 하는 기본적인 비유의 틀을 갖추고 있다. 동시에 표면적인 언어와 내면적인 의미, 해석상의 모호함과 투명함 등 양면을 대조적으로 지닌다. 외양과 실제의 대조로써 눈앞에 현실을 드러내는 듯하면서도 실제로는 다른 것, 특정의 의의를 표현한다. 독자들도 자신들의 내부에 그런 모순과 부조화가 있음을 자각한다.[26] 해방감, 이탈

---

25) 같은 책, 115쪽
26) D. C. Mueck, 문상득 역, 『아이러니』, 서울대출판부, 1986, 15, 19, 23, 32쪽 등

감, 자유, 천연스러움, 무감정, 가벼움, 놀이, 세련 등 복합적 감정을 야기한다.[27] 수용자의 이러한 극적 효과들에 맞닥뜨려 동화하게 하는 새로운 아이러니류의 언어는 비유의 한 축인 동시에 은유, 환유 등과 구분되는 또 하나의 원리로 취급되어야 마땅한 것이다.

한편, 야콥슨에 의하면 프로이드(G. Freud)가 꿈의 구조를 탐구하는 데 있어 결정적인 문제는 꿈에서 나타난 상징과 시간적인 연쇄가 인접성(프로이드의 환유적 치환과 제유적 응축)에 근거한 것인지, 유사성(프로이드의 동일성과 상징)에 근거한 것인지를 밝히는 것이다. 이는 그러나 프로이드의 원안과는 다르다. 프로이드는 동일시를 응축의 수단이라 생각했으며 라캉은 응축이 은유의 과정이고 치환(displacement)은 환유적 과정이라 생각했다. 실제에 있어 프로이드는 꿈의 분석에서 꿈의 작용에 대한 네 가지 중요한 요인을 찾아내었는데 응축(condensation), 치환(displacement), 상징(symbolism), 모순(contradiction)이 그것이다. 그 중에서 야콥슨은 앞의 세 개만 이용하고 나머지 한 개인 모순은 동일시(identification)라는 프로이드 체계 내에서는 별로 의미가 없는 범주로 여긴 것이다.[28] 그렇다면 프로이드가 말한 꿈의 요인 중 모순은 시적 언술과 어떤 관계가 있을까?

꿈 해석은 거꾸로 한다는 우리 속담이 있듯[29] 모순 역시 중요한 표현 양식이다. 이는 전통적 수사법상의 아이러니나 역설 등과 관계된다. 뿐만 아니라 현대시인의 복합적인 내면을 나타내는 장치들 - 우연적이고 무의미하며, 상식파괴적인 언어들은 바로 그 모순 또는 불합리성의 충격을

---

27) 같은 책, 60쪽

28) 정원용,『은유와 환유』2쇄, 신지서원, 1999, 160쪽 참조

29) 대변을 짊어지고 집으로 오는 꿈은 부자가 된다는 등 일반 현실논리와 모순되는 해몽이 많다. 이공선 편역,『꿈 판단과 해몽』, 명문당, 1977, 280쪽. 이 외에도 많은데 특히 동양의 해몽에는 일반 상식과 모순되게 해석하는 해몽이 많다.

바탕으로 작용하는 것이다. 여기서 은유와 환유 외 다른 언어 생성의 원리이자 시적 기능의 또 하나의 축을 설정하게 된다. 야콥슨의 시적 언술 분석이 시적 언술을 언어적 반응으로 환원하는 데 그치는 한계를 지적한 바, 이 세 번째 시적 기능의 축은 언술과 언술 상황과의 관련성을 전제로 한다. 비유의 한 유형인 동시에 언어 형성상의 필수적인 원리인 셈이다. 전통적 수사법상의 아이러니류를 포함하면서 현대의 복잡다기한 시적 정황을 드러내는, 중요한 기능을 하는 중심 원리이다. 차이와 모순, 상식 파괴적 표현을 포괄하는 이 언술의 원리를 필자는 차유(差喩, transphor)라 부르기를 제안한다.

차유는 은유와 환유에 대비되며, 문자 그대로 차이성의 비유란 의미이다.[30] 은유가 유사성에 의한 대치(substitution)를, 환유가 인접성에 의한 연결(contexture)을 지향한다면, 차유는 차이성에 의한 긴장(tension)을 지향한다. 꿈의 작용과 관련하여 추론하자면 응축과 치환이 환유의 원리이고 상징이 은유의 원리이며 모순은 차유의 원리가 된다. 차유에는 언어 표현과 실제의 의미 사이에 간극(대조를 포함)이 있는 경우가 있고, 언어 표현 자체가 모순되거나 불합리한 경우가 있는가 하면 상식 파괴나 언어의 우연적 만남과 같은, 차이 자체가 목표인 경우가 있다. 이들의 문맥적 불합리와 모순 그리고 상식 부정의 차이성은 상황적 맥락에 의해 이해될 뿐이다. 비유적 원리를 갖되, 상황적 맥락의 공유에 의해서 의미화가 이루어지는 언술 원리, 그 범주를 차유라 부르고자 하는 것이다. 전통적 문채 용어상 아이러니류와 같은 표현도 그와 유사한 성격과 기능을 하지만 이들을 아이러니라 칭할 수 없는 이유는 그것이 수사적 장치에 그치는 것

---

30) 은유(metaphor)의 어원적 의미는 너머로(meta)와 운반하다(pherein), 즉 제2의 대상을 제1의 대상으로 보이게 서술한다는 뜻이고, 환유(metonymy)는 명칭 변경의 의미이다. 차유 표기 transphor는 어떤 대상을 바꾸어, 상이하게 나타낸다는 정도의 의미로 붙여 본 조어이다.

이 아니라 모든 언어, 심지어 은유와 환유 속에도 깊숙이 개입되어 함께 작용하는 언어적 원리라는 사실 때문이다. 그리고 아이러니라는 말이 역설과도 혼동되어 쓰이는 등 그 개념이 불분명하다.[31] 무엇보다도 차유는 전통적인 아이러니나 역설을 넘어, 현대인의 독특한 정서적 상황을 상징하는 상식 파괴의 언어, 비현실적 환상, 언어의 기형적 사용 등에 주원리가 되기 때문이다.

어떠한 언어의 선택이나 결합도 상황적 맥락을 떠나서는 이루어지지 않는다. 언술적 상황을 떠나 의미가 구현되는 언어는 없다. 하나의 기의 (signifié)에 대한 기표(signifiant)가 상황에 따라 수없이 존재하고, 하나의 기표에 수많은 기의가 존재하며, 하나의 랑그에 무수한 빠롤이 존재하는 것도 언어 상황의 차이 때문이다. 그러므로 내용과 표현 사이의 끝없는 차이를 메우려는 데서 차유의 시적 긴장감이 생성된다. 그러므로 언술의 의미와 표현 사이의 모순, 부조리, 차이성, 기형성 등이 수신지와 동일화하는 과정에서 일어나는 차유야말로 현대시의 가장 특징적인 언술 양식으로 보아야 한다.[32] 이렇듯 차유는 모든 언술에 편재하며 은유, 환유와 함께 메시지를 더 적절히, 더 섬세하고 아름답게 하기 위한 시적 기능의 한 극인 것이다.

---

31) 상호 모순되는 경험요소들이 야기하는 의미론적 긴장을 두고 I. A. 리차즈는 아이러니로, C. 브룩스는 그의 대표적 저서『잘 빚어진 항아리』에서 뚜렷한 개념 규정 없이 역설이란 말을 사용했다. 혼동되어 쓰일 만한 것도 공통점(차유성)이 있기에 가능한 일이라 하겠다.
32) C. 브룩스는 시의 언어가 역설의 언어임을 강조한다. 이경수 옮김,『잘 빚어진 항아리』, 홍성사, 1983, 7쪽 참조. 뿐만 아니라 이 책은 전반적으로 현대시의 극적(劇的) 특성을 설명하고 있다. '극성'의 핵심축은 차유이다.

## 4) 은유, 환유 그리고 차유

　시가 원초적인 언어체라고 할 때 그 언어체에는 네 개의 주요한 원형적 문채(figure)들이 있다. 그것들을 창안의 순서대로 들면 은유, 환유, 제유 그리고 아이러니이다.[33] 20세기에 들어 아이러니와 역설은 현대시의 구조적 특질로 널리 인식되었다. 그 이유는 첫째, 시의 대상 자체나 사회적 상황 자체가 근원적으로 모순과 부조리로 가득 차 있기 때문이다. 둘째, 대립되고 모순되는 시적 대상을 단순하거나 배타적이지 않게, 가급적 포괄적이고도 전면적으로 받아들이려는 시인의 시정신과 상상력이 필연적으로 아이러니나 역설의 방법을 취하게 하는 까닭이라 볼 수 있다.[34]

　은유는 의미(sense)와 의미 사이, 실체(entity)와 실체 사이, 특히 의미와 실체 사이에서 '차이 속의 유사성'을 보게 한다. 즉, 인간의 추상 개념을 구체적인 사물에 등치시킴으로써 인식적 진전을 기하는 것이다. 이 진전이 '차이성' 속의 유사성을 통과한다는 점에 주목할 필요가 있다. 환유의 인접성 역시 차이성을 전제로 한다는 것도 부언의 여지가 없는 사실이다. 은유나 환유에는 원칙적으로 차유가 중첩된다. 그리고 은유와 환유는 궁극적으로 동일성을 지향하지만 차유는 동일성을 추구하지 않거나 동일성을 해체한다.

　　고향에 돌아온 날 밤에
　　백골이 따라와 한방에 누웠다.

　　어둔 방은 우주로 통하고

---

33) G. B. Vico(1668~1744)의 견해. Roland Barthes, 「옛날의 수사학」, 김현 편, 앞의 책, 112쪽
34) 문덕수, 『시론』, 시문학사, 1996, 250쪽

하늘에선가 소리처럼 바람이 불어온다.


어둠 속에 곱게 풍화작용하는
백골을 들여다보며
눈물짓는 것이 내가 우는 것이냐
백골이 우는 것이냐
아름다운 혼이 우는 것이냐


지조 높은 개는
밤을 새워 어둠을 짖는다.


어둠을 짖는 개는
나를 쫓는 것일 게다.


가자 가자
쫓기우는 사람처럼 가자
백골 몰래
아름다운 또 다른 고향에 가자.

—윤동주, 「또 다른 고향」 전문


    윤동주의 저항시로 손꼽히는 작품이다. 저항시이든 각성의 시이든 그의 다른 작품에 비해 경음, 격음, 마찰음, 음성모음 등이 많이 쓰이고 있다. 따라서 매우 강렬하고 거친 인상을 주는 시임에 분명하다. 음운론적인 면에서 볼 때 이러한 음운(音韻)의 선택과 결합을 각각 은유, 환유 그리고 1연과 3연에 비해 부드러운 유성음이 더 쓰이는 2연의 대조적인 음성과 그와 관련되는 의미의 전환에는 차유의 원리가 작동한다 하겠다. 이 시의 언술적 특성은 다양한 상징어의 사용에서 찾는 것이 보통이다. 그러나 그에 못지않게 큰 특성은 텍스트 전반의 불합리한 표현에 있고 독자는 그 인식적 내용, 시작(詩作)의 배경, 상황적 맥락에 접촉해야 하는 데 있다. 화자와 따로 움직이는 화자의 백골, 우주로 통하는 방, 방 안에서 풍화작용하는 백골, 나와 백골과 아름다운 혼의 분열 등 이런 불합리하고 모순된 언어들은 식민지하의 청년으로서 저항의 아름다움을 깨닫는 날 밤이란 상황으로 이해하든지, 생활인으로의 나와 지조 높은 청년의 행동의지(백골), 그리고 갈등 없는, 또 다른 고향을 꿈꾸는 내 영혼 등 삼자의 격렬한 내적 투쟁으로 볼 것인지 등을 정해야 이 시의 언어적 불합리와 모순에 내재하는 맥락을 파악할 수 있을 것이다. 그 해석은 독자에 의해 생성되는 것이지 차유에 의해 지시되거나 설명되지는 않는다. 하지만 '차유'의 축을 통해 현대시의 은폐된 심연에 온전히 접근할 수가 있다는 사실은 확인할 수 있다. 언어적으로는 은유의 개입도가 높은 것이 사실이다. 백골도, 우주로 통하는 어두운 방도, 소리처럼 부는 바람도 은유가 주도한다. 하지만 은유의 유추(analogy)는 실세계의 맥락과 연결되지는 않는다. 비현실적인 연상(association)에 의해 유사성을 찾는다. 백골과 그 주지(主旨), 어둔 방과 우주, 바람과 소리 등이 그러하다.

시적 기능에 있어 인접성은 유사성과 차이성에, 유사성은 차이성과 인접성에 중첩되어 나타난다. 인접성과 유사성은 모두 차이성과 중첩된다. 은유나 환유, 차유 단독으로 작동하는 언어는 없다. 은유, 환유, 차유는 시적 기능의 세 축이요, 문체의 세 원리인 것이다. 어떤 환유도 은유적이고 차유적이며, 어떤 은유도 차유적이고 환유적인 색채를 띠기 마련이다.

　　이는 먼

해와 달의 속삭임
비밀한 울음

한번만의 어느 날의
아픈 피 흘림

—박두진, 「꽃」일부


꽃이보이지않는다.꽃이향기롭다.향기가滿開한다.나는거기墓穴을
판다.묘혈도보이지않는다.보이지않는묘혈속에나는들어앉는다.나는
눕는다.또꽃이향기롭다.꽃은보이지않는다.

—이상, 「絶壁」일부


    유추(analogy)란 한 대상이 다른 대상과 의미나 형태나 특징에 있어 서
로 유사하리라는 것을 추정하는 것이다. 또는 알려진 언어를 통해 새로
운 언어표현을 하면서 둘 사이의 공통성을 추정하는 것이다. 박두진의
「꽃」은 개화(開花)의 신비로움과 생명 탄생의 진통을 여러 매재를 통해
유추한다. 전형적인 은유의 연속이다. 이상의 「절벽」은 모순투성이의 언
술이다. 야콥슨에 의하면 꽃, 향기, 묘혈 등은 선택에 의한 은유인 셈이다.
하지만 이 시의 주된 흐름은 상식 파괴적 차이성 자체를 목표로 삼는 심
리와 언어가 이끌고 있다. 두 편의 시 모두 상식 밖의 진술을 하고 있다.
특히 「절벽」에서와 같은, 기존의 의미와 어법의 과감한 파괴는 절대적인
차유를 기반으로 하고 있다. 그 불합리하고 모순된 언어세계에는 개인적
절망감도 절망감이려니와 초현실주의라는 문화적 맥락에도 깊이 연루되
어 있다. 이런 언술에는 극단적인 은유도 중첩되어 있는 것이다. 극단적
인 차이에 의한 극적인 유사이다. 미적 전위(前衛)의 전위성은 차유의 정

도에 의해 증명된다 해도 과언이 아니다. 「절벽」의 '꽃', '보이지 않는다', '만개', '향기', '묘혈' 등등의 이미지들을 부분(종)으로 전체(류)를, 또는 전체로 부분을 대치하는 제유로 보는 경우도 없지는 않다. 이미지나 정황이 어떤 심리상태의 일부를 나타낸다는 식이다. 제유에 있어 전체와 부분의 관계는 무한히 확대될 수도 있고 세분될 수도 있어 근본적으로 모호한 까닭이다. 그래서 난해한 현대 전위시의 분석에서 은유, 환유를 설명하지 못한 경우에 제유란 말이 남용되기도 한다. 하지만 그런 확대와 세분을 따를 경우, 제유가 비유의 중심이 되거나 은유와 환유의 구분 자체가 무용한 것이 되고 만다. 모든 은유가 다소는 환유적이고, 모든 환유가 다소는 은유적이라는 사실을 외면하고 그 틈새를 오해하거나, 물리적인 획정이 불가능한 인문이나 예술적 논리의 특성에 눈감은 결과일 수도 있다.

예술적(미적) 전위의 시는 다름 아닌 차유에 의해 그 시적 기능이 극대화된다. 독자가 공유할 사회·문화적인 환경이 직간접적으로 설정된 언술의 경우, 환유, 제유 등이 쓰일 가능성이 크고, 그 상황적 맥락 파악은 한결 사회적이고 일반적인 차원에서 이루어진다.

아직 멀었는가 추풍령은……
그믐밤이라 정거장 푯말도 안 보인다.
답답워라 산인지 들인지 대체 지금 어디를 지내는지?

나으리들 뿐이라, 누구한테 엄두를 내어
물을 수도 없구나.

다시 한번 손목시계를 들여다보고 양복쟁이는 모를 말을 지저귄다.

아마 그 사람들은 모든 것을 다 아나보다.

되놈의 땅으로 농사 가는 줄을 누가 모르나.

—임화, 「夜行車 속」 일부

임화의 「야행차 속」 인용 부분에는 산과 들, 나으리들, 양복쟁이 등 환유적(제유적) 표현에도 차유적 작용이 개입되어 있지만, '나으리들', '모를 말', '다 아나보다' 등에서 유추할 때 전반적으로 차유적 상황이 구조적인 바탕이 되는 시라 하겠다. 나으리들, 양복쟁이들은 만주로 북간도로 이민살이 가던 촌부들의 이율배반적이고도 가엾은 모습을, '모를 말', '다 아나보다' 들은 각각 '뻔한 말', '아예 알려고 하지도 않는다' 등을 나타낸다. 인용 부분에는 당시(1935년 발표) 우리 민족의 유랑민 같은 삶의 애환을 함께 하고자 하는 민족적 아픔이 배어 있다. 그 아픔을 아픔이 아닌 양 바꾸어 표현함으로써 독자와의 교감에 긴장감을 더하는 것이다. 한편 나으리들, 양복쟁이들은 엄숙하고 품위 있는 계층을 대신한다. 은유의 주지와 매재가 연상에 의한 유사성으로 등가성을 획득한다면 환유는 이와 같이 실세계적 논리에 의해 결합된다. 다른 예도 그렇게 볼 수 있지만 '산'과 '들'은 특별히 제유라 구분할 수도 있다. 그 둘이 차창 밖 세상을 대신하듯이 제유는 부분이 전체를, 전체가 부분을 표현하는 것, 즉 종(種)과 유(類)의 교차(交叉)이며 따라서 범주적 포괄성에 기인한다. 야콥슨이 제유를 환유에 포함시켰듯 제유도 현실적 논리에 의한 인접적 결속을 보이는 것은 사실이다. 인간의 삶이나 언술에서 범주화 능력의 중요성이 부각된다면 제유도 언술 원리의 한 축이 될 수도 있겠지만, 제유는 고전적이거나 정형적인 문화의 반영으로 보아야 할 것이다.

달빛을 걸어가는 흰 고무신,

오냐 오냐 옥색 고무신

님을 만나러 가지러?

아닙니다. 얘.

낭군을 마중 가나?

아닙니다, 얘

돌개울의 디딤돌도

안골짜기로 기어오르는

달밤이지러 얘.

아무렴.

그저 안 가봅니까 얘.

오냐 오냐 흰 고무신

달빛을 걸어가는 옥색 고무신.

—박목월, 「월색」 일부


「월색」은 평이한 언어로 이루어져 있지만 상황적 맥락이 이해되지 않고는 이해가 어려운 시이다. 시적 언어라기보다 일상적 언어(everyday language)에 가깝다. 애매모호하면서도 치밀하게 조직되는 시적(감정적) 언어와 편차 없는 해석을 목표로 하는 과학적인 언어가 각각 은유와 환유의 원리에 주로 따른다면, 차유는 일상어의 시적 기능을 대표한다.[35] 일상어의 현장에 있어 화자와 청자는 상황적 맥락을 공유하고 있어 규범적인 문법을 필요로 하지 않기 때문이다. 상황적 맥락에 동화하기까지 수

---

35) 주지하다시피 리차즈(I. A. Ricards)는 언어를 과학적 용법의 언어와 감정적 용법의 언어로 구별하였고, 웰렉(Wellek)과 워렌(Warren)은 폴록(Thomas Pollock)의 저서를 소개하면서 문학적 언어, 과학적 언어, 일상적 언어로 나눈 바 있다.

신자는 차유적 언술의 주지-상황적 맥락을 찾아 읽기를 거듭하게 된다.

젊은 시골 색시의 밤나들이, 낭군 마중 가기라도 하는 길에 동네 어른과 맞닥뜨렸다. 동네 어른이 멀찌감치서 보기엔 평범한 흰 고무신이던 것이 가까이서 보니 옥색 고무신. 고무신으로 이어지는 환유(제유)가 시골 새댁의 조심스런 발걸음을 대신한다. 여기서 흰색과 옥색의 대비(은유)가 좁혀지면서 소박한 시골 새댁의 애틋한 정을 나누어 갖게 한다. 은유나 환유 외에 차유가 기반적인 기능을 하고 있다. 그것은 "아닙니다, 얘"라는 모순어법에서 그 절정을 이룬다. 표준어법을 파괴한 일상어-상황적 맥락을 전제로 일상 현실에서나 쓰이는 표현을 쓴, 독특한 시이다. 우리나라 시골의 유교적 문화-남녀노소의 엄격한 구별 그리고 그것을 뛰어넘는 새댁의 애틋한 연분, 여기에다 그것을 이해해 주는 나이 든 어른(화자)의 아량을 헤아리지 못한다면 아마 이 시의 감상은 어려울 것이다. 이와 같이 차유는 극적인 상황이나 상황적 맥락을 공유함으로써 그 차이성을 메우게 된다.

## 5) 차유의 의의

유사성에 기초한 것이 은유이고 인접성에 기초한 것이 환유이며 차이성에 기초한 것이 차유이다. 환유 중에서 범주적 포괄성에 기인한 것은 제유이다. 이들은 인간 개념 조직의 양식이며 실제의 모든 언어에 편재하는 현상이다. 은유가 직관에 의한 시적 언술이고 환유가 관습적인 지식과 문화에 의한 산문적 언술이라면 차유는 극적 언술이고 일상의 살아 있는 언어생활을 지배한다. 특히, 유사성, 차이성, 인접성 이 셋은 의식적이든 무의식적이든 자동화한 세계에 갇히지 않으려는 인간 정신의 세 가지 통로라 할 것이다.

은유와 환유라는 두 축에 관한 이론은 논리의 일관성이 결여되어 환유와 은유의 구분, 그 둘과 기타 다른 수사법과의 구별이 모호할 뿐 아니라 수사적 어법 전반에 관한 세밀한 탐구와 자리매김을 요하는 등 비판을 받기도 한다. 특히 시적 원리의 단순화, 언어과학화에 따르는 한계가 극복해야 할 대상으로 지적되었다. 언어 밖의 상황적 맥락의 의의를 간과하는 데서 오는 언어적 형식주의의 태생적 한계이기도 하다. 실제의 언술은 언어화를 넘어서는 여러 내용들-개성적이고 주체적이며 현실적인 구체성을 갖고 있으며 그 내용들은 언어표현의 해석에 있어서도 마땅히 중요한 역할을 해야 하는 것이다.

역동적이고 구체적인 언술 해석을 보완하기 위해 '차유(差喩, transphor)'란 원리의 극점을 하나 더 도입할 필요가 있다. 차유는 은유와 환유에 대비되며, 문자 그대로 차이성의 비유란 의미이다. 은유가 유사성에 의한 대치를, 환유가 인접성에 의한 연결을 지향한다면, 차유는 차이성에 의한 접촉의 긴장을 지향한다. 불합리하거나 모순되며 파괴적인 언어와 내적 의미 사이에 역동적이고 극적인 긴장감을 형성하는 차유는 전통적 수사법상의 아이러니류에서 이미 설명된 바이다. 하지만 이를 아이러니라 부르지 못하는 것은 역설, 낮춘진술, 과장진술 등과 용어상의 혼란이 심한 데다 이것이 2차적 기호의 문채를 조성하는 데 그치는 것이 아니라 언어적 원리의 한 축이자 관념과 실제의 일체를 꾀하는 실제의 논리이며, 현대시의 언어의 우연적 충돌과 비상식적 환상 등 파괴적 이미지의 주원리이기도 하기 때문이다. 이는 언어의 시적 기능에서 표현상의 모순성, 불합리성, 부정성 등을 존재하게 하는 기본 자질이며, 상황적 맥락의 공유를 통해 해석의 긴장을 자아내는 시적 기능의 중심축이다.

시적 기능에 있어 인접성은 유사성과 차이성에, 유사성은 차이성과 인접성에 중첩되어 나타난다. 이와 같이 인접성과 유사성은 모두 차이성과 중첩된다. 은유, 환유와 차유 단독으로 작동하는 언어는 없다. 은유, 환유, 차유는 시적 기능의 세 축이요, 문체의 세 원리인 것이다. 어떤 환유도 은유적이고 차유적이며 어떤 은유도 차유적이고 환유적이다.

| 은유 | 환유 | 차유 |
|---|---|---|
| 계열체 | 통합체 | 상황 |
| 유사성 | 인접성 | 차이성 |
| 선택 | 결합 | 긴장 |
| 연상 | 실제 | 실제, 연상, 환상 |
| 대치(代置) | 연결 | 접촉 |
| 동일성 추구 | 동일성 추구 | 비동일성 또는 해체성 |
| 문맥화 결여 | 선택 결여 | 실어증 자체 |
| 창의적 | 관습적 | 복합적 |
| 서정 | 서사 | 극 |
| 정서적 용법 | 과학적 용법 | 일상적 용법 |
| 낭만주의 | 사실주의 | 아이러니, 전위 |

# 4. 차유의 종류

## 1) 차유

은유가 유사성에 의한 대치(substitution)를, 환유가 인접성에 의한 연결(contexture)을 지향한다면, 차유는 차이성에 의한 긴장(tension)을 지향한다. 생경하거나 불합리하거나 모순되거나 상식 밖의 언어표현, 그것들과 실제의 내적 의미 사이에서 역동적이고 극적인 긴장감을 형성한다. 차유는 그 일부가 전통적 수사법에 있어 아이러니류로 취급되어 왔다. 하지만 이를 계속 아이러니로 묶어 두지 못하는 이유는 이들이 비유와 같이 고의적으로 언어의 축어적 용도를 저해하며, 전이를 통해 특수한 의미와 기능과 어법을 갖추는 동시에, 언어 생성 원리의 한 축이 되기 때문이다. 그만큼 차유의 기능은 본질적이고 광범위하다. 이는 언어의 시적 기능에 다중성, 모순성, 불합리성, 몰상식성 등 차이성이 존재하게 하고, 그 해석에 있어 상황적 맥락을 필수적으로 고려하게 한다. 특히 현대시에 나타나는 부정적이고 비현실적인 언어들까지 해석할 수 있는 논리적 근거가 된다.

수사(修辭, rhetoric)의 어원은 변론가(rhetor)란 뜻이다. 변론가는 말에 능하고, 청중에게 영향을 끼치는 기술에 능한 사람이다. 그런 연유에서

인지 수사는 오늘날 청중의 마음을 좌우하려고 하는, 나쁘고 아류적이며 깊이가 없는 장식적 편법 정도의 의미로 치부되기도 한다. 하지만 시는 청중을 설득하기 위해 수사되는 연설이 아니라 특정의 화자를 빌어 특정의 상황을 보여 주거나 말해 준다. 화자도 청자도 추상적인 설정일 뿐이다. 변론에서처럼 화자와 청사가 직접 마주하는 깃도 아니고, 미리 공유하는 주제가 주어지는 것도 아니며 몸짓, 표정, 음성 따위를 통한 전달도 어렵다. 변론가를 위한 수사법이 시의 원리가 될 수 없고, 모든 언술행위를 아우르는 원리가 될 수 없음은 당연한 이치이다. 한마디로 변론의 관습과 시적 창의성, 수사적 변론의 기계주의와 시어의 생명성 사이에는 현격한 차이가 있을 수밖에 없다.

차유는 변론술에서 해방되어, 실제의 시 텍스트에 다가가기 위한 핵심 축이다. 시 텍스트뿐 아니라 일상의 실제 언어는 어떤 방향에서 튀어나올지 모르는 살아 있는 언어이며, 전통 수사학의 기능성을 뛰어넘는, 열린 상황을 전제로 한다. 언제나 새로운 언어로 새로운 상황 속의 주지를 새로운 방법으로 전한다. 이러한 과정의 언어적 원리인 '차유'는 '차이의 차유'와 '모순의 차유' 그리고 '부정의 차유' 등 세 가지로 나눌 수 있다. 언술의 차이성 이해의 전제로 상황적 맥락과의 접촉이 필수적이라는 점에서 강력한 공통점을 갖지만 그 변별점을 좇아 유형화할 수 있다.

## 2) 차이의 차유

두루 알려진 대로 비유와 아이러니는 서로 대립되면서, 시적 언술의 이중적 토대가 된다. 비유의 정신은 유사성을 발견하는 태도인 데 비해, 아이러니는 유사성이 관습적으로 지속되고 있는 상황들 속에서 그 유사성의 부정으로부터 출발한다. 그리고 유사성의 부정은 자아와 세계의 차이성에 대한 관심의 집중현상이다.[1] 야콥슨은 이 차이성을 유사성의 한 속성으로 보고 이를 은유의 원리에 편입시킨 바, 그것이 그의 이론이 구체적인 적용에서 자기모순을 보이고 텍스트 밖의 상황적 맥락을 돌아볼 길을 잃는 원인이 되었다 할 수 있다. 전통 수사학의 관점에서도 차이성을 원리로 하는 아이러니의 특성은 이해되고 있거니와, 비유와 아이러니, 이 둘을 시적 원리의 대등한 두 축으로 생각할 필요가 있는 것이다. 차유는 전통적 문채로서의 아이러니란 언어표현과 같이 그 지시대상 사이에 간극이 있는 언어표현이다. 반어법, 낮춘 진술, 과장진술, 동음이의어에 의한 말장난(pun), 패러디, 미화법, 곡언법 등등이 이에 포함되고, 역설(paradox)도 아이러니의 대표적인 하위범주로 취급된다.

> 북천이 맑다커늘 우장 없이 길을 가니
> 산에는 눈이 오고 들에는 찬비로다
> 오늘은 찬비 맞았으니 얼어잘까 하노라
>
> —임제,「한우가(寒雨歌)」전문

「한우가」는 중의법의 예로 자주 거론되는 시가이다. '찬비'는 차가운 비인 동시에 기생 한우(寒雨)를 가리킨다. 겉과 속이 다른 중의적 표현이다. '얼어 잘까 하노라'의 '얼어 잘까'는 뜨겁게 자고 싶다는 속마음을 상반되게 표현한 반어법이거나 '얼워(肉交) 자고 싶다'는 속마음을 표현한, 동음이의어에 의한 말장난으로 볼 수 있다. 모두가 차이성을 상황적 맥락으로 메워야 하는 차이의 차유이다. 하지만 수사법적 선입견을 벗고 이 시조를 감상하자면, 왜 기상이 좋아서 우장 없이 길을 간다는 내용으로 시작되었으며, 갑자기 차가운 눈비가 내리는 정황이 정서적 등가물로 사

---

1) 김준오, 『시론』 제4판, 삼지원, 1997

용되었는지 그리고 메시지 언어 선택의 근거, 평상(平常)과 시적 상황의 차이, 그 공백을 메우는 일부터 해야 한다. 그 공백을 메우는 일은 그 차이성을 유발하는 상황적 맥락과 접촉하여 주지(tenor)를 찾는 일이다. 초장의 주지를 말한다면 '평상의 마음 상태로 있다가' 정도일 것이다. 중장은 '예기치 못한 순간 찾아온, 사랑의 간절한 갈망' 정도이리라.

이와 같이 시 텍스트의 언어는 어떤 것도 지시적이고 축어적인 의미만을 갖지는 않는다. 뿐만 아니라, 모든 언어 선택의 내면에는 은유·환유의 원리 외에 차유의 원리가 개입한다는 사실을 알 수 있다. 예상 밖의 비로 인한 초장·중장의 대조에는 환유적 인접성도 개입되지만 그에 못지 않게 차유의 차이성이 개입하고 있다. 종장 역시 그렇다. 찬비를 맞았으면 따뜻이 몸을 덥히고 자야겠다고 해야 정상이겠지만 이 시조는 아예 얼어 자겠다고 하는, 평상과는 동떨어진 표현을 내세우고 있는 것이다. 이 의미론적인 간극은 시인의 내적 정황과 기녀(妓女) 한우를 만난 실제적 상황 그리고 언어표현 사이에 유추적인 긴장을 조성한다.

눈이 도로 얼고 산머리 달은 진다
잡아도 뿌리치고 가시는 이 밤의 정이
십리가 못되는 길도 백리도곤 멀어라

—이병기, 「송별」 일부

십리도 못 되는 길이 백리보다 멀다고 하는 과장법을 안다는 것은 어디까지나 수사법을 아는 것이고, 왜 길이 다시 얼고 달이 져서 캄캄해졌다고 하는지, 잡아도 뿌리치는 이에게 정이 깊다는 의미는 무엇인지, 그 이유부터 찾는 것이 해석상의 공백을 메우는 일이다. 그 이유는 이른바 '미운 정'이란 것 때문일 수도 있고, 원망할 수 없는, 운명적인 이별인 까닭일 수도 있다. 어느 쪽이든 길이 다시 얼고 캄캄해져서 갈 수 없기를 바랄 만큼 큰 슬픔인 것은 사실이다. 민족 특유의 한(恨)으로 이해하든지, 또는 개인적 전기에서 그 내력을 찾아볼 수도 있을 것이다.

'차이의 차유'는 이와 같이 차이성, 상반성, 중의성, 과장성 등 갖가지 표현과 실제 의미의 차이에 의한 유추현상이다.

바람도 없는 공중에 수직(垂直)의 파문을 내이며 고요히 떨어지는 오동잎은 누구의 발자취입니까.

지리한 장마 끝에 서풍에 몰려가는 무서운 검은 구름의 터진 틈으로 언뜻언뜻 보이는 푸른 하늘은 누구의 얼굴입니까.

꽃도 없는 깊은 나무에 푸른 이끼를 거쳐서 옛 탑(塔) 위에 고요한 하늘을 스치는 알 수 없는 향기는 누구의 입김입니까.

근원은 알지도 못할 곳에서 나서 돌부리를 울리고 가늘게 흐르는 작은 시내는 구비구비 누구의 노래입니까.

연꽃 같은 발꿈치로 가이 없는 바다를 밟고 옥 같은 손으로 끝없는 하늘을 만지면서 떨어지는 해를 곱게 단장하는 저녁놀은 누구의 시(詩)입니까.

타고 남은 재가 다시 기름이 됩니다. 그칠 줄을 모르고 타는 나의 가슴은 누구의 밤을 지키는 약한 등불입니까.

— 한용운, 「알 수 없어요」 전문

설의법이니 반복법, 은유법 따위를 들고 그 효과를 설명한다 해도 이 시의 골격을 짚어 내지는 못한다. 이해의 핵심은 마음으로 느끼면서도 알 수 없다고 하면서 누구의 것이냐고 묻는 언술상의 차이성을 이해하는 데서 시작된다. 차이성이란 일차적 기호로서의 의미와 2차적 의미와의 차이, 평상적인 상황과 시적인 특수 상황 간의 차이, 랑그 차원의 규범적 언어와 삶의 언어 간의 차이 등등 여러 경우에서, 여러 가지 원인에서 발발한다. 그래서 차이성은 시뿐 아니라 모든 언술 원리의 축이되는 것이다. 고요히 떨어지는 나뭇잎, 푸른 하늘, 푸른 입김, 누구의 노래, 서녁놀, 시, 타고 남은 재, 누구의 밤, 등불 등등 숱한 온유들의 경연장에서 은유의 주지를 유추하는 것도 중요한 일이다. 그러나 그보다 더앞서는 일로 생각되는 것이 그러한 은유 성립의 기반이 되는 차유의 이해-낯선 언어현상과 상황적 맥락과 접촉하는 것이 이 시를 실제적으로이해하는 요긴한 방안이 될 것이다. 예컨대 고요히 떨어지는 오동잎이누군가의 발자취가 된다는 수평적 인식에서 나아가, 오동잎과 발자취의 차이, 그 차이에도 불구하고 은유적 관계로 연결될 수밖에 없는 낯선 정황에 대한 섬세한 이해가 따라야 한다. 선(禪)의 과정이나 불교적견성의 세계로 이해할 수도 있을 것이다. 이와 같이 비유적 언어 속에는은유, 환유, 차유 등의 속성이 공존한다. 차유의 차이성은 평상적 언어와 심미적 언어사용의 차이에서 발생되어, 그 심미적 맥락을 드러내기도 한다.

月
　火
　　水
　　　木
　　　　金
　　　　　土
하나 둘
　　하나 둘

일요일로 나가는 「엇둘」 소리

—김기림, 「일요행진곡」 1부 일부

　형태주의(formalism)적 유희성을 보이는 시이다. 우선 자동화된 언어습
관에 대해 언어의 새로운 배열로 차이를 드러내어 감각적 맥락을 보이는
시이다. 월, 화, 수, 목, 금, 토 등 각 요일과 구령 등의 언어배열은 미적인
효과를 위한 것이고, 심미적 상상력에 의한 것이라 할 수 있다. 시각, 청
각을 이용한 행진의 느낌과 인용 부분의 주지-명랑·건강하고, 희망적인
활력이 환유적 어휘들과 은유적인 시각과 운율의 도움을 받으면서 구체
화된다. 일요일 예찬의 시다.
　모든 시, 모든 언술에 차유의 원리는 내재되어 있다. 특히 시 텍스트의
모든 언어는 비유적이라 할 수 있고, 차이는 유사성·인접성과 함께 그
기반이 된다 할 것이다. 그중에서 '차이의 차유'는 차이성, 상반성, 중의
성, 과장성 등 갖가지 표현의 차이에 의해 발생한다. 표면적인 차이를 통
해 이면의 특정 의미와 분위기를 극적으로 제시하게 된다.

## 3) 모순의 차유

　역설(paradox)은 진술 자체에 모순이 나타나는 표현이다. 표현 자체에
자가당착적인 모순이나 불합리가 있지만 그 내면에 어떤 진실이나 진리
를 내포하는 것이 전통 수사법상의 역설이다. 표현 자체에는 모순이 없이
청자의 예상에서 어긋남으로써 차이성을 획득하는 아이러니에 비해 역설
은 표현 자체의 모순이나 불합리가 그 이면의 진실 또는 진리를 암시하
면서 시적 긴장을 자아낸다. '차이의 차유'와 '모순의 차유' 사이에는 아
이러니와 역설의 차이 정도의 구별점이 있다.

우리는 만날 때에 떠날 것을 염려하는 것과 같이
떠날 때에 다시 만날 것을 믿습니다.
아아 님은 갔지마는 나는 님을 보내지 아니하였습니다.
제 곡조를 못 이기는 사랑의 노래는 님의 침묵을 휩싸고 돕니다.
—한용운, 「님의 침묵」 일부

나 보기가 역겨워
가실 때에는
죽어도 아니 눈물 흘리우리다.
—김소월, 「진달래꽃」 일부

    역설의 예로 자주 오르는 시들이다. 「님의 침묵」의 인용 부분에서는 이별의 상황과 이별 부정의 정황이 공존한다. 만남과 헤어짐이 다르지 않다는 종교적 차원의 진리를 모순되고 불합리한 언어로 표현하고 있다. 모순되거나 불합리한 언어표현 자체가 주는 차이성, 언어적 표현과 내적 진실 사이의 차이성 등에서 모순의 차유는 발생한다. 「진달래꽃」의 경우, 사랑하는 님이 떠날 때에 죽어도 눈물 흘리지 않겠다는 모순된 표현이 있다. 시인은 모순된 언술 사이 그리고 언술과 실제 진실 사이의 이중적 모순율로 언어적 역동성을 확보하는 것이다. '아니 눈물 흘리겠다'는 구절만 따로 떼어서 보면 표현 자체에 모순이 있다고 할 수는 없고, 눈물 흘리겠다는 뜻으로, 반어적 차이로 해석할 수도 있다. '차이의 차유'와 '모순의 차유'는 이와 같이 구별이 모호할 때가 더러 있다. 기본적으로 같은 성격의 언술 전략이니만큼 겹쳐 작용하는 것도 유난스런 일은 아닐 것이다.

그래도 모순의 차유는 표면에 모순 또는 불합리가 뚜렷이 드러나면서 내면에 어떤 진리나 진실이 내재하여 이중적 긴장이 조성된다는 점에서 차이의 차유와는 구별된다.

>밤에 홀로 유리를 닦는 것은
>외로운 황홀한 심사이어니
>고운 폐혈관이 찢어진 채로
>아아, 늬는 산새처럼 날러 갔구나.
>
>　　　　　　　　　　—정지용, 「유리창 1」 일부

시인이 자식을 잃은 슬픔을 달랜 시로 알려져 있거니와, 감당할 수 없는 슬픔을 '모순의 차유'와 '차이의 차유'로 덜어내고 있는 것이다. 덜어내어도 덜어내어도 내면에 남는 애착과 그리움, 체념의 슬픔이 뒤섞인 복잡한 감정이 주지를 이룬다. 인용 부분에는 모순의 차유가 언술 전략의 중심이 되고 있다. "외로운 황홀한 심사", "고운 폐혈관" 등은 이른바 모순어법(oxymoron)이다. 모순되고 불합리한 언어를 내세워 어떤 상황의 단면을 나타낸다. 따지고 보면 "산새처럼 날러 갔구나" 같은 구절도 은유(직유)라 하긴 하지만 사실은 차유의 원리가 깊이 개입되고 있다. 주검을 산새라 하다니, 모순적인 동시에 차이적이다. 이렇게, 얼른 문채로서의 역설이 보이지 않는 시적 언술에도 모순의 차유는 깊이 내재되어 있다.

>내 마음의 어딘 듯 한 편에
>끝없는 강물이 흐르네.
>돋쳐 오르는 아침날 빛이 빤질한
>은결을 도도네.

가슴엔 듯 눈엔 듯 또 핏줄엔 듯

마음이 도른도른 숨어 있는 곳

내 마음의 어딘 듯 한 편에

끝없는 강물이 흐르네.

─김영랑, 「동백잎에 빛나는 마음」 전문

이런 시는 역설로도 아이러니로도 설명되지 않는다. 이 시는 운율적 동일성 지향에 의한 은유, 환유의 축에 의미론적으로는 차유가 시의 기본 전략이 되고 있다. 아니 모순의(또는 역설적인) 차유가 언술의 골격을 이루고 있다. 내 마음에 강물이 흐른다는 전제 자체가 모순이요, 불합리한 사실이다. 이 차유는 더 심화되어 가슴이고 눈이고 핏줄이고 간에 전신에 강물을 흐르게 한다. 모순적 차유에 의한 해명이 아니면 사소한 넋두리에 떨어질 판이다.

열오른 눈초리 하잔한 입모습으로 소년은 가만히 총을 겨누었다.

소녀의 손바닥이 나비처럼 손끝에 와서 사뿐 앉는다.

이윽고 총끝에선 파아란 연기가 물씬 올랐다.

뚫린 손바닥의 구멍으로 소녀는 바다를 내다보았다.


-아이, 어쩜 바다가 이렇게 똥그랗니?

놀란 갈매기들은 황토 산태바기에다 연달아 머릴 처박곤 하이얗게 화석(化石)이 되어갔다.

─조향, 「EPISODE」 전문

데뻬이즈망(dépaysement)은 차이나 모순적인 언어의 대표적인 예가 된다. 원래 위치에서 이동(displacement)-언어들이 원래의 의미를 버리고 다른 자리에서 맞닥뜨리게 함으로써 기존의 질서와 논리가 붕괴하는 충격을 발휘하는 전략이다. 이것이 물리적 시간과 공간의 개념마저 붕괴된, 무선상상(無線想像)의 모순적 사건에서 만나고 있다. 총에 대한 거부감 상실과 소녀의 환영, 단시간에 화석이 되는 갈매기들이 그렇다. 초현실주의의 무의식 탐구와 무의식의 근원을 성애(libido)로 본 프로이트의 정신분석학적 지식이 갖추어진 상태에서는 그 총구가 남성 상징이라는 추측이 가능해진다. 부분적으로도 전반적으로도 모순의 차유에 의한 시라 할 수 있다. 그러나 표면적 모순의 이면에서 무의식적 진실이나 진리를 발견하지 못하거나 인정하지 않는 경우, 이 시는 부정의 차유의 예로 들 만한 시가 된다. 판단은 쉽지 않다. 최종적으로는 독자의 지식수준이나 신념에 달린 문제일 수 있다.

모순의 차유는 모순되거나 불합리한 언어표현 자체가 주는 차이성, 모순된 표현과 내적 진실 사이의 차이성 등에서 발생한다. 표현 자체가 불합리하거나 모순된다는 점이 표면상 그렇지 않은 차이의 차유와는 우선 구별되는 점이고 그 배면에 일반화되는 진실이나 진리가 존재한다는 점에서 차이의 차유나 부정의 차유와 구별된다.


## 4) 부정의 차유

'차유'는 표현상의 차이성을 이해하기 위해 상황적 맥락과의 접촉이 불가피한 시적 언술의 한 축이다. 그것은 생경함, 모순됨, 부정(否定)함 등의 차이를 좇아 대개 세 가지 정도로 유형화할 수 있거니와 '부정의 차유(Transphor of negativeness)'는 가장 극단적인 타입이라 할 수 있다.

'부정의 차유'는 일반 상식을 부정하고 새로운 체험에 몰입하거나, 규범적인 언어체계를 부정하고 독자적인 언어를 구사하는 시의 중심축이다. 수신자에게 상황적 맥락에 집중하게 하지만 비현실적인 환상이나 실험적 유희 등 추상적 잔영이 남을 뿐이다. 언어유희나 환상이 시적 미덕이 되고 언어의 비지시적 사용, 우연적 충돌 등이 심미적 자질이 된다.

미학적인 관점에서 본다면 차유는 추(醜, the ugly)의 미에 미적 기반을 둔다. 추는 부정적인 미이다. 미의 본질을 규정하는 요인에 반대되는 요인이 추의 본질을 이룬다. 그러므로 추는 불완전한 미가 아니라 미의 부정이며, 따라서 추와 미는 동격의 대립개념이기도 하다.[2] 기존의 질서와 관습을 파괴하고 해체하고자 하는 현대의 전위적인 시들은 세계를 부정하고 자아를 부정하며 부정을 통하여 새로운 독자(獨自)의 세계를 지향한다. 부정의 차유는 그 중심전략이라 할 수 있다. 추의 형식원리는 무형식성, 부정확성, 기형성 등인데, 무형식성은 무형태성 또는 무정형성, 불균형, 부조화 등을 포함하며, 자연의 추는 대개 무형식성에 의한다. 부정확성은 예술적 법칙성의 위배를 의미하며, 예술적 불완전성을 말한다.[3] '부정의 차유'의 특성 역시 무형식성, 부정확성, 기형성 등이다. 20세기 전위시들이 그 예이다.


　　희디 흰

　　이 밤

　　이

　　검은 밤을


　　닫혀진 셔터 아래서

---

2) K. Rosenkranz의 글. 백기수, 『미의 사색』, 서울대학교출판부, 1981, 150쪽에서 재인용
3) 백기수, 같은 책, 150쪽

다리와 가시줄 사이에서

부숴버리는
여자가 산욕(産褥)의 피로 물들이는
여자가

얼어붙은 이 밤의 어둠을 불사르는
목숨을 울부짖는 육체가 없는가
하늘 꼭대기로 떨려나는
땀에 절은 그 고함소리는 없는가

흰 종소리는
희고
나는

검을 뿐인가

—전봉건, 「이 밤에」 전문

　전위적인 의식이 엿보이는 시이다. 희디흰 밤, 흰 밤의 검은 밤, 하얀 종
소리 속의 검은 내면 등 부조리한 이미지에 의해 일반의 관념이 부정된
다. 부정적이고 그로테스크한 이미지들-'셔터 내린 밤의 다리와 가시철
사 사이, 산욕의 피 묻힌 채 울부짖는 육체, 땀에 전 여자의 고함소리' 등
맥락이 불명확할 뿐 아니라 부정확한 어휘들이 남발된다. 추의 추구라
할지, 악마주의적 성향이라 할지, 이런 분위기가 현대시의 한 경향인 것
은 사실이다. 부정에 의한 차유는 사조(思潮)를 불문하고 차이성 자체가

목적인 듯 일반의 인식에 충격을 주며 기성의 인식을 파괴한다. 기존의 미와 질서에 대한 부정에 그치거나 부정형을 통해 제3의 세계를 지향하는 것이다.

한편, 1890년대 유럽의 이른바 '예술을 위한 예술' 운동은 예술이 여하한 사회적 의무로부터도 자유로워야 한다고 주장했다. 다다이즘은 1차 세계대전을 중심으로 해서 스위스에서 일어나 각국에 전파되었는데, 예술에서 모든 기성전통의 가치나 이성의 우월성, 예술 관습의 권위 등등을 부정하거나 파괴하고, 불합리적인 것, 비이성적인 것, 아름답지 않은 것, 비도덕적인 것들을 찬미하면서 일종의 파괴적이고 부정적이며 허무주의적 경향을 보였다. 이들은 언어에서 전달수단의 기능과 의미를 뺀, 무의미한 기호들의 비현실적 배열에 관심을 두었다. 단적인 예로 다다이스트 차라(Tristan Tzara)는 콜라주(collage) 수법으로 시를 썼거니와, 그것은 신문지를 조각조각 잘라 내어 모자 속에 집어넣고 뒤섞은 다음 무작위로 다시 끄집어내어 조립하는 식이었다. 언어들의 무원칙한 충돌이요, 무의미의한 언어들의 우연한 만남이었다. 언어의 우연한 충돌 속에서 기존의 의미와 기능을 배제하고, 전면적인 낯설음을 시도하는 이 낯설음은 인식적 '차이'나 표현상의 '모순'을 넘어 현재의 모든 의미와 질서를 파괴하고 부정한다. 주지는 나열된 언어들의 잠재적 의미들에서 유추할 수밖에 없다.

강물이 넘어지고 있었다
부서진 모랫벌
곁에서
바위들의 피흘리고 있었다
산산조각난 밤

노을따라 비칠비칠
금이 간 팔 밑에 와 누웠다

하늘가로는
소리 없는 소리들
그림자 없는 그림자들

강물이 자꾸 넘어지고 있었다

—강은교, 「소리·9」 일부

역시 언어의 일반적인 용도는 부정되고 있다. 부정의 언어들과 모순된 언어들이 충돌하고 있다. 일반의 언어나 평상의 삶과는 다른, '다른' 정도가 아니라 아예 그런 것들을 부정하고 파괴하는, 독자(獨自)의 세계이다. 비이성적이고 유희적이며, 허무주의적인 색채가 농후하다. 「이 밤에」나 「소리·9」에서 보다시피 부정의 차유는 무형식적이고, 기형적인 언어의 배열을 통해 현실에 대한 절망감, 무한 자유를 향한 동경, 충격적인 유희성 등을 표현한다. 차이의 차유나 모순의 차유처럼 특정 의미 지향성을 갖지 않는다.

사전적으로 말해서 초현실주의(surrealism)란 1차 세계대전 후 합리주의와 자연주의에 반대하고, 비합리와 잠재의식의 세계를 추구함으로써 표현의 혁신을 꾀한 프랑스 중심의 전위 예술운동이다. 미래파, 입체파, 다다이즘 등이 상식 밖의 언어 조작을 즐기는 데 비해 초현실주의는 본래적 인간의 진실 탐색을 명분으로 무의식 세계를 탐구한다.

문(門)을암만잡아다녀도안열리는것은안에생활(生活)이모자라는 까닭이다. 밤이사나운꾸지람으로나를졸른다. 나는우리집내문패(門牌)앞에서여간성가신게아니다. 나는밤속에들어서서제웅처럼자꾸만감(減)해간다. 식구(食口)야봉(封)한창호(窓戶)어데라도한구석터놓아다고내가수입(收入)되어들어가야하지않나. 지붕에서리가내리고뾰족한데는침(鍼)처럼월광(月光)이묻었다. 우리집이앓나보나그러고누가힘에겨운도장을찍나보다. 수명(壽命)을헐어서전당(典當)잡히나보다. 나는그냥문(門)고리에쇠사슬늘어지듯매어달렸다. 문(門)을열려고안열리는문(門)을열려고.

—이상, 「가정(家庭)」 전문

이 시는 자동기술(automatism)의 언어로 서술된 초현실주의 시이다. 하지만 이 시를 이해하기 위해서는 텍스트 전반의 생경하고 부정적이며 모순투성이인 표현들을 좇아 그 정황을 찾아보아야 한다. 내면적 황폐함, 현실적 자아에 대한 회의, 가정마저 안식처가 되지 못하는 절대적인 소외감, 극심한 자기연민, 끊임없는 고뇌와 탈출의 시도 등등이 마치 꿈속이거나 의식의 흐름을 좇는 양 전개되고 있다. 상황적 차유에 있어서의 부정은 부정에 그치지 않고 차이의 차유, 모순의 차유와 겹치면서 특수한 맥락을 갖게 된다. 상황적 모순의 차유의 예로 든 조향의 「에피소드」도 그러하다. 부정의 차유, 특히 상황적 차원에서의 부정의 차유는 초현실주의적 환상시의 출현으로 본격화되었고, 현대시의 한 전통이 되었다.

▲ 우에
▲
그 상상봉에
⊙하나

그리고 그 ▲ 아래

▼그림자

그 그림자 아래, 또

▼ 그림자,

아래

다닥다닥다닥다닥다닥다닥다닥다

한 지붕들, 들어가고 나오고

찌그러진 △ㅁ들, 일어나고 못 일어나고,

찌그러진 ☖우들

　　—황지우,「日出'이라는 한자를 찬, 찬, 히, 들여다보고 있으면」전문


　포스트모더니즘 계열의 시에는 기호와 도형이 더러 사용된다. 이미 이상(李箱)의 연작시「선에 관한 각서」,「오감도」등 10여 편에서 나타났던 기호와 도형이다. 산을 기호로 표시하고 산그림자의 경우에는 뒤집어서 나타내고 있다. 시 장르의 해체요, 언어관습의 해체요, 의미 중심의 해체이다. 앞서 들었던 김기림의「일요행진곡」과 같이 이 시도 형태주의적 면모를 보인다. 하지만 이 시가 '부정의 차유'의 예가 되는 이유는 첫째, 아예 문자언어의 관습을 부정하고 도형을 이용했다는 점 때문이다. 그리고 둘째, 앞의「일요행진곡」이 나름의 진지한 의미 전달력을 갖는 데 비해 이 시는 언어유희에 집중하고 있어 환상과는 또 다른 공상적 묘사를 보이기 때문이다. 산 아래 밀집된 집들. 그 속 시민들의 일상이 실감 있게 연상된다. 보기에 따라 그 삶은 자연스럽게 보이기도 하고 힘들게 느껴지기도 하고 활기 있게 보이기도 하는데 어느 쪽이든 시인은 개의치 않는 듯 유희적 묘사에 열중이다. 독자는 텍스트를 읽으면서 동시에 텍스트를 생산하는 입장에 놓이게 된다. 일정한 의미를 구현한다고 본다면 차이의

차유의 예가 될 시이다. 기호나 오선지, 만화 등을 이용하는 해체시, 가치 중립의 패스티쉬4)와 메타시5) 등 포스트모더니즘의 해체주의는 원칙적으로 부정의 차유를 핵심 전략으로 채택하고 있다. 그 주지와 문맥적 의미는 기성 현실을 해체하며 독자의 취향과 문학운용 능력에 따른 문제로 남는다.

상상력이 현실성을 근거로 하는 데 비해 환상이 비현실성을 유추의 근간으로 한다면, '차이의 차유'와 '모순의 차유'는 상상력의 소산이라 할 수 있다. 이에 비해 '부정의 차유'는 유희적 조작이나 환상적 체험의 산물이라 하겠다. 시 창작과 읽기는 궁극적으로 직관에 기대고, 시의 언어는 상상적 직관과 환상적 직관에 기댄다. 상상적 직관은 비가시적이고 비가청적인 것이 상상에 의해 직접적 구체성이나 충실성을 가지고 내면에 나타나는 경우에 일어난다. 환상적 직관은 상상적 직관이 심화 발전된 형식으로 심리학적 의미와 생리학적 의미 그리고 미학적 의미로 구별할 수 있다. 심리학적 의미에서의 환상은 변태심리학적 의미에서 외계에 실재하지 않는 것이 지각표상으로 현전하는 환각이며, 생리학적 의미로는 대뇌에 주어진 자극이 시신경 중추를 흥분케 해서 일어나는 현상을 말한다. 또 미학적 의미에서의 환상은 심리학적 의미의 그것과 동일한 과정이기는 하지만 창조적 직관이라 부를 수 있는 것이다. 예술가의 영감에 의해 창조적 정신이 극도로 긴장되는 순간 돌연히 현전하는 환상을 파악하는 경우, 우리는 현실 자연에서 전혀 유리된 환상의 세계로 끌려가게 된다.6)

---

4) pastiche는 제임슨이 포스트모더니즘의 중심 시학으로 규정한, 의도가 배제된 언어의 패러디이다. 이는 더 이상 독창적인 형식 창조가 불가능해졌다는 낭패감과, 언어적 규범을 부정함으로 말미암은 의미 상실의 죽은 언어를 동원한다. Frederic Jameson, "Modernism and Consumer Society", Hall Foster, ed., *The Anti-Aesthetics*, Bay Press, 1983, pp.115-116 참조

5) meta-poetry는 말 그대로 시에 대한 시, 언어 자체를 반성하는 자신의 시작에 관한 시, 시에 대한 비평의 시론 시, 시인론 시 등 포스트 모더니즘의 문제적인 시 유형이다.

6) 백기수, 『예술의 사색』, 서울대학교출판부, 1985, 75-76쪽 참조

차이의 차유와 모순의 차유는 직접적인 구체성이나 충실성을 가지는 상상력의 소산인 데 비해, 부정의 차유는 변태적이며 즉흥적 흥분, 순간의 유희세계로 이끌려고 한다. 환상적 직관이 존중되는 시대의 대표적 언술 전략, 그것이 차유요, 이는 곧 부정의 차유인 셈이다.

부정의 차유에 있어 언어적 차원의 것이 부정적인 언어와 언어의 충돌에 집중하는 데 비해, 상황적 차원의 것은 부정적인 언어들을 바탕으로 무의식적이고 환상적인 나름의 맥락을 갖는다. 하지만 어휘적 차원은 곧장 상황적이고 구조적인 차원으로 이어지기 때문에 그 구별은 관념적이고 형식적인 문제이다.

## 5) 언어적 차원과 상황적 차원

차유는 언어적(verbal) 차원에서도 이루어지고 상황적(situational) 차원에서도 이루어진다. 아이러니와 역설이 그런 것과 마찬가지이다.[7] 하지만 실제에 있어서는 언어적 차유와 상황적 차유를 구분하기 곤란할 때가 많다. 시는 유기적인 조직체이기 때문에 부분과 전체를 칼로 자르듯 잘라내기 힘들기 때문이다. 하지만 지칭의 대상이 부분적인 수사에 집중될 때는 '언어적 차유', 텍스트 전반에 걸쳐 이루어질 때는 '상황적 차유'라 부를 수 있다. '언어적 모순의 차유'와 '언어적 차이의 차유', '상황적 차이의 차유'와 '상황적 모순의 차유'라는 명칭의 사용도 가능하다.

누가 떨어뜨렸을까

---

7) 아이러니는 표현된 언어 자체가 아이러니인 언어적 아이러니, 어떤 사태나 사건의 상태가 아니러닉한 상황의 아이러니 등으로 크게 나눌 수 있고, 역설이 부분적인 수사적 차원에 있을 때는 언어적 역설, 한 편의 시작품 전체의 구조적 기능을 감당할 때는 구조적 또는 상황적 역설이라 명명할 수 있다.

구겨진 손수건이
밤의 길바닥에 붙어있다.
지금은 지옥까지 잠든 시간
손수건이 눈을 뜬다.
금시 한 마리 새로 날아갈 듯이
금시 한 마리 벌레로 기어갈 듯이
발딱발딱 살아나는 슬픔

　　　　　　　　　　　—문덕수, 「손수건」 전문


　손수건이 길바닥에 붙어 있다든지, "지옥까지 잠든 시간", "손수건이 눈을 뜬다", "발딱발딱 살아나는 슬픔" 등을 의인법, 활유법 등(은유)으로 규정할 수도 있겠지만 그 전에 손수건이 길바닥에 붙어 있다가 발딱발딱 살아난다는 과장과 모순, 지옥이 잠든 모습까지 보게 되는 불합리의 내적 의미를 아는 것이 이 시의 이해를 위해 더 요긴한 일이다. 시적 인식과 일반 상식 사이의 차이이자 모순의 차유이다. 이렇게 모순의 차유와 차이의 차유는 겹쳐서 작용할 때가 더러 있다. 그 둘을 혼용하는 것이 일반이기 때문이다. 시 「손수건」은 그런 예이면서 부분적으로는 언어적 차유인 동시에 상황적으로는 모순의 차유라고 할 수 있다.
　아이러니와 역설은 현대시의 구조적 특질이다. 그렇게 된 첫째 이유는 현대사회에 있어 시적 대상 자체의 모순과 부조리이고 둘째 이유는 세계의 수용에 있어 현대 시인의 전면적이고 포괄적인 태도 등이다.[8] 이는 현대에 와서 개별성이 신장되고 시적 허용의 범위가 커지면서 차유적 표현이 일반화되고, 다양화·심화한 까닭이라 할 것이다. 예를 들어, 님은 갔지만 보내지 않았다는 모순된 정황을 노래한 한용운의 「님의 침묵」이나

---

8) 문덕수, 같은 책, 250-251쪽 참조

떠나는 님에게 꽃까지 뿌리며 축복하는 김소월의 시 「진달래꽃」도 전반적으로 보아 상황적인 모순의 차유에 의한 시라 할 수 있을 것이다.

> 그해 겨울은 창백했다.
> 사람들은 위기의 어깨를 졸이고
> 혹은 죽음을 앓기도 하고
> 온몸 흔들며 아니라고도 하고 다시는 이제 다시는
> 그 푸른 꿈은 돌아오지 않는다고도 했다.
> 세계를 뒤흔들며 모스크바에서 몰아친 삭풍은
> 팔락이던 이파리도 새들도 노랫소리도
> 순식간에 떠나보냈다.
> 잿빛 하늘에선 까마귀 떼가 체포조처럼 낙하하고
> 지친 육신에 가차 없는 포승줄이 감기었다.
> 그해 겨울,
> 나의 시작은 나의 패배였다.
>
> ─박노해, 「그해 겨울나무」 일부

텍스트의 이해는 텍스트 내의 언어들만으로 이루어지지는 않는다. 첫 행 "겨울은 창백했다."에서부터 인용부분의 마지막 "나의 시작은 나의 패배였다."에 이르기까지 언어적 차원에서의 '차이의 차유'와 '모순의 차유'가 혼재한다. 전체적으로 특정의 상황을 드러내는 '상황적 차유'이다. 세계를 절망과 공포 속에 몰아넣고 시인의 희망을 뺏어간 모스크바의 삭풍. 이 차유는 시인의 전기적 사실들을 볼 때, 구소련을 비롯한 사회주의 국가의 붕괴와 시인의 이념적 위기를 비유하는 환유라 할 수 있다. 저항과 피신과 도피 생활에 지친 육신에 내린 포승줄도 그런 맥락에서 이해된다. 그러나 그 패배는 그의 끝이 아니다. 적어도 이 시의 언어적 모순의 차유는 새로운 시작으로 나아가고 있다. 사회주의의 몰락과 육신의 구금(拘禁)은 패배가 아니라 새로운 성찰과 실천의 계기일 뿐인 것이다. 이와 같이 은유나 환유로 해결할 수 없는 언어 밖의 상황은 차유를 해명하는 과정에서 밝혀진다.

　　신부는 초록저고리 다홍치마로 겨우 귀밑머리만 풀리운 채 신랑하고 첫날밤을 아직 앉아 있었는데, 신랑이 그만 오줌이 급해서 냉큼 일어나 달려가는 바람에 옷자락이 문 돌쩌귀에 걸렸습니다. 그것을 신랑은 생각이 또 급해서 제 신부가 음탕해서 그 새를 못 참아서 뒤에서 손으로 잡아 다리는 거라고, 그렇게만 알곤 뒤도 안 돌아보고 나가버렸습니다. 문 돌쩌귀에 걸린 옷자락이 찢어진 채로 오줌 누곤 못쓰겠다며 달아나버렸습니다.

　　그러고 나서 사십 년인가 오십 년인가 지나간 뒤에 뜻밖에 딴 볼일이 생겨 이 신부네 집 옆을 지나가다가 그래도 잠시 궁금해서 신부방 문을 열고 들여다보니 신부는 귀밑머리만 풀린 첫날밤 모양 그대로 초록저고리 다홍치마로 아직도 고스란히 앉아 있었습니다. 안쓰러운 생각이 들어 그 어깨를 가서 어루만지니 그때서야 매운 재가 되어 폭삭 내려앉아버렸습니다. 초록 재와 다홍 재로 내려앉아 버렸습니다.

—서정주, 「신부」 전문

　텍스트의 골격을 이루는 것은 비현실적 이야기와 내적 문맥이다. 신랑의 분노도 현실적으로 이해되지 않거니와, 신부가 같은 방에 수십 년 앉아 있을 수도 없는 일이다. 불합리하고 모순된 표현이요, 상황적 모순의 차유라 할 수 있다. 모순의 내면에는 조혼의 어린 신랑과 결혼한 여성이 지녀야 했던 일편단심의 미덕이나 섬김 자체가 미덕이던 유교적 윤리에 대한 믿음이 담겨 있다.

차유는 그 지칭의 대상이 부분적인 수사에 집중될 때는 '언어적 차유' 그리고 텍스트 전반에 걸쳐질 때는 '상황적 차유' 등으로 나눌 수도 있다. 따라서 언어적 모순의 차유와 차이의 차유, 부정의 차유 그리고 상황적 차이의 차유와 모순의 차유와 부정의 차유라는 명칭의 사용이 가능하다. 단 부정의 차유는 언어적 차원과 상황적 차원의 구별이 더욱 모호할 때가 많다.

### 6) 차유의 종류

차유는 은유와 환유에 대비되며, 문자 그대로 차이성의 비유란 의미이다. 텍스트 내의 다른 언술이나 일반의 상식에 대해 생경하거나 불합리한 표현, 의미 파괴나 부정 따위가 주는 차이성, 그로 인한 해석상의 갭을 메우는 언술과정을 이른 것이다. 공백 메우기, 즉 차이성을 해석하는 일은 메시지 밖의 언술 상황 또는 상황적 맥락과 접촉함으로써 가능하다. 주지(tenor)는 이 과정에서 파악된다. 차유의 종류를 셋으로 나누는 것은 유형화 자체에도 목적이 있지만, 차유의 기능과 범주, 그 원리를 보다 구체적으로 조명하고자 하는 의도에서이다.

모든 시, 모든 언술에는 차유의 원리가 내재되어 있다. 특히 시 텍스트는 은유, 환유 등과 함께 차유가 그 원리의 세 축을 이룬다. 차유는 '차이의 차유'와 '모순의 차유' 그리고 '부정의 차유' 등 세 가지로 나눌 수 있다. 근본이 차이성에서 생성되다 보니 그 유형을 몇 가지로 나누는 데는 무리가 없지 않다. 실제에 있어 차이성은 무수히 많은 다양성과 개별성을 전제로 하기 때문이다. 하지만 시적 주체의 체험을 간단히 양식화해 볼 수는 있고 그것이 시를 체험하는 데 도움이 될 수는 있을 것이다.

'차이의 차유'는 상반성, 중의성, 과장성, 차이성 등 갖가지 표현의 차이에 의한 비유이다. 자동화된 언어습관에 대한 언어의 새로운 배열에서, 일반의 상황과 시적 상황 사이에서, 평상적 언어와 심미적 언어사용의 차이에서, 랑그 차원의 규범적 언어와 빠롤 차원의 삶의 언어 사이에서 그리고 텍스트 내의 통합적·계열적 일탈이나 생략, 비약 등에 의한 의미론적 간극에서 차유는 생성된다.

'모순의 차유'는 모순되거나 불합리한 표현이 주는 차이성, 언어적 표현과 내적 진실 사이의 모순 또는 불합리에서 발생한다. 모순 또는 불합리한 현상이 시적 긴장을 조성한다는 점에서 '차이의 차유'와는 구별된다. 차이의 차유는 표면상에는 모순이나 불합리성이 없는 차이성에서 형성되기 때문이다. '차이의 차유'와 '모순의 차유' 사이에는 기본적으로 아이러니와 역설의 차이 정도의 구별점이 있다. 하지만 문채로서의 역설이나 아이러니가 '모순의 차유'나 '차이의 차유'의 전부인 것은 결코 아니다. 역설이나 아이러니를 찾을 수 없는 언술에서도 '모순의 차유'와 '차이의 차유'는 깊이 내재되어 있다. 간단히 말해 차유는 은유와 환유의 원리인 유사성과 인접성에 대해 '차이성'을 바탕으로 하고 있기 때문이다.

'부정의 차유'는 기존의 미(美)와 질서에 대한 부정을 통해 제 3의 비현실의 세계를 지향한다. 미학적으로는 '추(醜)의 미'와 같이 무형식성, 부정확성, 기형성 등에서 발생한다. 미래파, 입체파, 다다이즘, 초현실주의, 해체주의 등 전위적인 시들의 핵심 전략이기도 하다. 비이성적이고 유희적이며 허무주의적인 색채가 농후하다. '차이의 차유'와 '모순의 차유'가 상상력의 소산이라면 '부정의 차유'는 유희적 조작이나 환상적 체험의 산물이라 할 수 있다. 상상력이 현실성을 근거로 하는 데 비해, 환상은 비현실성을 유추의 근간으로 한다. 언어적 차원에서는 언어에서 전달수단 기능과 의미를 뺀, 무의미한 기호들의 비현실적 배열 그리고 현실을 부정하고 파괴하고자 하는 언어들의 충돌에서 발생한다. 상황적 차원에서 언어적 차원의 부정의 차유가 부정적인 언어들의 충돌에 집중하는 데 비해 무의식적이고 환상적인 나름의 맥락을 보인다는 점에서 차이가 있다.

'차이의 차유'와 '모순의 차유'는 구체성이나 충실성을 가지는 데 비해, '부정의 차유'는 변태적이며 즉흥적 흥분이나 창조적 순간의 환상세계를 펼쳐 보인다.

언어적인 차원에 더 집중될 때는 '언어적 차유', 텍스트 전반에 걸쳐 이루어질 때는 '상황적 차유'라는 이분법적 분류도 가능하다. 따라서 '언어적 모순의 차유'와, '차이의 차유', '부정의 차유', 그리고 상황적 '차이의 차유'와 '모순의 차유', '부정의 차유'라는 명칭의 사용이 가능하다. 하지만 부정의 차유에 있어, 언어적 차원과 상황적 차원의 구분은 실제에 있어서는 모호한 경우가 대부분이다. 언어적 차원은 동시에 상황적이고 구조적인 차원으로 확대되기 때문이다.

이렇듯 차유는 은유와 환유라는 두 축으로 해결할 수 없는 언어 밖의 상황과 관련되는 비유를 해명할 수 있으며, 나아가 구조주의적 언어주의의 한계를 극복할 수 있는 기반적 원리가 된다 할 것이다.

# 5. 6·25 전쟁시의 언어적 전략-남·북 시의 이질성

## 1) 환경과 언어적 전략

시대적 환경이 문체 형성에 핵심 요인으로 작용할 때가 있다. 36년 간 일제 강점에서 해방된 우리 민족의 미래적 전망을 일시에 무너뜨린 6·25 전쟁. 이를 계기로 남북한 현대시의 언술적 자질이 심한 변모와 굴절을 겪었으리라는 추론은 얼마든지 가능하다. 조선조의 임진(壬辰, 1592~1598), 병자(丙子, 1636) 양란 이후 우리 한문학(漢文學)이 자유와 본능을 억압하고 구속하던 유교적 정책문학에서 벗어나 새로운 번성기를 맞는가 하면, 외래사조의 자극을 받기도 하면서 민중의 요구에 부응하는 보다 쉽고 자유스러운 표현의 한글문학이 발흥했던 것도[1] 이와 같은 맥락에서 이해 가능하다.

해방 이후 상호대립하면서 간극을 키우던 남북한의 문화·사회 체제가 6·25 전쟁을 계기로 첨예하게 부딪혔다는 점을 감안할 때, 전쟁시기 남북한 시의 언술체계도 상당한 이질성을 보일 수밖에 없다. 어떤 시정신도 주제도 그 표현과정의 처음과 끝이 언어적 과정이요 언어적 실재라는 점

---

1) 박성의,『한국문학배경 연구 上』, 선명문화사, 1974, 59-60쪽

을 상기할 때, 6·25 전쟁시의 언어전략에 대한 대비적 고찰은 마땅히 이루어져야 할 과제가 아닐 수 없다. 남북한 시의 이질성을 구체적으로 파악하는 길일 뿐 아니라 분단기 한반도 현대시의 언술적 패러다임과 그 위상을 정립하는 일이기도 하기 때문이다.

이를 위하여, 현대시의 언어적 전략에 있어 가장 근본적이고 구조적인 두 패러다임으로 여겨지고 있는 은유와 환유의 언어과정을 야콥슨(R. Jakobson)의 시학과 라캉(J. Lacan)의 정신분석학적 언어이론 그리고 레이코프(G. Lakoff)의 환유 모델론으로 조명하면서 언어적 차이성과 상황적 맥락의 접촉에서 생성되는 차유의 진폭과 유형을 파악, 남북한 6·25 전쟁시[2]의 언술적 특성과 그 의의를 살펴보고자 한다.[3] 이로써 해방 이

---

2) 전쟁시란 물론 전쟁문학의 하위 양식으로서의 시를 말한다. 본고에서는 전쟁시기의 시에 한하여 전쟁시라 칭한다. 전쟁시기의 시란 전투현장의 시와 전의고취를 위한 시는 물론 전쟁시기의 개인적 집단적 내면을 표현한 시 그리고 전쟁 직후의 전쟁적 정황 아래서의 시(문학)에 한정한다. 이는 비교적 전쟁시(문학)의 개념을 좁게 한정하는 것인데, 여기에는 6·25 전쟁시의 개념을 뚜렷이 하여 '전후시', '분단시'와의 변별점을 뚜렷이 하자는 의도가 있다. 전쟁직후의 구체적인 시기 한정이 문제인데 남한의 경우 분단을 기정사실로 받아들이기 이전, 대체로 50년대 중반까지로 한정되지만 북한의 경우는 분단을 기정사실로 받아들이는 데엔 훨씬 더 오랜 세월이 걸린다.

이런 관점에서 '전쟁시'는 '전방의 시'와 '후방의 시'로 나누어진다. 전방의 시는 다시 '전투시'와 '전투 고양시', 후방의 시는 전쟁 중 후방의 내면 정서나 외적 생활을 표현하는 시와 전쟁 직후 전쟁에 대비하는 생활상이나 내적 서정을 다룬 시를 묶은 개념으로, 외적 생활상을 다룬 시는 '후방생활시', 내면정서의 경우 '후방서정시'라 부르는 것이 좋겠다. 전쟁시는 이를 기본 틀로 하고, 필요에 따라 더 세분해 볼 수 있다고 생각된다.

전쟁문학의 개념은 연구자마다 꽤 다르게 제시하였거니와 대표적인 논의를 들면 백철,「전쟁문학의 개념과 그 양상」,『세대』 통권13호, 1964. 6, 신익호,「전쟁문학 소고」,『3사논문집』 8집, 3사관학교, 1978, 윤종혁,「전쟁문학의 역사적 배경」,『홍대논총』 17호-인문사회과학편, 홍익대학교, 1985, 오현봉,「한국 전쟁문학 연구」,『성곡논총』 9집, 성곡문화재단, 1987 등이 있다.

3) 1950년대 소설의 문체에 관한 연구로는 김상태,『문체의 이론과 해석』, 집문당, 1993, 308-338쪽이 있다. 그는 어휘적 변모에 초점을 맞추어 50년대 소설에는 전쟁과 관련된 어휘, GI문화와 연관된 어휘, 이념의 갈등을 드러낸 어휘 등이 많이 쓰이는 점을 밝히고 어휘의 전국화, 표준화 현상을 지적했다.

후 남북한 현대시의 출발지에서의 모습을 대비해 보고 남·북한 언술 전략의 차이를 해명하고자 하는 것이다.

## 2) 시어의 변화와 차유의 폭

조선조의 양 전란이 자음의 경음화, 격음화 현상을 완수하고 모음조화를 파괴하며 고유어의 약화와 한자어 증가 현상 등 숱한 변화를 가져오는 결정적 계기가 되었듯 6·25 전쟁기의 시도 전대에 비해 경음, 격음 사용의 빈도가 훨씬 늘고 전쟁용어는 물론 생활과 밀착된 민중적 일상어가 과감하게 쓰이는가 하면 새로운 서구어가 남용되고 한계적 상황 속에서의 절망과 분노와 새로운 모색의 언어가 잦게 쓰이는 현상을 보인다.

우선 경음, 격음의 잦은 사용과 그 효과를 보자.

총아!
너는 네 몸이 불덩어리로 녹을 때까지
원수들의 피를 마셔라.

검(劒)아!
검아 너는 네 몸이 은가루로 부서질 때까지
원수들의 살을 삼켜라.

오오, 내 가슴에도 원수의 총알이 쏟아져오면
내 사랑하는 조국의 여윈 제단 앞에
끓는 피 방울 방울 모두 드리오리니

—장호강, 「총검부」 일부

장호강은 중국중앙군관학교를 졸업하고 광복군으로 전쟁에 참가했을 뿐 아니라 후에 육군사관학교를 졸업, 공비토벌전을 시발로 6·25 전쟁의 격전장에 직접 참가하면서 1949년부터 줄기차게 전쟁시, 특히 전방의 시를 발표한 시인이다. 그런 만큼 그의 시는 경음과 격음으로 가득하다. 시셋말로 악에 받쳐 있기 때문이다. 위의 시의 경우 표기상 드러나는 것 외에도 실제 발음상의 '불떵어리, 원쑤, 은까루로 부쒀질, 쌈켜라' 등등을 감안하면 더욱 그러하다. 이와 같은 경음이나 격음 계열과 음성적인 차원에서 대립되는 것이 "조국의 여윈 제단", "방울 방울 모두 드리오리니" 등 비교적 가라앉은 어조의 유성음 계열이다. 경음과 격음은 전장의 소리와 인접한 음운적 환유와 격렬한 전투상황을 연상케 하는 은유이고, 내면적 어조와 유성음의 연결은 끊임없는 충성심이나 희생정신을 숭고미의 차원으로 끌어올리는, 은유 중심의 복합적 비유이다. 그 기반은 일반음운과의 성조적 차이 – 차유의 축에 의한 것이다. 복합적 비유하에 명령형 종결어미의 연속은 청자 또는 독자의 분발과 새로운 행동을 촉구하는, 야콥슨의 이른바 능동적(conative) 기능을 내면화한다.


이요대 달이 밝으면
25야아드씩 떨어져 전진하라


2.7인취 로켙포탄이며, 3.5인취 로켙포탄이며
60미리 박격포탄, 80미리 추격포탄,
이름도 모를 포탄들의 파편과 불발탄,
뒤엎인 탄착점과 어질어진 철조망

끄슬린 무덤을 돌아

화약 냄새 자욱한 골짜기를 꿰어

전우가 디딘 발자국을 되밟고 신호탄이 넘어간 비탈을 탄다.


달이 얹힌 철모마다 인광(燐光)이 탄다.

묽은 쏘루體 두골 안 뇌수가 불이 붙어

지지지 인광으로 탄다.

오리온과 마주친 눈망울에 인광이 탄다.

—민재식, 「속죄양 Ⅱ」 일부


이 시 역시 연속적인 경음과 격음의 계열체적 나열로 험악하고 치열한
전투상황과 고통과 절망의 서정을 병치하고 있다. 숱한 전쟁관련 용어와
외국어들, 경음과 격음이 이어지는 현상을 전투상황 묘사에 따르는 당연
한 결과로 치부할 수만은 없다. 민재식은 시어에 관한 선구적인 소신을
가졌던 시인이었다. 그는 1960년에 간행한 첫 시집 『속죄양』의 발문에서
도 시어에 관한 독자적인 관점을 피력한 바 있거니와 후에 더 구체화하
였다.


시인은 언어에 대한 최초의 편애자였다. 그는 시어를 만들어 냄으로
써 귀족의 언어를 순화하는 임무에 착수했으나 드디어 언어의 마손(磨
損)은 사실상 그 임무를 저버리게 한 결과를 초래하였다. 이제 언어의
평민적 생명력과 선구적 시인들의 노력이 주효하여 시어는 무너져 가
고 있다. 그러므로 시인은 이들 귀족적 시어에 대한 치정을 청산하고
시어에 대한 최후의 편애자가 되어야 한다. 언어는 순열과 조합의 정리

에 따라 무수한 가능성을 가지고 있다.[4]

그는 당시 대다수 시인들이 가지고 있던 고전적이고 귀족주의적인 시어관을 비판하고 실생활에서 우러난, 생명력 있는 언어로 표현할 것을 역설하고 있다.

평음이 경음화, 격음화하는 현상은 발화상의 노력은 더 들더라도 말의 생명을 유지하고 표현력을 더 강하게 하자는 데서 일어나는 현상이다.[5] 시에서 경음과 격음의 빈번한 사용은 언어의 생명력을 증폭시키게 된다. 시 「속죄양」은 전장의 혐열함을 실제 전장의 언어로 표현한다. 경음, 격음과 전쟁 관련 용어들로써 숨 쉴 틈 없는 포격과 포연의 격전 상황과 삶의 벼랑에 선 본능적 공포심과 구토증을 입체적으로 연출한 것이다. 음운적 차원에서의 은유와 환유, 차이의 차유를 활용한 셈이다.

6·25 전쟁시의 언어적 생명력 확대 현상은 전방의 시에 그치지 않는다.

하꼬방 유리딱지에 애새끼들
얼굴이 불타는 해바라기마냥 걸려 있다.

내려 쪼이던 햇발이 눈부시어 돌아선다.
나도 돌아선다.

(중략)

저기 언덕을 내려 달리는

4) 민재식, 「그냥 노오트」, 『세계전후문학전집 8 한국시집』, 신구문화사, 1972, 365쪽
5) 허웅, 『언어학 개론』, 샘문화사, 1989, 212, 227쪽 참조

체니(少女)의 미소엔 앞니가 빠져
죄 하나도 없다.

나는 술 취한 듯 흥그러워진다.
그림자 웃으며 앞장을 선다.

—구상, 「초토의 시」 일부

전쟁 이전의 시엔 일부 사회주의 시에서가 아니면 "하꼬방 유리딱지에
애새끼들"이나 앞니가 빠진 계집애 같은 서민적 생활언어가 쓰이지 않았
을 것이다. 밀고 밀리는 전쟁기, 절망과 좌절의 피난민 생활을 경험하고
서야 그 '애새끼들'이 해바라기 같은 희망인 것을, 앞니 하나 빠진 것이
죄 하나 없는 구원의 모습인 것을 실감나게 체득할 수 있었던 것이다.

북한의 전투시도 경음과 격음을 사용하긴 하지만 남쪽에 비해 개인적
편차가 별로 없고 평균적이고 의례적인 사용 빈도를 보인다. 북쪽 시인들
에게도 강력한 표현이 필요했으리라. 그러나 음운의 계열체적 배열을 통
한 서정적 기능은 거의 보이지 않는다.

드디어 내린 돌격명령에
비호같이 날아오르는 용사들
무섭게 볼 뿜으며
앞을 다투어 내달았다.

별빛보다도
우리 날창이 번뜩이고
맞받아치는 수류탄들은 적들의 정수리에서 터졌다.

어떻게 이 식인종들을

한놈이라도 놓칠 것이냐

원쑤들의 시체로 산골을 메우리라.

—박세영, 「나팔수」 일부


북한시인 박세영이 1951년에 쓴 이 시도 격전의 현장을 표현하고 있거
니와[6] 남한의 그것에 비해 차유의 폭이 적은 단순한 서술 위주로 쓰여졌
다. 전쟁의 참상에 대한 내면의 서정은 거의 없고, 전쟁 승리를 향한 기계
적인 목적의식에 충실하다. 남한의 전투시와 같이 경음과 격음의 사용으
로 서정의 은유화를 꾀하거나 시적 긴장감을 고조하는 차유의 진폭도 빈
약하다. 적들에 대한 적개심과 인민군의 전투의욕을 고취하고자 하는 의
도만이 환유되고 있다. 북한의 전쟁시는 대개 이 정도이다. 이는 사회주
의적 사실주의의 전형성과 당성을 견지해야 하는, 해방 이후 북한시 일반
의 관행이라 생각된다. 전투상황 현장을 표현함에 있어서도 언어적 장치
를 통한 서정의 감각화를 꾀하는 남한 전쟁시와 달리 북한의 것은 전쟁
상황과 영웅적 투쟁의 모범적 사례 제시를 통해 전의를 고취한다는 집단
적 지침을 따르는 것이다.

북한의 전쟁시는 낯선 외국어를 별로 사용하지 않는다. 외국어의 남발
은 계급성을 위반할 뿐 아니라 주체적 인민 교도의 수단으로서도 적합지
않고 그 목적에도 위배되기 때문이다. 단 미국에 대한 적개심을 고취하는
시에는 당시 일반 인민들에게는 생경했을 성싶은 외국어가 등장하기도
한다.

---

6) 조선문학가예술총동맹 편, 『해방후 서정시선집』, 문예출판사, 1979, 425-429쪽

딸라로 빚진 월가의 네 거리에

넥타이 맨 식인종

실크 햇트를 쓴 사람버러지

자동차에 올라앉은 인간 부스러기

성경을 든 도적놈

—백인준, 「얼굴을 붉히라 아메리카여」 일부

　당시 북한의 미국에 대한 적개심을 단적으로 보여 주는 시이다.[7] 미국
비판을 위한 시에 쓰이는 생경한 외국어는 미국과의 거리감을 더 크게 하
고 미제에 대한 인민들의 혐오감을 고양하며 나아가 부르주아 계급의 추
하고 허황한 모습을 각인시키기 위한 차유적 의도라 생각된다. 역시 환
유가 승한 언술이기도 하다. 이에 비해 6·25 전쟁기 남한의 시에서는 외
국어, 외래어가 남발되는 경우가 허다하다. 이는 한편으로는 6·25 전쟁
을 통한 문화의 국제화 현상이기도 하고 한편으로는 현실 도피적이고 맹
목적인 서구 취향과 헛된 과시욕의 결과이기도 하다.

　詩集을 안고. 빠 「지중해」의 辭表. 거만한 高架線. 과부 구락부. 메
가폰. 걸어가는 헌병 Mr. Lewis. Poker. 검문소의. 「몽코코 크림」. 聖
敎堂에서 街娼婦人과 졸업증명서. i'd like some air. 노오란 웃음의
소녀소녀소녀소녀소녀. die blue blume. 방풍림 넘에. 누워 있는 파아
랗지 않은. 바다. 검은 별. darkness at noon. 제2국민병제2국민병제
2국민병제2국민병. 무말랭이. 글쎄요. 소년matroos. 「아달린」과. 기
차를 타고 온 민의 대표들의 밀짚모자와. 助淫文學家 무슈 「김」. 買

7) 박종원, 류만, 『조선문학개관』, 사회과학출판사, 1986, 정홍교 외, 『조선문학개관』, 인동,
1988, 155쪽

辯階級의 질주. 서북항공로에서. 無面渡江東. 곤봉 정치가의 연설에 관하여. 검은 안경. 화랑부대 ○○고지 탈환. vol de nuit. ,「을지문덕」의 미소. 「모나리자」는 나이롱 양말을 벗고. 「파이프.올간」. 국제전화국에서. AGAMEMNON. 땃멀떼는. 곡마단 단장의. 새까만 밤 밤밤밤. 발콘에서 심각한 풍속을 지니는 의장들. 모택동의 피리소리. 파아란 맹렬한 밤. 그럼요. 「카사브랑카」. 가장무도회. 「아라스카」의 기지에서. 조교수의 연애사건을 위하여. 초인종. motus! 여기는 喪家이랍니다. 황혼. 네! 그렇거세요. 아아멘!

— 조향,「어느 날의 MENU」 전문

난해하기 짝이 없는 시이다. 제멋에 겨워 무차별 토해놓은 언어의 편린들이라 해도 과언이 아니다. 외국어 자체의 차이성 그리고 외부적 상황과 접촉되는 앞부분의 차유와 뒷부분 "맹렬한 밤"에서 상가(喪家)까지의 심리적 정황과 접촉되는 차유, 다른 언어의 속성이나 부분이 되는 환유의 나열을 통해 국제정세와 현대문화의 분위기를 연상하게 한다. 분방한 음성적 어휘적 계열체들에 군이 해석을 가하자면 '시집을 안고' 있는 한 지식인의 뇌리에 가득 찬 관념들-헌병, 검문소 등의 살벌한 전시적 상황과 제2 국민병의 무말랭이 같은 나약함과 소외감, 화랑부대의 선전에 남몰래 보내는 축하의 미소라는 모순적 상황, 아가멤논 같은 유엔군과 모택동의 개입, 관능적인 사랑에 대한 욕구와 노오란 웃음의 소녀, 초인종이 울려도 초상집 같은 내면의 이율배반, 이와 같이 검고 어두운 밤의 연속과도 같은 절망과 혼돈에서 벗어나고자 하는 안간힘이 마지막 "아아멘!"으로 터뜨려진다는 정도의 해독은 가능하다.

이 시가 다다이즘이나 초현실주의의 주된 방법론인 무연(無緣)한 이미지의 충격적 만남 - 데뻬이즈망이나 자유연상법을 좇아 쓰여진 사실도 그러하거니와 언어의 배열과 용어들만 보더라도 조향 시인의 현학취미와 서양 컴플렉스는 짐작이 된다. 정도의 차이는 있으나 시에 서구어를 즐겨 쓰는 현상은 전쟁기와 전후기 남한 시인 - 박인환, 구상, 김경린, 김광림, 김수영, 김종문, 민재식, 박태진, 성찬경, 신동문 등을 중심으로 일었던 일종의 유행 같았던 현상이나. 외국어나 경음, 격음 그리고 어둠과 절망의 언어들은 6·25 전쟁기나 전후 남한의 혼란하고 무잡한 문화적 풍토를 상징하기도 하는가 하면, 사회적 충격과 호기심을 해소하는 방안이 되기도 했을 것이다.

「메카니즘」이라는 속내를 몰라도
탄피의 노염은 무섭다.
-역사는 다만 휘돌아 갈 것이지만
선인장은 더덮인 가시 사이에
꽃을 달더라는데

동자(瞳子)에 어리는 별의 부분아
눈에 든 티처럼 나는
검은 「비죤」을 부벼 댔는데
무어 느낌이 새삼스러운가
말이 긴하지 않았던가.
낙엽이 귀찮았던가
내 안에 「서어커스」 旗를 품었기에
합쳐 오는 낮과 밤이었다.
시간은 더욱이 고독했다.

―박태진, 「그러한 때」 일부

남한의 전쟁시에 있어 전방의 시는 전투상황에서도 전쟁에 대한 두려움이나 회의의 일단을 드러내고 후방의 시는 절망 속에서도 희망을 찾는 갈등과 모색의 정서가 드러내는 것이 보통이다. 박태진의 「그러한 때」의 "메카니즘", "비죤", "서어커스" 등 외래어가 탄피의 노염을 합리화하거나 눈동자를 떠나지 않는 별조각 같은 것이거나 낮과 밤, 희망과 절망 사이를 유영하는 삶의 양식을 상징하는 것을 볼 때 또 이러한 경향이 앞의 조향의 시에서도 마찬가지인 것을 볼 때 당시 시인들의 외국문화에 대한 동경과 의존성과 호기심은 짐작된다. 차유를 유발하는 어휘도 자주 반복되면 차유성이 감소하거나 관행화되어 소진되고 만다. 특히 외국어 자체의 사용은 구체적인 일상생활언어에 비해 그 효과가 단시일에 소진된다 할 것이다.

한편, 시간과 공간을 초월하여 연상되는 이미지의 계열체들을 자유롭게 뱉어놓은 듯한 조향의 시-외국어, 문화어, 하층 생활어, 퇴폐적 관능어, 정치언어 등의 병치로 1930년대 모더니즘 시의 그것보다 더욱 분방하고 난해한 그의 시문체는 6·25 전쟁기 시들의 속어, 비어 등 일상어의 부상 현상과 함께 후에 김춘수의 무의미시와 김수영의 자유로운 언어구사 등으로 이어지면서 우리 모더니즘시사에 응분의 기여를 했다는 문학사적 의의도 찾을 수 있을 것이다.[8]

6·25 전쟁기 남한의 전쟁시들이 전방시이든 후방시이든 경음, 격음, 외국어, 전쟁용어, 한계적 상황의 언어뿐 아니라 전문적인 지식어로부터 참혹한 피난민의 하층 언어까지 거리낌없이 사용한 것은 우리 시문학사

---

8) 『문화세계』 통권 3호(희망사, 1954)의 특별부록 「현재 한국문학인총람」을 보면 유독 조향을 "일찌기 우리나라 모더니슴 운동에 나섰고 현재도 이의 운동을 위하여 활약 중"이라 하여 당시 조향의 영향력을 엿보게 하는데, 김수영과는 후반기 동인의 주요 멤버였고 김춘수도 이들과 교류했다.

에 의의를 남긴다. 비현실적이거나 관념적인 기존 시어의 한계를 무너뜨리고 삶과 밀착된 언어로 생명력 있는 표현을 낳게 하면서 시의식의 개방은 물론 시적 언술의 현대화 과정에 주요한 계기가 된 것이다. 또 맞춤법상 남북한 언어의 이질화 현상은 1954년 북한이 한글 맞춤법 통일안을 수성한 소선어 철사법을 세정, 공포한 시기부터 시작된다고 하지만[9] 문화어나 생활언어의 남북한 이질화는 체제분단과 시기를 같이하는 것이고 특히 6·25 전쟁은 그 직접적인 분기점이 되었다 할 것이다.

### 3) 전방시의 환유와 도덕적 문체

해방 직후 북한문학은 선전 선동을 통해 반일, 반지주(反地主) 의식을 고취하고 분파적 유산을 제거하며 발전법칙을 전제로 하는 사회주의적 사실주의에 입각해 있다가, 전쟁을 거치면서 예술행위 자체가 정치 생명의 한 부속임을 자각하는 마르크스·레닌 사실주의와 김일성 주체사상을 당보다 우위에 두는 주체적 사회주의로 무장했다.[10] 이런 점에서 북한의 시가 환유적 사고과정을 토대로 하고 있음은 당연한 일인지도 모른다.

북한의 문학사가들이 전쟁기 시의 명편으로 손꼽는 시에서 한 편을 든다.

이 나라 용감한

유격대이던 그가

몇 날 전의 돌격전에 앞서서

나아가다

---

9) 하치근, 『우리 말본의 이해』, 한국문화사, 1999, 65쪽

10) 이지엽, 『한국전후시연구』, 태학사, 1997, 46-50쪽, 윤재근 외, 『북한의 문화정보』, 고려원,.1991, 27쪽 참조

쓰러질 때
마지막 부르짖는 목소리


-김일성 장군님이시여
저는 끝까지
장군님께 충성하렵니다……
마음의 태양으로
우러러 그리웁든 그 이름
위대한 수령님을 불렀더니라


나의 따발총아
사랑하는 동지의 이름으로
또 한 알!
원쑤 향해 퍼부어라
불길을 뿜어라


별빛 총총한 야음을 타서
포복 전진의 길
풀향기 그윽히 풍겨오는
산등성이 잔디밭
먼동이 트면 이슬도 반짝!
동무의 추억에 빛나고


바라보면 저 해안선
눈앞에 다가서는

우리나라 남쪽 끝 수평선이여

나의 따바리! 가자

대구, 진주를 거쳐

려수, 목포, 부산으로

아니 제주도 끝까지

가자 나의 따바리!

—안룡만, 「나의 따발총」[11] 일부


시치고는 내포적이고 연상적인 의미가 없다. 초지일관하는 충성심뿐, 차유의 작용도 미미하다. 지시적 의미가 선조상에 연결돼 있다 해도 과언이 아니다. 시 전체가 환유적 과정을 보이는 셈이다. 지시적 기호 안에서의 시니피앙과 시니피에의 연결은 약호화된 인접성에 압도적으로 의존한다.[12] 김일성 장군을 부르며 죽어 간 "유격대이던 그"는 화자를 포함한 전 인민이요, 김일성은 이미 신앙의 경지에 이른 절대 사랑의 상징적 존재이다. 먼동이 틀 때 생각나는 친구도 전우로서 북한 주민과의 결속관계에 있을 뿐, 그에 대한 인간적인 연민이나 죽음에 따르는 허무감도 없다. "따바리"는 따발총의 환유적 애칭이다. 과거와 현재는 역사의 당위적 발전을 전제로 집중하고 있다.

환유를 가장 이상적인 인지모델이라 주장한 레이코프는 추론이나 판단에 있어 한 구성요소나 하위범주가 범주전체를 나타낼 수 있는 대표적인 환유모델로 사회적 고정관념, 전형적인 예, 이상적인 예, 모범적인 예(Paragons), 생성원(Generators), 하위모델(Submodels), 두드러진 예

---

11) 1950년작. 문예출판사 편, 앞의 책, 423-424쪽
12) R. Jakobson, 신문수 역, 앞의 책, 81쪽

(Salient Examples) 등 일곱 가지를 제시했다.[13] 위의 「나의 따발총」의 경우, 마음의 태양, 위대한 수령 등은 사회적 고정관념의 이상적 모델이고, 대구, 진주, 여수 등은 남한이라는 범주 전체를 나타내는 생성원이 되는 하위모델이라 하겠다. 특기할 점은 북한 전쟁시 절대 다수가 북한군 및 인민의 교육을 위해 하나 이상의 전형적인 예나 모범적인 예[14]를 제시하는데, 위의 시에서만 해도 유격대이던 그와 화자인 나 둘 다 김일성과 당이 요구하는 전형적이고도 모범적 사례들이다. 북한의 전쟁시는 전장의 시이든 후방의 시이든 거의가 환유적 과정을 따르고 있다. 뿐만 아니라 환유적 모델로는 거의 빠짐 없이 전형적이거나 모범적인 예를 이용한다.[15] 전후. 복구기 시로서 북한 문학사에서 대표작의 하나로 드는 시 「벌목부의 호소」도 마찬가지다.

    -동무들 나는 다른 것을 생각지 않소
    나는 벌목부요, 20년 동안.
    그러나 20년 동안
    내가 베어낸 나무는

---

13) George Lakoff, *Women, Fire, Dangerous Things: what Categories Reveal about the Mind* , Uviversity of Chicago Press, 1987, p.78, 이기우 옮김, 『인지의미론』, 한국문화사, 1994, 101-108쪽

14) 전형적 사례란 전형이 되는 실례가 범주 전체를 나타내는 환유다. 사과와 배가 전형적 과일이라면 무와 배추는 전형적인 채소다. 모범적인 사례란 남의 본보기가 되는 범주로, 박지성은 우리나라 축구선수의 모범이 된다.

15) 당시 김일성은 성스러운 해방전쟁기 작가, 예술가들의 임무는 인민의 숭고한 애국심과 견결한 투지와 종국적 승리에 대한 확고한 신심을 뚜렷이 표현해야 한다고 교시하였는가 하면(박종원, 류만, 앞의 책), 1953년 9월 북한의 전국작가예술가대회는 경제의 복구, 발전과 인민들의 승리에 대한 신심을 더욱 강고히 할 것, 전쟁승리를 위하여 애국주의와 영웅주의를 계속 앙양시킬 것 그리고 노동을 사랑하며 기뻐하는 고상한 도덕성을 교양할 것 등을 강령으로 채택했다. 안함광, 『조선문학사』, 연변교육출판사, 1956

어디서 찾을 수 없이 된 셈이요.-


(중략)


밀림을 흔드는 눈보라 소리-
장내는 가벼운 기침까지도 삼키며
그 말을 듣는다.


더 많은 재목을 더 많은 기준량을 당과 정부가 요구하는 이것은
얼마나 더 크고 좋은 앞날을 우리에게 가리키는 것이냐!
소박한 벌목부는
감격에 넘쳐 주먹을 쥐었다.
-이제 우리가 무엇을 못할 것인가!
전쟁을 이겨낸 우리가-


벌목부는 장내를 돌아보며 다시 말한다
동무들!
채택할 결정서에 나의 이름을 써달라
김득실이 두 배의 책임량을 넘쳐 낼 것을
김 일성 원수에게 맹세한다고.…
　　　　　　　　　　　　　　—정문향, 「벌목부의 호소」 일부16)


　　역시 문법적 인접성에 의한 선조적 결합을 보인다. 전체적으로 '당과
정부의 요구'와 김일성 원수를 위해 북한 인민들의 취해야 할 태도의 모
_____
16) 정문향, 『승리의 길에서』, 조선작가동맹출판사, 1955, 15-20쪽

범으로 벌목공 노인 김득실을 실례로 들고 있다. 이와 같이 사실적 환유적 문체로 전형적이거나 모범적인 예를 사회적인 고정관념으로 삼으려는 의도는 김일성과 당의 정책을 받드는 무기로서의 문학이 갖는 한계임은 물론이다. 후방의 시일지라도 전방의식은 여전한 것이 북한의 전쟁시이다. 북한은 종교단체나 군대와 같은 사회체제를 일찌감치 갖추게 되었던 것이다. 군대나 교회와 같은 집단에는 구성원 모두를 한결같이 같이 사랑할 뿐 아니라 모든 구성원들로부터 한결같은 사랑을 받기도 해야 하는 존재가 있는데 북한 전쟁시의 경우 존재가 김일성 또는 당의 정책임은 물론이다. 북한의 이 절대적 사랑의 존재는 북한 병사나 주민들에게 라캉의 용어로는 2자적 상상관계를 요구한다.

2자적 상상관계(la relation imaginaire)란 일종의 나르시시즘으로 자아가 타자의 몫임을 거부하는 행위이다. 오직 사랑 아니면 증오의 원초적 감정밖에 없다. 어머니(북한의 경우 위의 절대적 사랑의 존재)에 대한 집요한 집착과 그 밖의 방해세력에 대한 증오만이 전부다. 이것이 감정상의 흑백논리고 이것이 집단화하면 이데올로기로 탈바꿈된다. 하나되기를 강조하는 사회는 그만큼 언어활동을 흑백논리로 제약시킨다.[17] 어머니와 하나가 되고자 하는 이러한 욕망은 언어적으로 환유의 경로를 취하게 되고 그 욕망은 결코 충족되지 않는다. 환유적 경로는 끝내 지울 수 없는 무의식적 욕망, 욕망이 숨기고 있는 절대적인 결여와 계속 연관되기 때문이다.[18] 우회적인 타협으로 3자적 상징계로 진입하지 못하고 2자적 상상계에 고착되면 치유할 수 없는 정신병-편집증, 히스테리증 등에 빠진다

---

17) 김형효, 「라깡의 이해를 위한 통속적 엮음」, 『계간 현대시사상』, 고려원, 1994년 여름호, 71쪽

18) Anika Lemaire, *Jacques Lacan*, 이미선 옮김, 『자크 라캉』, 문예출판사, 1996, 143, 240-241쪽

는[19] 라캉의 논리는 북한의 목적문학과 관련하여 음미할 만한 가치가
있다.

물론 남한의 전쟁시 중 일부 전방의 시에서도 환유적 과정이 중심이
된다.

조그만 마을 하나를
자유의 국토 안에 살리기 위해서는

한해살이 푸나무도 온전히
제 목숨을 다 마치지 못했거니

사람들아 묻지를 말아라
이 황폐한 풍경이
무엇 때문의 희생인가를……

고개 들어 하늘에 외치던 그 자세대로
머리만 남아 있는 군마의 시체

스스로의 뉘우침에 흐느껴 우는 듯
길 옆에 쓰러진 괴뢰군 전사

일찌기 한 하늘 아래 목숨 받아
움직이던 生靈들이 이제

---

19) 같은 책, 326-337 참조

싸늘한 가을바람에 오히려
간고등어 냄새로 썩고 있는 다부원

—조지훈, 「다부원에서」 일부

물러감은 비겁하다. 항복보다 노예보다 비겁하다.
둘러싼 군사가 다 물러가도 대한민국 국군아— 너만은
이 땅에서 싸워야 이긴다. 이 땅에서 죽어야 산다.
한 번 버린 조국은 다시 오지 않으리라.
다시 오지 않으리라.

—모윤숙, 「국군은 죽어서 말한다」 일부

하나는 치열했던 다부원 전투가 끝난 날 종군문인이 목격한 전장의 참상과 아군 승리에 대한 시적 전방 보고서요, 하나는 극단적인 전투의식 고양의 시이다. 앞의 것은 한해살이 푸나무도 제 명을 못 다 하고, 군마도 머리만 남은 전장의 황폐함, 길 옆 괴뢰군 시신 등을 통해 아군의 승리를 확신하는 두드러진 사례의 환유적 결합이고, 뒤의 것은 항복할지언정, 목숨을 잃을지언정 물러서지 말고 싸워서 조국을 지키라는 의미의 기호들이 선조적으로 결합되어 있다. 잠재적 계열체계에서 선택되는 은유, 외부적 심리적 상황과 접촉하는 차유의 여지도 크지 않다. 환유적 패러다임이다. 하지만 북한의 그것에 비해 한결 막연하고 추상적인 논리를 펴고 있다. 아군이나 적군이나 원래 한 하늘 아래 생령들이지 흑백논리적 개념이 아니다. "물러감은 비겁하다" 함은 병사들이 도망할 수도 있다는 사실을 염두에 두고 있다. 전투에 임하는 인간에게도 연민과 공포심이 있기 마련인 것이다. 조국을 한 번 잃고 말면 다시 찾기 어려우므로 계속 싸워서 지키라는 논리도 전쟁기이니 망정이지 불합리하고 막연하다. 전형적이거나

모범적인 사례를 제시하는 것이 아니라 출정하는 국군이 스스로 필생즉
사 필사즉생(必生則死 必死則生)의 신념과 조국의 방위의 소중함을 자
각하여 한치의 후퇴 없이 싸우는 이상적인 예[20]가 되기를 원한다는 점에
서, 그리고 그것은 국군에 대한 당부이지 사회적 고정관념으로 일반화하
려 하지는 않는다는 점에서 북한의 환유모델과는 차별된다.

앞의 시에서 군마가 우러르던 "하늘"과 "간고등어 냄새" 그리고 비록
용기를 북돋우기 위한 말이긴 하지만 뒤의 시의 "죽어야 산다"는 역설
(paradox), 모순의 차유는 그 내면에 은유적 과정, 즉 '자유, 생명=하늘',
'처참한 전장=간고등어 냄새'를 안고 있다. 이 시들뿐 아니라 남한의 전
방시에서 전투의식을 고취시키는 동력은 거의가 추상적이고 감정적인 이
상적 모델을 통한 환유를 문체의 기반으로 하여 애절한 조국애, 가족애,
전우애 같은 감정에 호소하는 데 있다. 하지만 이러한 서정적 언술에도
은유와 차유, 복합적 사고과정이 뚜렷하고 그 폭도 크다는 점에서 북한
의 그것과는 구별된다 할 것이다.


## 4) 후방시의 은유와 복합적 문체

라캉에 의하면 인간은 어머니와의 2자적 상상의 단계에서 아버지(법,
사회적 질서와 권위)를 만남으로써 삼자적 상징의 단계로 들어가게 된
다. 어머니의 남근임을 자처하던 오이디푸스적 단계에서 아버지에 대한
복종과 적응의 단계를 거치면서 인간은 이전의 그 남근이 자기가 아니
라 아버지의 은유임을 깨닫는다. 이런 과정에서 우리는 두 가지 중요한
사실을 적시할 수 있는데 하나는 인간의 주체란 나르시시즘적 자기도취
에서 나오는 것이 아니라 절대적인 사랑(어머니)의 부족분을 매우는 도

20) 이상적인 예란 이상적인 남편, 이상적인 군인 등과 같은 환유모델

구도 아닌 바깥 사회의 질서, 즉 법에 우회적으로 적응하거나 복종함으로써 형성된다는 사실이며 따라서 주체란 원천적으로 바깥에 소외되어 있다는 사실이요, 또 하나는 그와 같이 운명적으로 소외되어 있는 주체는 결코 자율적이지 못하고 타자에 의해 형성되는 바, 그 타자는 기호학상의 시니피앙들로 형성되어 있다는 사실이다. 욕망 억압의 과정이요 결과들이기도 한 이 시니피앙들은 통사론적인 연결로 무의식에 영향을 주는데 주체란 이 타자로서의 숱한 시니피앙들의 집적체이며 무의식적 시니피앙들의 조립결과물이거나 생산물과 다름없다. 거칠게 단적으로 말하자면 인간의 주체란 것은 생래적인 것이 아니요 절대불변의 사랑과 믿음에 봉사하는 데서 생기는 것도 아니다. 언어적 무의식에 집적된 타자의 법과 질서의 시니피앙들에 의해 생성된다. 이들의 언어적 표현과정은 이자적 상상단계에서는 환유로, 삼자적 상징단계에서는 은유의 과정을 밟게 된다.

북한의 전쟁시에 환유가 훨씬 많이 쓰인다면 남한의 전쟁시에는 상대적으로 은유가 압도적이다. 특히 전쟁시기이든 직후기이든 남한의 전쟁시는 후방의 생활, 정서를 다룬 후방의 시가 많고 전술한 바와 같이 전방의 시이더라도 본능적 두려움이나 회의감이 엿보이는 등 후방성이 훨씬 강하다.

> 쩡쩡 우는 M 1의
> 총소리는 깨끗한 것
> 모조리 아낌없이 버렸으므로
> 비로소 철에 대한 인격
> 그것은 신격의 지리다.
> 그런 맑은 쇳소리.
> 아아 나는 전선이 비롯되는

어느 산머리에서
산이 오히려 기겁해서 무너지는 소리에 감동한다.
—박목월, 「총성」일부


  총성이 어느 구도자의 성신처럼 맑고, 총이 인격화, 신격화되고 산이 기
겁해서 무너지는 이미지는 박목월의 비현실적 역사인식을 엿보게 하는
한편 전쟁을 통해 현실의 냉혹성을 공포스럽게 절감하고 있는 내면의 모
습이다. 그 체험이 사회적이기보다는 개인적 차원에 머물면서 도덕적 얽
매임이 적은 삼자적 상징계의 응축적 표현 – 은유가 된다. 총과 신(神)은
절대 권능을 연상시키고 총성과 산이 무너지는 소리는 극한적인 공포를
연상하게 하는 은유적 언술이다. 뿐만 아니라 총소리를 '깨끗한 것', '맑
은 소리', '무너지는 소리에 감동' 등으로 표현하는 것은 상식에 반하는
차유인 동시에 은유의 전략이다. 그 한편 문법적 인접성에 의한 선조적
연결은 차치하고라도 M1, 총성, 전선 등 전형적인 사례들로 전투현장을
대신하는 환유적 과정도 복합적으로 작용한다.


사랑하는 형제여 부디 고이 명복하라.
진실로 너희의 죽음인즉 이대로 이름 없이 엎디진 것이 아니라
끝내 자신의 비참 위에 서야만 하는 이 인류에의
아아 통분(痛憤)한 통분한 절치(切齒)었나니
—유치환, 「전우에게」일부


병든 배경의 바다에
국화가 피었다
폐쇄된 대학의 정원은

지금은 묘지
회화(繪畫)와 이성의 뒤에 오는 것
술 취한 수부(水夫)의 팔목에 끼어
파도처럼 밀려드는
불안한 최후의 회화(會話)

―박인환, 「최후의 회화(會話)」 일부


누가 죽어가나 보다.
차마 다 감을 수 없는 눈
반만 뜬 채
이 저녁
누가 죽어가나 보다.


(중략)


풀과 나무 그리고 산과 언덕
온 누리 위에 스며 번진
가을의 저 슬픈 눈을 보아라.

―김춘수, 「가을저녁의 시」 일부


전선에서 원쑤를 노리고
돌진하는 영용한 오빠들의
진정 나라를 사랑하며
한 끝 원쑤를 무찔러
이글 이글 타오르는 불길이

바로 그 불길이

지금 벼모를 꽂아 나아가는

우리의 온 몸에

생산의 정열로 번지고 있습니다.

　　　　　　　—양운한, 「전선에 런닿는 모내기 대열」 일부[21]


　모두 전쟁 중에 쓰인 시이다. 「전우」는 전투시 중 진혼시라 할 수 있고
나머지 세 편은 후방 서정시이다. 맨 끝의 예시와 같이 북한의 후방 생활
시는 남한의 전투시 이상의 전의를 보여 준다. 모내기를 하면서도 전사
들과 다름없는 일체감을 갖고 있다. 화자 스스로 전형적인 사례가 되고
있고 예술이 아닌 도덕이나 윤리가 앞서는 환유적 과정이 문체적 중심을
이룬다. 전투의식을 생활화하는 것이다. 이에 비해 앞에 든 남한의 후방
시들은 딱히 전쟁시나 후방 생활시라 내세울 것도 별로 없다. 박인환, 김
춘수의 시에서 보듯 거의가 후방 서정시이다. 전쟁 중에도 개성적이고 환
상적인 은유와 환유 그리고 차유의 복합적인 서정에서 헤어날 수가 없는
것이다. 일제강점기에서 해방공간을 거치면서 사회주의 문학계열과의 차
별성이 강화되어 온 문학적 관습도 그 이유가 되지만 본질적으로는 닫힌
이념적, 도덕적 상상계가 아닌 열린 사회화 과정의 삼자적 상징계, 나아
가 환상(le fantasme)의 실재계를 사는 남한 시인의 심리적 언어적 특성이
기도 하다.
　라캉에 있어 환상이란 상상적인 것과 상징적인 것을 포괄하는 심적 실
재(le rêel)로 무의식적인 욕망의 실현을 그리는 가상의 시나리오다. 이는
언제나 결핍과 욕망에 목말라 하는 인간의 의식을 지배하면서 타협을 통

---

21) 양운한, 『황금벌에 서서』, 조선문학총동맹출판사, 1964, 20쪽. 이지엽, 앞의 책 부록,
259쪽

해 사회적, 문화적 성장을 계속하게 한다. 언어적으로는 환유와 은유의 복합체이다. 상상적인 것은 자아의 비사회적 언술이고 상징적인 것은 무의식의 법이요 질서이다. 그리고 실재적인 것은 불가지(不可知)이며 환상의 복합적 언술이다.[22] 북한의 전쟁시에서도 은유적 상징계나 환상적 실재계에서 나온 언어들을 전혀 만날 수 없는 것은 아니다.

> 나의 구리단추를 젖꼭진줄 알고
> 틀어쥔채 놓지 않는 나어린 아기
>
> 폭격의 연기속 엄마는 어디?
> 아 ! 군복 입은 사나이 엄마될 순 없는가!
> ─김철, 「더는 쓰지 못한 시」 전문[23]

'1953년 사리원에서' 썼다는 이 시는 북한의 시 중 가장 짧은 시가 아닌가 한다. 그의 시집은 김일성과 당의 요구대로 극적인 충성심과 전사의식으로 가득 차 있는데 이 한 편만은 기왕의 정해진 강령이나 도덕을 좇지 못하고 있다. 녹슨 구리단추를 빨려고 하는 굶주린 아이 앞에서 그는 새로운 내면적인 결핍감과 욕망-실재계 언어들의 충동을 만날 수밖에 없었으리라. 이 시의 구리단추와 엄마는 당이나 김일성이 아니다. 그 이미지들이 복합적 비유의 과정으로 작용하고 있는 것을 보면 그가 이 시를 시 제목과도 같이 길게 쓰지 못한 이유에 공감이 간다. 계속 쓴다면 위의 박인환이나 김춘수와 같은, 북한식으로 표현하자면 패배적이고 감상적(感傷的)인 자본주의적 감정에 빠져들게 되었을지 모를 일이다.

---

22) 김형효, 앞의 글, 1994, 71-74쪽 참조
23) 김철, 『김철시집 어머니』, 문예출판사, 1989, 90쪽

실제로 북한의 정책적 도덕주의 문학은 언술상 차유나 은유 또는 환유와 은유의 복합적 패러다임을 용납하지 않는다. 2자적 환유의 언어, 즉 그들의 도덕적 언어에 위배되기 때문이다. 전후의 다소 느슨해진 틈새로 발표된 안막의 「무지개」, 리순영의 「산딸기」, 「노을」, 「봄」, 전초민의 「꽃씨」 등이 작가동맹 지도부의 홍수철로부터 곧바로 비난받는 것이 그 예이다.

> 처녀는 가슴에 뛰노는……
> 심장을 부여 안고
> 떨어져가는 적기를 쏘아보다가
> 바구니를 이고 진지를 향하여 올라온다.
>
> 전사들 앞에 앵도를 펼쳐 놓으며
> 어라 감사의 뜻을 전할지
> 처녀의 마음도
> 앵도빛처럼
> 붉어졌을 때,
>
> 진지우에 날개를 펼쳐
> 아름답게 솟아오른 무지개.
>
> ──안막, 「무지개」 일부[24]

> 나는 이제 그 총각이 돌아오는 날
> 남몰래 뒷동산에 보아두었던

---

24) 『조선문학』, 1955년 1월호, 99쪽

진달래꽃 안겨주며 말하겠네
-이꽃이 피기만 기다렸어요!

그리고 우리 하냥 웃으며
또락또르에 협동조합 깃발 꽂고
즌펄이로 몰아가며 속삭이겠네
그 좋은 휘파람 불어보세요!

―리순영, 「봄」 일부25)

  남한의 그것에 비하면 둘 다 상당한 충성심과 건설의지를 보이는 후방 생활 시들인데도 서정적 요소가 개입한 것이 화근이 되었다. 긴급한 문제에 주의를 집중 않거나 주의를 적게 돌리고 안온한 목가적 분위기에 사로잡혀 있다는 이유로 비판의 대상이 된 것이다.26) 이는 잠시 도식주의에 대한 재비판과 그에 대한 재비판으로 이어지기도 하거니와27) 뛰노는 심장, 바구니, 앵도, 무지개, 남몰래 뒷동산에 보아 두었던 진달래꽃, 휘파람 등에서 은유·차유적 과정이나 실재계의 복합적 언술 과정을 읽을 수 있는 건 사실이다. '휘파람'의 경우, 리순영은 위의 시 「봄」뿐 아니라 같은 지면의 시 「노을」에서도 이와 비슷한 휘파람을 두 번 부르는데, 개인의 깊은 내면적 사랑을 은유하면서 불가지(不可知)의 실재계를 연상하게도 하는 이 휘파람이 몇 십 년 후 북한의 최고 인기 가요의 제목이 되었다는 사실도 흥미로운 일이다.
  이와 같이 북한의 전쟁시에서 산문적 도덕적 상상과정인 환유는 용납

---

25) 『조선문학』, 1955년 4월호, 166쪽
26) 『조선문학』, 1955년 6월호, 205쪽
27) 자세한 논의는 김성수, 「1950년대 북한 문예비평의 전개과정」, 『한국전후문학 연구』, 성균관대출판부, 1993, 262-267쪽

되지만 서정적 예술적 상징이나 복합적 비유의 언술은 비판의 대상이 된다. 북한의 그것에 비해 남한의 전쟁시, 특히 후방의 시는 언어의 층위를 막론하고 은유와 차유 또는 은유, 환유, 차유 등에 의한 복합적 언술을 기반으로 하고 있다.

## 5) 남북한 시의 이질성

작가의 품성이나 창작의 목적보다도 현실적 환경이 문체 형성에 더 결정적인 작용을 할 때가 있다. 임진, 병자의 양 전란기나 일제강점기도 그러하려니와 참혹한 6·25 전쟁기 남북한의 시문체 역시 시대적 환경에 의해 강제되거나 크게 영향을 받을 수밖에 없었다. 시는 언어적 실재라는 지극히 당연한 사실을 음미할 때 그리고 6·25 전쟁시의 언술적 특성은 남북한 현대시의 출발지에서의 위상을 보다 본질적으로 제시해 준다는 점에서, 남북한 전쟁시의 언어적 공통성과 차이성 그리고 그 특성들의 시사적 의미를 구명하고자 하였다.

첫째, 남한의 전방시와 북한의 전방시는 경음과 격음을 빈번히 사용하는데 이는 언술의 생명력과 전달력의 강화를 위한 전략이다. 남북한 간의 차이점으로는 남한의 경음, 격음 사용이 시인에 따른 편차가 심한 반면 북한의 경우 시인별 편차가 적고 평균적인 사용빈도를 보인다. 그리고 남한 전방시의 음운들이 격렬하고 참혹한 전장의 정황과 그 속에서의 개인적 서정을 대조적으로 복합적으로 비유하는 데 비해 북한의 그것은 적에 대한 적개심과 전투의욕을 일방적으로 고취하는 음성적 환유들을 부려 쓰고 있다.

둘째, 남한의 경우 전방의 시이든 후방의 시이든 외국어와 외래어가 남발되는데 이는 문화의 국제화 현상과 함께 당시 시인들의 도피적이고 맹목적인 서구 취향을 읽을 수 있는 대목이다. 그와 동시에 전문적인 지식어로부터 피난민의 하층 생활언어가 현실감을 더하는가 하면 전쟁용어는 물론 전쟁상황에 따른 절망과 회의와 희망의 언어들이 함께 분방하게 구사된다. 언술적 분방성의 극단적인 형태는 조향의 시에서 읽을 수 있거니와 이와 같은 남한 전쟁시의 언어적 분방성은 현대시어의 개방화, 일상화를 촉진하여 우리 현대시어의 폭을 넓히는 계기가 되었다.

한편 북한의 전쟁시가 외국어 외래어를 사용하는 일은 별로 없거니와, 이는 계급적, 이념적, 전술적 고려에 의한 현상이라 할 수 있다. 미국(미제) 비판의 시에 더러 생경한 미국문화어가 쓰이는 것은 미국에 대한 북한 인민들의 거리감을 키우고 적개심을 고양하기 위한 장치나 다름없다.

셋째, 남북한 전쟁시어의 이러한 변화는 임진, 병자 양 전란이 가져온 우리 언어와 문학의 변화와도 흡사한 현상을 보인다. 그리고 맞춤법상 남북한 언어의 이질화가 1955년 이후 시작되었다고는 하지만 남북한 전쟁시어의 이질화 현상을 볼 때 일상생활어나 문화어의 이질화는 전쟁기에 이미 진행되어 있었다는 사실을 알 수 있다.

또한, 남북한 전쟁시의 언어적 발상법과 문체구조의 본질을 파악하기 위하여 야콥슨의 언어학적 시학과 라캉의 정신분석학적 언어학을 빌어 남북한 시에서 은유와 환유의 패러다임을 중심으로 차유의 과정도 고찰하였다. 이를 다시 요약하면 다음과 같다.

첫째, 북한의 전쟁시는 전방의 시, 후방의 시를 막론하고 절대 다수가 인접성에 의해 선조적으로 결합되는 환유적 언술을 바탕으로 하고 있는데 이 역시 당과 김일성의 교시에 충실할 수밖에 없었던 북한적 상황을 입증하기도 한다. 이를 레이코프가 제시한 대표적인 일곱 가지 환유모델에 적용하면 북한의 전쟁시는 거의 모두가 김일성과 당의 정책에 충실한 전형적인 예나 모범적인 예를 들어 환유적 패러다임의 기본틀로 삼는다.

또 이를 사회적인 고정관념으로 일반화하려는 의도를 보인다. 남한의 전방의 시에도 환유를 표현의 기본 틀로 하는 예가 있는데 이 경우 북한과 달리 이상적 사례나 두드러진 사례를 그 모델로 한다는 상대적인 특징이 있을 뿐 아니라 은유와 차유가 깊이 개입되는 복합적인 문체를 보인다.

둘째, 라캉에 의하면 위와 같은 북한시의 환유는 은밀한 도덕의 언어요 그것은 2자적 상상계의 표현이다. 절대적 사랑의 어머니에 대한 집요한 집착과 방해세력에 대한 증오가 전부이다. 하나되기를 강조하는 사회의 언어라고도 할 수 있는데 이와 같은 2자적 상상계에서 우회적인 타협을 통해 삼자적 상징계로 진입하지 못하고 고착되면 치유되기 어려운 정신병에 빠질 우려가 있다고 한다.

셋째, 남한의 전쟁시는 전쟁 중이든 그 직후이든 북한에 비해 후방성이 강하고 특히 후방 서정시가 많다. 전투상황에서도 인간적 회의나 두려움은 물론 심미적 감수성이 작동한다. 이러한 서정적 감수성은 은유, 환유, 차유의 복합적 패러다임을 보인다. 특히 남한 후방시 언술의 골격은 복합적 비유체계에 있다. 일제강점기에서부터 해방공간으로 이어져 온 남쪽의 현대시적 관습도 이유가 되려니와 남한 시인의 유연성이 이미 삼자적 상징계의 언어인 은유와 실재계의 언어적 표현인 환상-은유와 환유의 복합적 패러다임에 진입해 있었고 상대적으로 그에 대한 침해와 억압도 적게 받았기 때문이라 생각된다.

한편 북한에서는 전형적이거나 모범적 사례 제시를 통한 환유는 용인되고 장려될 수 있어도 언술에 은유나 차유 등 복합적 비유가 어느 정도 개입되는 것은 용납하지 않거나 극히 꺼리고 있었다. 전쟁 중에는 물론 전쟁 직후 은유적 복합적 사고과정을 시 창작에 개입시킨 세 명의 북한 시인에 대해 즉각적이고 공개적인 비난이 있었던 예만 해도 이를 입증하는 사실이다.

제2부

---

우리 시의 논리

# 1.'전통 서정시'의 정체와 기반 양식

## 1) 전통파 또는 서정파

우리 근대 시문학사에서 일군의 서정 시인들이 전통파 또는 서정파로 불린 것은 1950년대부터라 할 수 있다. 시적 인식을 주로 하는 언어파(또는 실험파)나 현실파에 대해 시의 정서를 주축으로 하는 시인들을 가리킨 말이다. 서정주, 유치환, 신석정, 박두진, 박목월, 조지훈, 박남수 등에 의해 서정시의 전통이 이어지고 자연과 인간의 조화를 지향한다든지, 전통적인 서정성에 바탕을 두고 언어의 리듬을 살려낸다든지 하는 점에서 이들은 대체로 일치된 경향을 보였다.[1] 이후 우리 근 · 현대시사는 흔히 전통 서정시와 사실주의 시, 모더니즘 시로 삼분하여 논의되어 왔다 할 수 있다.

그런데 '전통 서정시'는 자주 쓰이는 말이긴 하지만 그 개념은 의외로 불분명하다. 위의 거론에서와 같이 50년대의 순수 서정시를 가리키기도 하고, 고대로부터 이어져 온 서정시(가)를 가리키기도 하며, 서정성 짙

---

1) '전통파'라는 명칭은 김춘수의 『시론』(1961) 등의 글에서 자주 볼 수 있고, '서정파'는 김주연이 「자연과 서정」, 『현대한국문학전집-52인 시집』(신구문화사, 1967)에서 쓴 용어로 생각된다. 권영민, 『한국현대문학사』, 민음사, 1993, 106-108쪽

은 좁은 의미의 서정시를 가리키기도 한다. 이때 서정성 짙은 시가 전통 서정시라면 1920년대 감상(感傷)과 퇴폐의 시도 전통 서정시라 해야 하는 모순에 이르게 된다. 고대로부터 전래되는 서정시 모두를 전통 서정시라 하는 것은 근대의 의미를 포기한 결과이다. 고대의 모든 시가(詩歌)에서부터 조선조의 시가, 현대 서정시 모두를 근·현대시사에서 전통 서정시라 부를 수는 없는 일이다. 서정주는 한국 시정신의 전통을 2대별한 바, 하나는 상대로부터 조선조 말에 이르는 재래적 시정신이요, 또 하나는 갑오경장 후 서양 문예조류의 이입 후에 이루어진 서양 시정신의 전통이라 했다.[2] 이는 재래의 시정신은 조선 말에 그치고, 갑오경장 후의 우리 시는 서양 시 정신에 의존한다는 오해를 불러일으킬 수 있다. 고대 시가가 근대시 양식으로 개변(改變)되는 계기를 외면하였거나 그 자신 옛 시(가)의 정신적 재현에 몰두하고 있었던 탓일 것이다. 이러다 보니 어떤 것이 전통 서정인지 판별할 도리가 없다면서 개념 규정을 포기하는 쪽이 낫다는 입장을 택하기도 한다.[3]

'전통 서정시'란 말을 쉽게 쓰면서도 그에 대한 개념을 논리적으로 인식하지 못하고 있는 데에 근대 전통 서정시의 개념과 양식 형성과정을 탐색하는 이유가 있다. 개념을 체계화하기 위해 모든 서정시를 나열할 수는 없고 그럴 필요도 없다고 한다면, 전통 서정시를 이루는 기본 양식에 대한 논의는 그 정체를 파악하는 우선적인 일이 될 수 있을 것이다.

'전통 서정시'는 근대시사에서 전통적 서정을 근대적으로 계승한 시를 말한다. 전통 서정시라 할 만한 유파는 1950년대 신진 모더니스트들에 의해 비판의 적으로 지목되면서 그 특성이 부각되었다. 이 계보를 거슬러

---

2) 서정주, 『서정주 문학전집-문학논총』, 일지사, 1972, 115쪽

3) 이승원, 「시와 서정」, 오세영, 이승훈, 이승원, 최동호 외, 『현대시론』, 서정시학, 2010, 69쪽

오르면 근대시의 본격적인 수입 시기, 즉 1920년대부터 6·25 전쟁 시기까지를 전통 서정시의 형성과 성숙 기간으로 파악하게 되는데, 우리 근대시사에서 실제 창작과 관련한 전통 인식은 1920년대 국민문학파의 시조 부흥운동, 1930년대 조선일보, 동아일보, 시문학파를 중심으로 한 고전 부흥운동, 1950, 60년대의 모더니즘, 사실주의 문학에 맞선 전통 논의 등으로 전개되어 왔기[4] 때문이다.

　감정의 표현 과정은 감정과 이성과의 복합적인 통제를 받게 된다. 그리고 그 표현의 방식은 두 가지 주요 요소, 즉 생물적 조건과 문화적 조건에 의해 결정된다.[5] 우리 근대시는 근대적 자유시형, 모더니즘적 실험시형 등에 전통 서정 양식이 복합적으로 작용하여 이성과 감정, 생물적 조건과 문화적 조건에 부응하는 양식을 이루어 왔다. 이런 입장에서 기존 근·현대시문학사에서 정리된 내용을 바탕으로 1950년대 이후 '순수 서정시', '전통 서정시' 등으로 불리는 통칭 전통 서정시 양식의 개념과 범주를 밝히고 이를 이루는 기본 양식을 파악하고자 한다. 이 과정에서 근대 전통 서정시는 민요조, 사설조, 순수언어의 산수화풍 등 세 가지 기본 양식에 의해 생성된다는 전제가 성립되거니와[6] 이 기본 양식들을 탐색하여 전통 서정시 형성의 동력을 찾고, 현대시사에 주체적 토양으로 작용하는 양식적 계기를 확인하고자 하는 것이다.

---

4) 백승철, 「창조의 특수성과 보편성」, 『문학논쟁집』, 태극출판사, 1976, 한수영, 『한국 현대 비평의 이념과 성격』, 국학자료원, 2000, 최승호, 「전통 서정시론의 시대적 변천」, 『어문학』 제73집, 2001 등이 대동소이하게 정리하고 있다.
5) 리처드 레저러스, 정영목 옮김, 『감정과 이성』, 문예출판사, 1997, 283-284, 279쪽 참조
6) 이는 우리 근·현대시사에서 전통적 서정성을 파악하고자 한 기존 논의에서 집중적인 논점이 되어 온 국면을 양식적 명칭으로 정리해 본 것이다. 민요시에 관한 수많은 논의, 한용운 중심의 줄글 또는 장형 자유시 논의, 순수시와 자연시에 대한 논의 등에서 기반 양식이 추출되었다.

## 2) 전통 서정시의 범주와 기반

전통 서정시의 개념 파악을 위해 우선 전통, 서정, 전통 서정 등 용어의 문학사적 의의부터 간략히 살펴보자.

'전통'이란 말은 1933년 일본에서 T. S. 엘리엇이 번역되고 이것이 이듬해 최재서에 의해 우리나라에 소개되면서 엘리엇의 'tradition'의 의미에 준하는 번역어로 정착되었다.[7] 계승의 가치가 인정되는 과거 문화의 유산이 바로 전통이다. 하지만 전통의 의의는 그 전부터 자각되고 있었다. 1910년대 신채호의 「천희당시화」와 월주산인, 금혜(琴兮) 등의 전통 시가에 대한 비판적 모색[8] 그리고 1920년대 향토적 정서를 담은 민요시와 시조부흥 운동 등 국민문학파의 주장과 실천이 그 예이다.

'서정'이라는 말이 시단에 등장하기 전에 그 자리를 대신했던 말은 '감정'이다. 감정이란 말은 1920년 현철(玄哲)의 글에서도 논점이 되었거니와[9] 1910년대 이광수의 「문학이란 하오」[10]에서부터 근대 문학의 주요 특성으로 취급되어 왔다. 서정시라는 말은 1924년 김억의 번역시집 『잃어진 진주』의 서문에서도 보이고,[11] 문단과 동떨어진 생활을 하던 한용운의 시 「예술가」(『님의 침묵』, 1926)에서까지 '서정시란 즐거움이니 슬픔이니

---

7) 엘리엇의 논문 "The Tradition and The Indivisual Talent" 속 'Tradition'은 최재서 이후 50년대 서정주, 조지훈, 그 이후에 이르기까지 우리 전통에 대한 논의의 핵심 개념이 된다. 임곤택, 「'전통' 개념어의 기원과 전통 인식」, 『비평문학』 39권, 2011, 323-333쪽

8) 홍신선, 「신구 문학론의 갈등과 근대적 자각」, 박철희, 김시태 편, 『한국현대문학사』, 시문학사, 2000, 99-100쪽

9) 현철, 「비평을 알고 비평을 하라」, 『개벽』 6호, 1920년 12월호

10) 이광수, 「문학이란 하(何)오」, 『매일신보』, 1916. 11. 10~11. 23

11) 김억의 『잃어진 진주』(평문관, 1924) 서문에는 시를 서정시, 서사시, 희곡시로 나누고 민요시는 서정시의 한 갈래임을 말하고 있다.

사랑 등을 소재로 하는 시'로 인식되는 등[12] 주관적 감정 위주의 시가 서정시라는 인식은 1920년대에 이미 교양이 되어 있었던 셈이다. 서정시라는 용어는 서구에서 수입되었지만, 그 자체는 우리 시가의 전통적 요소였다. 서구의 경우, 고대에는 서정시의 존재 가치가 미약했다가(그리스·로마시대에는 서사시나 극시가 상대적으로 우위를 차지했다) 근대 낭만주의 시대 이후에 크게 발달한 것인 반면, 우리시(가)에는 서정 그 자체가 전통적 요소라 할 만큼 고대로부터 주조(主潮)가 되어 온 것이다.

전통 서정이란 말은 '한국 서정'이란 말로 쓰이기도 했다. 한국의 고전 시가, 김소월의 시, 시문학파의 시들이 계보를 이루어 한국적 서정이란 말로 옹호되었다.[13] 고전시가를 한국적 서정의 범주에 넣은 이유는 시대의식을 불고하고, 통시적으로 연결 지은 까닭이다. 그 외에 순수 서정, 전통적인 리리시즘 등도 전통 서정과 유사한 개념의 용어로 쓰였다. '전통 서정시'는 1950년대 젊은 모더니스트들에 의해 "지나간 과거의 전통 속에서 회상의 울타리 안으로만 움츠러드는, 청록파를 중심으로 한 소위 순수시 운동은 참을 수 없는 비극"[14]이라고 공격당한 이후, 그 청산의 대상으로 지목되었던 당대의 주류 시인들 – 청록파, 인생파 시인들이 오히려 내놓고 유파적 특성을 부각시킴으로써 일반화한 명칭이다. 따라서 50년대에서 거슬러 그 이전 특정시기까지 형성된 근대시 양식이라 할 수 있다. 그렇게 보면 근대시가 본격 유입되던 1920년대에 일어난 국민문학파의 전통계승운동에서부터 시발점을 찾을 수밖에 없다. 현실에 대한 반응은 억제하는 대신 민족 주체를 보존한다는 명분 아래 전통 양식들을 혼합하여 서구 근대시에 대응, 전통 서정시라는 근대시 양식을 생성

---

12) "나는 서정(敍情)시인이 되기에는 너무도 소질이 없나봐요/ 즐거움이니, 슬픔이니, 사랑이니, 그런 것은 쓰기 싫여요/ 당신의 얼굴과 소리와 걸음걸이를 그대로 쓰고 싶습니다"
13) 김종훈, 『한국 근대 서정시의 기원과 형성』, 서정시학, 2010, 253-254쪽
14) 김규동, 『새로운 시론』, 산호장, 1960, 151쪽

한 것이다.

20세기 초, 우리 시 담론의 주요 화두는 '자유시'였다. 서구적 자유시 또는 일본 근대시는 재래의 정형적인 율격과 감정에서 우리 시를 해방시킨다는 명분을 갖고 있었다. 하지만 새로운 자유시형에 낭만적 충동이나 계급 이데올로기를 싣기 바빴던 1920년대 시단의 한편에 국민문학파의 전통 되살리기 운동이 일어났다. 서양 자유시와 대등한 위치에 시조나 민요를 끌어들였던 것이다. 이 중 육당과 가람으로 이어지는 시조 운동은 유학자 시조의 정형성을 벗어나지 못하면서 근대시다운 자설성(自說性)을 획득하기 어려웠고,[15] 근대시와 관련한 20년대의 전통 논의는 이른바 '민요시' 또는 '민요조 서정시'[16]에서 시작해야 할 것이다.

국민문학파에 의한 전통계승의 주요 내용은 민족주의 이념의 구현, 모국어(한국어) 사랑, 고문화(古文化)의 부활, 향토성-민족적 개성의 탐구, 민족예술형식의 창조 등으로 요약된다.[17] 서구시의 모방에 의한 초기 자유시형은 '조선의 사상과 감정을 배경한 것'이 되지 못한다는 인식이 우리시의 정체성 찾기로 나아가고, 이른바 '조선심'을 바탕으로 한 시, 즉 민요시를 주장하게 된 것이다.[18] 처음에는 양식적 인식에서라기보다 막연한 전통 계승의식에서 시도되었다가 외국 시에 대한 양식적 인식이 수반되면서 김소월, 김동환 등에 의해 한국시단을 대표하는 근대시 양식으

---

15) 유학자 시조(평시조)의 주류를 이루는 표현적 기교는 어디까지나 관념적이고 보편적인 타(他)의 선험(유교의 理), 타설로 일관되어 있다. 이에 비해 속가(민요)와 사설시조의 세계는 자유롭고, 주체적이며 현실적인 자설이다. 박철희,『한국시사연구』, 일조각, 1981, 11쪽, 72쪽

16) 김억은 원래 '민요시'란 용어를 썼는데, 이것이 오늘에까지 민요시란 말을 쓰는 이유라 생각된다. 그러나 민요시를 '민요조 서정시'라 지칭하는 경우 그것이 서정성에 토대를 두고 형성된 역사적 갈래임을 분명히 부각해 준다. 김용직,『한국근대시사 제1부』, 새문사, 1983, 319쪽

17) 오세영,『20세기 한국시 연구』, 새문사, 1989, 94-96쪽

18) 박경수,『현대시의 고전텍스트 수용과 변용』, 국학자료원, 2011, 87-88쪽

로 성공한 것이 민요조 서정시이다.[19]

김억은 민요시 운동을 주창하고 선도한 시인이다. 그는 민요시를 서정시의 한 갈래로 보고, 그 주된 성격이 '노래' 형식에 있음을 강조했다. 노래형식은 자유시와 민요시를 구분하는 조건이었으며, "민요시란 전통 시형의 조건, 즉 민요의 노래형식을 따르는, 단순하면서도 무드 있는 시"였다.[20]

민요조 서정시의 특징으로는 첫째, 사회 현실에 대한 관심의 희석화, 신체시의 설교조 지양과 감정의 사유화, 둘째, 자연을 제재로 정서적 감동을 추구하는 감상주의적(感傷主義的) 단면, 셋째, 외국어 사용의 제한과 신선한 감각의 모국어 사용, 넷째, 음악성에 대한 짙은 관심과 정형률, 압운 등에 대한 각별한 관심, 비교적 쉬운 언어를 이용한 단형(單形) 등[21]이 있다.

사설조 양식은 근대 자유시와 사설시조(辭說時調)를 연계한 논의에서도 유추할 수 있다.[22] 하지만 양식의 개념에서 '사설조'라는 명칭은 처음 제시하는 셈이다. 우리 산문형 자유시는 초, 중, 종장 3장의 정형을 의식하고 불린 사설시조에서 이어받은 것이라기보다 가사, 시조, 판소리, 독경 등 민간 소리의 중추적 구성 인자였던 사설에서 주류화한 것이라고 보는 까닭이다. 민요조 서정시가 근대시 양식으로 자리 잡는 한편에 보다 자유로운 형식, 일상의 말투에 가까운 사설조가 산문적 근대시 양식

---

19) 김용직, 앞의 책, 353-363쪽 참조
20) 김억, 『잃어진 진주』, 평문관, 1924, 23-27쪽
21) 김용직, 『한국근대시사 제1부』, 319-340쪽 참조
22) 조선조 후반의 사설시조가 20세기 근대 자유시형성시에 부활하여 자유시 형식의 중추적 기능을 하였다는 견해는 조윤제, 고정옥, 김열규, 박철희 등에 의해 지적, 논의되어 왔다. 박철희, 앞의 책, 1981, 56-73쪽 참조. 하지만 이 글에서는 시조의 3장 형식에 준하는 사설시조의 부활이라기보다 우리 고전시가의 내레이션 양식인 '사설'이 그침 없이 전해져 오다가 근대 전통 서정시 양식의 기본을 이루게 되었다고 본다.

으로 자연스럽게 주류화했던 것이다. 우리 근대시사에 있어 자유시형이 완성되는 데는 순차적이기도 하고 동시적이기도 한 과정이 몇 단계 있었다는 점을 상기할 필요가 있다. 18~19세기 사설시조로 대표되는 전통시의 자체적 해체단계, 전통장르 상호 간 해체·침투하여 가사, 시조 등이 산문화하는 단계, 창가, 신체시 등 외래석 율격의 실현 단계, 그리고 자유시에 반동하여 정형시(민요조)를 수립하는 한편 급격하게 자유시화하는 단계가 그것이다.[23] 민족문학의 전통성을 이으려는 움직임으로서 노래에 가까운 정형율을 내재율로 변용한 것이 민요조라면, 산문형 자유시로 쉽게 대체된 것이 사설조이다. 1919년 이전까지 상호 간 해체·침투하던 민요, 가사, 사설시조, 창가, 국문풍월, 신체시 등의 신시운동, 그중에서도 민요, 가사, 시조, 판소리 등 전통적 양식 속의 사설이 근대화에 부응하여 '사설조 서정시'라 할 만한 양식을 갖추게 되었던 것이다.

원래 사설은 율문(律文)이 아닌 자연스런 율조에 의한 말이었다. 민요가 단순한 내용과 형식으로 대중이 쉽게 암송할 수 있도록 한 합창 양식인 데 비해 사설 위주의 설화, 전설, 민담, 판소리, 서사무가 등은 원래 전수자에 의해 전수의 과정을 거칠 만큼 길고 전문적 기능이 따르는 양식이었다. 시조의 경우를 예로 들자면, 사설시조는 평시조와 함께 시조의 일종으로 취급되지만 문학 형식으로 보면 별개의 것이다.[24] 사설시조의 사설에는 일정한 형식도 없을뿐더러, 내용도 가사(歌辭)나 잡가의 일부분을 끌어다 부르기도 하는 산문인 경우가 많다.[25] 우리 민족의 자연스런 호흡에 의한 사설은 근대의식이 자생한 조선 후기에 이미 기반 양식의 하나가 되어 있었고 이것이 서구 지향의 근대화시기에 자연스럽게 일상

---

23) 오세영,『20세기 한국시 연구』, 새문사, 1989, 65쪽

24) 사설시조는 자설적이고 현실적이다. 사설시조에는 고속가(민요)의 적나라한 인간의 성정이 수맥처럼 이어진다. 박철희, 앞의 책, 11-12쪽, 56쪽

25) 김준영,『한국고시가연구』, 형설출판사, 1990, 270쪽

어투의 시 양식으로 변용될 수 있었던 것이다.

한용운은 근대시가 서구에 대한 추종, 모방으로 가능하다고 믿었던 사람들에게 매우 강한 쐐기를 박은 시인이었다.[26] 김소월이 민요조 서정시의 분수령이 되었다면, 사설조 서정시에는 한용운이 그 역할을 했다. 근대교육은 받지도 않았다. 재래식 서당교육을 받고, 아동들에게 동몽(童蒙)을 가르치기도 하다가 불문에 귀의했다. 그가 민간전래의 언어와 전통문화, 특히 사설조를 기반으로 시를 썼다는 사실을 유추할 수 있는 대목이다. 불교계에서는 일찍부터 작자미상의 사설조 장시조도 전해져 오고 있었거니와 한용운이 시를 쓰던 시기에는 그것이 고려조의 것으로 인식되기도 했다.[27]

　8만대장 부처님께 비나이다 비나이다 나와 님을 다시 보게 하옵소서
　여래보살 지장보살 문수보살 보현보살 5백나한 8만가람 서방정토
　극락세계 관음보살 나무아미타불
　후세에 환조 상봉하여 방연(芳緣)을 잇게 하면 보살님 은혜를 사신
　(捨身) 보시하오리다

「알 수 없어요」, 「님의 침묵」 등과도 흡사한 율조를 보이고 있다. 한용운은 불교와 독경, 민간의 생활과 언어를 기반으로 시를 썼고, 사설을 근대 서정양식으로 부상시켰다. 산문율의 사설로 이루어지는 만해의 시는 전반적으로 내간체적 전통, 즉 여성의 편지체를 근대시 양식으로 주류화한 것이라는 견해[28]도 만해의 시가 사설조의 변형 양식임을 뒷받침한

---

26) 김용직, 앞의 책, 438-439쪽
27) 손진태, 「시조와 시조에 표현된 조선사람」, 『신민』, 1926년 7월호 참조. 이태극 편, 『시조의 사적 연구』, 선명문화사, 1974, 99-100쪽 재인용
28) 유종호, 『사회역사적 상상력』, 민음사, 1987, 13-14쪽

다. 근대적 의미에서 최초의 자유시 또는 산문시로 불리는 주요한의 「불놀이」도 사설조에 서구적 자유시형이 용해된 것이라 판단되거니와 사설조는 이상화의 「빼앗긴 들에도 봄은 오는가」를 비롯, 일제하 정지용, 신석정, 심훈, 조지훈, 박두진, 이육사, 윤동주, 백석 등의 시 형성의 기반이 되었다. 우리의 근대 시정시는 서양 자유시 흉내에 급급하기도 했지만, 1920년대 김소월, 한용운 등에 의해 완성 단계에 이른 민요조, 사설조 서정양식이 그에 못지않은 형성인(形成因)이 되었던 것이다.

'동방민물, 동방문화, 동방의식, 조선심, 조선정신, 조선인의 생활' 등 1920년대의 추상적인 전통 논의에 비해 1930년대의 이른바 고전부흥운동, 즉 동아일보, 조선일보를 비롯한 신문, 잡지 등의 논의는 '문화유산, 계승, 전승' 등에 과거를 현재와의 연속성 속에서 파악하는 보다 구체적인 역사적 관점을 갖게 되었다.[29] 30년대 전통 서정시 창작에 앞장선 시인은 정지용과 김영랑이다. 김영랑이 민요조에 향토성을 짙게 배도록 하였다면 정지용은 가람 이병기와 함께 『문장』지를 중심으로 다양한 전통의 계발과 보급에 진력했다.

정지용은 영문학과 출신으로서 모더니즘 시를 쓰기도 하였으나, 경성대학에서 시경(詩經)을 강의할 만큼 전통문화, 특히 한시에 깊은 조예를 가진 시인이었다.[30] 그는 선경후정(先景後情), 정경교융(情景交融), 정경적회(情景適會), 정경일합(情景一合) 등 한시의 형식이 형식 문제에 그치지 않고 근본 미학과 연결된다는 점을 다시금 확인케 하는 미적 탐구를 보였다.[31] 음악성보다 회화성을 좇는 모더니즘시 제작에 열중했고 '산수화(山水畵)풍'이라 할 만한, 새롭고도 전통적인 서정 양식을 계발, 정착시

29) 최재서, 「현대주지주의 문학이론의 건설」, 『조선일보』, 1934. 8, 임곤택, 앞의 논문, 330쪽 참조
30) 김학동, 『정지용 연구』, 민음사, 1987, 연보 참조
31) 심경호, 『한시의 미학』, 문학동네, 2006, 68쪽

켰거니와 이는 산수시(山水詩)라 명명되면서 은일(隱逸)의 정신이 강조되기도 했다.[32] 하지만 지용의 대표적 산수시로 거론된 「비」, 「구성동」 등의 시도 비인간적 산수의 미학이라기보다 화자의 인간적인 서정이 감각적으로 형상화되어 있다.[33] 뿐만 아니라 이 계열의 그의 시가 산수자연에 인간의 체취를 짙게 배게 하였던 청록파 외 신석정, 김상용의 농경적 전원시, 나아가 서정주, 유치환 등 자연에서 초월적 인간의 삶을 찾는 시로까지 이어져 간 것을 감안하면, 산수시라기보다 '산수화풍 서정시'라는 명명이 좋을 듯하다.

1950년대 한국 시단에서 순수라는 말이 제기되도록 유도한 압력은 프로문학이 아니라 모더니즘, 실험시 계열에 의한 것이었다. 후반기 동인을 비롯한 전후 시인들이 당대 시단의 주류였던 순수 서정 시인들에 대한 공격을 감행했다.

> 오늘날 한국시단의 신진적 주류를 형성하여 나가고 있는 계층을
> 새로운 시인 즉 모더니스트들의 활약이라고 본다면 이와 정반대로
> 현실의 암흑을 피하여 지나간 과거의 전통 속에서 쇄잔한 회상의 울
> 타리 안으로만 움츠려들려는 유파들이 또하나 다른 흐름을 형성하
> 고 있다는 사실은 한국시단만이 가지는 슬픈 숙명인 동시에 참을
> 수 없는 비극이 아닐 수 없다.
> 「청록파」를 중심으로 한 시인들의 소위 순수시 운동이 그것이
> 다.[34]

---

32) 최동호, 「산수시의 세계와 은일의 정신」, 『불확정시대의 문학』, 문학과지성사, 1987, 11-43쪽 참조

33) 양왕용, 「정지용 시 연구」, 경북대학교 문학박사학위 논문, 1987, 82, 123쪽

34) "서정시만을 시라고 고집하거나 시란 도대체가 새악시의 걸음걸이처럼 사뿐하고 조용하고 그러면서도 물이 흐르듯 절로 흘러가고 매끈하여 그윽하여, 그럼으로해서 어깨바람이

김기림의 제자인 김규동이 후반기 동인의 입장을 대표한 이 발언은 청록파를 비롯한 순수시 비판이요, 서정주와 유치환, 김광섭, 모윤숙, 김용호 등 당대의 주류에 대한 도전이며, 그들의 현실도피성과 전통 지향성에 대한 비판이었다. 비판의 직접적인 표적이 된 청록파 시의 특징들은 30년대 산수화풍 순수시의 연장선에 있는 것이었고, 그것은 20년대 민요조, 사설조 서정시의 현실회피적 태도를 심화한 것이었다.

전통 서정시는 비난의 대상이기도 했고 옹호의 대상이기도 했다. 하지만 그들은 현실 인식도, 현대적 언어감각도 없다는 비난을 감수하면서, 정치적 목적이나 이데올로기를 배제하고 전통에 기반한 양식으로 근대시의 맥을 잇고자 했다. 서정주는 불교와 유교와 도교, 민속 등 문화유산의 모든 것이 융합된 전통 사상의 예로 신라의 화랑정신과 풍류를 내세웠고, 전후 전통시론의 요강(要綱)이 되었던 조지훈의『시의 원리』는 유교적인 전통, 그중에서도 영남 사림파들의 주리적(主理的) 전통에서 나온 것이었다.[35] 전후 혼돈의 시대에 주체와 주체 간, 자아와 세계 간의 조화와 화해를 추구했고, 유기적 통일의 삶을 지향함으로써 간난을 극복하려 했다는 점에서 이들의 문학사적 의의를 찾을 수 있을 것이다.

## 3) 민요조 서정시

계몽주의 시에 대한 지양과 극복은 1920년대 현안의 문제였고, 민요조

---

이는 음악일 수 있어야 한다는 순수파에게 현대시에 대한 진정한 해석이란 기대할 수 없다."
김규동,『새로운 시론』, 산호장, 1960, 154-155쪽
35) 조지훈, 앞의 글, 14-15쪽

서정시는 이를 가장 효과적으로 담당한 경우였다. 그것은 우리의 독자적이고 고유한 몫이 많이 포함된 우리 고유의 것이요 근대적인 서정시와 결부되어 이루어진 제3의 양식[36]이었다. 주요한, 김억, 김소월, 김동환 등이 신선하면서도 순수한 느낌의 국어를 사용, 당대 동인지 시들의 서양 신시에 대응했고 향토적 소재로 개인의 정서를 노래한 것이다.

    샘물이 혼자서
    춤추며 간다
    산골짜기 돌 틈으로

    샘물이 혼자서
    웃으며 간다
    험한 산길 끝 사이로

    하늘은 맑은데
    즐거운 그 노래
    산과 들에 울리운다.

                        ─주요한, 「샘물이 혼자서」 전문


단순하나마 근대시적 구성을 보이고 있다. 2음보 민요조의 단순한 운율이 반복되고 개인 정서가 물활론적인 자연 정취로 확장되고 있다.
    대부분의 민요조 서정시는 그 제재를 산과 들, 바다, 갈매기, 꽃, 계절 등 자연 현상에서 취했다. 사회라든가 현실에 대한 관심은 소극적이면서, 민요와 같은 단조로운 율조와 반복적 구성 따위 단순한 형식에 의지하고

---

36) 김용직, 앞의 책, 316쪽

있어 근대시로서 가치를 높이 평가받지 못하기도 했다. 하지만 김소월의 시는 근대시 형성 과정에 민중시, 민족시의 정감과 가락, 그 원형과 변형의 극을 보여 준 사례였다. 3음보격을 주로 사용하면서 의미에 따라 운율의 섬세한 변화를 꾀했다.

> 접동
> 접동
> 아우래비 접동.
>
> 진두강 가람가에 살던 누나는
> 진두강 앞 마을에
> 와서 웁니다.
>
> 옛날, 우리나라
> 먼 뒤쪽의
> 진두강 가람가에 살던 누나는
> 의붓어미 시샘에 죽었습니다.
>
> 누나라고 불러보랴
> 오오 불설워
> 시샘에 몸이 죽은 우리 누나는
> 죽어서 접동새가 되었습니다.
>
> 아홉이나 남아 되는 오랍동생을
> 죽어서도 못잊어 차마 못잊어

야삼경 남 다 자는 밤이 깊으면

이 산 저 산 옮아가며 슬피 웁니다.

—김소월, 「접동새」 전문

　합창 가능한 운율의 반복, 소재의 향토성, 어휘의 단순성, 민담적 소재 등등의 측면에서 두루 민요조의 특징을 갖추고 있다. 독창적인 이야기체 구성일 뿐 아니라 김억, 주요한에 비해 운율 변화의 폭이 크고 그것이 적절하게 조정되고 있다. 그런 가운데 민족의 설움과 한이라는 보편적인 감정을 개인적 정서로 내면화했다. 소월은 「진달래꽃」, 「산유화」 등에서도 서경을 서경의 묘사에 그치게 하지 않는, 우리 전통 시가에서 나타나는 선경후정의 구성방식을 취했고, 질박하고 정감 있는 생활언어를 구사하면서 개인적 감정을 자연현상에 투영함으로써 신시의 근대성 부족의 한계, 계몽성과 감정 과잉의 한계를 상당 부분 극복하였다. 현실 인식을 충실하게 발전시키지 못하고 꿈의 세계나 회상의 세계로, 외로움과 슬픔이라고 하는 개인의 정감 속으로 후퇴하고 만 한계의 이면에는 민족의 정한을 개인적 정황으로 구체화하는, 토종 근대시의 한 차원을 연 의의가 있다 할 것이다.

　20년대 전통 서정시의 현실에 대한 소극적인 태도는 1930년대 이후, 식민 지배국 일본과 국제적 파시즘의 압력 속에서 미적 자율성과 음악성, 회화성 등 예술성 탐구를 명분으로 하는 순수시 운동에 몰입하게 된다.

돌담에 속삭이는 햇발같이

풀 아래 웃음짓는 샘물같이

내 마음 고요히 고운 봄길 위에

제2부 우리 시의 논리 159

오늘 하루 하늘을 우러르고 싶다

새악시 볼에 떠오르는 부끄럼같이
시의 가슴에 살포시 젖는 물결같이
보드레한 에메랄드 얇게 흐르는
실비단 하늘을 바라보고 싶다.

　　　　　　　　　—김영랑, 「돌담에 속삭이는 햇발같이」 전문


넓은 벌 동쪽 끝으로
옛이야기 지줄대는 실개천이 휘돌아 나가고,
얼룩백이 황소가
해설피 금빛 게으른 울음을 우는 곳,

—그 곳이 차마 꿈엔들 잊힐리야.


질화로에 재가 식어지면
뷔인 밭에 밤바람 소리 말을 달리고
엷은 졸음에 겨운 늙으신 아버지가
짚벼개를 돋아 고이시는 곳

—그 곳이 차마 꿈엔들 잊힐리야.


흙에서 자란 내 마음
파아란 하늘 빛이 그립어
함부로 쏜 화살을 찾으려

풀섶 이슬에 함추름 휘적시던 곳,

—그 곳이 차마 꿈엔들 잊힐리야.

—정지용,「향수」일부

둘 다 2~3음보가 혼재하는 민중적 운율, 평이한 언어와 단순한 구성의 민요조이다. 전통 민요에서와 같이, 동일한 음운의 반복 속에 섬세한 언어감각을 보이고 있다. 김영랑의「돌담에 속삭이는 햇발같이」의 경우, 밝은 마음을 형상화하는 시어들은 20년대의 감상성(感傷性)을 억제하고 언어의 음악성을 강화한 형태이다.

창(唱)이 주가 되는 원래의 대중 민요는 한 사람이 한 절을 부르면 다른 사람이 그것을 받아 또 한 절을 부르는 식이었거니와, 정지용의「향수」는 후렴이 달린 민요조에 사설조와 서양 자유시형이 혼합, 변용된 형식을 보여 준다. '지줄대는 실개천', '금빛 게으른 울음', '말을 달리는 밤바람 소리' 등등 서구의 이미지즘을 향토적 정서의 감각으로 용해한 토종 근대시로의 진전이었다.

민요조 서정시 양식은 2~3음보 율격을 변형하여 상황과 개성에 따라 개별적인 근대시 양식들을 생성하면서 우리의 근·현대시의 주요 기반이 되었다 할 것이다.


## 4) 사설조 서정시

우리 시사에서 근대 자유시(또는 산문시)의 형성은 창가, 찬송가, 신체시, 자유시 등 외래적인 양식과 시조, 민요, 가사 등 전통 시가 양식의 길항에서 찾을 수 있다. 산문형 자유시로 운율이 내재화하는 과정에서 대

표적인 시인으로 주요한, 이상화, 한용운 등을 들 수 있는데 이 중 주요
한과 이상화가 주로 외래 근대시 양식을 좇았다면 한용운은 전통 양식을
빌어 산문형 자유시를 형성한 시인이라 할 수 있다. 만해 시의 표현적 특
성은 그동안 줄글 형식, 장형 서정시, 자유시와 산문시의 중간 형태 등등
으로 일길어저 왔다.[37) 그 명칭이 어띠했든 우리 근대 문학사에서 사설조
의 산문형 자유시를 처음 발표한 이는 육당 최남선이다.

　　의사(意思)잇난듯도 하고 업난듯도 한 뭉텅이 구름이 봉만(峰巒)
도 갓고 연염(煙焰)도 갓흔 모양으로 삼청동 위에 떳다.
　　그는 박휘도 잇난 것갓지 아니하다, 치도 달닌것 갓지 아니하다,
더욱 발명의 천재가 고심연구한 결과란 발동기도 걸닌것 갓지아니
하다.
　　그러나 그는 간다.
　　그럿타고 사람모양으로 발이 잇다던지 새모양으로 날개가 잇다
던지 고기모양으로 지네미가 잇난것도 갓지아니하다.
　　그러나 그는 간다, 번듯하게 떠다닌다.
　　수레는 넘어지난 일도 잇고 배는 업난일도 잇고 기관(汽罐)은 깨
지난 일도 잇고 다리는 부러지난 일도 잇고 날개와 지네미는 떨어지
난 일도 잇스나 그는 아모것도 업시 다님으로 이러한 걱정도 업고
또 이러한 재액(災厄)으로하야 다니난 자유를 빼앗기난 고통도 업
도다.
　　　　　　　　　　　　　　　　　　—최남선, 「녀름구름」 일부[38)

─────────────

37) '줄글'이란 말은 모든 한글 고전의 기록 방식이요 띄어쓰기를 하지 않는 서법(書法)으로
서 시 양식의 명칭으로는 부적합하다고 생각된다. '장형 서정시'도 너무 포괄적이고 형식에
치우친 명칭이어서 적합지 않다고 생각된다.
38) 『소년』 제3년 7호, 1910년 7월호, 2쪽

우연한 자연발생의 줄글[39]이라 할 만하다. 분행을 했다는 이유에서 자유시라 할 수 있겠지만 산문시라고 할 수도 있는 어중간한 형태이다. 주요한의 「눈」과 「불놀이」, 그리고 이상화의 대표작 「빼앗긴 들에도 봄은 오는가」, 홍사용의 「나는 왕이로소이다」 등을 거쳐 한용운의 시로 이어지는 산문시의 통로가 되었다고도 생각된다.[40] 주요한이 「불놀이」를 통해 자유시를 시도하기 전에 발표된 이 내레이션 형식은 고소설, 사설시조, 판소리사설, 서사 무가(巫歌), 서사민요 등의 사설이 없었다면 가능하지 않았을 것이다. 우리나라의 근대 자유시가 조선 말에 중단되었던 사설시조의 부활에 의한 것이었다는 견해도 있지만 자유시형성의 과정에는 일본 근대시와 서양시의 영향 외에 사설시조뿐이 아닌 서사민요, 판소리, 개화가사, 마당극, 서사무요 등등 민간 문학속 사설양식의 계승이었다고 보아야 한다. 사설은 전래 문예의 주요 기반이었다. 일정한 형식을 갖춘 가요 발생 이전의 샤먼의 말도 사설이고, 판소리의 주가 되는 것도 아니리 사설이요, 근대 민중 시조인 사설시조의 의의도 사설에 있었다.

> 님은 갔습니다 아아 사랑하는 나의 님은 갔습니다
>
> 푸른 산빛을 깨치고 단풍나무 숲을 향하여 난 적은 길을 걸어서
> 차마 떨치고 갔습니다
>
> 황금의 꽃같이 굳고 빛나던 옛 맹서는 차디찬 티끌이 되어서 한숨
> 의 미풍에 날어갔습니다
>
> 날카로운 첫 키스의 추억은 나의 운명의 지침을 돌려 놓고 뒷걸음

---

39) 김용직, 앞의 책, 104-105쪽
40) 강홍기, 「1920년대 시의 낭만성과 현실성」, 박철희, 김시태 편, 앞의 책, 119-122쪽, 140-141쪽 참조

쳐서 사라졌습니다

　나는 향기로운 님의 말소리에 귀먹고 꽃다운 님의 얼굴에 눈 멀었습니다

　사랑도 사람의 일이라 만날 때에 미리 떠날 것을 염려하고 경계하지 아니한 것은 아니지만 이별은 뜻밖의 일이 되고 놀린 가슴은 새로운 슬픔에 터집니다

　그러나 이별을 쓸데없는 눈물의 원천을 만들고 마는 것은 스스로 사랑을 깨치는 것 인줄 아는 까닭에 걷잡을 수 없는 슬픔의 힘을 옮겨서 새 희망의 정수박이에 들어부었습니다

　우리는 만날 때에 떠날 것을 염려하는 것과 같이 떠날 때에 다시 만날 것을 믿습니다

　아아 님은 갔지마는 나는 님을 보내지 아니하였습니다

　제 곡조를 못 이기는 사랑의 노래는 님의 침묵을 휩싸고 돕니다

　　　　　　　　　　　　　　　　　　—한용운 「님의 침묵」 전문


　10줄짜리 장형 자유시로서 10구체 향가 양식을 계승하였다고 주장되기도 하는 시이다. 하지만 영락없는 여성적인 사설이다. 불교계에서는 일찍부터 설법, 독경뿐 아니라 작자 미상의 사설시조를 통해서도 사설이 전래되고 있었고, 승려였던 만해가 시를 쓰던 20년대 후반은 전통에 대한 관심이 문단에 고조되어 있던 시기였다. 서구적 근대시 학습의 기회를 가진 적 없었던 그로서는 자연스레 전래의 사설을 차용하여 당대의 내재율과 산문율에 대응했고, 종교적(세계적)인 동시에 개인적인 형이상의 세계를 담아 단시일에 사설조 근대 서정시 양식을 완성적으로 보여 줄 수 있었던 것이다.

　그가 토종 산문적 자유시형으로서 가치를 확고히 한 사설조 서정시는

심훈의 「그날이 오면」, 정지용의 「장수산」, 「온정」, 「석류」 그리고 신석정, 조지훈, 박두진, 백석의 시로 이어지면서 근대 서정시 양식의 기반을 이루게 되었다.

박두진의 경우를 보자.

아랫도리 다박솔 깔린 산(山) 너머 큰 산 그 너멋 산 안 보이어, 내 마음등등 구름을 타다.

우뚝 솟은 산, 묵중히 엎드린 산, 골골이 장송(長松) 들어섰고, 머루 다래넝쿨 바위 엉서리에 얽혔고, 샅샅이 떡갈나무 억새풀 우거진 데, 너구리, 여우, 사슴, 산토끼, 오소리, 도마뱀, 능구리 등 실로 무수한 짐승을 지니인.

산, 산, 산들! 누거 만년(累巨萬年) 너희들 침묵이 흠뻑 지리함 직하매.

산이여! 장차 너희 솟아난 봉우리에, 엎드린 마루에, 확 확 치밀어 오를 화염(火焰)을 내 기다려도 좋으랴?

팟내를 잊은 여우 이리 등속이 사슴 토끼와 더불어, 싸릿순, 칡순을 찾아함께 즐거이 뛰는 날을 믿고 길이 기다려도 좋으랴?

—박두진, 「향현(香峴)」 전문

산은 모든 식물과 동물이 얽혀서 함께 살아가는 하나의 거대한 세계이자 이상적인 세계이다. 만해가 불교적 정서를 그의 사설조에 담았다면 두

진은 자연 속에 기독교적 심층 생태의 세계를, 조지훈은 조선조 선비의 탈속의 경지를 담았다. 사설조 양식은 주요한, 이상화 등의 산문시형 자유시와 뒤섞이면서 전통적 사상이나 정서뿐 아니라 기독교와 도시문명 같은 근대를 담는 그릇이 되어 갔다.

또한 이육사와 백석의 시로 개성적으로 계승되었다.

> 까마득한 날에
> 하늘이 처음 열리고
> 어데 닭 우는 소리 들렸으랴
>
> 모든 산맥들이
> 바다를 연모해 휘달릴 때도
> 차마 이 곳을 범하던 못하였으리라.
>
> 끊임없는 광음을
> 부지런한 계절이 피어선 지고
> 큰 강물이 비로소 길을 열었다.
> 지금 눈 내리고
> 매화 향기 홀로 아득하니
> 내 여기 가난한 노래의 씨를 뿌려라
>
> 다시 천고의 뒤에
> 백마 타고 오는 초인이 있어
> 이 광야에서 목놓아 부르게 하리라.
>
> —이육사, 「광야」 전문

내가 언제나 무서운 외가집은 초저녁이면 안팎마당이 그득하니
하이얀 나비수염을 물은 보득지근한 복족제비들이 씨굴씨굴 모여서
는 쨩쨩 쨩쨩 쇳스럽게 울어대고
　밤이면 무엇이 기왓골에 무릿돌을 던지고 뒤울란 배남게 쩨듯하니
줄등을 헤어달고 부뚜막의 큰 솥 작은 솥을 모조리 뽑아놓고 재통에
간 사람의 목덜미를 그냥그냥 내리눌러선 잿다리 아래로 처박고
　그리고 새벽녘이면 고방 시렁에 차곡차곡 얹어둔 모랭이 목관 시
루며 함지가 땅바닥에 넘너른히 널리는 집이다.

—백석,「외가집」 전문

　「광야」는 시간적 흐름에 따라 남성적 어조로 전개한 자유시이자 변형
사설조 서정시이다. 식민지의 절망적 상황에 저항한 행동에 비해 육사
의 시는 관망적이고 초월적인 모습을 보여 준다. 대표적 저항시로 알려진
「절정」도 마찬가지다.「절정」에서는 묵묵히 학행(學行)의 길을 가던 유교
적 전통 선비정신을 찾을 수 있거니와 이 점은 그를 전통 서정과 선비의
기개를 지닌 시인으로, 해방 직후 발간된 그의 시집을 민족주의계열의 순
수시로 분류하는[41] 이유가 된다.
　백석의 시는 알려진 대로 소재도 말씨도 토속적이다. 민족과 향토의 문
화를 지키고자 하는 의도가 있지 않고서는 창작할 수 없는 시였다. 그의
시는 극단적인 사설조와 향토 정신으로 토속의 심상을 실감나게 살려 내
었다.
　사설조 리듬과 전통 서정의 아름다움에 비중을 두자면 서정주도 들 수
있다. 그는 현재의 육신과 인류은 영생(永生)으로 정화하기 위한 매개체

---

41) 박철희, 김시태 편, 앞의 책, 304쪽

에 불과하다고 보았고, 이러한 자연주의와 영원주의가 우리 시정신의 대동맥으로 상대(上代)로부터 전해 오고 있다[42]고 했다. 그의 시는 현실의 체념(諦念)과 영원성 지향이란 관념적 미학을 바탕으로 하고 있었던 것이다.

가난이야 한낱 남루(襤褸)에 지나지 않는다.
저 눈부신 햇빛 속에 갈매빛의 등성이를 드러내고 서 있는
여름 산 같은
우리들의 타고난 살결 타고난 마음씨까지야 다 가릴 수 있으랴.

청산(靑山)이 그 무릎 아래 지란(芝蘭)을 기르듯
우리는 우리 새끼들을 기를 수밖에 없다.

목숨이 가다가다 농울쳐 휘어드는
오후의 때가 오거든
내외들이여 그대들도
더러는 앉고
더러는 차라리 그 곁에 누워라.

지어미는 지애비를 물끄러미 우러러보고
지애비는 지어미의 이마라도 짚어라.

어느 가시덤불 쑥구렁에 놓일지라도

---

42) 서정주,「한국 시정신의 전통」,『국어국문학보』창간호, 동국대 국어국문학회, 1958, 임곤택, 앞의 논문, 333쪽 참조

우리는 늘 옥(玉)돌같이 호젓이 묻혔다고 생각할 일이요,

청태(靑苔)라도 자욱이 끼일 일인 것이다.

—서정주, 「무등을 보며」 전문

1954년에 발표된 이 작품은 전쟁 직후의 폐허 속에서 굶주림에 허덕이면서도 영원히 변하지 않는 인정과 순수한 정신의 가치를 노래한 시이다. 좌익문학에 맞서던 50년대 휴머니즘의 정신과도 연결되거니와 이후의 서정시에도 큰 영향을 미친 사설조 서정시다.

이렇듯 사설조 서정시는 산문시형 자유시의 자생적 기반이 되었고, 민요조와 함께 전통 서정시의 기반 양식이 되었다 할 수 있다.

## 5) 산수화풍의 순수시

원래 순수시란 19세기 프랑스 상징주의 시인들의 이상이었다. 시의 비본질적인 요소인 지성이나 윤리 따위를 제거하고, 본질적인 요소인 강한 밀도의 음악에 일치하는 서정의 심미적인 현상에 몰두하는 시를 가리키는 말이었다. 20세기에 들어 지성도 시 본질의 주요 요소로 받아들이게 되면서, 순수시는 이미지즘의 순수성도 포용하게 된다.

1930년대의 순수시는 프로문학에 대한 반대에서 생겨났다. 따라서 프로문학이 아닌 모더니즘 시인과 서정시인은 함께 순수파로 분류되었다. 미적 자율성을 옹호하는 이미지즘적 순수시와 전통 서정시는 일본의 무단통치에 의해 프로 문학과 민족주의 문학이 지속될 수 없게 되자, 현실에서 거리가 먼 심미의 세계로 눈을 돌린 것이다. '순수시'도 수입 용어이긴 하지만 우리 전통 문화사에도 이를 수용할 만한 토양이 있었다. 김영랑이 지향한 민요조에 바탕을 둔 음악성 위주의 순수시, 정지용이 지향한

산수화 또는 한시의 여백이 갖는 심미의 세계가 그것이다.

당대 시문학파 순수시의 특징이라면 첫째, 이전의 형식과 다른 창조적 정신으로 시작을 인식한 점, 둘째, 시어의 함축적 의미, 독창적 용법, 방언의 활용, 모국어의 계승과 계발, 어감의 차이, 의성어, 의태어 등의 활용, 셋째, 리듬을 살리기 위한 호조음(ㄹ, ㄴ 등 유성음 사용), 음성상싱(양보음과 음모음의 적절한 선택 사용), 압운, 음보 등의 활용, 넷째, 평이한 구문, 다섯째, 이미지를 살린 솜씨 등이 그것이다. 이를 통해 그들의 순수시는 청신한 언어 감각과 아름다운 리듬을 통해 심화된 개인적 정서를 형상화하는 데 주력했다.[43)]

정지용은 모더니즘적 순수시와 「감나무」, 「산넘어 저쪽」 등 동심 지향의 민요조 서정시를 쓰기도 했지만 모국어의 시적 계발에 주력하면서, 특히 산수화풍의 미학을 끌어와 청신한 감각적 이미지의 서정시를 계발했다.

난초잎은
차라리 수묵색

난초잎은
엷은 안개와 꿈이 오다.

난초잎은
한밤에 여는 담은 입술이 있다.

난초잎은
별빛에 눈떴다 돌아 눕다.

---

43) 오세영, 앞의 책, 108-114쪽 참조

난초잎은
드러난 팔굽이를 어쩌지 못한다.

난초잎은
적은 바람이 오다.

난초잎은
춥다.

—정지용, 「난초」 전문

　산수자연을 배경으로 피어 있는 춘란을 인간적인 서정의 붓으로 그린 난화(蘭畵)이다. 2행 1연이라는 간결한 형식과 규칙적인 연 구분, 간결한 행과 연이 주는 여백미 등 심상의 전개과정에서 산수화풍을 느낄 수 있다. 그의 「인동차」, 「옥류동」, 「비로봉」, 「구성동」, 「장수산」 등도 같은 경향의 대표작들로서 자연과 인간을 일체화시키면서 유아지경(有我之境)의 세계를 감각적으로 구현한다.

　산수화의 자연 속에서는 자연의 미와 동일시되는 예술의 미가 향수된다. 예술미와 자연미의 동일성은 산수화에 국한되는 것이 아니라 정물화의 경우에도 마찬가지이고 화조화(花鳥畵), 풍경화에서도 마찬가지다.[44] 이러한 집중은 풍경화나 화조화에 국한된 것이 아니라 동양화나 한시의 특징이라 할 수 있다. 미적 대상 자체가 예술이 되는 그러한 집중이 완성된 것을 '격(格)'이라고 하는데, 동양화에 있어서 형이 가장 간소하면서도 함축된 의미가 가장 풍부할 때 그 화면은 격을 갖게 되고 그 격이 가장

---

44) 백기수, 『미의 사색』, 서울대학교출판부, 1981, 75-76쪽 참조

높을 때 노경(老境)에 달한다. 노경이란 기욕(嗜慾)을 버리고 총명으로 집중한 경지이며, 정숙하고 적막한 심경이다. 이러한 노경은 동양화, 특히 '수묵화(水墨畵)'의 세계에서 볼 수 있다.[45) 지용이 난초 잎에서 수묵의 세계를 보는 것은 단순히 밤[夜]색과의 혼합색 효과 때문만이 아니다. 그는 이미지즘적 순수성을 수묵회의 경지로 포용하고자 했고 전통 산수화의 정신과 정서, 노경의 경지를 언어화함으로써 주체적이고 개성적인 현대시를 만들어 내고자 했던 것이다.

정지용의 산수화풍 순수시는 청록파를 비롯한 많은 후배와 제자를 낳게 된다. 그중에서 박목월은 지용의 산수화풍을 민요조로 계승한 시인이다.

    강나루 건너서
    밀밭길을

    구름에 달 가듯이
    가는 나그네

    길은 외줄기
    남도 3백리

    술 익는 마을마다
    타는 저녁 놀

    구름에 달 가듯이

---

45) 백기수, 앞의 책, 77쪽

가는 나그네

—박목월, 「나그네」 전문

  간결한 언어로 자연과 인간이 동화한 모습에 집중한다. 인간 내면의 정서가 강한 민요조 산수화풍 서정시이다. 민요조 3음보에 일정한 변화를 주면서 언어를 절제하고 리듬을 단순화했다. 「청노루」, 「윤사월」, 「산이 날 에워싸고」 등도 마찬가지다. 송나라 곽희(郭熙)에 의하면, 산수화에는 한번 지나가 볼 만한 것, 멀리 바라볼 만한 것, 놀아 볼 만한 것, 거기서 살아 볼 만한 것, 이 네 가지가 있는데 이를 다 갖추면 묘품(妙品)이며, 이 중에서도 놀아 볼 만한 것과 살아 볼 만한 것은 일품이다.[46] 정지용, 박목월, 조지훈, 신석정, 김상용 등 일제 말의 자연시와 전원시 중에는 인간적인 애환을 담고 있으면서도 놀아 볼 만하고 살아 볼 만한 일품 또는 묘품의 경지를 지향하는 시들이 적지 않다. 산수화풍이란 이와 같이 산수화의 미학을 지향하면서 그 속에 인간적 삶을 투영하는 이아관물(以我觀物)의 시적 정조이다.

  꽃이 지기로소니
  바람을 탓하랴

  주렴 밖에 성긴 별이
  하나 둘 스러지고

  귀촉도 우름 뒤에
  머언 산이 닥아서다.

---

46) 곽희(郭熙), 『林泉高致』, 山水畵訓, 백기수, 앞의 책, 73-74쪽 참조

촛불을 꺼야하리
꽃이 지는데

꽃지는 그림자
뜰에 어리어

하이얀 미닫이가
우련 붉어라.

묻혀서 사는 이의 고운 마음을

아는 이 있을까
저허하노니

꽃이 지는 아침은
울고 싶어라.

— 조지훈, 「낙화(落花)」 전문


   3연의 연시조나 한시(漢詩)로 바꾸어도 무리가 없을 만큼 언어의 절제
미와 여백미가 뚜렷하다. 「민들레꽃」, 「완화삼」, 「파초우」 등에서도 조지
훈은 노장적 자연관 또는 선적(禪的)인 경지 속에 인간의 애환을 담았다.
정지용과 청록파의 자연시는 인간적 애상과 개인적 정취를 지닌 채 미추
선악의 차별이 사라진 평등 세계, 인간과 자연이 결국 한 존재인 만물제
동(萬物齊同)의 경지에 이르고자 한다. 조선조의 김시습은 산에 사는 즐

거움을 노래한 「산거집구(山居集句)」 연작을 1백 수나 남겼거니와 산수화, 수묵화를 애호하던 선비들의 전통이 근대적인 모국어에 의해 새롭게 태어났다 할 것이다. 전통의 계승은 모방에서가 아니라 전통에 대한 새로운 해석과 정당한 저항으로만 가능하다는 역논리가 성립된다[47]고 조지훈은 말하였거니와 지용의 산수화풍은 목월에서 민요조를 띠고 지훈과 두진에게서는 주로 사설조를 띠면서 각각 불교적이거나 기독교적 원형의 자연관으로 개성화하였다. 이들보다 구체적인 전원생활을 그린 신석정, 김상용 등의 농경시도 이러한 시사적 관련 속에서 이해될 수 있을 것이다.

인간이 자연을 믿으며 그에 조화되고 그를 본받으려 하는 것은 대부분 동양사상 공통의 사고방식이다. 신석정, 김상용이 정지용과 청록파 3인의 근대적 감각의 산수화풍을 농경적 삶의 정서로 언어화했다면 백석은 민속화나 민화 풍의 민중적 양식으로 개척했다 할 것이다. 산수화풍의 순수 서정시는 서정주, 오장환, 유치환 등등의 시들에도 이어지고, 이들은 50년대에 '전통 서정'이나 '순수 서정'이니 하는 말들이 가리키는 유파가 되었다.

## 6) 근대 전통 서정시

우리 근대시사상 전통 서정시는 독특하기도 하고 중요하기도 한 시 양식이다. 그것은 1920년대 국민문학 운동에서 시작되어 1950년대에 이르기까지, 서구 편향의 근대시 운동에 맞서 민족적 개성을 자각하고 평이한 생활언어, 단순한 형식, 소극적이거나 도피적인 현실인식 등을 특징으로 형성되었던 대표적 근대시 양식이다. 그 기본 양식은 민요조와 사설조,

---

47) 조지훈, 「전통의 현대적 의의」, 『조지훈 전집』 7, 나남출판, 1996, 209-213쪽

그리고 산수화풍의 순수시 등 셋이라 할 수 있다. 민요조와 사설조는 서구적 자유시형과 혼합되면서 우리 근대시 양식을 이루는 중심 계기가 되었고, 산수화풍의 순수시는 20년대 전통 서정의 소재적 자연성이 언어적 순수의 경지로 극단화한 것으로 토착 이미지즘과 생태적 상상력의 기반이 되었다 할 수 있다.

민요조 서정 양식은 우리 근대시를 민중적 언어와 운율로 근대화하는 의식적인 계기였다, 1920년대 김억에 의해 주창되고, 소월에 의해 자유시로 완성되었다. 관념적인 한자어나 외래어를 배격하면서 김영랑, 박목월 등에 이르러 더욱 현실 도피적이고 섬세한 언어감각을 갖추게 된 것이다.

내레이션형으로 길이가 긴 사설조는 근대 자유시 수입기에 자연스럽게 주류화한 전통 문예 양식이다. 전래의 사설이 최남선에 의해 근대 시형으로 시도되었다가 한용운에 이르러 산문형 자유시 양식으로 자리잡았고, 한용운의 여성적 내간체 사설조는 이육사에 의해 담대한 지사의 남성적 풍모로, 백석에 의해서 향토 풍물지적 근대시 양식으로 변형, 계승되었다.

1930년대 순수 서정시는 현실에 대해 가장 도피적인 자세를 취했다. 전통 서정시의 소극적인 현실 대응 태도가 현실도피의 지경으로 심화되었던 것이다. 고전부흥운동과 연계되는 정지용의 산수화풍 순수 서정시는 서구 이미지즘에 대응, 인간의 애환을 안은 채 언어적 수묵화의 경지를 지향하였다. 이는 청록파 3인에 의해 개별적으로 계승되었고, 신석정, 김상용 등에 의해 농경의 시로 그리고 50년대 서정주에 의해 정신적 영원의 삶을 지향하는 현실초월의 시로 변형되고 계승되었다.

근대 전통 서정시가 실천적인 현실참여의 결여, 일제와의 타협, 광복기와 전쟁 시기의 현실도피 등 한계와 모순을 안고 있는 것은 사실이다. 그래도 그것은 우리 근·현대시의 대세였고, 양식의 기반이 되어 왔다. 뿐만 아니라 현실적 질곡에 허덕이던 삶을 기능적으로 위로했던 것도 사실이다. 이렇듯 근대 전통 서정시는 욕구를 간접화하거나 억제하는 대신 전통 시가의 형식과 정신을 근대적으로 계승함으로써 민족의 삶을 위로하였고 외래의 것을 비판적으로 수용할 수 있는 기반을 제공했으며, 후배 시인들에게 개성과 상황에 부응하는 다양한 시 양식을 계발할 수 있는 기반을 제공하였다는 시사적 의의를 지니는 것이다.

## 2. 도시시와 소외의식

### 1) 도시와 소외

근대화는 국토의 도시화와 같은 과정을 거친다. 근대화의 산물인 도시는 문제적 공간이고 근대시 창작의 주요 계기가 된다. 현대 시인들이 적응하고 극복해 가야 할 태생적 장애이기도 하다. 여기서 도시시가 제작되고 계승된다.

도시시(urban poetry)란 도시 체험, 도시의 삶, 도시사회의 체계 문제를 글감으로 삼는 시로서, 모더니즘 시와 발흥의 궤를 대체로 같이한다. 일반적으로는 우리 근대 문학사에서 도시시가 문학사적 의의를 획득하면서 등장한 것이 30년대이고, 진정한 의미에서 산업사회의 징후들이 본격적으로 나타난 70년대 이후에 실제적으로 가능했다고 여겨지고 있다.[1] 특히 1980년대 이후 도시시가 주목되고 있는 바, 이는 세계에 대한 예술적 저항이고 이단적 저항이며 인간성의 자각과 탐구의 문제라는 의의를 가진다[2]고 평가되기도 한다. 하지만 우리나라에서 근·현대적 자아의식

---

[1] 오세영, 정한용, 김준오 등의 관점. 김준오, 『도시시와 해체시』, 문학과비평사, 1992, 117-118쪽

[2] 김준오, 같은 책, 115-116, 139쪽

에 의한 자유시가 제작된 것은 1920년 전후 동인지 시대부터라 할 수 있고, 우리 현대시의 도시 체험도 이때부터라 앞당겨 볼 수 있다. 1920년대 시인들에게도 도시풍경을 관찰하는 자의 우울과 권태, 시선의 충격과 혼란은 도시체험의 가장 중요한 모티브였고,[3] 전통 사회에서 급작스레 근대적 도시와 맞닥뜨린 조선인들에게 도시란 외경의 대상인 동시에 충격과 공허의 공간이었다. 따라서 예민한 감성의 시인에게 우리나라 도시시는 시의 근대화와 더불어 1920년대부터 실제적으로 등장했다고 보아야 할 것이다.

도시는 대개 향락적인 데카당스의 공간이며, 경쟁을 통한 성취와 상실이 교차하는 이기(利己)의 장소로서 기계화, 비인간화의 사회체제를 생산한다. 자생한 것이라기보다 일제라는 타율에 의해 강요되다시피 한 도시, 6·25 전쟁과 개발독재와 함께 성장한 도시를 배경으로 성장한 우리 도시시는 그 주된 정조가 박탈감, 결핍감, 상실감, 무력감, 고립감, 불안, 공허 등 소외(alienation)란 말[4]로 압축할 수 있는 것이었다. 소외(疏外)란 말 자체는 근대 사회의 성립-산업혁명이 일어난 18세기 후반 이후에서야 개념화된 말로,[5] 도시시의 핵심은 결국 이와 관련된다. 소외란 말이 넓은 의미망을 갖듯, 도시시도 그 모습이 실로 다양하다. 도시의 내용을 가장 단순하게 둘로 나눈다면 도시의 부정적 수용과 긍정적 수용으로 나눌 수는 있겠다. 이 글에서는 대다수 도시시가 '소외'란 말로 대표할 수 있는, 도시에 대한 비판적, 부정적 체험을 제재로 삼고 있다는 점을 감안

---

3) 남기혁, 「1920년대 시에 나타난 도시체험」, 『겨레어문논집』 제42집, 겨레어문학회, 2009년 6월호, 213쪽

4) 마르크스(K. Marx)는 소외를 "자기 자신의 행위가 자신에 의하지 않고 자기 뜻에 반하면서 자기 위에 군림하는 이질적인 힘에 의한 상태"라 보았고, 에리히 프롬은 "스스로를 따돌림 당한 사람이라고 느끼게 되는 경험 양식"이라 규정하기도 했다. Erich Fromm, *The Sane Soiety*, 김병익 역, 『건전한 사회』, 범우사, 1991, 114-115쪽

5) 장병호, 『소외의 문학 갈등의 문학』, 시와 사람, 2008, 40쪽

하여, 우리 도시시의 소외의 양상을 조명하고자 한다.

소외의 유형도 다양하다. 그래도 마르크스, 무타이 리사쿠(務台理作), 김용익 등의 분류와 사회학에서의 일반적인 분류를 종합하여 요약한 것을 재정리해 보면 소외는 첫째, 도시문명으로부터의 소외, 둘째, 사회로부터의 소외, 셋째, 자기 자신으로부터의(자기와 세계상실의) 소외 등으로 나눌 수 있다.[6] 하지만 근대화, 도시화의 소산인 소외는 매우 복합적인 발생 원인을 안고 있어서 실제에 있어 그 유형을 뚜렷이 구분하기 쉽지 않은 경우가 많다. 따라서 우리 도시시의 소외현상 파악을 위해 적용하려는 위의 세 유형은 기존 학자들의 분류를 단순화하여, 한국 현대 도시시에 나타나는 소외의 유형을 파악하는 방안이 되는 동시에, 한국 도시시에 나타나는 소외의 세 층위, 또는 세 개의 축을 파악하려는 의도에 의한 것이라 할 것이다.

위의 세 유형에 따라 20세기 우리 도시시를 유형화하고 유형별 특성과 통시적 맥락을 조명하여 도시시의 문학사적 맥락을 체계화하며, 자본과 권력에 대한 우리 현대시의 대응양식과 그 변화과정을 추적하고자 한다. 현대시의 진로를 모색하는 계기의 하나가 될 수 있기를 기대하는 것이다.

---

6) 장병호, 같은 책, 54-56쪽. 기존 소외의 유형을 정리하여 ①자기분열, 자아로부터의 소외, ②공동체의 상실로 인한 타인으로부터의 소외, ③과학기술의 발달로 인한 대량 생산 체제로부터의 노동자의 소외, ④물질주의의 팽창에 따른 인간성 상실로 인한 소외, ⑤개인의 자유를 규제하는 정치적 사회적 힘으로부터의 소외 등으로 나누었다. 이 중 ③, ④는 이 글의 문명으로부터의 소외, ②, ⑤는 사회로부터의 소외, ①은 자기로부터의 소외에 포용된다 할 수 있다. 여기서 ③'과학기술의 발달로 인한' 노동의 소외는 문명으로부터의 소외에, 자본주의적 사회체제에 의한 소외는 사회적 소외에 해당한다. ④도 대체로는 문명으로부터의 소외에 해당하나 주체의 상실이나 분열의 문제와 결부될 때에는 세계와 자기 자신으로부터의 소외에 해당한다. 필자가 제시한 소외의 3유형은 우리 도시시의 검토 결과를 무타이 리사쿠와 김용익의 다섯 가지 유형을 결부하여 간소화해 본 것이다. 예컨대, 무타이 리사쿠의 목표 상실에 의한 소외는 자기 상실의 소외로, 공동체 분해로 인한 소외와 정치로부터의 소외는 사회적 소외로, 대량생산과 테크놀로지 발달에 의한 소외는 문명으로부터의 소외로 간소화해 본 것이라 할 수 있다.

## 2) 문명에서의 소외

주지하다시피 1920년대 우리 동인지 시단은 역사와 사회에서 유리되어 있었다. '민족·계몽'이라는 큰 화두를 지닌 개화기 시가에서 벗어나, 문학의 독자성(獨自性) 구현이라는 명분 아래 개인의 신변을 소재로 과거를 회상하고 토로하는 것이 대체적인 경향이었다. 도시를 제재로 한 시에서도 이런 분위기는 내재되어 있었지만 거기에는 새로운 도시 문물에 대한 외경감과 당혹감이 앞세워져 있었다.

주요한의 「지나(支那)소녀」(『창조』 4호, 1920. 2)는 1919년 5월, 상해 망명시기에 쓴 시이다. 도시 처녀의 희고 가는 팔, 실크 스타킹을 신은 발목의 곡선, 손가락에 감긴 손수건, 방황하는 눈빛 등 신기한 도시풍물을 일괄하였다. 김소월의 시 「서울의 거리」(『학생계』, 1920. 12)는 식민지 근대화가 연출하는 문명적 풍광과 그에 노출되는 주체의 충격과 혼란을 그려내었다. 도시를 사상누각(砂上樓閣)에 비유한 이장희의 「사상(砂上)」(『신민』, 1925. 9)과 「겨울의 모경」(『신민』, 1926. 1) 등은 감각적인 표현이 돋보이긴 하나, 역시 도시 군중의 모습에서 동경심과 함께 야릇한 쓸쓸함-소외를 느끼는 시였다.

시민대혁명을 이룬 프랑스에서도 오랫동안 '시민적(civil)'이라는 개념은 '무례하고 문명화되지 못한 것'에 대비되는 '공손하고 세련된 사람과 행동'을 의미했다. '시민적/비시민적'의 개념구분은 '문명화된(civilized)/문명화되지 않은(uncivilized)'의 구분과도 유관하였다. 시민사회는 문명화된 집단이 그렇지 못한 집단들을 통치하는 위계적 사회이기도 했다.[7] 식민시대의 도시는 일제라는, 문명으로 세련된 통치 집단과 조선인이라

---

7) 신진욱, 『시민』, 책세상, 2008, 38쪽

는 문명화되지 않은 층을 압도하는 위계의 장이었다.

당대 식민지 청년 지식인의 도시문명에 대한 인식을 가장 극명하게 보여주는 시는 「카페·프란스」(『학조』, 1926. 6)를 위시한 정지용의 도시시라 할 수 있다. 그의 「슬픈 인상화」(『학조』, 1926. 6), 「황마차」(『조선지광』, 1927. 6) 등은 모두 한국이 아니라 이미 도시문명이 자리 잡은 일본의 교토(京都)에서 창작된 시들이기도 했다.

옮겨다 심은 종려나무 밑에
빗두루 슨 장명등
카페·프란스에 가자.

이놈은 루바쉬카
또 한 놈은 보헤미안 넥타이
빗쩍 마른 놈이 앞장을 섰다.

밤비는 뱀눈처럼 가는데
페이브먼트에 흐느끼는 불빛
카페·프란스에 가자.

이놈의 머리는 빗두른 능금
또 한 놈의 심장은 벌레 먹은 장미
제비처럼 젖은 놈이 뛰어간다.

"오오 패롤[鸚鵡] 서방! 굳 이브닝!"

"굿 이브닝!"(이 친구 어떠하시오?)

울금향(鬱金香) 아가씨는 이 밤에도
경사(更紗) 커튼 밑에서 조시는구료!

나는 자작(子爵)의 아들도 아무것도 아니란다.
남달리 손이 희어서 슬프구나!

나는 나라도 집도 없단다
대리석 테이블에 닿는 내 뺨이 슬프구나!

오오, 이국종(異國種) 강아지야
내 발을 빨아다오.
내 발을 빨아다오.

　　　　　　　　　　　　　　—정지용, 「카페 프란스」 전문


　현대적 문물을 대하는 태도가 인상적인 수준을 넘어 내적인 소외에 닿아 있다. 식민지 종주국의 대도시에서 느끼는 이국정조와 고립감이 주제를 이룬다. '카페'는 도시 부랑자들의 임시적 휴식처로, 루바쉬카를 입은 사람을 위시한, 문명의 삶에 찌든 소외된 자들이 모이는 곳이다. 여기서 카페 프란스로 가자는 외침은 도시 문명에 다가가지 않을 수도 없는 모순 상황을 말해준다. 뱀눈처럼 가는 밤비는 흐느적거리고 있는 청년들의 자화상이자 자조와 연민의 은유이다. 앵무새에게 인사를 하는 흰 손의 슬픔, "대리석 테이블에 닿는 뺨" 등 차가운 도시문물에 화자의 무력감과 자조(自嘲)가 대비되면서 소외를 가중시키고 있다. "내 발을 빨아다오"라는 요청에는 "이국종 강아지"(문명)를 갈망하면서도 다가갈 수 없는 퇴행적 소외가 내재하고 있다. 이러한 특징은 「황마차」, 「슬픈 인상화」 등 시에서도 나타나거니와, 김광균의 「와사등」, 「광장」, 「뎃상」, 「눈오는 밤의 시」, 「도심지대」, 「다방」 등의 시에서도 계승된다.

이 무렵 통치 권력에 의해 노시 공간이 재배치되면서 서울, 부산, 평양 등 조선의 대도시에도 자동차와 전차가 대로를 질주하는 등 근대도시 풍경이 구체적인 모습을 드러내기 시작했다.[8] 이때 시적 대상은 일본의 도시에서 조선의 도시로도 확장되고, 도시는 문제의 공간으로서 현대시에 본격 편입된다. 1920~30년대의 도시시는 추상적인 상태의 갈등 속에서 문명의 내면에 대한 주체적인 인식과, 타자들과의 소통이나 관계성 모색에 이르지는 못한 채 공통적으로 도시문명에 대한 충격과 외경감, 근원상실의 우울을 동시에 담고 있다.

문명에 대한 소외자로서의 정조가 한층 구체화되는 것은 6·25 전쟁기의 도시시이다. 일제하의 그것이 식민통치하의 도시문명에 대한 동경과 소외라는 양면적 체험이었다면 1950년대의 도시시는 전쟁으로 인한 문명의 파괴와 그것을 감당해 낼 능력이 없는 무기력에서 오는 소외를 절감하는 것이었다.

후반기 동인 중에서 김경린, 박인환 등을 들 수 있다. 박인환의 작품을 보자.

나는 너희들의 마니페스트의 결함을 지적한다

---

8) 서울의 경우 조선총독부에 의해 가로의 재정비 사업, 남대문, 서울역, 황금정(을지로), 남촌 진고개의 도로를 확장하는 등 31개 노선의 도로 정비, 확장사업이 벌어지고 일본인 거주지역인 남촌과 조선인 거주지역인 북촌의 공간분할이 이루어졌으며 남촌을 중심으로 상업가와 금융업가가 형성되는 등 근대도시의 면모를 띠게 되었다. 손정목, 『일제강점기 도시와 과정 연구』, 일지사, 1996, 356-398쪽 참조

그리고 모든 자본이 붕괴한 다음
태풍처럼 너희들을 휩쓸어갈
위험성이
파장처럼 가까워진다는 것도


옛날 기사(技士)가 도주하였을 때
비행장에 궂은 비가 내리고
모두 목메어 부른 노래는
밤의 말로(末路)에 불과하였다.


그러므로 자본가여
새삼스럽게 문명을 말하지 말라
정신과 함께 태양이 도시를 떠난 오늘
허물어진 인간의 광장에는
비둘기떼의 시체가 흩어져 있었다.

—박인환, 「자본가에게」 일부


　　자본주의와 기술제일의 문명에 대한 절망과 소외, 전쟁으로 인한 상실
감, 공포가 나타나고 있다. 「투명한 바라이에티」, 「우울한 샹송」, 「최후의
회화」, 「살아있는 것이 있다면」 등도 위와 같은 정조의 도시시들이다. 문
명의 죄악을 무기력하게 바라보면서 정신이라는 태양이 떠난 도시, 인간
성이 상실되고 평화가 파괴되는 상황에 그 자신은 내몰려 있다. 이 시기
민재식의 시에도 "모두 빚진 몸"(「미완성실제」), "무수한 미스 김들"(「불
협화음」), "엑스레이에 비추인 세루로이드" 같은 얼굴들(「금요일」) 등 익
명의 군상들이 등장하고, 문명생활의 무료함, 도시적 관능, 개인의 고립

감 등이 기본 정조가 되고 있다.

1960~70년대는 급속한 산업화에 더하여 월남전, 해외 취업 등으로 우리 자본이 축적되던 시대이다. 농경 사회에서 공업 사회로의 지각 변동은 삶의 양식을 근본에서부터 뒤바꾸어 놓았다. 도시는 풍족한 삶을 보장해 줄 듯하지만 비정한 비인간화의 사막과도 같은 곳이다. 건설, 개발, 대량생산과 소비 등 도시생활은 각종 범죄와 비리는 물론, 비인간화, 사물화, 불평등, 환경오염, 생태파괴 등의 부작용을 낳는다. 자본과 권력이 인위적으로 결합하여 위력을 발휘하면서 권태와 우울, 탈출하고 싶은 욕망과 미래적 절망감을 가중시킨다.

1960년대 말 김광섭의 「성북동 비둘기」는 근대화와 인구집중으로 인한 환경파괴 현상과 보금자리를 잃은 소외자의 심경을 쫓겨나는 비둘기에 비유한 시이다.


　　　성북동 산에 번지가 새로 생기면서
　　　본래 살던 성북동 비둘기만이 번지가 없어졌다.
　　　새벽부터 돌깨는 산울림에 떨다가
　　　가슴에 금이 갔다.
　　　그래도 성북동 비둘기는
　　　하느님의 광장 같은 새파란 아침하늘에
　　　성북동 주민에게 축복의 메시지나 전하듯
　　　성북동 하늘을 한바퀴 휘 돈다.

　　　성북동 메마른 골짜기에는
　　　조용히 앉아 콩알 하나 찍어 먹을
　　　널찍한 마당은 커녕 가는 데마다

채석장 포성이 메아리쳐서

피난하듯 지붕에 올라앉아

아침 구공탄 굴뚝 연기에서 향수를 느끼다가

산 1번지 채석장에 도루 가서

금방 따낸 돌 온기에 입을 닦는다.


예전에는 사람을 성자처럼 보고

사람 가까이

사람과 같이 사랑하고

사람과 같이 평화를 즐기던

사랑과 평화의 새 비둘기는

이제 산도 잃고 사람도 잃고

사랑과 평화의 사상까지

낳지 못하는 쫓기는 새가 되었다.

—김광섭, 「성북동 비둘기」 전문


　산업의 급격한 성장은 인간성의 상실, 생태계의 파괴 그리고 이웃 간의 소외 등 많은 문제를 야기했다. 이 시는 삶의 터전을 잃어버린 비둘기의 모습을 통해 근대화나 공업화에 소외된 현대인의 모습을 비추고 있다. 결국 '번지'가 없어진 비둘기의 비극적인 모습은 현대문명에서 소외된 인간과 사랑과 평화의 비극을 인식시키고 있는 것이다. 비슷한 시기에 발표된 이봉래의 「청계천」은 더 현장적이다. 오염된 청계천에 떨어지는 빗소리가 예수의 손목에 쇠못을 박는 로마군사의 못질 소리 같고, 인생 50년이 헛되게 느껴진다. 문명으로부터의 소외인 동시에 자연으로부터의 소외이다.

산업과 경제의 수준이 궤도에 들어서는 1970년대 말에 이르면 도시 문명의 기계화, 자동화로 말미암은 삶의 타율성은 도시민의 내면에 침윤되어 주체 상실의 소외에 이른다.

　　에스컬레이트로 빠져나가는
　　남포동 밤길
　　호주머니마다 하모니카 울리는
　　발걸음 짝짝짝
　　백화점 뒷길
　　외팔의 캥거루
　　오줌누는 벽돌담 골목길에서
　　미숙김 울지마,
　　처음부터 가진 게 없었잖아
　　없는 사람끼리 이밤을 갖자
　　짝짝짝짝 껌을 씹어라
　　에스컬레이트로 빠져나가는 남포동 밤길
　　우리는 전쟁의 밖에서 사는
　　평화와도 헤어져 사는
　　분노에서도 쫓겨나 사는
　　캥거루, 헛것 같은 짐승
　　짝짝짝짝 어디서 소금내는 깨어져
　　흩어져 내려쌋는가?
　　눈물을 나는 갖으마
　　내 갈길은 미섯다 김 내가 가도 마찬가지다.
　　짝짝짝짝짝 껌을 씹어라

갖지 않은 것을 버리기 위하여

짝짝짝짝짝

남포동에 울리는 하아모니 커

—신진, 「남포동 밤길」 일부

에스컬레이트가 운행되듯 습관처럼 흐르는 인파. 기계적 삶의 공허에 빠진 도심의 밤이다. 이제 전쟁에도, 평화에도 가담하지 않는 도시민의 삶의 길은 누가 가도 목적이 없는 가나 마나 한 길. 눈물 흘리며 껌을 씹으며 "미슥김", "미섯다 김" 등 눌언(訥言)에 빠진 채 도시의 밤거리에는 문명으로 하여 인간을 상실한 공허의 하아모니로 가득하다. 마지막 "하아모니 커"는 말장난(pun)에 의한 차이의 차유이다.

1990년대 도시의 삶을 조롱하면서 문명에서 느끼는 소외를 풀어낸 시인으로 유하를 들 수 있다.

　온갖 심혜진 최진실 강수지 같은 황홀한 종아리를 뚫어져라 바라보며
　부정관(不淨觀)이라도 해야 하리 옛날 부처가 수행하는 제자에게 며칠을 바라보라 던져준
　구더기 끓는 절세미녀의 시체, 바람부는 날이면 펄럭이는 스커트 밑의
　온갖 아름다움을, 심호흡 한번 하고, 부정해보리 내 눈은 뢴트겐처럼 번쩍
　한 떼의 해골바가지를, 뼉다귀를, 찍어내려고 눈버둥친다 내 코는 일순
　무쓰향에서 썩은 피고름 냄새를 맡아내려고 킁킁 벌름댄다, 정말

이러다

　이 압구정동 네거리에서 내가 아라한의 경지에……? 아서라

　마음속에 영원히 썩어 문드러지지 않을 것 같은 다리 하나 있다

　바로 이 순간, 촌철살인적으로 다가오는 종아리 하나 있다 압구

정동

　배나무숲을 노루처럼 질주하던 원두막지기의 딸, 중학교 운동회 때

　트로피를 휩쓸던 그애, 오천 원짜리 과외공부 시간 책상 밑으로

내 다리를 쿡쿡 찌르던,

　오천 원이 없어 결국 한 달 만에 쫓겨난 그애, 배나무들을

　뿌리째 갈아엎던 불도저를 괴물 아가리라 부르던 뚱그런 눈망울

　한강다리 아래 궁글던 물새알과 웃음의 보조개 내게 던지고 키들

키들

　지금의 현대백화점 쪽으로 종다리처럼 사라지던, 그 후로

　영영 붙잡지 못했던 단발머리 소녀의 뒷모습

　그 눈부시던 구릿빛 종아리

　　　　　　　—유하, 「바람 부는 날이면 압구정동에 가야한다 6」 일부


　문명 사회의 세속적 즐거움과 허위로 가득 찬 공간, 압구정동이 배경이
다. 부정관(不淨觀)이란 시신이 부패하는 과정을 지켜보면서 육신의 덧
없음을 깨우치고 이성에 대한 정욕을 없애는 수행법. 화자는 상품화한
도시 인간의 모습에서 부패하는 시신을 연상하며 생명체로서 본능마저
상실한다. 문득, 배나무 밭을 노루처럼 질주하던 원두막지기의 딸을 연
상한다. 단발머리 소녀의 그 구릿빛 종아리-. 사라져 버린 생명의 속살,
개발 이전의 건강한 삶을 그리워하는 순간이다. 문명에서의 소외가 생명
력 상실의 지경에 이르고 이는 다시 사회적 소외와 연결되고 있다.

오늘의 자본주의 사회에서는 인간이 물질에 지배받지 않을 수가 없다. 물화한 시민들의 삶은 스스로 익명의 존재방식을 쫓게 되고, 이는 인간의 진정한 자유를 위협한다. 도시화가 진행될수록 문명으로부터의 소외는 자아와 세계 상실의 소외, 사회적 소외와 중첩되고 심화되는 것이다.

### 3) 사회로부터의 소외

문명에서의 소외나 사회적 소외는 모두 도시적 삶에 적응하는 단계의 대응 양식이다. 특히 사회적 소외란 도시적 삶의 시스템에 의해 본연의 창의성과 능동성을 상실하고 기계적으로 반응하면서 스스로의 욕망을 포기하지도 다른 인간과 유기적인 관계를 맺지도 못한 채 무기력과 고립에 빠지는 상태를 말한다.

1920년대 도시시의 사회적 소외는 동경의 도시사회가 일제의 것일 뿐이라는, 조선인으로서의 단절감과 무력감에서 비롯되었다. 일본 제국의 대도시에서 사회적 소외를 느끼는 점에서는 이상화의 시와 정지용의 시가 공통적이지만, 정지용의 경우 도시문명에 대한 개인적 애상(哀傷)을 주조로 한다면 이상화의 시는 도시사회에 대한 보다 구체적이고 사회적인 성찰을 보여 준다.

오늘이 다 되도록 일본의 서울을 헤매어도
나의 꿈은 문둥이살 같은 조선의 땅을 밟고 돈다.

예쁜 인형들이 노는 이 도회의 호사스런 거리에서
나는 안 잊히는 조선의 하늘이 그리워 애닯은 마음에 노래만 부르노라.

—이상화, 「도-쿄에서」 일부

1922년 가을에 썼다고 부기된 채 『문예운동』 창간호(1926. 1)에 발표된 이 시는 일본제국의 수도, 대낮같이 밝은 밤을 헤매고 다녀도 헤금강의 달, 진흙과 집풀, 흐린 호롱불의 조선이 그리운, 식민지 청년의 사회적 소외감이 내면화되어 있다. 문명에 대한 막연한 고립감이라기보다 사회적 부적응이 모티프이다. 프란츠 파농의 말처럼 모든 식민사회는 경제적 소외 상태에 짓눌려 있으며, 원주민들에게 인간의 존엄성을 찾게 해 주겠다고 하면서도 소외로 인한 심인성(心因性) 장애를 촉발한다[9]고 할 수 있다.

이상의 「오감도 시 제1호」는 다다이즘, 초현실주의 경향의 실험성 외에도 식민지 도시사회를 살아가는 내면의 절망감이 극명하게 나타난 작품이다. 1930년대의 상황은 인구가 도시로 집중되고 도시 실업자가 격증하던 시기이다. 일본인들이 화이트칼라, 기능공, 경영자 등의 자리를 차지하고, 한국인은 노동과 자본이 미분화된 상태에서 실업자가 되어 서울 거리를 헤매었다.[10]

13인의아해가도로로질주하오.
(길은막다른골목길이적당하오.)

제1의아해가무섭다고그리오.

---

9) 최정섭 역, 「식민주의와 소외」, 『프란츠 파농연구』, 한마당, 1981, 38쪽
10) 김영모, 「일제하의 사회계층의 형성과 변동에 관한 연구」, 『일제하의 민족생활사』, 아세아문제연구소, 1971, 623-627쪽

제2의아해도무섭다고그리오.

제3의아해도무섭다고그리오.

제4의아해도무섭다고그리오.

제5의아해도무섭다고그리오.

제6의하해도무섭다고그리오.

제7의아해도무섭다고그리오.

제8의아해도무섭다고그리오.

제9의아해도무섭다고그리오.

제10의아해도무섭다고그리오.


제11의아해가무섭다고그리오.

제12의아해도무섭다고그리오.

제13의아해도무섭다고그리오.

13인의아해는무서운아해와무서워하는아해와그렇게뿐이모혓소.

　(다른사정은업는것이차라리나앗소)


그중에1인의아해가무서운아해라도좃소.

그중에2인의아해가무서운아해라도좃소.

그중에2인의아해가무서워하는아해라도좃소.

그중에1인의아해가무서워하는아해라도좃소.


　(길은뚫린골목이라도적당하오.)

13인의아해가도로를질주하지아니하야도좃소.

　　　　　　　　　—이상, 「오감도 시 제1호」 전문

화자는 모든 의욕이 방출된 방관자이다. 도시의 도로-사회적 관계의 소통로는 열리든 막히든 마찬가지. 가치의 혼란, 아노미(anomie)[11] 상태이다. 도로를 질주하는 아이들은 모두 무서워하고 있다. 세계를 향해 열린 듯한 대로가 막다른 골목일 뿐이라는 역설. 겉으로는 뚫린 골목이라 해도 막혔으며, 일정한 질서와 공동의 가치가 보이지 않는다. 루카치의 말대로, 산업의 발달로 인한 도시화는 주체와 세계 사이의 상호작용을 깨고 현실을 불가해한 괴물로 만듦으로써 주체를 수동적인 관조자로 떨어뜨리고 만다.[12] 주체의 능동성이 사라진 사회, 사회적 결속의 끈도 존재하지 않는, 사회적 토대가 붕괴된 내면의 그림이다.

일제가 물러난 해방공간의 도시사회는 조허림의 「이국의 서울」, 김상훈의 「정객(政客)」, 김상민의 「황혼의 가두」, 「여직공」, 이성범의 「수도(首都)」 등[13]에서 보듯 미국문화와 자본주의 체제에 대한 반감이 만만치 않았다.

수도의 거리거리
사람이 사람을 보는 눈은 모두가 백안(白眼)
햇빛 고루 비칠 땅에
슬기없는 유령들이 횡행합니다
영사막의 인물들을 선생님
이차원에서 끌어내 주세요 정말

---

11) 아노미는 규범의 부재를 가리키는 현대 사회학의 주요 개념의 하나다. 무질서와 무절제, 인간의 열망에 대한 문화적 기준의 부재. 신념의 혼란과 갈등. 타자에 대한 자아의 소외 등 다양한 의미로 사용된다.

12) Georg Lukács, *Geschichte und Klassenbewusstsen*, 박정호, 조만영 역, 『역사와 계급의식』, 거름, 1986, 249쪽

13) 오현주 엮음, 『해방기의 시문학』, 열사람, 1994 참조

사람과 사람과의 경쟁을 위하여

교지(巧智)와 기만을 배우기 위하여

사람들은 수도로 수도로 모이어든다

죄악의 꽃이 매독처럼 번지어가고

사람이 사람을 사랑할 수 없는 땅

윤락의 윤리

자유경쟁이란 어찌하여 만들어진 범죄의 씨이냐

—이성범, 「수도」 일부


　　도시는 자유경쟁이란 미명 아래 기만술이나 양성하는 죄악의 근거지이
다. 삶은 부르주아 이데올로기에 지배되며, 인간 사이의 인정 어린 관계
성은 파괴되고 사랑을 파는 윤락이 합리화된다. 자본주의 체제라는 억압
구조는 인간의 삶을 생명 없는 2차원의 평면으로 타락시키며, 거대한 사
회적 조직의 부속품처럼 인간을 조종한다. 이렇듯 우리 시의 경우, 1920
년대에서 50~60년대까지의 제국주의와 자본주의 사회체제는 미리부터
고도산업사회에 못지않은 정신적 억압요인으로 작용하였다. 도시를 제
재로 삼는다면, 시의 경향과 양식을 막론하고 애초부터 깊은 사회적 소
외를 읽을 수 있다는 사실 자체가 증거가 될 것이다.

　　모더니즘계 시의 사회적 소외는 1952년 부산에서 '후반기' 동인을 결성
한 김경린, 박인환, 김수영, 조향, 김규동 등의 시에서 찾을 수 있다. 그들
은 기성관념에 대해 불신하면서, 부조리한 사회와 현대의 불안에 대한 실
존적 인식을 기치로 내걸었다.[14]

---

14) 『주간국제』, 국제신문사, 1952년 6월 16일자 참조

오늘도 성난 타자기처럼
질주하는 국제열차에
나의
젊음은 실려 가고

보랏빛
애정을 날리며
경사진 가로(街路)에서
또다시
태양에 젖어 돌아오는 벗들을 본다.

옛날
나의 조상들이
뿌리고 간 설화가
아직도 남은 거리와 거리에

불안과
예절과 그리고
공포만이 거품 일어

꽃과 태양을 등지고
가는 나에게
어둠은 빗발처럼 내려온다.

또다시

먼 앞날에
추락하는 애정이
나의 가슴을 찌르면

거울처럼
그리운 사람아
흐르는 기류(氣流)를 안고
투명한 아침을 가져오리.

—김경린, 「국제열차는 타자기처럼」 전문

　김경린의 대표작에는 현대문명이 주는 속도감과 불안감, 전통적인 요소와 미래의 기대가 뒤엉켜 있다. 국제열차에 젊음이 유혹되기도 하고, 희망을 발견하기도 한다. 빗발처럼 쏟아지는 어둠과도 같은 불안한 흔들림, 꽃과 태양을 등진 절망 속에 새로운 기류로 다가오는 미래적 당위가 마찰한다. 타자기, 열차 등의 속도감이나 기계주의적 현대성이 '조상과 설화가 남은 거리', '투명한 아침'과 같은, 막연한 기대와 시적 갈등을 일으키며 사회적 소외를 자위하는 형식이다. 도시사회에서의 긍정적 전망과 소외 사이의 마찰에 의한 갈등이 유발하는 소외는 김경린의 「태양이 직각으로 떨어지는 서울」, 김규동의 「나비와 광장」, 송욱의 「하여지향」 등의 시에서도 볼 수 있거니와 이는 도시적 삶을 운명으로 받아들일 수밖에 없는 상황의 시들에서 발견되는 특징이다. 미국식 자본주의에 대한 전복의식을 가졌던 좌익계에 대한 모더니즘계의 대응일 수도 있고, 현실적 혼돈에서 개인이 취할 수 있는 자기 합리화일 수도 있다. 어느 쪽이든 1980년대까지 한국 도시시의 맥락의 하나는 도시사회에 대한 거부와 기대 사이의 심리적 갈등에 있는 셈이다.

60년대에 들면 일제와 해방공간에서 보이던 도시화 과정의 허구성과 구조적 모순에 대한 증언이 서사 장시 「금강」의 후화(後話) 형식으로 쓰여진 신동엽의 「종로5가」 같은 시에 이어지고, 개발독재, 즉 외국 자본과 중앙집권적 정치권력이 결합한 도시 집중성은 70년대 김지하의 「오적」을 위시한 일련의 담시와 「서울길」 같은 시에서 분노에 가까운 사회적 소외의식을 담게 된다. 박목월의 「당인리근처」, 「가정」, 「일상사」 등 일련의 시에서 살필 수 있듯이, '자연시인'으로부터의 변신도 사회적 무력감과 그로 말미암은 자족적 일상성에 있었다.

근대 역사에서 국가와 시민사회의 관계는 항상 평화적 호혜라는 이상과는 거리가 멀고 첨예한 갈등을 보인다. 국가권력은 전통 사회의 지배 질서를 해체하는 데 머물지 않고 시민사회의 모든 개인과 집단이 국가권력에 대항할 가능성을 억제하는 경향이 있다. 이런 조건에서 '법 앞의 평등'이란 곧 모든 사람이 국가 권력 앞에서 평등하게 무력함을 의미한다.[15] 1980년대 전반-권위주의 정권과 민주 · 민중세력 간의 싸움이 막바지에 달했던 와중에도 문명인으로서 삶을 영위해야 했던 새로운 세대는 도시에 적응하는 대신 심한 무력감, 자기연민을 겪어야 했다.

저것 보십시오. 지하철 4호선이 달리고 있지요. 저기 중생들 사이 매달려 자빠지지 않으려고 출입구 쇠봉에 찰싹 달라 붙은 사내가 시인 하재봉입니다. 저 인간은 아직 아침도 제대로 챙겨 넣지 못했습니다. 보십시오, 입가에 젖물 같은 게 허옇게 말라붙어 있지요. 아파트에서 급히 뛰쳐나오면서 찬 우유를 밥통에 냅다 들이붓다 보니 콧구멍이고 바지가랑이고 할 것 없이 그냥 철철 흘리면서 7:30에 매달

---

15) 신진욱, 앞의 책, 49쪽

린 것입니다.

—이윤택, 「막연한 기대와 몽상에 대한 반역2」 일부

자연의 생명력을 상실한 채, 기계적 시간에 얽매인 도시인의 물화한 삶을 해학적으로 그리고 있다. 그 모습은 시에 등장하는 하재봉 시인의 모습이기도 하고, 시인을 포함한 사회적 소외의 일상화, 평준화의 실감이기도 하다. 사회적 소외는 타자에 대한 조롱인 동시에 자기에 대한 조롱이며 풍자가 된다.

80년대 후반 이후, 도시사회에서의 소외는 현실적이고 구체적인 현장을 풍자한다.

밤늦게 귀가할 때마다 나는 세상의 끝에 대해
끝까지 간 의지와 끝까지 간 삶과 그 삶의
사람들에 대해 생각하게 된다 귀가할 때마다
하루 열여섯 시간의 노동을 하는 어머니의 육체와
동시 상영관 두 군데를 죽치고 돌아온 내 피로의
끝을 보게 된다 돈 한푼 없어 대낮에 귀가할 때면
큰길이 뚫려 있어도 사방이 막다른 골목이다

—김중식, 「식당에 딸린 방」 일부

주민 여러분께 알려 드리겠습니다
아파트 단지의 모든 집 벽에는
그의 스피커가 달려 있다 검은 구멍으로
키보다 높은 곳에서
그는 금지 사항을 전달한다

소장다운 엄숙한 어조로
군기가 덜 잡힌 주민들에게
아기를 재우고
밥을 먹던 사람들을 부동자세로 만들며
샷시의 색을 통일헤 주십시오
창에 붙인 안내 광고를 떼십시오
아직도 쓰레기를 잘못 버리는 분들이 계십니다
그의 마지막 말은 절대적이다
명심하십시오 여기는 임대 아파트입니다.

—전윤호, 「우리 아파트 관리소장」 일부

　김중식의 「식당에 딸린 방」은 이상의 「오감도 시 제1호」에서 보았던, 뚫려 있는 대로가 막다른 골목이 되는 추상이 구체적 현실로 제시되고 있다. 노동에 참여하지도 않고 문명의 기계적 속성에 자동화한 주체는 사회적으로 고립된 채 의욕 상실 상태에 있다. 전윤호의 「우리 아파트 관리소장」에서 도시민은 기계적으로 통제되고 있다. 에리히 프롬은 사회적 조직에서의 소외양상을 관료제에서 찾았거니와 관료적인 권위는 인간을 함부로 조종하고 명령한다. 관료제는 어느 사회집단에도 팽배해 있다. 관료제의 기계화, 분업화, 전문화 등이 비인격적, 합리적 생활원리로 사회를 지배하고 일상화한다.[16]

　이와 같이, 도시시의 사회적 소외는 인간이 도시사회에 유기적으로 편입되지 못하고 고립되거나 기계적으로 반응하는 데서 발생한다. 일제하 도시에서의 민족적 소외는 이상화의 시에서, 사회적 결속과 가치가 사라진 아노미의 소외는 이상의 「오감도」에서 찾을 수 있다. 이후 해방공간의

---

16) 정문길, 『소외론 연구』, 문학과지성사, 1978, 181-182쪽 참조

시에서 사회적 소외는 자본주의 사회체제에 대한 보다 현실적인 절망과 분노로 표현되는 한편, 1950년대에는 도시적 삶을 가능한 한 수용하려는 입장과 갈등을 일으키기도 하는데, 도시적 삶에 대한 막연한 긍정과 기대는 한국 사회에 놓인 소외시의 한 맥락이 된다. 그 후 노동의 소외를 경험한 도시시는 어느새 고도 산업사회 속에서 편입되지 못하고 방황하거나, 기계의 부속품처럼 인간성을 상실한 채 존재하는 시민의 모습을 일상으로 맞닥뜨리게 되는 것이다.

## 4) 자기와 세계의 상실

도시의 삶은 특정의 전통이나 권위에 복종하지 않는 특징을 지니기도 한다. 정당하고 적절한 것이 무엇인지 판단하는 일은 매 순간 개인의 판단에 맡겨질 뿐이다. 전통과 권위는 파괴되고 상대적인 관계성을 형평성 있게 적용하지도 않으며 결국에는 개인의 가치조차 용납되지 않는다. 모든 가치기준이 상실되고 자기 자신은 시장에서 매매되는 물건이 된다. 경험이나 생각, 행동들은 시장의 욕구에 맞추어 포장된다. 자신의 존엄성, 자기동일성이 상실될 수밖에 없다. 세계와 주체를 함께 잃어버리는 소외상황. 자기 포기와 세계 해체 현상이다. 세계에 적응하지 못하고 자신조차 망각하는, 세계와 자기의 상실은 1920년대 도시시에서부터 사회적 소외 속에 내재해 온 요소이지만, 도시의 처참한 파괴와 이에 대처하는 개인의 한계 사이에서 절망했던 50년대에 이르러 훨씬 구체적으로 토로된다.

구상(具常)의 시 「여명도(黎明圖)」, 「옥상(屋上)실존」, 「구상(具常)무상(無常)」 등을 대표적인 예로 들 수 있다.

야 모두들 누깔 나오게
잘도 돌아 가누나.

기계 기계…….

아주 맞출 길 없는 부속처럼
너 참 비길 수 없이 호젓하이.

이놈, 까짓것 세상 까짓거
한번 멋지게 간통하고

그 다음 한 번 웃어주고
남 모르게 곡(哭)하고

그 담엔 휘파람 불며 불며
근사한 구도렸다.

싱겁다, 싱거워…….

병낙이란 놈 공산당 두목
하다 돼 죽고

지삼인 그놈의 환상이
화살처럼 팽팽해져
내 가슴을 겨눈다는데.

에이 중뿔난 자식들
그 새끼들이나 외나무 다리에서
원수 보듯 만나줬으면

날 없는 비수라도 내가슴에
꽂고 말걸.

흥, 노골적인 진리
연극 같구나. 쑥스러워라.

없어지거라 사라지거라
모진 의욕아

에레베터로 내려오다
나는 아무것도 잊어버렸다.

—구상, 「옥상실존」 전문

  사회적 연대의 바탕이 되는 윤리와 전통이 사라지고 향락과 범죄가 일
상인 도시의 삶. 어디에도 맞지 않는 기계부속품처럼 내던져진, 주체의
관망적 태도. 살기등등하다가도 싱거운 연극이 되는 종잡지 못할 사회.
모든 의욕을 게워내는 부적응과 "아무것도 잊어버렸다"는 비문법적 언어
는 세계를 조롱하며 자기 풍자에 빠진 아노미적 소외의 반응이다. 세계는
부정되며 상실된 주체는 익명의 평균인으로 배회한다.
  비슷한 시기 전영경(全榮慶)의 시 「봄소동」, 「우미관 근처」, 「사본(私

本) 김산월 여사」, 「희화소묘」, 「간음」 등에는 도시적 생활이 일상어로 나열되고, 유머와 대조, 아이러니와 풍자로 연속되는, 마치 술주정과도 같은 반해사체(半解辭體)적 문체를 보여 준다.

   우리들이 마시고 취하는 종로에서 명동에서 미도파 근처 명천옥
에서
   우리들은 마시고 취하고 노래하는
   강이 아니면 바다가 아니면 직접 주먹이지마는
   사랑과 돈과 이 집에서 밤마다 모두
   사루마다에 싸고 가는 사랑과 돈과 이 집에서
   돈 주고 기분 내고 흥분을 하고 바람이 되어 돈 주고 업어주고 안
아주고 눕혀주고 마시는 아득한 가슴들은 쑥밭 언제나 그렇지만 언
제나 연락선 부둣가에서 테이프가 끊어진 심정으로
   다시 취하도록 마시는
   우리 사람들은 산다 산다 옳다면서
   이 강산 삼천리 삼팔선 철조망 휴전선을 끼고 금수강산 방방곡곡
에서 수도 서울에서
   종로에서 명동에서 미도파 근처 명천옥에서
   재미 어때 재미 없으니 술이나 쳐먹으면서
   인생과 세월을 보내면 아침은 오고,
   청춘과 시간 그리고 직업을 떠나면서 황혼이 오면 인제 모든 것.
   올 것이 오고 갈 것이 가서 살아서
   늙어서 죽어서
   별은 쏟아져 되지 못하게 밤인가.
   이백환짜리 추탕과 비빔냉면 북어대가리를 안주삼아 먹으며 뜯으

며 아멘 소멘 잡탄 만탄 막걸리를 마시면서

영어 쇼오트 안다 유우 모른다 미이 아우아 컨츄리는 머언데 있는 것이 좋다 나쁘다 그렇다는 북도 사람들 아라사 루스케 스루케 야뽀니마이 쑤시 꾸시 다와이 그러한 나라 오랑캐들에세 쫓겨온 북도 사람들은 남도 사람들과 함께

이백환짜리 추탕 비빔냉면 북어대가리를 안주삼아 먹으며 뜯으며 질근질근 씹으면서 화물차에 밀려서 오던 때와 같이 역정을 내면서 팔도강산 유람을 이야기하고 낡은 집에서 이밥을 먹었다는 이야기에서부터

깐나 에미나이 쑤세미 판대기 다래 머루 능금 맛이 좋았다는, 꼭지 떨어진 참외 맛이 어떻다는 이야기에서부터 아이 자지 가풀뿐이라고 자랑은 무순 자랑이겠느냐고, 부모형제 이웃 사람들의

고향이야기에서부터

만주나 상하이나 홍콩 일본 동경 불란서 미국 정치 경제 문화 일반 등 카 페 소설 문학 예술 인간 등등 슬픈 세월을 탓하는

지금은 밤 조국의 시간은 오전 한 시까진데 시계는 왜 봐, 한 되만 더 먹자는 말이다.

인제는 술맛도 나니 슬슬해 보자는 말이란 말이다.

술 먹는다는 것은 인생에 취미 없는 사람들에게는 스포오쯔 이 나이에 피를 토하면서 연애라는 스포오쯔를 할 수도 없고 그렇다고 시금텁텁하게 종삼이나 묵정도에까지 찾아가서 오입이라는 스포오쯔를 할 수도 없고, 야아 우리 왕서방 스타일이 꾸겨지기 전에

술이나 먹고 청춘을 이야기하고,

인생과 청춘 계절을 이야기하면서

떠나가기 전에 산에 가기 전에 다시 반 되만 더 먹고 속이 썩으니

또다시

　반 되만 더 먹고 또 먹고 비료가 되어 몸이 비대할 수밖에 없다는

　여보 그러면 우리들은

　우선 돈이 없다는 죄밖에는 있소 돈이고 뭐구 우리들이 마시고 취

하는 종로에서 명동에서

　미도파 근처 명천옥에서

　표준말부터 쓰자는 말이다.

—전영경, 「희화(戱畵)소묘」 전문

　술 퍼마시며 시간만 보내면 다시 아침이 오고, 다시 술 마시며 종잡지 못할 이야기로 지샌다. 남에게 지지 않고 자신을 포장하는 허세와 거드름은 정치, 경제, 사회, 문화, 국제 문제, 국내 문제를 막론하고 종잡을 수 없이 늘어놓게 된다. 계속 술을 마심으로써 세계와 자아 상실의 슬픔을 반추하기도 하고 감추기도 한다. 각 행의 길이나 음절 수의 편차가 유난한 횡설수설, 비속어, 언어유희가 이른 곳은 결국 "표준말부터 쓰자"는, 공허한 시비 걸기일 뿐이다. 한 개인이 무엇을 믿어야 할지 불명확할 때, 다시 말해서 한 개인이 의사결정을 내리는 데 있어서 필요로 하는 최소한의 명확성조차 충족되지 않을 때 발생하는 무의미성의 소외[17]라 할 수 있다.

　80년대 말에 이르러 진정성이 부재하는 삶으로부터의 상상력, 블랙 유머와 그로데스크 미학, 주체성의 분해, 해체되거나 이미 죽은 자아, 왜곡된 욕망, 도착적인 성, 과잉의 쾌락주의, 희망의 소진 그리고 근원을 알 수 없는 세기말적 절망과 환멸 같은 것들이 도시시파 시인들의 주요 특

---

17) R. 터커 · A. 샤프 외, 조희연 옮김, 『현대소외론』, 참한, 1983, 24-25쪽

징[18]으로 이어진다.

　張萬燮氏(34세, 普聖物産株式會社 종로 지점 근무)는 1983년 2월 24일 18 : 52 #26, 7, 8, 9......, 화신 앞 17번 좌석버스 정류장으로 걸어간다.귀에 꽂은 산요 레시바는 엠비시에프엠 "빌보드 탑텐"이 잠시 쉬고, "중간에 전해드리는 말씀", 시엠을 그의 귀에 퍼붓기 시작한다.

　　쪽옥 빠라서 씨버주세요. 해태 봉봉 오렌지 쥬스 삼배권!
　　더욱 커졌습니다. 롯데 아이스콘 배권임다!
　　뜨거운 가슴 타는 갈증 마시자 코카콜라!
　　오 머신는 남자 캐주얼 슈즈 만나줄까 뻬뻬로네 에스에스 패션!

　보성물산주식회사 종로 지점 근무, 34세의 장만섭씨는 산요 레시바를 벗는다. 최근 그는 머리가 벗겨진다. 배가 나오고, 그리고 최근 그는 피혁 의류 수출부 차장이 되었다. 간밤에도 그는 외국 바이어들을 만났고, "그년"들을 대주고 그도 "그년들 중의 한 년"의 그것을 주물럭거리고 집으로 와서 또 아내의 그것을 더욱 힘차게, 더욱 전투적이고 더욱 야만적으로, 주물러주었다. 이것은 그의 수법이다.
　(중략)
　커 죠티(보성물산주식회사 장만섭 차장은 '일간스포츠'의 고우영 만화에 대한 지독한 팬이다)
　잇짜나요, 그리구,

---

18) 장석주, 「도시시의 활성화를 위하여」, 『문화예술』, 1990년 11월호, 6쪽

어쩌구 저쩌구 해서 오늘 장만섭씨는 미스 윤가 챈가하는 여자를 낮에 만났고, 대낮에 여관으로 갔다.

(중략)

그는 거리에까지 들려나오는 전자 오락실의 우주전쟁놀이 굉음을 무심히 듣고 있다.

숑숑숑숑숑숑숑숑숑숑숑숑숑숑숑숑숑

띠리릭 띠리릭 띠리리리리리리리릭

피웅피웅 피웅피웅 피웅피웅피웅피웅

꽝! ㄲ ㅗ ㅏ ㅇ !

PLEASE DEPOSIT COIN

AND TRY THIS GAME !

또르르르륵

그리고 또 다른 동전들과 바뀌어지는

숑숑과 피웅피웅과 꽝 !

그리고 숑숑과 피웅피웅과 꽝 ! 을 바꾸어주는, 자물쇠 채워진 동전통의 주입구(이건 꼭 그것 같애, 끊임없이 넣고 싶다는 의미에서 말야)에서,

그러나 정말로 갤러그 우주선들이 튀어나와, 보성물산주식회사 장만섭 차장이 서 있는 버스 정류장을 기총 소사하고, 그 옆의 신문 대를 폭파하고, 불쌍한 아줌마 꽥 쓰러지고, 그 뒤의 고구마 튀김 청년은 끓는 기름 속에 머리를 처박고 피 흘리고 종로 2가 지하철 입구의 戰警(전경)버스도 폭삭, 안국동 화방 유리창은 와장창, 방사능

이 지하 다방 "88올림픽"의 계단으로 흘러내려가고, 화신 일대가 정
전되고, 화염에 휩싸인 채 사람들은 아비규환, 혼비백산, 조계사 쪽
으로, 종로예식장 쪽으로, 중소기업 협동조합중앙회 쪽으로, 우미관
뒷골목 쪽으로, 보신각 쪽으로

　　그러나 그 위로 다시 갤러그 3개 편대가 내려와 5천 메가톤급 고
성능 핵미사일을 집중 투하, 집중 투하!

　　짜　　　자　　　잔
　　GAME OVER
　　한다면,

　　　　　　　　　　　　　　　―황지우, 「徐伐, 셔블, 셔볼, 서울, SEOUL」 전문


　　현대 도시의 삶에서 주체는 부정된다. 직장과 직위, 주소로 표시되는
익명의 시민들이 인간적 진실이 사라진 도시의 삶을 살고 있다. 인간적인
윤리나 질서가 실종되고, 자아의 각성도 주체적 판단도 부정된다. 기성의
시 양식도 부정되고 있다. 형태 파괴와 도시적 일상의 육감적인 노출. 상
표, 간판, CM송 따위의 패러디와 몽타주. 소비적 성생활과 고우영 만화
와 전자오락 등 저급의 도시문화. 시각적이고 청각적인 활자배열. 전자오
락실 전쟁놀이의 기계적 가상세계와 실제 현실 간의 경계마저 무너져 있
다. 모든 것이 파괴되고 "GAME OVER"의 기계음에 도시의 절망과 불안,
세계상실과 자기소외의 문제가 집약된다. 익명의 일상인에 지나지 않는
자신에 대한 위화감이요 공허한 자기풍자이다. 무의미한 일상이 육감적
으로 노출될 뿐인 자기 위화감, 세계와 자기해체의 소외와 다름없다.

## 5) 우리 도시시의 소외의식

도시화가 겪는 가장 심각한 문제는 정치적인 불안이나 경제적 빈곤이라기보다 삶의 방향을 제공하는 지표와 사회적 연대감이 파괴되는 데 있다. 바로 소외의 문제이다. 소외의 문제는 도시사회의 심각한 과제이자 도시시가 예감하고 경험해 온 내면의 핵심이기도 하다. 그 유형은 도시문명으로부터의 소외, 인간 사회로부터의 소외, 자기로부터의 소외 등 셋으로 유형화할 수 있고, 우리 현대 도시시도 그에 따라 세 갈래로 나눌 수 있다. 이는 우리 도시시의 문학사적 맥락을 체계화하는 방안이 된다.

우리 근대시에 있어 문명에서의 소외는 1920년대부터 문명에 대한 갈망과 상실, 적응과 단절이라는 역방향을 동시에 갖는 모순에서 실제적으로 시작된다. 50년대엔 전쟁을 통해 문명에 의한 문명 파괴의 한계적 상황을 경험하면서, 인간의 무기력을 실감하게 된다. 60년대 후반부터는 산업화 과정의 자연 파괴로 인한 본래적 삶의 훼손과 생태적 소외를 체험하고, 이후 물질화, 기계화 사회에 편입되면서 문명에 의한 주체 상실의 자동화된 삶을 체험하게 된다. 생명력 상실의 소외에 빠지기도 하고, 전통적 삶에서도, 문명사회에서도 쫓겨나게 된다. 문명의 소외는 도시화가 진행될수록 자아 상실의 문제와 사회적 문제로 심화되고 중첩된다.

둘째, 도시시의 사회적 소외는 인간이 도시사회에 유기적으로 편입되지 못하는 고립감과 박탈감에서 발생한다. 일제하에서 민족적 소외는 이상화의 시에서, 사회적 결속과 가치가 사라진 아노미적 소외는 이상의 「오감도」에서 찾을 수 있다. 해방이후, 사회적 혼란과 불안을 야기하는 미국식 자본주의를 경험한 도시시에서는 새로운 도시적 삶을 가능한 한 수용하려는 입장도 엿볼 수 있다. 운명적 도시 수용 의지는 사회 전복의식을 가졌던 좌익문학에 대한 반발이기도 하고, 현실적 혼돈에서 개인이 취할 수 있는 추상적인 자구책이기도 하였거니와, 이는 20세기 후반 한국의 도시시나 일상시로 이어지는 주요 요소로 작용했다. 80년대에 국가 권력과 자본에서의 소외, 그리고 노동의 소외를 체험한 도시시는 고도 산업사회 속에 편입되지 못한 채 방황하거나 기계의 부속품 같은, 평균인으로 존재하는 시민의 소외를 부각시키게 된다.

셋째, 세계와 자기 상실의 소외는 인간이 상표나 간판처럼 타인이 요구하는 얼굴을 하고 살 수밖에 없다는 주체의 상실에서 비롯한다. 이는 초기 도시시에서부터 내재되어 온 바이지만, 1950년대에 훨씬 구체화된다. 전통 윤리가 사라지고 범죄가 일상화한 도시에서 세계 혐오와 자기 조롱에 빠진다. 80년대에 이르면 산업도시사회에 사는 젊은 세대의 자아 상실감은 더욱 현실화되어서 자신의 경험을 의미 있는 결합으로 맥락 짓지 못하고 파편화시키게 된다. 진정성이 상실되고 주체가 부재하는 공허한 일상이 노출된다. 80년대 후반에 이르면 기성의 양식을 파괴하고 일상이 육감적으로 노출되는 자기 위화감이 세계와 자기해체의 단계로 나아간다. 결국 도시시의 자아는 세계에 대응하는 존재가 되지 못하고 해체되거나 사라진다.

한국 시문학사에서 도시시 논의가 1980년대 이후의 시에 주목하는 현상에서 탈피해 보려는 노력은 필요한 일이다. 보다 자생적인 맥락에 주목할 필요가 있기 때문이다. 근대시의 출발기에서부터 이 땅의 대다수 시인들은 도시의 엘리트였고 일제와 미군정, 독재적 권위주의 사회를 거치는 동안 일찌감치 고도산업사회에 못지않은 무게의 정신적 억압을 도시사회로부터 받아 왔다. 이렇듯 우리의 도시시는 시인들의 도시 경험을 중심으로 1920년대부터 실제적으로 시작된 것이고, 한국 현대 시문학의 한 양식으로서 사회·문화적 변화와 함께 그 모습을 달리해 온 것이다.

# 3. 현대시의 생태적 상상력

## 1) 생태시

생태적 상상력은 인간의 탐욕에 의한 개발 위주의 자원관리, 인구폭발, 에너지 낭비 등으로 야기되는 지구상의 생태 위기를 직시하고, 손상된 자연생태를 회복시켜야 한다는 인식을 기반으로 발동한다. 자연 생태의 손상과 그로 인한 내적 상실감으로부터 자연 환경을 가급적 원래의 상태-모든 생명과 자연이 상호 연대적 질서하에 상생하는 관계를 복원하자는 의지에 의한 시가 '생태시(eco-poetry, ecological poetry)'이다. 우리나라에서는 1990년 계간 『외국문학』 겨울호에서 독일의 마이어 타쉬(P. C. Mayer-Tasch)가 펴낸 생태시 사화집 『직선들의 폭풍우 속에서. 독일의 생태시 1950-1980』가 소개되면서,[1] 생태시의 발생 과정과 모델이 주목받기 시작했다. 정치·사회적 거대담론에 몰두하다가 80년대 후반 들어 진로를 찾지 못하던 참여시에 생태주의는 새로운 전환점을 제공했고, 언어 탐구에 주력하던 외래 지향 모더니스트들이나 전통 서정시 계열에게도 구

---

1) 이동승, 「독일의 생태시」, 『외국문학』 제25호, 열음사, 1990년 겨울호. 이 외에도 『외국문학』 같은 호에는 「생태학·미래학·문학」이, 같은 해 『창작과 비평』 겨울호에 「생태계의 위기와 민족민주주의사상」이 기획특집으로 게재되어 당시 생태 파괴의 사회현실에 대한 문학적 대응을 권고하였다.

체적인 사회참여의 계기가 되었다.

1980년대는 우리나라에서도 관주도 환경보호 대책이 수립되고 시행되는 등 환경문제가 본격 대두된 데 반해 생태시는 별로 주목받지 못하다가, 독일어권의 생태사화집 소개가 있자 금세『새들은 왜 녹색별을 떠나는가』라는 생태시사화집이 기획·발간되었다.[2] 각 문예지 편집자와 연구자들에게 획기적인 담론으로 떠오르면서 많은 생태시가 발표되었고 관련 논의도 활황을 보였다. 당대의 시들을 중심으로 우리나라 생태시의 진로를 모색하거나 일찌감치 그 한계를 예단하기도 하는 논문, 평론, 단행본들이 간행되었다.[3] 그리하여 한국의 생태시는 1970년 이후에 시작된 것으로 파악되고,[4] 1990년대에 본격화하였다는 관점에 대부분 동의하게 되었다.

우리나라의 경우 근대화와 산업화가 늦게 시작되었기 때문에 환경·생태의 문제에도 늦게 반응하였으리라 하는 예단도 가능하다. 하지만 그 이전의, 보다 자생적인 생태적 상상력을 찾는 노력이 부족하지는 않았을

---

2) 고진하, 이경호 편, 『새들은 왜 녹색별을 떠나는가』, 다산글방, 1991. 당시 20, 30대 시인이며 평론가인 엮은 이 책은 천상병, 고은, 김지하, 정현종 등 22명의 시 76편을 '지구의 근황', '공장지대', '돌아오지 않는 새를 기다리며', '오존묵시록', '초록의 길', '생명의 아지랑이' 등 6부로 나누어 실었다.

3) 2000년 전후에는 대부분의 문학 관련 학회지와 문예지가 '생태시' 논의를 빠뜨리지 않았다. 단행본만 해도 김욱동, 『문학생태학을 위하여』, 민음사, 1998, 송용구 편저, 『에코토피아를 위한 생명시학』, 시문학사, 2000, 장정렬, 『생태주의 시학』, 한국문화사, 2000(2006년에 개정·증보), 고현철, 『탈식민주의와 생태주의시학』, 새미, 2005 등을 들 수 있다. 1990년대 이후 우리나라에서 생태시가 집중 생산되고 논의된다는 점은 대부분 관련 논문, 단행본이 동의하는 사실이다. 이런 단행본들에서 90년대의 국내 생태시인으로 거론된 시인은 김지하, 정현종(이상 김욱동), 김광규, 김지하, 정진규, 최승호, 정현종(이상 장정렬), 강남주, 신진(이상 송용구), 이향지, 유병근, 정일근, 이지엽, 손택수(이상 고현철) 등이며 그 외 논문들에서는 김광규, 문정희, 고형렬, 고은, 신경림 등의 시가 자주 거론되었다.

4) 임도한, 「한국 현대 생태시 연구」, 고려대 박사학위논문, 1999, 27쪽

까?[5] 생태시 의식이 독일, 미국 등의 것이 수입된 이후에나 본격화되었다는 견해를 그대로 받아들이기는 곤란하다. 전래 자연시의 무위자연(無爲自然), 물아일체(物我一體), 안빈낙도(安貧樂道)의 정신만 해도 생태적 상상력이 자생할 수 있는 터전이 될 뿐 아니라, 일제와 독점적 권력하에서 나다니는 불공평한 삶은 우리 근대시가 생대적인 연대감 회복을 유달리 갈구하게 된 원인이 되기 때문이다. 우리 전통 자연 시(가)의 물활론적인 상상력은 만물의 공생적 연대를 복원하고자 하는 생태의식과 바탕을 공유하는 부분이 크다는 점[6]을 고려할 때, 우리 근·현대시사에서 보다 자생적인 생태적 상상력의 발현을 조명하는 작업은 필히 요청되는 사안이라 할 것이다.

한국 근대시의 생태의식은 20세기 말부터가 아니라 일제 강점이라는 사회적 조건과 전통 자연사상을 바탕으로 하여 일찌감치 자생적으로 생성될 수 있었다는 가정하에 20세기 초부터 1980년대 후반까지, 그러니까 상대적으로 독일이나 미국 등 서구의 자극을 덜 받은 기간에 생산된 우리시의 생태의식적 특성과 의의를 탐색하고자 한다. 이를 위하여, 우리시의 생태의식을 사회체제의 인간성 파괴에 대한 대응, 인위적 개발과 문명의 환경 파괴에 대한 대응, 위기의 극복을 위한 에코토피아 지향 등 세 가지 양상으로 나누고자 한다. 생태의 파괴에는 사회제도에 의한 경우와 문명에 의한 경우 등 계기적 축이 있겠고, 생태 위기의 현실을 극복하여 에코토피아에 이르고자 하는 의식적 지향성이 있겠다는 판단에 의해서

---

5) 경우에 따라 박남수의 「새」(1959), 1960년대 말 김광섭의 「성북동 비둘기」, 이선관의 「독수대(毒水帶)」 등을 우리 생태시의 선구작으로 들기도 하고, 환경오염에 대한 비판과 경고를 보여 주고 있는 작품으로 성찬경의 「그대 가슴속의 시인을 깨우라」(『문학사상』, 1974년 5월호)를 들기도 한다. 그러나 이는 우리 시문학사를 관류하는 통시적 관점에서 체계적으로 연구된 것은 아니다.

6) 전통 샤머니즘, 신화, 이규보의 자연관, 실학, 동학 등에서도 생태주의 사상을 찾을 수 있다. 김욱동, 『한국의 녹색문화』, 문예출판사, 2000 참조

이다.[7] 이를 통하여 자생적 생태의식의 양식과 문학사적인 맥락을 찾아, 서구 생태주의가 본격 수입된 이후 제작된 시들과의 통시적 맥락을 잇는 논의의 체계를 마련하고자 하는 것이다.

이를 위해 우선적으로 전제해야 할 두 가지 문제가 있다. 첫 번째 문제는 신시 이후의 방대한 텍스트를 어떻게 망라하여 생태적 상상력의 맥락을 찾느냐 하는 문제이고, 두 번째 문제는 생태의식 내지 생태(주의)적 상상력의 범주와 개념을 어떻게 설정하느냐 하는 문제이다.

첫 번째 텍스트 탐색의 문제는 기본 텍스트[8]를 정독하고 필요에 따라 선행 논의들을 참조할 수밖에 없을 것이라 생각된다. 그동안의 생태시 논의는 작품의 질적 수준을 고려한다는 명분 외 여러 가지 사정으로, 연구대상을 기왕 알려진 시인이나 가까이 손에 잡히는 시를 거론하는 데 그친 감이 없지 않다. 시간적으로도 일천한 생태시 연구사에 속단과 편의성이 개입될 소지가 없지 않았던 것이다. 그래서 통시적인 차원의 기본 맥락을 추출하기 위해 우선 텍스트를 근대시 전반으로 확장하여 연대적인 한계에서부터 벗어나고자 한다. 두 번째 문제, 즉 생태시의 개념적 범주의 문제는 서구 생태시의 그것을 준거로 할 수밖에 없다. 그것이 현실적

---

7) 이 세 유형은 우리의 현대 생태시를 분석한 결과이기도 하지만, 서구 생태시의 세 가지 특징이라 할 수 있는 과학기술에 과잉의존하는 데 대한 회의, 생태중심주의, 야생성에 대한 겸허한 인식 등(신양숙, 「생태시란 무엇인가?」, 『문학과 환경』 4권, 문학과환경학회, 2005년 10월호, 187쪽)에도 상당 부분 부응한다. 즉 비생태적 인간사회에서 생태중심주의 사회로, 과학기술 즉 문명에 대한 과잉의존 비판, 야생성으로 대표되는 생태유토피아 세계의 지향 등은 본고의 분류와 크게 다르지 않은 것이다.

8) 『한국전후문학전집8한국시집』, 신구문화사, 1972, 한국신시기념사업회 편, 『한국시선』, 1975, 문학세계현대시선집 『70년대 젊은 시인들』, 문학세계사, 1981, 민영, 최원식, 최두석 편, 『한국현대대표시선Ⅰ』, 창작과비평사, 1990, 『한국현대대표시선Ⅱ』, 1992, 『한국현대대표시선Ⅲ』, 1993, 오현주 엮음, 『해방기의 시문학』, 열사람 문학신서4, 1994, 김은철 편저, 『한국근대시의 이해』, 문창사, 1993, 『한국현대대표시인선50』 Ⅰ, Ⅱ, 중앙일보사, 1995, 김영삼 편저, 『한국시대사전』, 을지출판공사, 1988 등의 시들을 기본 텍스트로 하였다. 만족할 수는 없지만, 자생적 우리 생태시의 모델들을 찾아낼 정도는 된다고 생각한다.

장르의식이고, 생태의식이란 산업·문명사회 공통의 의식이기 때문이다. 따라서 이 글에서는 좁은 의미의 생태(주의)시에 환경비판시를 포함하는 개념으로 생태시의 범위를 한정하고자 한다.[9] 사회적 생태와 자연적 생태의 위기를 직시하면서 자연 생태의 복원을 갈망하는 시, 생태회복 지향 의식이 내재하는 시를 생태적 상상력이 발현한 시로 보는 것이다.

## 2) 인간성 파괴와 사회적 생태의식

국제적인 차원에서 이루어지는 생태학적 논의는 1960년대 말부터 여러 유파를 형성해 왔다. 식량과 자원 문제에 관련하여 신맬더스주의자와 신마르크스주의자가 생겼고, 에너지 문제와 관련해서는 생태론자(반핵론자)와 기술론자(친핵론자)로 나누어졌으며, 지구 파괴의 근원에 대한 논쟁으로 생태론자, 사회생태론자, 생태사회주의자, 생태마르크스주의자 등으로 나누어졌다.[10] 생태의 문제는 자연의 오염과 파괴에서만 발발하는 것이 아니라, 정치, 사회, 문화 등 다방면의 복합적인 요인에 의한 것이기에 생태론 자체가 여러 유파를 형성하게 되는 것이다. 그중에서 사회생태론(social ecology)은 현대의 생태문제가 경쟁적인 시장 이데올로기에 의한 사회문제에서 비롯된다는 논리를 핵심으로 하고 있다.[11]

---

9) 넓은 의미에서의 생태시란 말은 녹색시, 환경시 등과 혼용되면서 자연시, 전원시, 생명시, 환경시, 좁은 의미의 생태시(생태주의시) 등을 포괄하는 개념으로 쓰이고 있다. 이 좁은 갈래들도 물론 본래적 생태와 자연적 삶과 생명, 그리고 생태적 연대성을 지향하는 정신에서 발현된다 할 수 있다. 본고에서는 생태파괴에 대한 회의, 반성, 극복의지, 생태를 향한 지향성 등을 보이는 시와, 생태 파괴에 대한 분노와 직결되는 환경시 등 생태의식이 뚜렷한 시에 생태시의 범주를 한정하여 논지를 뚜렷이 하고자 한다.
10) 문순홍, 『생태위기와 녹색의 대안』, 나라사랑, 1993, 50쪽
11) 머레이 북친(Murray Bookchin), 문순홍 옮김, 『사회생태론』, 솔출판사, 1997, 59-60쪽. 북친은 생태문제와 사회구조, 사회이론을 유기적으로 결합시켜 사유한다.

일제하에 자연 생태의 위기를 절감하였다고 보기는 어렵다. 건설과 벌목, 총기사용 등으로 산림이 훼손되었고 동식물의 생태가 교란·파괴된 것은 사실이지만, 절박했던 것은 인간성 파괴의 사회체제, 강점과 수탈에 의한 삶의 터전 상실과 사회적 불평등-사회적 생태 훼손의 문제였다. 이에 따라 우리 생태시의 첫 모습도 비생태적 차별로 인한 인간성 파괴라는 사회적 문제에서 시작되었다. 생태학을 뜻하는 에콜로지라는 영어의 뿌리를 거슬러 올라가면 '오이콜로지아(oekologia)'라는 그리스어와 만난다. 이 그리스어는 오이코(집, 보금자리, 삶의 터전, 생활의 장)라는 말과 로지아(학문, 연구)라는 말의 합성어이다.[12] 집 또는 사는 환경의 안정은 생태의 출발점이요, 그것을 훼손하는 사회는 생명의 원래적 존엄성을 훼손하는 것이다.

비생태적인 사회 환경을 비판하면서 인간관계의 생태적 복원을 지향하는 우리 근대시의 첫모습은 1920년대 김석송(金石松)[13]의 시에서 찾을 수 있다.

창녀(娼女) 같은 해당화가 웃는 동산엔
귀한 집 아이들의 웃음소리가
봄날과 함께 길이길이 새어납니다.


넝쿨 뻗는 땅찔레가 깔린 강변엔

---

12) 장남기 외 공저, 『생태학』, 아카데미서적, 1993, 13쪽 참조

13) 석송 김형원(1900-?)은 1920년대 초 문단의 관념주의적 경향에 대해 실생활과 밀착된 시와 시론을 발표했고, 휘트먼의 영향으로 평등사상, 절대 포용사상, 인습과 제도 비판 등의 내용을 담은 작품을 『개벽』, 『동아일보』 등에 발표했다. 이는 계급문학이 도입되기 이전의 자생적인 민주·평등사상으로, 그의 문학활동은 1925년 사회주의 문학 운동이 본격화된 이후에는 거의 중단되었다.

국거리 소리쟁이 캐는 소녀의
살망스런 콧노래가 흘러갑니다.

달착지근한 봄바람의 보드러운 손은
해당(海棠)의 성장(盛裝)한 찔레와 입 맞춥니다.

매력의 여주인-어여뿐 해당화
가난한 소녀의 친구-가련한 찔레
나는 이곳에 생장의 균등(均等)을 봅니다.
                        ─김석송, 「생장(生長)의 균등」 전문

　『개벽』 32호(1923)에 발표된 이 작품에는 동산에 해당화가 화사하게
핀 모습이 귀한 집 아이들 웃음소리가 뻗어나는 듯하고, 찔레 넝쿨 뻗는
강변에는 가난한 소녀의 콧노래 소리 흐른다. 해당화와 찔레꽃은 종의
차이에도 불구하고 자연에서 한데 어울려 공생의 생태를 이루고 있다. 이
것이 가진 자와 못 가진 자가 서로 반목하는 현실상황에 대조되면서 현
실의 신분적 귀천(貴賤)이 자연생태에 반한다는 사실을 적시한다. 이러
한 주제의식은 그의 시 「벌거숭이의 노래」에도 나타나거니와 침탈과 식
민의 사회가 삶의 터전을 파괴하고 인간본성을 파괴한다는 사실을 암시
한다.
　이상화의 「빼앗긴 들에도 봄은 오는가」도 당대의 현실을 보금자리 침
탈의 차원에서 받아들이고 있다.

내 손에 호미를 쥐여다오
살찐 젓가슴과 가튼 부드러운 이 흙을

발목이 시도록 밟어도 보고 조흔 땀초차 흘리고 싶다.

강가에 나온 아해와 가티
짬도 모르고 끝도 업시 닷는 내 혼아
무엇을 찾느냐 어데로 가느냐 웃어웁다 답을 하려무나.

나는 온몸에 풋내를 띄고
푸른 웃슴 푸른 설움이 어우러진 사이로
다리를 절며 하로를 것는다. 아마도 봄신령이 접혓나보다.

그러나 지금은 — 들을 **빼앗겨 봄조차 빼앗기것네**
　　　　　　　　　—이상화, 「빼앗긴 들에도 봄은 오는가」 일부


『개벽』 70호(1926)에 발표된 작품으로, 빼앗긴 들과 생태적 자연의 봄
이 대조되면서 현실적 상실감을 극적으로 드러낸다. 들을 빼앗기는 것은
봄이라는 자연 생태-삶의 터전을 빼앗기는 일이다. 자연에서 삶의 도리
와 가치를 배우는 전통의 자연주의 정신이 식민의 현실에 대비된 결과이
다. 일제의 횡포에 의해 고향에서 살지 못하고 북방으로, 장돌뱅이로 떠
도는 삶, 부당한 환경의 억압에 의해 자연의 질서를 잃은 삶은 오장환의
「북방의 길」(1939), 「고향 앞에서」(1940), 백석의 「입원」(1939) 같은 시에
서도 나타나고 있다.
　생태주의에 있어 지상의 모든 종(種)은 동등한 생존권을 갖고 있기 때
문에 인간은 다른 생명체들의 생존권을 유린하거나 침해해서는 안 된다.
자연과 자연, 인간과 자연, 인간과 인간 간의 관계에 있어서도 그러하다.
사회 생태론에서 인간들 사이에 자유가 확대되고 자연을 인간과 더불어

공존하는 존재로 여길 때에 위기 극복의 길이 열린다고 보는 것은 그와 같은 이유에서이다. 1950년대 미군이 진주한 해방공간에서 배인철의 시 「흑인녀」와 김상민의 「황혼의 가두」는 인간의 존엄성과 생태환경을 지키고자 하는 입장에서 자본주의적 현실을 고발하고 있다.

> 그렇다
> 네 아름다운 고향 산과 들
> 한번 백인의 노예선 찾아간 다음—
> 이제는 정다이 흐르는 나일강 저녁이 오면
> 바람 속에 노래 부르는
> 아아 자연 그대로의 수목(樹木) 같은 아가씨
>
> 뉴욕 거리에, 시카고에, 시애틀에
> 아니 항구마다 길이 뚫린
> 촌 주막 뒷거리에도
> 고향 잃은 딸이여
> 시퍼런 눈알 무지한 사나이
> 술취한 힐쑥한 허연 놈에게
> 값싼 알콜에 네 살결 맡기는구나
>
> 넓은 들판에 달빛 젖은
> 싱싱한 나무
> 늬들의 노래 들리지 않느냐
> 네 누이와 어린 동생마저
> 굵다란 쇠사슬 늘이어

장날이면 암소와 함께 남긴
에이, 그놈들 노예상까지도

아니다, 아니, 그런 것이 아닐 것이다
달 솟는 밤이면
홧김에 술이래도 퍼부어가지고
달이 솟는 밤이면

……내 더운 찌는 듯한 밭과 들
그러나 미칠 듯이 사모치는
고향 아프리카야!
야자숲 서 있는 냇가에는
아이들이 흐르는 별을 쫓는구나
아아 이놈들의 원수를 언제나

유리야!
막상 알고 보면 너도 이런 것에 하나이다
뉴기니, 하와이, 필리핀
누구를 위하여 돌아다니며
짓밟힌 몸이냐

이 땅에서도 우리의 누이들
낯설은 이토(異土)에서
원수에게 꺾인 꽃들이
해방이 되었다는 고향에

다시금 창살 없는 우리에
네 몸을 함부로 던지는구나

아프리카 깊숙한 삼림서 풍기는
그윽한 이름
유리야여!
새로운 생활을 위하여 동무들과
함께 싸우지 않은 날
비 쏟는 밤거리 아니 눈발치는
길거리마다
수천의 유리야, 수십만의 유리야가
온세계 흩어져 운다.

—배인철, 「흑인녀」 전문


 1947년 『백제』에 발표된 위 인용작품을 보면, 나일강가에서 자연의 수목(樹木)처럼 노래하며 살던 소녀와 그 가족이 모두 노예나 창부로 전락하여 각지를 전전하게 되었다. 가정이 파괴되고 정신마저 나락에 빠지고만 흑인녀 유리야. 이는 그녀만의 비극이 아니다. 전장에 끌려갔던 우리 누이의 일일 뿐 아니라 세계에 산재하는, 불공평한 사회체제에 의한 인간성 파괴의 희생자들의 일이다. 같은 시기 김상민의 「황혼의 가두」(1948)도 식량 마련에 급급하던 해방공간에서 자유란 미명하에 자유를 빼앗아 간 인간성 파괴 현상을 폭로했다. 역시 사회의 구조적 부조리를 이데올로기로 재단하기보다 자연생태에 견주어 드러낸다. 바닥의 생태의식이 아니라면 단순히 사회학적 관점에서 검토될 시이다.
 분단 후에도 우리 사회는 독점 권력의 횡포와 그 비호를 받는 기회주의자들 때문에 사회적 공평성이 보장되지 못하였다. 신동엽의 "껍데기는 가라/한라에서 백두까지/향그런 흙가슴만 남고/그, 모오든 쇠붙이는 가라"(「껍데기는 가라」, 1967)는 절규 속의 '쇠붙이'를 내모는 '향그런 흙가슴'에서도 생태의식적 정조를 느끼거니와 김지하의 담시 「비어(蜚語)」(1972)에서는 시골서 올라온 "소같이 일 잘하고/쥐같이 겁이 많고/양같이 온순하여/가위 법이 없어도 능히 살 놈" 안도(安道)라는 주인공이 아무리 노력해도 최소한의 사람 구실도 할 수 없는 사회에서 억울하게 죽은 후에 혼백으로 떠돌며 고향을 그리워하고, 분한 마음을 호소하기도 한다.

남북 분단 자체가 생태파괴의 비극으로 고발되기도 한다.

> 불쌍한 핏줄들아
> 너희들은
> 이제 한 그루 꽃나무에도
> 남북이 있구나.
> 가늘게 떨리는 북쪽 가지 끝
> 낮달이 파르르 떨고,
> 한 마리 철새는
> 북에서, 남으로 날아오고 있다.
>
> —정렬, 「남북」 일부

1979년 『주간조선』에 발표된 위 작품에서 나타나 있듯이 꽃나무에 원래 남북이 없듯, 한반도의 남북 분단은 그렇게 억지스럽고 비생태적인 현실이다.

생태를 회복하는 길은 공생의 연대성을 회복하는 데 있다. 모든 존재는 하나의 대가족이라는 사실을 자각해야 한다. 1980년대에는 노동 현장의 현실을 생태적 상상력으로 눈물겹게 형상화한 시들이 이어졌다.

올 어린이날만은
안사람과 아들놈 손목 잡고
어린이 대공원에라도 가야겠다며
은하수를 빨며 웃던 정형의
손목이 날아갔다

작업복을 입었다고
사장님 그라나다 승용차도
공장장님 로얄살롱도
부장님 스텔라도 태워주지 않아
한참 피를 흘린 후에
타이탄 짐칸에 앉아 병원을 갔다

기계 사이에 끼여 아직 팔딱거리는 손을
기름먹은 장갑 속에서 꺼내어
36년 한많은 노동자의 손을 보며 말을 잊는다
비닐봉지에 싼 손을 품에 넣고
봉천동 산동네 정형 집을 찾아
서글한 눈매의 그의 아내와 초롱한 아들놈을 보며
차마 손만은 꺼내주지 못하였다

—박노해, 「손무덤」 일부

가족들과 함께 어린이날 나들이를 약속한 노동자의 손이 잘리고, 작업복을 입은 노동자는 제때에 승용차를 타지도 못한 채 트럭 짐칸에 실려 병원으로 간다. 그의 손을 꺼내어 품에 넣고서 화자는 절규한다. 인간과 인간 사이에 공평과 상호 존중의 관계가 파괴되고 일방의 보금자리가 파괴될 때, 사회 생태적 복원의 절규가 있을 수밖에 없는 것이다.

1980년대까지의 우리 근대시사의 한 국면에는 삶의 터전 상실로 빚어진 생태적 소외를 극복하고자 사회적 생태의식의 시들이 이어졌다. 일본 제국주의와 미군정하의 자본주의, 남북분단과 경직된 정치, 생산 위주의 경제논리가 야기한 사회적 불공평이 전통 자연주의에 의해 비판되면서 생태시의 중요 맥락의 하나를 이룬 것이다.

### 3) 문명의 생태파괴에 대한 대응

'문학생태학'이란 용어는 1970년대에 환경 운동이 일어나고, 문학적 관심이 고조되면서 미국의 문학 이론가 조셉 미커(Joseph W. Meeker)가 『생존의 희극』(1974)에서 처음 사용한 말이다. 산업문명의 발달이 낳은 폐해가 인간중심적 사고에 있음을 직시하고, 자연 친화를 통해 생태사회를 건설하자는 문학정신이다. 따라서 생태문학, 생태시는 물질, 기계, 자본, 기술 등 인간의 생존을 위협하는 것들에 맞서면서, 자연의 인위적인 개발과 산업문명에 대한 비판이 중심 주제가 되었다. 생태시는 무엇보다 자연환경의 훼손과 생명체의 변질에 대해 생태학적·사회학적·정치적으로 문제를 제기하고, 생명의식에 근거하여 묘사하거나 고발하는 현대시 양식[14]인 것이다.

우리나라에서 문명비판의 시의식은 일제강점기 김기림의 「금붕어」(『태

---

14) 송용구 편저, 앞의 책, 9쪽

양의 풍속』, 1939)에서부터 찾을 수 있다.

금붕어는 어항밖 대기(大氣)를 오를래야 오를 수 없는 하늘이라 생
각한다.
금붕어는 어느새 금빛 비늘을 입었다 빨간 꽃이파리 같은
꼬랑지를 폈다. 눈이 가락지처럼 삐어져 나왔다.
인젠 금붕어의 엄마도 화장한 따님을 몰라볼 게다.

금붕어는 아침마다 말숙한 찬물을 뒤집어쓴다 떡가루를
흰손을 천사의 날개라 생각한다. 금붕어의 행복은
어항 속에 있으리라는 전설과 같은 소문도 있다.

금붕어는 유리벽에 부딪혀 머리를 부수는 일이 없다.
얌전한 입은 어느새 국경임을 느끼고는 아담하게
꼬리를 젓고 돌아선다. 지느러미는 칼날의 흉내를 내서도
항아리를 끊는 일이 없다.

아침에 책상 위에 옮겨 놓으면 창문으로 비스듬히 햇볕을 녹이는
붉은 바다를 흘겨본다. 꿈이라 가르쳐진
그 바다는 넓기도 하다고 생각한다.

금붕어는 아롱진 거리를 지나 어항 밖 대기를 건너서 지나해의
한류를 끊고 헤엄쳐 가고 싶다. 쓴 매개를 와락와락
삼키고 싶다. 옥도(沃度)빛 해초의 산림 속을 검푸른 비늘을 입고
상어에게 쫓겨다녀 보고도 싶다.

금붕어는 그러나 작은 입으로 하늘보다도 더 큰 꿈을 오므려
죽여버려야 한다. 배설물의 침전처럼 어항 밑에는
금붕어의 연령만 쌓여 간다.
금붕어는 오를래야 오를 수 없는 하늘보다도 더 먼 바다를
자꾸만 돌아가야만 할 고향이라 생각한다.
                                          ―김기림,「금붕어」전문


　짙게 화장을 한 아가씨 같은 금붕어, 아침마다 맑은 물과 먹이를 공급
받으며 문명에 적응한 금붕어. 하지만 바다에 대한 동경은 그치지 않는
다. 상어에게 쫓기는 일이 있을지라도 먼 바다 해초림 사이, 고향 바다를
동경하는 것이다. 김기림의 초기 시집『태양의 풍속』속의 일련의 시들은
서구적 풍물에 대한 우호적인 감정을 보여주기도 하지만, 이와 같이 식
민 현실에 대한 내적 거부감과 전통적 자연주의에 의한 비판이 행해지
는 경우도 있다. 금붕어의 속성을 따지기 전에 만물제동의 관점에서 금
붕어도 인위의 초사보다 자연 속 무위(無爲)의 삶을 그리워하리라고 보
는 것이다.
　20세기 중엽 이후 세계적으로 생태시가 가장 활발히 전개되었던 지역
은 독일, 스위스, 오스트리아 등 서유럽의 독일어권 국가들이다. 자연 파
괴로 인간 공동체의 몰락을 예견하는 새로운 시가 1950~60년대의 태동
기를 지나 1970년대 환경보호운동의 열기를 업고 현대시의 중심 조류가
되었다. 서유럽에서 생태시가 가장 활발하게 전개된 시기는 1970년대였
다고 할 수 있다.[15] 우리나라 시인들에게는 역사상 유례가 없는 살상무
기의 경연장이 되었던 1950년 6 · 25 전쟁의 경험이 문명비판의 생태의식

---

15) 송용구 편저, 앞의 책, 12-13쪽

을 왕성하게 불러일으키는 계기가 되었을 것이다. 해방 직후 민족 주체의
웅지를 펼쳐 보기도 전에 맞닥뜨린 전쟁. 민족적 무력감은 문명의 폭력에
대한 불안과 공포, 자기연민으로 나타났다.

현기증 나는 활주로의
최후의 절정에서 흰 나비는
돌진의 방향을 잊어버리고
피묻은 육체의 파편들을 굽어본다.

기계처럼 작열한 심장을 축일
한 모금 샘물도 없는 허망한 광장에서
어린 나비의 안막을 차단하는 건
투명한 광선의 바다뿐이었기에-

진공의 해안에서처럼 과묵한 묘지 사이사이
숨가쁜 제트기의 백선과 이동하는 계절 속
불길처럼 일어나는 인광의 조수에 밀려
흰나비는 말없이 이즈러진 날개를 파닥거린다.

하얀 미래의 어느 지점에
아름다운 영토는 기다리고 있는 것인가
푸르른 활주로의 어느 지표에 화려한 희망은 피고 있는 것일까

신도 기적도 이미
승천하여 버린 지 오랜 유역-

그 어느 마지막 종점을 향하여 흰나비는
또 한번 스스로의 신화와 더불어 대결하여 본다.

—김규동, 「나비와 광장」 전문

1952년 『연합신문』에 발표된 위 작품은 활주로(문명)와 나비(자연)의 대립을 기본 구조로 하고 있다. 동족 살상의 현장에서 아름다운 영토-원래의 생태를 향한 나비의 날갯짓이 처절하다.

열강의 핵개발과 전쟁의 참상을 불안하게 지켜보는 자연의 모습을 형상화한 시도 있었다. 1955년에 발표된 작품이다.

우리는 원자전쟁의 최후파멸의
그날을 생각하지 않을 수 없다

그날 내 떨어진 팔다리를 이끌고
땅을 핥어 기어든 산골짜기 거기
호젓이 피어 있던 꽃
면 포연(砲煙)에도
가녈피 이파리를 흔들며
헐떡이는 내 어깨를
지키고 가만히 서 있던 꽃

죽은 애의 버린 애의 멍든 눈이냐
희멀거니 열려 있던 꽃

대가리마다 아직 핏방울은 부글거리고 있는데

구석 구석에 포연은 되번지고 있는데
오늘 또 여기 저기서 시시덕거리는
두려움 모르는 무리들
터뜨리는 불장난의 폭약소리 폭약 내음새

—유정, 「최후의 꽃」 일부


문명비판적 생태시의 선구작으로 거론되어 온 김광섭의 「성북동 비둘기」(『월간문학』, 1968)는 시기적으로 선구작이라 하기는 곤란하지만 산업화 과정, 환경 파괴와 생태의 손상을 우려한 대표적 생태시의 하나이다.


성북동 산에 번지가 새로 생기면서
본래 살던 성북동 비둘기만이 번지가 없어졌다.
새벽부터 돌 깨는 산울림에 떨다가
가슴에 금이 갔다.
그래도 성북동 비둘기는
하느님의 광장 같은 새파란 아침 하늘에
성북동 주민에게 축복의 메시지나 전하듯
성북동 하늘을 한 바퀴 휘 돈다.

성북동 메마른 골짜기에는
조용히 앉아 콩알 하나 찍어 먹을
넓직한 마당은커녕 가는 데마다
채석장 포성이 메아리쳐서
피난한 듯 지붕에 올라 앉아

아침 구공탄 굴뚝 연기에서 향수를 느끼다가
산 1번지 채석장에 도로 가서
금방 따낸 돌 온기에 입을 닦는다.


예전에는 사람을 성자처럼 보고
사람 가까이서
사람과 같이 사랑하고
사람과 같이 평화를 즐기던
사랑과 평화의 새 비둘기는
이제 산도 잃고 사람도 잃고
사랑과 평화의 사상까지
낳지 못하는 쫓기는 새가 되었다.

—김광섭, 「성북동 비둘기」 전문


　급격히 진행되는 산업화, 도시화로 인해 황폐해진 자연환경에 밀려 점차 소외되어 가는 현대인의 모습을 보여 주고 있다.
　비슷한 시기에 문명비판적 생태시의 대표작으로 꼽을 만한 시는 더 있다. 박의상, 박재륜, 박영숙, 성찬경 등의 작품들이 그것이다. 먼저 박의상의 작품을 보자.


언젠가 토픽으로
카나다에
연두색 비가 내렸다는
소식 들었던
나는 금주에 서울 교외 한

염직(染織)공장을 찾아보고
들었다. 낮에 희게 날리던
메리야쓰 직물이 밤을 거쳐
누렇게 처져
바람에 힌 번 더 날리다가
채소밭에 떨어졌다는 얘기……

동반했던 화공대학 친구는
웃어버렸지만, 글쎄, 내겐
「그날」이 중요하였다. 집에 와
신문의 톱으로
딴 나라
수소탄(水素彈) 실험이 보이고
그 때야 수소의 재가
멀리서 와서
엉뚱하게 그 직물을 죽였음을
알았다.

금주에 적선동 친구도
오랜만에 만났는데
화분에 선인장의 꽃이
그날 처음 보였다고 하였다.
모처럼 그의 와이샤쓰는
점잖은 깜장이었다.

—박의상, 「금주에 온 비」 전문

1960년대 말 우리나라에서 산업화로 인한 자연 훼손이 당장 생명의 위협이 될 단계는 아니었다. 하지만 산업화 초기에서부터 2차 세계대전의 종말을 앞당긴 원자탄의 가공스런 파괴력을 체험한 우리에게 냉전시대 핵무기 개발 경쟁은 공포의 대상이 되었다. 화자는 염직공장에서 하얗게 염색된 옷감이 누렇게 변하고 처진다는 말을 듣고 종말의 '그날'을 예감한다. 수소폭탄의 재가 직물을 물들이고, 빨래줄 위의 직물이 채소밭을 덮치는 생태의 악순환이다. 이상 기후에 의해 때 아니게 선인장의 꽃이 피고, 검은 와이셔츠가 예장(禮狀)같이 느껴지는 데서도 생태위기가 체감된다.

청계천(淸溪川) 물은 썩고 냄새 피워도
그, 소리는 맑고 옥을 굴린다.
우리들의 마음은 흐리고 욕(欲)으로 가득해도
그, 말은 어질고 착할 뿐이다.


「청계(淸溪)」여 흘러라
목마른 사슴이나
고달픈 여행자의 발길을 또다시 꾀일 때까지


청계천 물은 검고 둔(鈍)하게 흘러도
별빛을 잠재우는 고요한 저녁이 있다.
깊을 것 없이
슬기로울 것 없이
약아빠진 우리 가슴에

네가 있어
오직 그 밤이 있어
우리들을 달래고 울려주는 것이다.

「청계(淸溪)」여 울이라
그 썩어빠진 냄새 풍기는
눈물과 콧물을 뒤섞어 흘려가며
저주의 하늘 밑
기적의 작은 냇물이여
속절없이 덮어버린
그 수많은 낮과 밤들의 증언자여
유일자여

너의 배때기로
그 사랑이란 이름으로 불리워지던 것들이 배설되는 날
너의 혈관 속에
그 신이란 이름으로 불리워지던 것들이 익사하는 날
나는 노래하리라
우리들을 달래고 울려 줄 수 있는
꽃밭같이 초롱초롱한 그러한 밤을
당아욱빛같이 찬란한 그러한 아침을

기만(欺瞞)의 천개(天蓋)여
위선의 땅덩이여

이름

　　　　　　　　　　　　　　　　　　　　—박재륜, 「청계천」 전문


　박재륜의 시 「청계천」에는 썩어버린 냇강의 흐름을 통해서라도 우리들
내면의 어질고 착하며, 목마른 사슴이 목을 축일 만한 생명성이 되살아
나기를 염원하는 마음을 담고 있다. '사랑' 또는 '신의 뜻'이라 할 만한 권
위로 받들어지는 위선 어린 명분들이 말 그대로 맑은 물(淸溪)에 의해 사
라질 때 꽃밭같이 초롱초롱한 밤과 당아욱같이 찬란한 아침이 오리라는
전망이다. 청계천이 오염된 세상은 기만과 위선이 활개치는 죽음의 세계,
천개(天蓋, 관의 뚜껑)와 다름없다. 이 외에 성찬경의 「그대 가슴 속의 시
인을 깨우라」도 환경오염에 대한 비판과 경고를 보여 주고, 박영숙의 「고
독지옥」은 전차와 전차 레일의 기계음, 매연과 굉음들로 가득찬 도시에
서의 불안을, 「비어 있는 도시」, 「수목영가」 등의 시에는 도시문명의 기형
성과 괴괴함, 자연 생태의 생명성 지향의식을 드러내고 있다.
　1970년대 후반에 이르면 자연 훼손과 생태의 위기는 국제적인 차원에
서 심각하게 인식된다. 1977년 나이로비에서 유엔 사막화 회의가 개최되
어 10여 년 사이에 무려 2만 평방킬로미터가 사막으로 변해 버린 국제적
인 생태 위기에 대한 대책을 모색했다. 80년대에는 엘리뇨 공포가 지구촌
을 뒤흔들기 시작했다. 이상 고온, 홍수와 가뭄과 대형 산불 사태 등 재앙
이 자연 환경파괴로 인한 이상기후의 결과로 받아들여졌다. 우리나라에
도 매연, 공해의 문제가 일상으로 다가오고 이상기온에 대한 우려가 고
조되기 시작했다.


　여름산은 솟아오른다.

한숨 쉬지 않고 솟아오른다 반짝임과 몽롱함을 뿌리며 솟아오른다
우리는 손을 잡았다 잡힌 손에서 물 같은 피가 올랐다
살려줘요!


여름산은 무겁게 솟아오른다
솟아오르지 않는다 솟아오르는 모습만 보여준다
여름산 여름산 여름산 여름산 먼지, 매연, 악취로 부서지는
여름산 여름산
여름산

—이성복, 「여름산」 전문


　녹음 무성해야 할 여름산-매연으로 몽롱한 산으로, 먼지, 매연, 악취로
부서지고 있다. 살려 달라고 신음한다. 문명은 사회 전반에서 비판의 적
이 된 것이다.
　「여름산」은 1981년에 발표되었는데, 비슷한 시기 장석주, 권달웅과 최
승호, 이시영, 신진 등의 시에서도 문명비판적 생태 의식을 읽을 수 있다.
신진의 「잠새 웃는다」, 「회색개미」는 문명생활에서 잃어 가는 본래적 삶
에 대한 연민이, 장석주의 「자정의 물받기」에서는 정화의 상징인 강물이
도시의 폐기물들에 의해 죽어 나가고, 문명 속의 삶은 그 자체 자연의 파
괴 행위나 다름없는 현실이, 권달웅의 시 「물」에서는 죽은 물고기가 강물
에 떠오르고 화난 물이 사나워지는 역설적인 정황이 펼쳐졌다. 최승호의
「자동판매기」는 문명사회의 습관성과 일시적 쾌락을 회의했고, 이시영의
「어머니」도 고층 아파트 꼭대기에서 조심조심 살아가는 어머니의 모습에
대한 연민을 토로했다. 이들 시는 파괴된 자연생태를 숙명적인 현실로 받
아들이거나, 자연 훼손을 자신과 동일시함으로써 도시적 삶 속의 소외의

식과도 관련된다.

1980년대에는 우리나라에서도 이후 환경 운동 단체들의 경제, 정치 체제에 대한 저항 운동이 전개되었다. 90년대에는 사회, 문화, 예술 등 각 방면으로 확산되었고, 페놀 오염 사건, 쓰레기 매립장 분쟁, 핵폐기물 처리장 건설을 둘러싼 지역 주민들의 투쟁, 대도시의 대기오염, 산성비와 오존층 파괴에 대한 인식의 확산 등으로 환경문제가 전면으로 부상하였다.

일제하에 시작된 문명비판의식은 6 · 25 전쟁을 겪으면서 김규동, 유정 등에 의해 생태적 사실성을 획득하고, 본격적인 산업화 과정에 진입하던 1970년 전후 김광섭, 박의상, 박재륜, 성찬경 등에 의해 실제 우리 삶의 문제로 다루어지게 되었다. 자연 환경의 구체적인 훼손 · 파괴에 대한 절망과 반감은 70~80년대 들어 본격화되고 원래적 삶이 훼손된 삶을 사는 도시적 소외의식과도 결부되면서 1990년 이후, 문명비판적 생태시의 대량 생산기를 맞게 된다.


## 4) 에코토피아 지향성

종교로부터 인간을 해방시키려 했던 계몽주의가 인간을 이성이라는 또 다른 체계에 종속시킴으로써 인간은 합리주의와 객관주의라는 권위에 다시 지배당하게 되었다. 합리와 객관을 명분으로 하는 물질주의로 인해 인류는 자연과 일체되어 자연과 함께 살고 꿈꾸던 유기적인 통일의 세계에서 추방당하고 말았다. 자연과 인간이 일체감을 지닌 생태세계, 자연과 자연 사이에도 생태적 갈등이나 거리감이 대두되기 이전의 총체성-상호의존의 관계성을 간직하고 있던 때가 에코토피아(ecotopia)의 세계이다. 이는 모든 생태적 상상력의 계기가 될 뿐 아니라 그 목표점이 된다.

심층 생태주의(deep ecology)가 지향하는 생명현상의 대표적 특성-관계론적 평등성, 유기론적 다양성, 생태계의 순환 등[16]이 이루어지는 세계라 할 수 있다. 단편적이나마 그 첫 모습은 1924년 『아름다운 새벽』에 발표된 주요한의 시에서 발견할 수 있다.

> 아기야 울지마라, 모든 것이 쓰러지더라도
> 산이 기울어지고, 모든 보이는 삶이
> 더욱 밑으로 미끄러 떨어지더라도,
> 우지마라, 언제던, 모든 것에 뛰어난,
> 참과 참삶이 올 날이 있을터이다.
> 깃발과, 나팔과, 아편과, 폭풍우
> 굴뚝과, 연기와, 염병과 음란
> 또 모든 붓과 말의 작란끼리,
> 욕설과 목쉰소리, 역사가 흘리고간
> 거품과 냄새나는 거름에 속지마러라.
> 아기야, 아기야, 우지마라, 땅은
> 모든 더러움을 다 받고도, 더욱 건강한 것을
> 너는 보지 않았느냐, 보지 않았느냐.
>
> —주요한, 「모든 것이 다 갈 때」 일부

이기적 문명과 탐욕을 상징하는 깃발과 나팔, 아편과 폭풍, 굴뚝과 연기와 염병과 음란, 모든 글과 말의 장난, 소리 높여 외쳐 대는 역사의 과장과 가식. 이들에 속지 말 것을 '아기'에게 당부하고 있다. 아기는 문명

---

16) 김동명, 「이성선 시의 심층생태주의적 양상 연구」, 『한국문학논총』 56집, 2010년 12월호, 298쪽

에 타락하지 않은 자연의 모습이다. 언제나 건강한 땅과 같이 참된 삶의 날-계몽과 문명, 음란과 가식이 없는 생태의 삶을 염 원한다.

우리 시문학사에서 생명파를 주창한 서정주는 영원주의 내지 영생주의적 사상을 기조로 생명의 시원을 향하여 정진했다고 알려져 있다. 하지만 생태의식에 의한 것이라기보다 개인적 각성의 추상이요, 자연이 계몽의 매개물이 된다는 점에서 생태시로서 한계를 지닌다. 한하운의 「목숨」도 개인적 각성에 그치는 한계가 있다. 자연과의 동일성을 회복하고자 하는 시의식은 6·25 전쟁, 그 살육의 현장을 노래한 시에서 발견할 수 있다.

영욕(榮辱)의 해골마저 타버린
폐허 위에다
이 봄에도, 우리 모다
목숨의 씨를 뿌리자.

하루 아침에
하늘과 땅은 꺼진다손
제사, 나를 어짤 것이냐…….

내일의 열매야 기약지도 않으련만
운명과는 저울할 수도 없는
목숨의 큰 바램

우리의 부활을 증거하여
무덤 위에 필
알알의 목숨의 꽃씨를

즐거이 정성드려 뿌리자.

─구상, 「초토의 시9」 일부


　생명의 부활을 위하여 해골마저 불타 버린 폐허에 씨를 뿌리자고 역
설하고 있다. 설사 하늘과 땅이 꺼지는 종밀이 올지라도 무덤 위에 피어
날 목숨의 씨를 뿌린다. 폐허를 딛고 자연으로 가는 길이다. 박양균의 시
「꽃」(1951)도 전쟁의 살육 속에서 피어나는 길가의 꽃 한 송이를 통해 에
코토피아를 꿈꾸고 있다. 에코토피아적 이데올로기에서 본 자연은 야생
동식물의 총량이 아니라 자연의 권리 또는 야생 동식물의 생존권을 전제
로 하며, 그들도 인간의 생명과 똑같이 존귀한 친구라는 공생계 시스템의
인식이 핵심을 이룬다.


　「1」
　하늘에 깔아 논
　바람의 여울터에서나
　속삭이듯 서걱이는
　나무의 그늘에서나, 새는 노래한다.
　그것이 노래인 줄도 모르면서
　새는 그것이 사랑인 줄도 모르면서
　두 놈이 부리를
　서로의 죽지에 파묻고
　따스한 체온(體溫)을 나누어 가진다.
　「2」
　새는 울어
　뜻을 만들지 않고,

지어서 교태로

사랑을 가식(假飾)하지 않는다.

「3」

포수는 한 덩이 납으로

그 순수(純粹)를 겨냥하지만

매양 쏘는 것은

피에 젖은 한 마리 상(傷)한 새에 지나지 않는다.

　　　　　　　　　　　　　　　　　　　　　—박남수, 「새」 전문


　1959년 『신태양』에 실린 이 시는 비정(非情)한 현대 문명의 탐욕을 비판하면서 새의 죽음을 통해 에코토피아의 단면을 상징적으로 제시하고 있다. 일체의 번거로운 논리가 없이 서로 체온을 나누어 가지는 새는 문명이나 폭력으로 오염시키거나 가로챌 수도 없는 생태의 상징이다. 자연 생태의 사랑과 순수는 절대적인 가치의 대상인 것이다. 6·25 전쟁 후의 사회적 폭력성을 비판하면서 자연의 연대성과 순수성을 전경화하였다. 생명력 잃은 현실에서 눈치 보지 않고, 기침이라도 할 수 있는 자연의 생명력을 절규한 김수영의 「눈」이나, 신동엽의 "껍데기는 가라/한라에서 백두까지/향그러운 흙가슴만 남고/그, 모오든 껍데기는 가라."는 「껍데기는 가라」도 단편적이나마 이러한 성향을 보여 준다. 무절제한 이윤 추구, 이기적 편의주의 등으로 자연과의 동일성뿐만 아니라 상생의 관계성을 상실하게 된 현대인들에게 본래의 순정한 세계를 꿈꾸며 시원적 생명 세계로 되돌아가자고 권유하고 있다.

　대지에 대한 고대인의 인식은 대지가 살아 움직이는 생명체라는 것이었다. 대지는 인간의 활동에 응답하면서 만물을 잉태하고 생산하며 양육하는 창조적 모성으로 여겨졌다. 대지를 가로지르는 강과 샘물은 피나

땀에 비유되었고, 숲과 토양은 살갗으로 여겨졌다.[17] 인간과 모든 존재들이 상호교통하면서 상생하는 대지와 숲, 에코토피아는 우리의 신화·설화에서 더 구체적으로 만나 볼 수 있는 세계이다.

이젠
오너라.

잠시 의자를 밀어놓고
이름 있는 것들의 낭하를 건너
이젠
오너라.

올 때는 아무도 더하지 말고
강(江)만 보면서 오너라.

박달나무 방금 그른 산물을
산 채 마시고
한 열흘
나뭇잎처럼 흥청거리기도 하면서
기침하고 싶은 너의 간장(肝臟)
바람 쏘이고 가거라.

열여섯 살 바람이 사는 골짜기
둥지마다 황금빛 날짐승 알이

_____

17) 서재영, 「선의 자연관과 생태적 상상력」, 『시와 사람』, 2006년 봄, 103쪽

동굴에는 김현랑(金現郎)의 어진 아이가
햇볕 쬐고 있단다
햇볕
쪼이고
있단다.

예서 한 열흘
음악이 되어서 놀다 가거라.

이름 있는 것들의 낭하를 건너
이젠
오너라.

—신진,「유혹」전문

1974년에 발표된 위 작품에 나타난 문명세계는 '의자'에 앉아 생활하는, 매사에 '이름이 있는' 합리의 세계이며 내장을 맑게 씻을 수 없는 타락한 세계이다. 강을 따라 가서 만나는 에코토피아에는 산[生] 물이 있고, 원래의 호흡(바람)과 흥이 있다. 현실적으로 사랑을 이루지 못한 『삼국유사』의 김현랑과 암호랑이 사이의 아이가 햇볕 쪼이고 있는, 만물 공생의 공시공존적 세계다. 모든 존재들이 인위의 장애 없이 공생의 가족이 되는 에코토피아-숲속 나무들의 둥지에는 생명의 상징인 황금알들이 열려 있다.[18] 하여 절대의 자유와 순수의 세계-음악이 되어서 놀게 된다. 인간을 포함한 자연생태계의 근원적 존재양식에 주목하는 심층 생태의식

---

18) '우리나라의 난생신화-주몽, 박혁거세, 석탈해, 김알지, 수로왕 등의 알은 생명의 씨앗이요, 생명주의의 상징이다.' 김욱동, 앞의 책, 107-116쪽 참조

이기도 하다.

　봄에
　가만 보니
　꽃대가 흔들린다

　흙 밑으로부터
　밀고 올라오던 치열한
　중심의 힘

　꽃피어
　퍼지려
　사방으로 흩어지려

　괴롭다
　흔들린다

　나도 흔들린다

　내일
　시골 가
　가
　비우리라 피우리라.

—김지하, 「중심의 괴로움」 전문

의미맥락이 닿지 않는 해사체 구문의 환상적 생태시가 범람하던 90년대에 위 작품은 담백한 언어, 사회적 연대를 해치지 않는 언어 사용만으로도 생태적 진정성을 돋보였다. 언어로 닿을 수 없는 에코토피아에 가까이 닿고자 간결한 언어로 담백한 여백미를 최대한 살리고 있다. "시골 가"는 인위의 도시를 떠나는 생태적 개방이요 각성의 정점이다. 위기의 현실에서 스스로 중심의 주변임을 받아들이고 공생의 가족으로 가기 위해 스스로를 비우게 된다.

생태적 상상력에는 인간과 자연의 관계를 근본적으로 되돌아보는 태도가 내재되어 있으며, 인간과 자연이 통합되어 있던 본래의 상황을 꿈꾼다. 불교의 의정불이(依正不二)의 사유는 대지와 자연 속의 모든 존재들이 인간과 동일한 법성(法性)을 지닌 존재라는 인식으로 연결되거니와 이 역시 우리 생태적 상상력의 원천의 하나이다. 자연의 아름다움과 생명력을 회복함으로써 인간과 자연이 공생하는 에코토피아를 이루는 것은 생태시의 궁극적인 목표점이라 할 것이다.

우리나라 에코토피아 지향의 생태시는 전통 자연 애호정신을 계승하면서 일제하 주요한 등의 시에서 발견할 수 있다. 6·25 전쟁기 구상의 시 등에서도 살아 있었던 에코토피아 지향의 시의식은 박남수의 「새」를 위시하여 신동엽, 김수영 시의 일부에서 엿볼 수 있다. 이는 1970년 이후의 시들에서도 구체화되어 신화적 상상력과 접맥되기도 하고 동양화적 여백미로 구현되기도 하면서, 90년대 이후 생태시의 중심 주제의 하나로 이어진 것이다.


## 5) 자생 생태의식

생태시 문제는 1990년 이후 우리나라 시문학의 주요한 관심사가 되어 왔다. 하지만 비교적 서구의 영향을 덜 받은, 자발적인 계기성이 인정되는 기간의 자생 생태시의 모델을 찾고 이를 체계화하는 작업은 미진한 상태이다. 우리 현대시의 생태적 상상력은 왜곡된 사회체제에 의한 삶의 터전이나 인간성 파괴에 대한 대응, 문명에 의한 자연 환경 파괴에 대한 대응, 현실 극복을 위한 에코토피아 지향성 등 세 가지 양상으로 나눌 수 있다.

인간과 인간 사이의 사회적 관계가 착취와 피착취의 관계로 전락하여 생태의 와해와 불균형을 체험할 때, 생태적 상상력은 전통의 자연애호 정신과 대비되는 생태적 상상력을 발휘하였다. 1920년대 전반, 김석송의 「생장의 균등」이 대표적인 예이다. 1930년대 후반부터는 집과 고향을 잃은, 보금자리 상실의 비극을 형상화한 오장환, 백석 등의 시가 있었는가 하면, 미군이 진주한 해방공간에서 배인철의 시 「흑인녀」와 김상민의 「황혼의 가두」는 인간의 존엄성과 사회적 생태를 파괴하는 자본주의의 모순을 고발하였다. 이는 모두 이데올로기 이전, 일제와 자본주의 독점적 권력에 의한 인간성 왜곡 현상을 전래의 자연관으로 대응한 결과이다. 분단 후, 군사정권 아래 경제개발에 박차를 가하던 시기, 신동엽, 김지하 등의 시에서도 인간관계의 비생태적 모순은 비판되었고, 1980년대까지 남북 분단문제와 노동문제 등 사회적 생태의 위기를 인식하고 극복하려는 시들이 다수 생산되었다.

문명 비판적 생태시의 면모는 1930년대 김기림의 「금붕어」 같은 모더니즘 시에서부터 찾을 수 있다. 6·25 전쟁을 겪으면서 김규동, 유정 등의 시에서 사실성을 획득했고, 본격적인 산업화 과정에 진입하던 1970년 경 김광섭, 박의상, 박재륜, 성찬경 등에 의해 지금 우리 삶의 문제-지금 이 땅의 문제로 절감된다. 이들 시가 주목한 비둘기, 빨래, 청계천 등 일상생활에서 빚어지는 생태파괴 문제는 1970~1980년대 이성복, 최승호, 이시영, 장석주, 권달웅, 신진 등에 이르러 산, 강, 물 등 근원적이고 전반적인 문제로, 도시적 소외의 문제로 확대되다가 1990년경부터 대량 생산기를 맞게 되었다 할 것이다.

인간과 자연, 자연과 자연 간 상호의존적 관계가 원활하여 자연의 생명력이 절대적으로 유지되는 에코토피아를 이루는 것은 생태의식의 기반이자 목표점이다. 우리 시의 심층 생태 의식은 유 · 불 · 선 · 무(巫) 등 전통 사상의 자연 애호정신과 물아일체적 자연시의 정서 속에서 내연되어 왔거니와 일제하 주요한의 「모든 것이 다 갈 때」에서, 6 · 25 전쟁기 구상, 박양균 등의 시에서, 1959년 발표된 박남수의 「새」 등의 시에서 에코토피아 지향의식으로 발휘되어 왔다. 1970년대 이후의 시에서는 전통 사상과 문화를 계승한 신화적 상상력의 생태시가 문명에서의 일탈을 꿈꾸거니와 이는 90년대 들어 전통 자연관에 입각한 생태적 자연시, 생태주의적 환상시 등으로 계승되고 확산된 것이다.

애초 우리 시에 있어 생태적 상상력의 중심은 인간사회의 생태적 불균등 문제에 있었다. 이는 일제와 6 · 25 전쟁, 독재정권과 재벌중심의 경제 성장정책 등에 대한 민중의 저항과도 관련되는 1980년대까지의 현상이다. 문명으로 인한 자연환경의 파괴의 문제는 6 · 25 전쟁을 통해서 그리고 본격적인 산업화 과정을 겪으면서 주요 관심사로 대두되었다가 1990년 이후 생태적 상상력의 중심을 이루었다. 생태파괴의 위기를 극복하기 위한 에코토피아 지향의식은 근대 문명과 전통적 자연관이 긴장하는 가운데 형성되어 자연시, 생명시, 환상시 등 갖가지 현대시 양식과 융합되면서 생태시의 미래적 진로가 될 것이다.

# 4. 전위시의 맥락

## 1) 전위의 위상

아방가르드(avant-garde)는 원래 군사용어로서 전위(前衛)부대, 선발대 등의 의미를 갖는다. 예술사 혹은 시사(詩史)에 있어서의 아방가르드, 즉 '전위'도 군대에 있어서의 선발부대와 같다. 앞장서서 기존의 관례와 규범을 전복시키거나, 외면당하고 있던 변두리의 것들을 끌어들여 기성에 도전한다. 아방가르드 예술 – 전위예술이란, 기존의 사회체제나 표현형식은 억압 요인이기 때문에 그것들을 전복시키고 새로운 입지를 확보하려는, 입체파, 미래파, 다다이즘, 초현실주의 등의 방법과 정신을 중심으로 하는 운동이라 할 것이다. 전복(顚覆)과 새로움이라는 본질적인 성격 탓에 전위의 개념과 성격은 무척 다양한 모습을 보인다. 동일한 형태를 가지지도 않고, 형식적·철학적·정치적으로도 서로 변별적이다.[1] 그 핵심적인 계기만 해도 오토매티즘, 근대기술, 무정부주의, 동양철학, 제식, 프로이트의 정신분석, 우연성, 칼 융의 심층심리학, 에로티시즘, 마르크스의 변증법 등등이고 그 외에도 많은 방법들이 동원된다.[2] 예술적 전

---

1) Matthew Gale, *Dada&Surrealism*, 오진경 옮김, 『다다와 초현실주의』, 한길아트, 2001, 11쪽
2) 같은 책, 7쪽

위와 정치적 전위의 경우처럼 경우에 따라서는 상호 모순적이기도 하다.

그런데 우리나라 시의 경우, 연구자들 사이에서 대체로 인정되고 있는 '전위시의 맥락'은 시가 예술양식의 하나라는 점을 감안하더라도 지나치게 예술적 전위 쪽으로 기울어져 있는 추세이다. 1930년대의 이상(李箱)을 1950~1960년대의 조향, 김수영, 김춘수가 주류적으로 계승하고, 그 후계로 1960년대의 현대시 동인(특히 이승훈)과 오규원, 1980년대 황지우, 박남철 등 포스트모더니즘 계열의 시와 이후의 미래시, 환상시 등[3]을 꼽을 수 있다.

원래 전위에 이르는 데는 크게 두 가지 방향이 있다. 정치적 전위와 예술적 전위가 그것이다.[4] 예술적 전위는 모든 구속적이며 형식적인 예술의 전통을 전복하고, 전적으로 새로운 지평을 탐험하는 자유를 즐기려 한다.[5] 해방 전후 우리나라 전위 시인과 이론가들은 예술적·외래적 전위의 기치 아래 모여들었고, 형태적 실험에 관심을 집중했다. 전위의 아류는 어디까지나 아류일 뿐 아니라 상당 부분 전위성을 상실하는 것인데도 전위의 흉내만으로 전위가 되고, 일신의 안심과 자존감을 얻는 풍토였다. 지금 이 땅의 삶이나 전통과 마찰하고 대결하는 것이 아니라, 아예 그것들과 유리

---

3) 한국 현대시사의 '전위'에 관해 옹호적 입장에 있는 대표적인 연구자로는 고 김준오, 이승훈 두 교수를 들 수 있는데, 이들이 지목하는 '전위의 맥락'을 이루는 중요 시인들은 대동소이하다. 단 이승훈은 이상→김수영, 김춘수→현대시 동인(이승훈), 오규원→황지우, 박남철 정도로 짚고 있는 데 비해(이승훈, 「우리시에 나타난 전위성」, 월간 『현대시』, 한국문연, 1993년 9월 외), 김준오는 이상→김수영→오규원→황지우, 박남철 등 사회·정치적 계열과 이상→김춘수→이승훈 외→해체시, 환상시 등 심미적·예술적 계열 등 두 가지로 나누었다.(김준오, 「한국모더니즘의 현단계」, 『도시시와 해체시』, 문학과비평사, 1992 외) 이들의 '맥락'에 관한 견해는 뚜렷한 비판을 받는 바 없이 인정되고 있다.

4) Marc Aronson, *A Short Cultural History of the Avant-Garde*, 장석봉 옮김, 『도발-아방가르드의 문화사』, 이후, 2002, 13쪽

5) Matei Calinescu, *Five Faces of Modernity*, 1977, 이영욱, 백한울, 오무석, 백지숙 옮김, 『모더니티의 다섯 얼굴』, 시각과언어, 1993, 142쪽

된 채 수입 관념에 의존하면서 논리의 부정, 의미의 해체, 형태실험, 일상적 말놀이 놀이터에서 맴돌았다는 결함을 감출 수 없다. 사회·정치적인 도전을 조금도 허락지 않으려 했던 절대 정권의 권위주의에도 원인이 있을 것이다. 그 결과 오늘날 우리의 전위시를 한 푼의 가치도 없는 것으로 여기는 사람이 있는가 하면 전위적인 충격이 없으면 예술이 아니라고 생각하는 사람이 있는 극단의 형국을 초래하지 않았나 한다.

전위 예술가들은 다수의 다른 예술가들이 사용할 수 있도록 시대를 앞서 새로운 표현형식과 정신을 준비하고 있는 존재들이다. 당연히 전위는 예술의 폭과 활력의 기초가 되어 문화의 개방성과 창의력의 폭을 결정하는 중요한 요소로서 작용한다. 뿐만 아니라 많은 전위적 요소들은 이미 삶의 일부로 녹아들어서 삶의 좌표 설정에 관여하기도 한다. 그래서 모든 문학과 예술 양식은 자신의 전위를 가져야만 진전한다고 할 수 있다. 우리 전위시의 문제가 더 적극적으로 검토되고 공평하게 논의되어야 하는 이유는 바로 이런 전위에 대한 존중감에서 말미암는다.

우선 우리나라 전위시의 맥락을 이루는 대표적인 선배격인 이상(李箱), 김수영, 김춘수 시인의 시를 중심으로 우리 전위시의 맥락을 재점검하여 그 실체에 접근하고자 한다. 보다 개방적이고 풍부한 시적 토양 마련을 위해 세 시인의 전위적 특성과 한계를 비판적으로 검토하여 계속적인 논의의 필요성을 강력히 제기하고, 그 방향의 일단을 제시하고자 하는 것이다.


## 2) 이상(李箱) 시의 전위성

1930년경의 우리나라는 전위 예술의 불모지나 다름없었다. 초기에 「지구와 빡테리아」(1927) 같은 다다이즘 시를 쓴 임화와 자칭 다다이스트 김화산 등은 전위문학의 시작 단계에 머물고 만 시인들이다. 이상처럼 다다이즘, 쉬르리얼리즘, 입체파(cubism)와 미래파를 동시적인 공감과 이해의 대상으로 작품에 반영시키지 못했다는 점에서 진정한 아방가르드 시인이라고 할 수 없다.[6] 누가 보아도 우리 현대 시사에 있어 진정한 의미의 전위성 혹은 전위 의식이 드러난 것은 1930년대의 시인 이상부터이다.

1934년 7월 24일부터 동년 8월 8일까지 연재되어 장안을 들끓게 했던 시 「오감도」. 「오감도」를 『조선중앙일보』에 실으면서 해당 신문의 학예부장 이태준(李泰俊)은 만약의 사태에 대비해서 사직서를 주머니에 넣고 다닐 정도였다 한다.[7] 30회 연재를 계획하고 출발한 「오감도」 연재는 14회로 끝나고 말았다. 독자들로부터 '정신이상자의 잠꼬대'를 싣지 말라는 비난이 빗발쳤을 뿐 아니라 신문사 내의 여론도 썩 좋지 않았기 때문이다. 그만큼 당대 이 시의 과격성 내지 전위성은 파격적이었다.

아방가르드는 워낙 다채로운 현상이기에 원칙적으로 그 자격 조건을 세밀하게 규정할 수는 없다. 하지만 사회적 · 정치적이거나 문화적 · 예술적이거나 간에 아방가르드의 존재와 유의미한 활동을 위해서는 두 가지 기본적인 요건이 갖추어져야 한다.[8] 하나는 자신들을 시대에 앞서 있는 존재로 인지하거나, 타인들이 그렇게 인식해야 하는 것이다. 이것은 진보적인 역사관과 철학을 바탕으로 자타의 명백한 인정을 받아야 한다는 말이다. 또 하나는 전위가 전진하는 것을 가로막는 족쇄들-정체(停滯)의 힘, 과거의 전제, 낡은 형식, 사고방식 등 적들을 전복시키기 위한 격렬한 투쟁의식이 있어야 한다는 것이다. 이상은 「오감도」가 독자들의 항의로 연재를 중단할 수밖에 없게 되자 "남보다 수십 년씩 떨어져도 마음 놓고

---

6) 이보영, 「이상적(李箱的) 아방가르드 문학의 원동력」, 『문예연구』, 통권 23호, 1999년 겨울호, 25쪽
7) 『이상선집』, 백양당, 1949, 216-217쪽 참조
8) Matei Calinescu, op. cit., pp.152-153

지닐 작정이야?" 하며 울분을 토로하였다.[9] 전위 시인으로서 사회적인 인정을 받은 것은 물론, 선발대적인 의식도 가지고 있었고 발언에서나 작품에서나 낡은 틀, 낡은 사고를 전복하고자 하는 전위의 요건을 갖추고 있었던 셈이다.

예술적 전위의 형태가 가장 극명하고도 집약적으로 드러나는 것은 다다이즘, 초현실주의 등의 경우이고, 우리의 경우 그것들이 이상의 시에서 가장 집약되어 나타난다는 것은 주지의 사실이다. 다다는 우리 시대의 가장 폭력적이고 파괴적이며 자해적인 예술의 직접적인 선조이다. 그들은 다다이즘이 논리의 폐기와 기억의 폐기, 미래의 폐기를 주장했고, 고통에 의해 일그러진 고함소리, 대립적인 것들의 뒤엉킴, 부적절함의 뒤엉킴, 자유, 삶 등과 동의어임을 선언했다. 순간의 산물이었고 이해 불가능한 것이었다.[10]

종이로만든배암을종이로만든배암이라고하면
▽은배암이다


▽은춤을추었다


▽의웃음을웃는것은파격이어서우스웠다


슬립퍼어가땅에서떨어지지아니하는것은너무소름끼치는일이다
▽의눈은 동면(冬眠)이다
▽은전등을삼등태양인줄안다

---

9) 이상, 「작자의 말」, 『중앙일보』, 임종국 편, 『이상전집』, 태성사, 1956, 25쪽
10) Marc Aronson, 장석봉 옮김, 앞의 책, 89쪽

                    ×
▽은어데로갔느냐

여기는굴뚝꼭대기냐

나의호흡은 평상적이다
그러한데탕그스텐은무엇이냐
(그무엇도아니다)


굴곡한 직선
그것은白金과 반사계수(反射係數)가상호동등하다


▽은테이블밑에숨었느냐
                    ×
1


2


3


3은공배수의 정아(征我)로향하였다
전보는아직오지아니하였다

　　　　　　　　—이상, 「△의 유희- △은나의AMOUREUSE이다」[11] 전문


---

11) 김주현 편, 『정본 이상문학전집』, 소명출판, 2005, 35-36쪽

1931년에 발표된 시로, 그 이전의 우리나라 시와는 상당히 다른 모습을 보인다. 무의미시라 할 수밖에 없다. 그래도 앞부분을 읽어 보자면, 화자는 △으로 기호화된 종이뱀이 살아 꿈틀거리고 신고 있던 슬리퍼가 땅에서 떨어지지 않는, 꿈속같이 불합리한 불안과 공포 속에 있다. 전등을 태양으로 삼을 수밖에 없는 폐쇄공간이다. 뒷부분은 이 정도의 해석도 불허한다. 의미 없는 언어들의 병치, 무의미한 진술과 자문자답. '굴곡의 직선'이란 도착적 차유, 극히 일상적인 어조와 형태시적 전개. 텅스턴, 반사계수, 공배수 등 비시적(非詩的)인 언어들이 나열되어 시에 대한 통념을 송두리째 파괴하고 있다. 전복의 미학이며 해방의 미학이다. 전에 없던 새로운 언술이다. 이를 사회주의나 노장(老莊)사상과 관련시키는 논의[12]도 일리는 있어 보이지만 숫자, 수식, 도형들이 만들어 내는 비상식적이고 불연속적인 의미 맥락은 대체로 이상의 건축학도 이력과 비정상적인 가정환경에 의한 이상심리, 다다이즘, 초현실주의 등과 관련하여 이해되는 것이 타당할 것이다.

기존의 모든 양식을 폐기하는 그의 부정의 시는 부적절한 만남, 일시성, 폭력성, 이해 불가능성으로 얽힌 고통과 자유의 시이다. 이를 관통하는 핵은 기존의 모든 연관성과 인과관계를 폐기한 '우연'에 있다. 우연은 다다, 슈르 등 전위의 핵심 가운데 하나이다. 우연은 거대한 이야기를 하려는 예술가들의 온갖 시도를 무위로 돌린다. 그들에게 예술은 더 이상 진지하고 무거운 감정적인 자극도, 감상적인 비극도 아닌 경험의 과실이자 삶의 즐거움이었다.[13] '우연'의 유희는 콜라주나 몽타주, 데뻬이즈망 등 파격적인 언어놀이로 이어진다. 이는 관습과 상식에 반하는, 충격적인 차이성과 긴장성을 유발한다. 이상의 「선에 관한 각서」, 「건축무한

---

12) 이보영, 앞의 글, 44-53쪽

13) Marc Aronson, 장석봉 옮김, 앞의 책, 92-93쪽

육면각체」, 「오감도 시 제1호」 등 이상의 시에서 전통적 개념의 파괴, 새로움, 우연성, 무기체적 인식, 유희성 등을 찾아내기는 어려운 일이 아니다. 「오감도 시 제5호」에서는 입체파적인 형태화(formalization), 「선에 관한 각서 6」에서는 전도법(顚倒法), 「오감도 시 제1호」에서는 동시공존법(simultaneity) 등의 수법도 쓰이고, 「선에 관한 각서 5」, 「선에 관한 각서 3」 등에서는 미래파의 역동주의, 자유어, 무선상상(無線想像) 등의 기법이 쓰인다.[14] 뿐만 아니라 「오감도 시 제4호」 같은 시에서는 현실의 내용을 직접 끼워 넣는 몽타주 기법에 패러디성까지 더하고 있다. 모두 기성을 전복시키고자 하는 우연의 유희이다.

결국, 이상은 예술적 전위로써, 그 작품의 수준이나 충격의 정도가 그 이후의 어느 후배도 넘기 어려운 경지에 있었다 할 수 있다. 다다이즘·초현실주의와 노장사상 등 동서양을 아우르는 정신적 계기도 지니고 있었고, 당대로서는 믿기지 않을 정도로 세련된 솜씨를 보였다. 당대 사회와 문화계를 뒤집어 놓은, 기념비적인 차원의 전위 시인임에 분명하다. 단 그는 정치적인 전위의 반대편—예술적 전위로서의 창작에 매진했고, 외부세계를 향한 관심은 접은 채 내면의 갈등과 분열을 응시하면서 자기비판에 열중했다. 이것이 우리나라 전위 문학의 뚜렷한 산이요, 원천이라 할 이상의 시에서 재확인하게 되는 전위성의 위상이자 그 경계라 할 것이다.


### 3) 김춘수, 예술적 전위의 계승

해방 후 1950년대의 전위 시인을 들자면 우선 「후반기」 동인 중 조향을 꼽을 수 있다. 그는 해방 후 시인으로서는 제일 먼저 앞장서서 전통적

---

14) 구연식, 『한국현대시의 고현학적 연구』, 시문학사, 1979, 23-32쪽, 40-62쪽 참조

인 시법을 거부하고 전위적인 실험을 계속했다. 자동기술법(自動記述法)과 데뻬이즈망, 우아한 시체놀이, 콜라주 등 다양한 기법 실험과 형태시, 음향시 등 여러 가지 양식적 실험이 그것이다. 그러나 조향의 초현실주의 시는 민족 현실에 대한 이해가 결여된, 다분히 외래 사조적 기법의 수용 차원에 그친다는 한계가 지적되었고[15] 그 지적은 받아들일 민한 것이라 생각된다.

김춘수 시인이 선배 아방가르드 조향을 젖히고 전위 시인의 대표성을 더 인정받는 것은 조향이 전위시의 기법 실험에 치중했던 데 비해 김춘수는 외래적 기법의 도식적인 적용에서 나아가 나름으로 응용하는 요령을 익히고 있었다는 점, 그리고 기성 문단과 상대적으로 원활한 교류와 원만한 대인관계를 맺은 덕분일 것이다. 김춘수의 전위성을 상징하는 무의미시는 1969년에 나온 시집 『타령조·기타』에서부터 1980년에 간행된 『비에 젖은 달』에 이르기까지 지속된다. 1976년에 초판을 내놓은 김춘수의 시론집에 나타난 무의미시론은 첫째, 초현실주의 발상법과 방법론에 매우 가까이 있고, 둘째, 1930년대 이상의 시를 계승하겠다는 의지가 있으며 셋째, 자유로운 언어유희와 '전의식(preconciousness)'에 의한 자동기술법, 몽타주의 기법을 방법론의 골자로 삼는다는 점[16] 등으로 요약된다.

눈보다도 먼저
겨울에 비가 오고 있었다.
바다는 가라앉고

---

15) 이승훈, 『한국현대시의 이해』, 집문당, 1999, 226쪽
16) 김춘수, 「한국현대시의 계보」, 「대상·무의미·자유」 등, 『의미와 무의미』, 문학과지성사, 1980 참조

바다가 있던 자리에 군함(軍艦)이 한 척

닻을 내리고 있었다.

여름에 본 물새는 죽어 있었다.

죽은 다음에도 물새는 울고 있었다.

한결 어른이 된소리로 울고 있었다.


눈보다도 먼저

겨울에 비가 오고 있었다.

바다는 가라앉고

바다가 없는 해안선을

한 사나이가 이리로 오고 있었다.

한쪽 손에

죽은 바다를 들고 있었다.

　　　　　　　　　─김춘수, 「처용단장(處容斷章) 제1부 」 1의 Ⅳ


　시의 외적 구문은 문법에 맞으나 내적 의미는 붕괴되어 있다. 내적 의
미가 붕괴된 환상적인 풍경, 또는 이미지 연쇄는 예술적 전위시의 관행
에 지나지 않는다. 그러나 동시에 김춘수 나름의 세련미와 실감을 주고
있다.

　그를 대표적 전위의 한 사람으로 받들게 하는 세련된 작시법─의미를
붕괴시킨 기표들을 포장해서 붕괴되지 않은 듯 엮어 가는 작시법 속에는
언어 유희적 '이을고리', '주문적(呪文的) 리듬'의 효과 그리고 미술·음악
등을 이용한 '장르 패러디' 등 세부적인 비법이 숨어 있다. 김춘수는 1960
년경 정지용의 시 「향수」를 분석하면서 시작에 있어서의 우연성과 몽타
주 수법 그리고 '이을고리'를 강조한 바 있는데, 이는 무의미한 우연을 마

치 무슨 의미가 있는 필연처럼 보이게 하는 그의 무의미시 창작 비법의 핵이라 할 수 있다.

> 전설 바다에 춤추는 밤물결같은
> 검은 귀밑머리 날리는 어린 누이와
> 아무러치도 않고 예쁠 것도 없는 사철 발 벗은 안해가
> 따가운 햇살을 등에 지고 이삭줏던 곳
>
> -그곳이 참하 꿈엔들 잊힐리야
>
> 하늘에는 석근별
> 알 수도 없는 모래성으로 발을 옮기고
> 서리 까마귀 우지짖고 지나가는 초라한 지붕
> 흐릿한 불빛에 돌아앉아 도란도란거리는 곳
>
> -그곳이 참하 꿈엔들 잊힐리야
>
> ─정지용, 「향수」 일부

김춘수는 위의 시를 다음과 같이 분석한다.

> ……각연은 영화의 한 컷이라고 보면 될 것이다. cut와 cut와는 아무런 관련도 없다. 그런대로 그들은 우연이 필연이 될려면 여기 montage가 있어야 한다. cut와 cut를 montage하여 이을고리(環)는 전혀 「-그곳이 참하 꿈엔들 잊힐리야」이다. 열쇠는 이것이 잡고 있는 셈이다. (더 진보된 형태에 있어서는 이것이 필요없을 것인데 거기까지는 미달이

다.)……시의 효과는 전혀 montage의 솜씨에 달렸다[17]

　정지용의 「향수」 분석 과정에서 김춘수는 단절된 이미지 사이의 이을 고리(環)와 그 중요성을 환기시키고 있다. "그곳이 참하 꿈엔들 잊힐리야"라는 「향수」의 이을고리는 그것대로 의의를 가지겠지만, 자신은 그보다 더 진보되고 세련된 솜씨를 갖추고 있음을 암시하기도 한다.

　인간의 내부에는 우연으로 헝클어진 무질서로 채워져 있는가 하면 그와 더불어 질서를 향한 피할 수 없는 희구로도 채워져 있다. 김춘수는 이미지가 리듬의 음영에 지나지 않는다고 하면서 일종의 주문과도 같은 리듬을 얻으려고 해 보았다고 고백하기도 했거니와[18] 그의 무의미시의 핵심은 앞의 「처용단장」에서 보듯 이을 고리와 주문적 리듬으로 이미지의 파편들을 엮어서 전의식적인 분위기 - 무질서 속에서 질서를 향하는 분위기를 세련되게 연출하는 데 있는 것이다. 보다 진보된 시 형태란 우연이 '이을고리'와 주문과도 같은 리듬에 의해 내재화되고 용해되어 버린 형태이다. 이는 우리 전통 민요의 특징인 반복적 합창과 선창 후 합창 양식의 현대적 변형이며(이는 김소월의 민요조 서정시에서부터 계승한 것이다), 시조나 사설의 후렴과도 같다. 이상과 김춘수에 와서 그것들은 몽타주, 콜라주의 구조적 혼란을 극복하게 되었을 뿐 아니라, 독자들에게 어떤 의미적 통일성을 주는 역할을 하게 되었다. 「처용단장」 인용 부분에서의 눈, 바다, 죽음 그리고 '-하고 있었다' 등의 반복은 물론 갖가지 음운 연쇄가 수행하는 역할이 그것이다.

　김춘수는 기회 있을 때마다 자신의 무의미의 시론이 이상의 시에서 비

---

17) 김춘수, 『한국현대시형태론』, 해동문화사, 1969, 63쪽
18) 같은 책, 83쪽 참조

롯한 것임을 밝혔고[19] 이상의 시 「꽃나무」를 들고, 무의미시의 첫모습의 전형이라고 밝힌 바도 있다.[20]

　　벌판한복판에 꽃나무하나가잇소 근처에는 꽃나무가하나도업소 꽃나무는제가생각하는 꽃나무를 열심으로생각하는것처럼 열심으로꽃을 피워가지고섯소. 꽃나무는제가생각하는꽃나무에갈수업소 나는막달아낫오 한꽃나무를위하야 그러는것처럼 나는참그런이상스러운숭내를내엿소.

―이상, 「꽃나무」 전문

　이상의 「꽃나무」에도 이을고리가 용해되어 있다. '꽃나무'의 반복, 유성음에 이은 '-쓰소'의 반복 같은 데서 그 흔적을 찾을 수 있다. 조향 외 몇몇 전위적 요소를 가진 시인의 시가 이상이나 김춘수에 비해 대접을 받지 못하는 이유는 텍스트 내적인 이유로 이을고리를 쓰는 요령의 부족에서 비롯된다 해도 틀린 말이 아닐 것이다. 김춘수는 이상의 시에서 보다 진보된 형태의 이을고리를 찾아 자신의 주요 작시법으로 삼았다.[21] 김춘수의 창작비법은 이에서 그치지 않는다. 그는 시 창작에 있어 전위적인 미술이나 음악과 같은 비문학 장르의 작품을 패러디했고, 특히 회화에 대한 관심은 집요했다.[22] 「나르시스의 노래-살바도르 달리의 그림에」, 「샤갈의 마을에 내리는 눈」 등에서는 한 편의 회화 작품을 패러디했고, 「루오 할아버지가 그린 유화 두 점」, 8편의 「이중섭」 연작시와 시 「내가 만난

19) 김춘수, 『김춘수 시론전집2』, 문장사, 1982, 375, 369, 508쪽 등
20) 김춘수, 『의미와 무의미』, 42-43쪽
21) 신진, 「무의미시와 초현실주의」, 『동아시단』, 1982, 69-76쪽
22) 정끝별, 『패러디 시학』, 문학세계사, 1997, 171쪽

이중섭」 등의 시에서는 여러 편의 회화 작품을 원텍스트로 하는 방법을 썼다. 그가 전위성 강한 그림을 패러디한 것도 무의미시의 파편성에 환상적 질서를 부여하는 방법의 하나였다 할 것이다. 그렇다면 이러한 김춘수의 무의미시와 그 논리는 과연 그를 대표적인 전위라 이를 만한 것인가?

김춘수의 시가 세련되고 독자적인 경지를 보인 것은 사실이다. 하지만 '무의미시' 혹은 '비대상'이라는 것은 김춘수 자신이 개발한 독창적인 시론이 아니다. 그것은 미래파, 다다이즘 등이 표면에 내세운 주요 슬로건의 하나로 전위적인 모든 예술의 공통점에 지나지 않는 것이다. 때로 김춘수도 숫자와 부호, 도표와 도형을 끌어들여 기하학적으로 사용하였으나, 이상의 「△의 유희」에서 볼 수 있듯이 전위의 한 요소인 패러디에 있어서도 이상은 그보다 40년 전에, 이미 시나 예술과의 관계가 아득히 먼 수학, 기하학을 손쉽게 패러디한 것이 사실이기 때문이다. 주문과도 같은 경지를 노린다는 김춘수의 리듬도 그렇다. 그것은 우리의 사설조, 민요나 무요의 사설에서 보던 것이다. 아니면 미래파의 짜움(Zaum)[23] 같은 데서 더욱 극명하게 보인 바이고 앞의 「꽃나무」에서 보듯 30년대 이상의 시에서도 자주 볼 수 있는 현상이다. 결국 김춘수도 그 직접적인 선배 전위시인 조향이 그랬듯 서구 아방가르드 시론의 실습에 급급했다는 지적을 받을 수밖에 없다.

아방가르드는 원래 삶과 예술의 일치를 꾀한 집단행동 운동으로, 모더

---

23) 논리 또는 의미를 초월한 언어를 뜻하는 러시아어의 줄임말. 크루체니크와 흘레브니코프가 러시아 미래주의의 창립선언문이라고 할 수 있는 「공공취향에 가하는 따귀」(1912), 「말 그 자체」(1913) 등의 소논문에서 공개한 전위적인 시어형태. 기존의 시어가 의미전달에 편향된 나머지 소리(음)를 경시했다고 주장하면서, 언어의 모양, 질감, 색깔, 형식 등만으로 쓴 시이다. Marc Aronson, 장석봉 옮김, 앞의 책, 102쪽. 그들은 언어가 붕괴되는 순간, 아기들이 옹알거리는 순간, 광인들이 중얼거리고 헛소리를 하는 순간, 영감을 얻었거나 신에 들린 사람들이 방언을 하는 순간에는 좀 더 진리에 가깝고, 좀 더 심오한 언어가 나타나게 될 것이라 생각했다. 같은 책, 101-103쪽

니즘을 포함하여 현재적 삶으로부터 유리된 모든 예술을 비판하고 삶에 예술을 종속시키는 것이 아니라 예술과 삶을 일치하려고 하였다. 그런데 김춘수를 비롯한 예술적 전위는 현실적 삶에서 유리된 채 언어적 실험성에 집중했다. 그 실험성이 현실과 역사에서 도피하기 위한 관행이 된다면 그것은 창의의 동력을 잃어버리고 흉내 문화를 양산하는 폐습이 될 수 있다. 문맥적 의미 파괴의 반복학습은 아무리 잘 마무리한다 해도 언어의 레고 게임에 지나지 않겠다. 아방가르드의 몰락은 그가 기존 관행에 가하던 충격성이 매체의 영향으로 와해되면서 마침내 또 다른 관행의 하나가 될 때이다. 김춘수가 몽타주의 이을고리, 주술적 리듬, 전위적 회화 패러디 등으로 그의 시를 세련되게 한 것은 사실이다. 그러나 그의 무의미 시는 당대에 당당한 전위로서 충격을 가한 것이라기보다, 해방 이후의 조향, 김경린, 박인환 등 신세대 시인들이 가졌던 의욕을 받아들이면서 이상, 정지용 등의 시를 규범으로 하여 보다 은밀한 기법을 발굴, 계승하였다고 보아야 할 것이다.

결국 김춘수는 선발대로서의 사명감보다는 도피적인 유희에 골몰했고, 기성에 대한 예술적 전복성도 격렬하지 않았다. 당대의 전위적 시인으로서의 성과에 못지않게 현실도피로서의 유희성, 외래문화에 대한 편향성 등 현대문학사의 고질을 더 심각한 상태로 후대에 넘기는 역할도 했다할 것이다.


## 4) 김수영, 다채로운 유희의 계승

군사정권 후반, 그러니까 1970년대에서 1980년대 전반까지 김수영은 신동엽과 더불어 참여시인, 민중시인의 대명사로 받들어지던 시인이다. 그러던 것이 80년대 후반부터는 시적 전위성이 부각되면서 대표적인 전위 시인, 또는 해체시의 선구적 시인이란 위치도 겸하게 되었다.

정작 김수영 생전에 그의 시가 평단으로부터 받았던 평가는 약소한 편이다. 200자 원고지 30매 정도 이상의 분량으로 평가된 글이 두 편, 유종호의 「다채로운 레파토리-수영」(1963)과 김현승의 「김수영의 시적 위치」(1967)들이 고작이다.[24] 유종호는 이 글에서 김수영 시의 반속(反俗)정신, 감상벽(感傷癖) 등을 지적하면서 다양성 내지 다채로움이 그의 전반적인 특징이라 했고, 김현승은 수영이 예술적으로 잘 조화된 시인으로 시작에 있어서는 예술파, 참여파 양쪽의 경향을 다 보이고 있으나 시론에서만은 참여파를 옹호하고 있다고 지적했다. 김수영은 생전에 전위 시인으로 인정받지는 못한 셈이다. 그런데도 불구하고 오늘날 김수영의 시는 현실 그 자체를 형상화하며, 비시적(非詩的)인 구어와 대화체, 신문, 잡지, 일기에 반어, 인유, 고백 등 잡다한 것들을 몽타주하여 최근 전위의 의미와 형식을 모색했을[25] 뿐 아니라, 비로소 우리나라 정치적 전위의 가능성을 읽게도 한다[26]고 평가된다. 하지만 그의 시적 전위성에 대한 판단에는 큰 편차가 있다. 한 연구자는 김수영이 그의 후기 시에서 전위성을 보인다고 하는가 하면[27] 또 한 연구자는 김수영 시는 한마디로 가소로울 정도로 수준이 미달되나, 굳이 전위적 요소를 찾는다면 초기의 시에서 미숙한 초현실주의 시 몇 편을 들 수 있다[28]고 할 정도이다.

'전위'는 언제나 답습을 거부한다. 과연 김수영의 시는 그 30여 년 전

---

24) 황동규 편, 『김수영의 문학』 부록편, 민음사, 1983, 10쪽 참조

25) 권혁웅, 「1970년대 이후 한국 현대시에서 전위의 맥락」, 『한국시학연구』 제20호, 한국시학회, 2007, 91쪽

26) 김준오, 「우리시와 아방가르드」, 『현대시사상』, 1994년 가을호, 152쪽, 하상일, 「모더니즘 시학과 아방가르드」, 『문예연구』 통권 23호, 1999년 겨울호, 111쪽

27) 이승훈, 앞의 글, 44쪽

28) 오세영, 『20세기 한국시인론』, 도서출판 월인, 2005, 129-130쪽

이상의 그것에 비해 전위적이라 할 만치 심화된 새로움이나 기성에 대한 파괴력을 갖는 것일까?

다음은 김수영 시 중에서도 대표적으로 포스트모던적 성격이 강하고, 통일적 맥락의 해체를 통해 새로운 시적 모험을 확인할 수 있다는 시 「전화이야기」[29]이다.

> 여보세요. 앨비의 아메리칸 드림예요. 절망예요.
>
> 八월달에 실려주세요. 절망에서 나왔어요.
>
> 모레면 다 돼요. 二백매예요. 특종(特種)이죠.
>
> 머릿속에 특종(特種)이란 자가 보여요. 여편네하고
>
> 싸우고 나왔지요. 순수하죠. 앨비 말얘요.
>
> 살롱 드라마이지요. 반도(半島)호텔이나 조선(朝鮮)호텔에서
>
> 공연을 하게 돼요. 절망의 여운이에요.
>
> 미해결이지요. 좋아요. 만족입니다.
>
> 신문회관(新聞會館) 三층에서 하는 게 낫다구요. 아녜요.
>
> 거기에는 냉방장치가 없어요. 장소는 二백명가량
>
> 수용될지 모르지만요. 절망의 연료가 모자
>
> 란다구요. 그래요! 반도(半島)호텔같은 데라야
>
> 미국놈들한테서 입장료를 받을 수 있지요.
>
> 여편네하고는 헤어져도 되지만, 아이들이
>
> 불쌍해서요, 미해결예요.

---

29) 장석원, 「김수영 시의 '새로움' 연구-전위의식과 부정의식을 중심으로」, 『한국시학연구』 제8호, 한국시학회, 2003, 257쪽, 한명희, 「김수영 시 「전화이야기」의 기법과 그 수용 양상」, 『한국시학연구』 제11호, 한국시학회, 2004 참조

코리안 드림이라구요. 놀리지 마세요.

아이놈은 자구 있어요. 구원이지요. 나를

방해를 안하니까요. 절망의 물방울이

튄 거지요.

내준시다면, 당신의 잡지의 八月호에 내주신다면,

특종이니깐요, 극단도 좋고, 당신네도

좋고, 번역하는 사람도 좋고, 나도 좋은

일을 하는 폭이 되지요.

앨비예요, 앨비예요. 에이 엘 삐 이 이. 네.

그래요. 아아, 그렇군요.

네에, 그러실 겁니다. 아뇨. 아아, 그렇군요.


이런 전화를, 번역하는 친구를 옆에 놓고,

생색을 내려고, 하고나서, 그 부고(訃告)를

그에게 전하고, 그 무지무지한 소란(騷亂) 속에서

나의 소란을 하나 더 보탠 것에 만족을

느낀 것은 절망에 지각하고 난 뒤이다.

—김수영, 「電話이야기」 전문


　특정 상황의 리얼리티가 가감 없이 나타나고 있다. 다소 전문적인 직업어가 독자를 고려하지 않은 채 쓰이고 있고, 전통적인 일인칭 화자와 문맥의 일관성이 해체되고 있다. "앨비의 아메리칸 드림"에 대한 이야기와 그것의 공연이나 기사화에 관한 이야기를 통일성 없이 늘어놓는 화자와, 절망하고 있고 절망의 여운 속에 있는 화자, 그리고 아내하고는 헤어져도 되지만 아이들이 불쌍해서 끝장을 내지 못하는 화자 등 처음부터 여러 화자의 다성적 목소리가 들리는 데다가 끝 연에서는 실제 시인인 듯한 또 다른 화자가 개입해 들어와서 메타시적 진술을 늘어놓는다. 인과관계가 성립되지 않는 말들이 쏟아지면서 단편적인 몽타주를 보이고 있다. 이는 1910년대 서구의 아방가르드에게 크게 영향을 준 앙리 베르그송(Henri Bergson)의 '동시성' 철학을 근저에 둔 발상과 닮았다. 베르그송은 경험의 실체란 의식적인 사고에 의해 선택된 이성적인 순간들의 연결이라기보다 갖가지 기억들의 혼합체요, 불연속적인 동시성에 의한 것이라 했다. 이는 아방가르드가 전통적인 형상이나 리얼리티의 개념으로부터 자유로울 수 있게 하고, 복잡하고 불협화음의 충격에 의한 새로운 도시생활의 리얼리티를 확인하게 한다. 이에 따라 전위시인 아폴리네르(G. Apollinaire)는 「크리스티 거리 월요일」이라는 작품에서 우연히 듣게 된 대화의 토막들을 사용함으로써 간단히 동시성을 획득하게 되었다.[30] 김수영의 「전화이야기」도 서양 전위예술의 발상법에 의한 것이라 할 수밖에 없다.

비시적인 언술-'일상생활과 생활 언어 그 자체의 시화(詩化)'라는 것이 김수영 시의 가장 큰 전위성이라 할 수 있겠다. 하지만 그것도 김수영이 가장 앞장서서 개척한 지경이라 하기는 어렵다. 경음과 격음의 사용빈도가 늘고, 생활과 밀착된 민중적 일상어를 과감하게 쓰는가 하면 새로운 서구어가 남발하는 현상은 광복기와 6·25 전쟁기 시의 한 추세였기 때문이다. 그 전에 김경린, 박인환, 임호권, 양병식 등과 함께 김수영도 가담한 '신시론' 동인지(1948년 4월 발간)는 "표현방법에 있어 시적 언어의 참신성은 물론 언어의 범위를 넓히기 위해 외래어도 활용한다"는 등의 몇 가지 운동지침을 가지고 있었고,[31] 1960년에 나온 민재식의 첫 시집 『속

---

30) Matthew Gale, 이영욱 등 옮김, 앞의 책, 19, 23쪽

31) 김경린, 「기억 속에 남기고 싶은 그 사람 그 이야기」, 『시문학』, 1994년 1월호, 22쪽

죄양』의 발문에서도 "이제 언어의 평민적 생명력과 선구적 시인들의 노력이 주효하여 시어는 무너져 가고 있다."는 구절이 보일 정도이다.[32] 50년대 시인 가운데 전영경도 시어의 혁명, 말하자면 전통적인 시어에 대한 폭력에 가까운 부정을 보여 준다.[33] 그뿐이 아니다. 우리 전위시의 뚜렷한 선구인 이상의 시는 사실 그 30년 전에 그에 못지않은 생활언어의 시를 실천하고 있었다.

　　애절하다. 말은 목구녁에 막히고 까맣게 끄슬은 흥분이 헐떡헐떡 목이 쉬어서 딩군다. 개똥처럼.
　　달이 나타나기 전에 나는 그 도랑 안에 있는 엉성한 동굴 속으로 기어들어갔다. 눈병이 난 모양이다. 내 뒤를 밟은 놈이 없을까, 하고 나는 포주마누라에게 물어보았다.
　　포주마누라는 기름으로 번들거리는 상(床)위에 턱을 고이고 굵다란 남성적인 목소리를 내고 있다. 내 뒤를 밟은 놈이 없을까, 하고 나는 포주마누라에게 물어보았다.
　　　　　　　　　　　　　—이상, 「애야(哀夜)」(日語詩, 김수영 역) 일부

　　생활환경의 변화에 따라 용어가 달라졌을 뿐 이상의 시는 이미 시어와 일상어의 경계, 생활과 시의 경계를 무너뜨리고 있었다. 이상의 작품은 당시까지 우리나라의 문인 누구도 그러지 못한 고유어, 사투리, 한자어 등과 수많은 외래어, 외국어, 시대어, 기능어, 전문어, 심지어 자신의 신조어 등이 등장하는, 그야말로 각종 기호의 실험장 또는 그 성체였다.[34] 우

---

32) 민재식, 「그냥 노오트」, 『세계전후문학전집 8』, 신구문화사, 1972, 365쪽
33) 이승훈, 『모더니즘 시론』, 문예출판사, 1995, 241쪽
34) 김주현 편, 앞의 책, 23쪽

리 현대시에 있어 생활과 시의 일체화, 일상어의 대담한 수용 등은 김수영의 시가 그 분수령의 하나가 되었다 할 수 있을지는 몰라도, 그의 시가 개척한 영토라 하기는 어렵다. 텍스트 속에 새로운 화자가 개입하여 해설을 하는 메타시적인 말놀이도 이미 이상에서부터 쓰인 것이다.

역사를 하노라고 땅을파다가 커다란돌을하나 끄집어내여놋코보니 도모지어데서인가 본긋한생각이들게 모양이생겻는데 목도들이 그것을 메고나가드니 어데다갓다버리고온모양이길내 쪼차나가보니 위험하기짝이없는 큰길가드라.

그날밤에 한소낙이하얏스니 필시그돌이깨끗이씻겻슬터인데 그잇흔날가보니까 괴기로다 간데온데업드라. 엇던돌이와서 그돌을업어 갓슬가 나는참이런처량한생각에서아래와가튼작문을지엿도다.

「내가 그다지 사랑하든 그대여 내한평생에 참아 그대를 니즐수업소이다. 내차례에 못올사랑인줄은 알면서도 나혼자는 꾸준히생각하리다. 자그러면 내내어엿부소서」

엇던돌이 내얼골을 물끄럼이 치여다보는것만갓하서 이런시詩는 그만찌저버리고십드라.

—이상,「이런 시(詩)」 전문

김수영의 「전화이야기」에서와 마찬가지로 시의 말미에서 실제 시인이 개입하는 메타시적 태도를 볼 수 있다.

김수영의 그 다음 전위성 문제는 '정치적 전위' 여부에 모여질 수 있다. 정치적 전위의 가능성은 그의 시가 강렬한 사회의식과 현실감각, 민중의 저항의식을 담고 있다는 70~80년대의 평가들을 근거로 하고 있다. 그에 대해 김수영의 시는 대부분 '소시민의 생활시'로서 60년대의 대표적 참여

시라는 주장이 의아스러울 정도[35]라는 평가도 있는 실정이다. 사실 김수영의 시는 군중의 일부에 불과한 소시민을 풍자하고 민족현실, 민중생활과는 너무나 동떨어진 세계에 머물기도 했으며[36] 사회적인 적과 치열한 대결양상을 보이는 것은 4·19 이후 10여 편의 시에 한정되고 있다. 그것도 4·19의 성과에 편승이라도 하듯 그는 5·16쿠데타가 일어나기 전, 어떤 정치적, 이념적 발언도 용납되던 시기에만 효과 없는 선동구호를 남먼저 외쳐 댔을 뿐이다.[37] 한마디로 그의 시에는 정치적인 소신도 없고 일관성도 없다. 그는 모더니즘 시인으로서도 정치적 전위로서도 냄새 내기, 그림자놀이를 하는 데 그치고 만 것이다.

> 김수영의 시가 대체로 일상의 주변에 대한 섬세한 묘사로 기울어
> 지고 있다는 것도 결국 알고 보면 자신이 역사의 현장인 현실로부터
> 그만큼 멀리 떨어져 있음을 의식하는 데서 오는 소외감이 기본심리
> 로 작용하고 있음을 가리킨다.[38]

정치적 아방가르드는 사회변혁을 요구하는 데 예술을 이용하며, 예술은 정치적 혁명가들의 요구와 필요에 따라야 한다는 생각을 정당하게 생각한다.[39] 김수영의 시는 사회변혁을 도모하기 위해 시를 수단으로 삼는 정치적 아방가르드로서가 아니라, 무목적적이고 자유로운 놀이의 도구

---

35) 오세영, 앞의 책, 92쪽
36) 백낙청, 「참여시와 민족문제」, 황동규 편, 『김수영의 문학』 부록편, 민음사, 1983, 168-169쪽 참조
37) 이는 『김수영의 문학·시집』(민음사, 1983)을 검토한 결과이다. 계간 『창작과 비평』 2008년 여름호에 발표된 김수영의 유고시들을 포함해도 마찬가지다.
38) 김시태, 『현대시와 전통』, 성문각, 1978, 81쪽
39) Matei Calinescu, 앞의 책, 134, 142-145쪽

로 정치현실을 이용했을 뿐이었다.[40] 김수영의 신화가 한창 무르익어 갈 1970년대에 김윤식이 "김수영 신화는 합당하게 생각되지 않을뿐더러, 그는 전문가급 시인으로 부르기에도 미흡하다"고 하고, 김수영 문학의 기본 핵은 '멋쟁이', '몸이 날쌔다', '코스춤' 같은 단어가 표상하는 선상을 왕래한다[41]고 한 것도 이와 관련한 논기이다.

근대화 과정에 있어 아직은 상당한 부분 전통적인 생활양식이 많은 구성원 사이에 보존되고 있으면서 외래적인 행위양식도 적지 않게 확산되어 있는 중간적인 단계에서의 문화는 일종의 혼합문화의 형태를 취하게 된다. 사회성원들은 상황에 따라 이중적인 가치와 규범을 따르지 않을 수 없고 일반적인 적합성을 갖는 행위양식을 발견하기 어려운 아노미(anomie)를 경험하게 되며, 그와 같은 아노미 상황에서는 일탈적인 적응기제들이 많이 나타나기도 한다.[42]

김수영의 시는 다채로운 일탈의 시이다. 사회 비판적·정치적 요소도 있고, 전위적·모더니즘적 요소도 있으며 감상벽(感傷癖)과 지식인으로서의 우월감 내지 선민의식도 있다. 이런 포즈도 잡아 보고 저런 포즈도 취해 보는 것을 당연시 여기는 가치상실의 아노미가 그의 시어라 할 수 있다. 이러한 혼란은 사회·문화적 혼란기의 평범한 시인들에게서도 드물지 않게 볼 수 있는 현상이다. 극히 미래가 불투명한 사회를 살면서 가치관을 분명히 하지 못하고 언어유희에 집착할 수밖에 없었던 아마추어리즘이라 할 수도 있다. 그러나 그보다는 재치 있는 지식인의 언어유희 – 머리 회전이 빠르고 사회적 책임에 가벼운 후위(後衛)로서의 유희성을 김수영의 시는 더 많이 보여 준다 할 것이다.

---

40) 신진, 「김수영 시의 놀이정신」, 『국문학연구』, 구연식박사 화갑기념논총, 1985, 240-245쪽
41) 김윤식, 「김수영 변증법의 표정」, 『세계의 문학』 1982년 겨울호 참조
42) 임희섭, 『한국의 사회변동과 문화변동』, 현암사, 1984, 10쪽

## 5) 우리 전위시의 한계

우리 현대 시사(詩史)에 있어, '전위'의 맥락에 대한 대체적인 동의안의 하나는 예술적·표현적 방향으로 치우치는 취약점을 보여 왔다는 것이다. 서구의 경우, 미래파, 다다이즘, 초현실주의 등에도 공산주의적 열망, 무정부주의적 이상 등 새로운 삶에 대한 열망이 짙게 배어 있고, 자동화된 전통이라거나 갖가지 전제(前提) 등 저항의 적을 분명히 했다. 하지만 우리 전위시의 경우, 현재적 삶이나 전통과 대결하는 것이 아니라 도피적인 입장에서 통사적 문맥 파괴 놀이를 하거나 외래문화 따라가기에 열중하였다 할 수 있다. 이는 오랫동안 폭압적인 권력이 지속되면서 다수의 시인이 탈정치적인 서정의 세계에 숨거나 언어유희로 일신을 지킬 수밖에 없었고, 이른바 순수시와 미적 전위시가 맹렬하게 자기 입지를 합리화함으로써 생긴 현상이기도 하다. 정치적 전위는 공동체에 대한 인식이 전제된 현실의식을 바탕으로 더 나은 미래를 향한 실천을 앞세우는 반면, 예술적 전위는 현실과 예술과의 연관성을 단절하고 내용보다 형식에 치우친다. 비판의 용기를 거세당한 채 갈팡질팡했던 다수 시인들은 그 후에도 한층 자기방어의 논리를 강화했고, 그러다 보니 우리나라의 경우 전위는 예술적이고 표현방법적인 측면만 부상시킨 것이라 생각된다.

전위의 기본 요건 두 가지를 요약하자면, 자타가 인정하는 선발대적인 인식이 있어야 한다는 것과 기존의 정체된 현실에 대항하는 격렬한 투쟁성이 있어야 한다는 것이다.

이상(李箱)은 사회로부터 전위 시인으로 인정을 받은 것은 물론, 스스로 현재적 정체에 대항하려는 전위의식도 가지고 있었다. 동서양을 아우르는 내면적 계기도 있었고 표현의 분방함과 세련됨도 그 후 수십 년, 수

백 년의 후계들이 넘어서기 어려운 수준에 있었다. 단 그의 전위가 외래적인 것이고 현실도피적인 성향을 띤다는 원천적 한계에서 자유로울 수는 없을 것이다. 김춘수의 무의미시 역시 초현실주의의 발상법과 방법론에 매우 가까이 있다. '우연'과 '무의미'는 원래 전위시 공통의 지수이지만 그의 무의미시론은 세련된 작시법을 연마한 결실이다. 자유로운 언어유희와 영상들의 우연한 병존이 마치 인과적인 의미맥락에 의한 것이기라도 한 듯 주문적인 리듬으로 연결시키는 '이을고리'는 세련된 분위기 조성뿐 아니라 독자층을 확보하는 기능도 하였다 하겠다. 그리고 이을고리의 원천은 우리의 노래방식이나 전통 시가의 후렴에서도 찾을 수 있다. 하지만 어휘의 변천을 고려하면 그는 이상이 이미 실험한 수준을 크게 넘어서지는 못했고 전위의 기본요건을 제대로 갖추지도 않았다. 해방과 6·25 전쟁 이후, 증폭되어 있던 서구문화 취향을 이상의 시를 본보기로 하여 다듬은 것이어서 당대 사회의 충격도 미미했다. 한국시사에 도피로서의 유희성, 외래문화 편향성을 한층 재촉하는 역할도 하였다. 김수영의 시는 비시적(非詩的)인 일상과 생활언어를 그대로 시에 도입했다는 점이 제일 뚜렷한 전위적 특징이라 여겨진다. 그러나 그의 비시적인 언술은 앞 세대에서도 이미 크게 귀하지 않은 정도의 것이며, 정치적 전위라는 평가를 가능하게 하는 현실비판성도 정치적 전위의 산물이 아니라, 4·19에서 5·16 사이, 어떤 정치적 발언도 용납되던 여건 속에서의 유희였을 뿐이었다. 전위의 기본요건을 갖추지 않은, 외래취향이 심한 시인이었다. 그의 시에서 전위의 요소조차 찾을 수 없다고 할 수는 없겠지만 그는 전위보다 후위(後衛)로서 다채로운 일탈의 놀이에 더 열중했다고 보아 마땅할 것이다.

이와 같이 현재 한국 시에 있어 전위의 맥락은 외래적인 편향성이 심하고, 실험성이 무색할 정도의 모방과 답습을 즐겼으며 역사와 현실을 떠나 과도하게 심미적인 표현 쪽으로 기울어져 있다. 이상에 이어 조향, 김수영, 김춘수 등 그 주요 인물들은 도피로서의 유희성, 외래문화에 대한 편향된 심취 등 후대의 전위가 해결해야 할 무거운 과제를 남기고 있는 것이다.

전위란 다수의 다른 사람들이 사용할 수 있는 것들을 앞서서 개척하는 존재들이요, 시의 경우 시의 개방성과 창의력의 폭을 결정하는 중요한 동력으로 작용하는 귀한 존재이다. 따라서 전위의 적이 되는 역사와 전통, 전위의 식량이 되는 오늘 이 땅의 삶에 대한 뚜렷한 인식을 바탕으로 우리 전위의 폭을 넓히는 것은 중요한 일이다. 급격한 서구문화의 이식과 강압적인 권위주의 권력에 오랜 기간 신음해 온 우리 근(현)대 시사에는 역설적으로 그러한 전위-역사와 전통에 대한 각별한 투쟁성과 당대적 삶에 대한 전복의식으로 새로운 지경을 연 전위가 분명 따로 있다. 전위의 순기능을 살리고 민족의 창의력을 드높이기 위해서라도 전위시의 문제는 한층 적극적으로 재검토되고 심도 있게 논의되어야 할 것이다.

# 5. 자생 전위의 중심축, 김지하 시인

## 1) 예술적 전위와 정치적 전위

문화·예술의 양 극점을 들자면 예술적 전위와 정치적 전위, 둘을 들수 있다. '표현성' 대 '현실성'을 표상하는 전위의 이 양 극점은 사회와 문화의 변화를 이끄는, 수레의 두 바퀴와도 같은 역할을 한다. 그러나 우리시문학사에서는 '전위'라 하면 곧 예술적 전위를 가리킬 만큼 예술적 계보를 편애하는 경향을 고수하고 있다. 아방가르드 예술사는 대체로 그 주축이 정치적인 국면에서 예술적인 국면으로 이동해 온 것이 사실이다. 하지만 순수한 예술적 전위는 그 존립 여부 자체부터 회의의 표적이 되기도 한다. 전위는 일반인들이 미처 깨닫기도 전에 기성이라고 하는 적들과 앞서서 싸우고, 그 적들을 무너뜨리고 새로운 가치를 창출하려는 급진주의자들일진대, 내용적·정치적인 면이 배제된, 형식적·예술적인 면에서만 급진적일 수도 있는 것일까 하는 회의가 그것이다. 예술적 전위의 주장대로라면 이 세상엔 아무런 규범도, 주의 주장도 존재할 수 없고 철저한 절망과 허무만이 진실이다. 그렇다면 결국은 예술적 문화적 행위도 없이, 여기저기 떠돌아다니는 삶만이 예술이라 할 것이다.[1]

---

1) Marc Aronson, 장석봉 옮김, 앞의 책, 14-15쪽

그런데도 아직까지 한국시의 전위에 관한 논의는 거의 예술적 전위에 초점이 맞추어져서 정치적 전위 쪽은 아예 외면하거나 용어 소개 정도에 그치거나, 아니면 예술적 전위 계열의 몇몇 시인 중에서 현실 비판적인 요소가 있는 이들에게서 정치적 전위의 가능성을 타진해 보는 정도에 그치고 있다. 한 논문은 각주(脚註)에서나마 '정치적 전위'의 인적 계보를 제시하고 있다.[2] 하지만 김지하의 시를 의미·형식의 변화는 모색하지 않은 채 정치적인 의식만 전면에 드러낸 쪽에 분류하는 논점은 재고될 필요가 있다. 그것은 예술적 전위 옹호에 급급한 현대시문학사가 부당하게 외면하는 상처의 하나이기 때문이다. 우리나라처럼 제국주의와 절대권력에 대한 민족적 양심과 민중의 열망이 첨예하게 부딪힌 역사에서 시는 예술인 동시에, 아니 예술에 앞서 사회·정치적 대결의 장일 수도 있는 것이다. 김지하의 시가 내용적인 면에서 크나큰 파장을 불러일으킨 것은 물론이지만, 그의 '담시'와 '대설' 등은 시 양식의 면에 있어서도 기존의 시 양식들을 전복시키는, 파격적인 것이었다는 점도 거의 공인되다시피 한 사실이다. 따라서 김지하와 그의 시가 우리 문학사에 있어 정치적 전위의 중심축이자, 자생적 전위시 양식을 실험한 대표적 예술적 전위이기도 하

---

2) 권혁웅, 「1970년대 이후 한국 현대시에서의 전위의 맥락」, 『한국시학연구』 제20호, 한국시학회, 2007, 90쪽 각주 6 참조. 이에 따르면 우리나라의 정치적 전위시는 두 갈래 계보로 나누어지는데 그 첫째는 일제하의 임화, 60년대의 신동엽에서 70년대 이후의 김지하, 김남주, 백무산의 시 등이다. 그러나 정치적인 의식은 전면에 드러났지만 의미·형식의 변화를 모색하지 않은 시들이기에, 기존의 시 양식으로 설명할 수 있다는 이유에서 전위시로서의 논의를 생략한 계보이다. 둘째는 형식 실험은 두드러졌으나 결과적으로 유의미한 결과를 낳지 못하고 후대에 단절되었다는 이유로 역시 전위의 맥락 논의에서 제외된, 1980년대 민중시 계열의 작업들 - 벽시, 르포시, 수기 등의 작업들이다.

하지만 전위에게 후대에까지 지속되어야 한다는 조건은 가혹하다. 또 정치적 전위 시인이 형식실험까지 해야 할 이유도 없다고 생각된다. 더욱이 그들도 치열한 형식실험을 했을 뿐아니라, 노동운동, 민주화, 소위 색깔론의 희석화 등등에 있어 유의미한 결과를 낳았다고 판단된다.

다는 점을 다시 밝혀 자생 전위시인들에 대한 홀대를 해소하는 데 일조
하고자 한다. 1970년부터 10여 년간 김지하 시인의 행적과 그 의의를 정
치적 전위의 관점에서 재정리하고, 그의 시를 대설『남』이전의 시와 이후
의 시로 나누어, 전위시인으로서의 형식 실험성도 해명을 하고자 한다.

　서구 모방의, 언어유희 위주의 전위가 아니라 민중철학과 생명사상을
바탕으로 하는 그의 시는 우리나라의 전통 시가를 당대의 현실에 맞추어
응용한 자생적 전위 시 양식이었다는 사실을 밝히는 동시에, 서양 아방가
르드의 속성과 논리에 대비하여도 손색없는 발상과 표현을 구사한 자생
전위시인이었음을 밝히고자 한다. 그리하여 한국 근·현대 시문학사의
기술과 연구에 있어 진정 어린 사회의식 내지 정치의식을 지닌 시인들이
우리 시사(詩史)에서 차지해야 할 마땅한 자리를 마련함으로써, 보다 균
형 잡힌 문화사적 시각을 가질 수 있는 계기가 되었으면 한다.


## 2) 전위시의 중심축, 김지하

　'전위(avant-garde)'란 기성의 권위를 붕괴시키고 새로운 변혁을 추구
하며, 그 격렬한 투쟁 행위를 자타가 인정하는 이들이다.[3] 이들에게 영향
을 미친 주된 사상은 마르크시즘과 프로이트의 정신분석, 니체의 철학
등이라 할 수 있다.[4] 이 중 정치적 전위들은 경직된 규범, 시대에 뒤처진
도덕, 억압적인 사회구조 등에 대립하고 반항을 표출한다. 예술은 기성의
권위와 정치제도의 위선을 폭로하며 사회변혁을 요구하는 데 쓰이고, 정
치적 혁명가들의 요구와 필요에 따라야 한다는 생각을 정당화한다.[5]

---

3) Matei Calinescu, 이영욱, 백한울, 오무석, 백지숙 옮김, 앞의 책, 152-153쪽 참조
4) 코디 최, 『20세기 문화의 지형도』, 안그라픽스, 2006, 31쪽
5) Matei Calinescu, 앞의 책, 134, 142-145쪽 참조

우리 문화사에서 마르크시즘의 영향을 받으면서 정치적 전위 시인의 면모를 보인 이로는 우선 일제강점기 1920년대의 임화(林和)를 들 수 있다. 그는 프로문학의 가장 과격한 이론가이자 시인이며, 카프가 볼셰비키화한 이후에 서기장을 역임하기도 했고 "전위예술과 사회과학의 결합을 시도한 당대 지식인의 모습과 그 실패의 궤적을 대표적으로 보여 주는"[6] 사람이다. 그런데 1920년대 식민지 지식인들이 대개 그렇듯, 임화는 자기형성 과정이 『改造』, 『中央公論』 등 일본의 종합지와 일역된 많은 서구 사상서 및 그를 변형한 몇 권의 일서(日書)에 의존하고 있었고, 서구적이거나 일본적인 것을 향한 지적 호기심에 거의 무방비 상태로 개방되어 있었다.[7] 따라서 그가 관심을 보인 다다이즘이나 프로 예술운동은 소련, 일본, 중국 등에서 전개된 이른바 세계사적인 새로운 예술운동과 바퀴를 같이하는 것[8]이어서, 그 파격성이나 투쟁성이 당대 사회에서 정치적 전위로서 인정받을 만한, 현실 정치적인 것이 되지 못했다. 젊은 지식인으로서 국제적인 조류를 앞장서서 수용하고 실천하려 했지만 논리적, 추상적인 차원을 넘어서는 구체적인 차원에 이르지 못한 한계가 있는 것이다. 1960년대의 신동엽, 김수영 같은 시인의 경우도 대표적인 정치적 전위로 인정받을 만큼 현실적인 실천을 하지는 않았다. 신동엽이 추상적인 역사의식을 시로 표현하였다면 김수영은 정치·사회 문제에 대한 논평의 필요성을 제기하는 데 머물렀다.

예술적(미적) 아방가르드에게 새로움은 꿈속에 있고, 사회변혁을 요구하는 정치적 아방가르드에게 새로움은 새로운 사회와 함께 도래한다.[9]

---

6) 김윤식, 김현, 『한국문학사』, 민음사, 1974, 165-166쪽
7) 임화, 「어떤 청년의 懺悔」, 『문장』 2권 2호, 22-23쪽 참조
8) 김윤식, 『한국 근대문학 사상사』, 한길사, 1984, 141쪽
9) Marc Aronson, 장석봉 옮김, 앞의 책, 13쪽

정치적 전위가 주도하던 서구의 초기 아방가르드 문화사에서는 마르크스, 레닌, 스탈린, 무솔리니 등이 대표적인 정치적 전위로 취급된다는 점을 상기한다면, 김지하 시인에 와서야 비로소 한국 현대문화사의 정치적 전위 시인의 중심축이라 할 만한 시인의 등장을 보았다는 전제에 동의할 수 있을 것이다. 김지하 시인이 우리 사회에서 정치적 전위다운 인정을 받게 한 담시(譚詩)「오적」은 근·현대 100년의 한국 문화사에서 사회 전반에 일으킨 파장의 폭이 가장 큰 문학 작품이었다. 그것은 박정희 정권에 대한 목숨 건 투쟁의 발화점이자, 민중적 저항정신의 상징이었다. 반공과 개발 이데올로기로 철저하게 국민들의 입을 닫았던 군사정권하에서 어느 정치인도 언론인도 실행하지 못했던 격렬하고 현실적인 저항이었다. 같은 해에 내놓은 첫 시집 『황토』와 1970년대의 담시 「비어」, 「오행」, 「똥바다」 등도 그에게 투옥, 출감, 연금, 무기징역, 사형 선고 등의 고초를 겪게 하면서 국제적인 구출운동의 대상이 되게 했다. 박정희 군사정부가 이끈 1960년대, 외자를 이용하여 수출산업에 진출한 기업들은 정부의 각종 특혜와 저곡가, 저임금, 노동운동 탄압 등에 힘입어 단기간에 독점적 재벌로 성장하였다. 저항이 일어날 조짐이 보이면 계엄령이 선포되었고, '인민혁명당사건'과 '불꽃회사건', '동백림사건', '통일혁명당사건' 등이 발표되어 공포 분위기를 조성했다. 할 말이 있어도 서로 쉬쉬하며 입을 막고 살던 사회였다.

'오적(五賊)'이라 하면 을사늑약 시 일본에 나라를 넘기는 데 앞장선, 이완용을 비롯한 다섯 인물들을 가리킨다. 그런데 김지하는 당시의 독점적 권력 집단이자 권위의 상징이던 재벌, 국회의원, 고급공무원, 장성(將星), 장차관 등 다섯을 오적이라 했고, 우의적인 기법으로 그들을 명명하면서 그 비리와 허구성을 적극 비판했던 것이다. 『사상계』에 이어 제1야당의 기관지 『민주전선』을 통해 「오적」이 재발표되자 『사상계』는 바로 폐간되었고 『민주전선』은 압수되었으며, 김지하 시인, 『사상계』 사장 부완혁, 편집장 김승균, 민주전선 편집장 국회의원 김용성 등은 "북괴의 선전활동에 동조했다"는 이유로 투옥되었다. 이듬해 국회에서는 김한수라는 논산 출신 젊은 야당 국회의원이 국회 본회의장에서 「오적」을 낭독하고는 감옥으로 가는 사태까지 일어났다. 김지하 이름 석 자는 전 국민의 공공연한 비밀결사의 이름이 되어 응어리진 마음을 씻어내기도 하고, 후끈 달아오르게도 했던 것이다.

1974년엔 일본에서 '김지하 구출위원회'가 결성되었고, 국내에서도 그의 석방을 촉구하는 운동이 일어난다. 1975년엔 아프리카 작가회의에서 로터스(LOTUS)상 특별상 수상자로 결정되고 미국과 일본에서는 석방운동이 전개되었다. 그의 작품집은 미국, 중국, 독일 등에서 발간되었다.[10]

1961년 4·19 직후 조동일과 함께 '민족예술 및 미학에 대한 남북학생회담' 남측 대표 2인으로 선임되나 5월 쿠데타로 좌절됨.

1964년 '민족적 민주주의 장례식 및 규탄대회'에서 조사(弔辭)를 썼다. '6·3사태'에서 서울대의 가두진출 책임자로 참여. 이날 비상계엄령으로 체포되어 약 4개월 옥고를 치르다.

1965년 8월 한일조약 비준무효 시위 주모자로 지명 수배되어 도피.

1966년 수배해제로 재입학, 이듬해 대학 입학 7년 반 만에 대학 졸업.

1970년 월간 『사상계』 5월호에 담시 「오적」 발표. 신민당 기관지 『민주전선』에도 전문 발표. 『사상계』 편집장과 함께 반공법 위반혐

---

10) 연보는 『시와시학』 제46호, 2002년 여름호, 290-293쪽과 같은 책 제60호, 2005년 겨울호, 300-303쪽을 참조하여 발췌·보완한 것임

의로 투옥되었다가 9월 출감. 12월 첫 시집 『황토』 간행.

　1971년 일본의 기생관광과 경제 침탈을 풍자한 「앵적가(櫻賊歌)」 발표.

　1972년 월간 『창조』 4월호에 권력의 횡포를 풍자한 담시 「비어(蜚語)」를 발표, 중앙정보부로 연행. 폐결핵으로 불기소 처분받고 마산 국립 결핵요양원에 강제 연금됨.

　1973년 12월에 독재정권의 몰락을 예언한 담시 「오행(五行)」 탈고.

　1974년 '민청학련사건'의 배후조종자로, 비상보통군법회의로부터 긴급조치 4호 및 국가보안법위반, 내란선동죄 등의 죄목으로 사형 선고되었다가 무기징역형으로 감형.

　1975년 형 집행정지로 잠시 풀려났다가 동아일보에 연재한 옥중수기로 재투옥. 로터스 특별상 수상. 국제적인 석방운동이 전개됨.

　1976년 기왕의 무기징역형에 반공법 위반 혐의로 인한 징역 7년, 자격정지 7년형을 추가로 판결. 일본 한양사에서 『김지하 전집』 발간.

　1980년 영문판 시선집이 미국 뉴욕에서 발간되고, 9월 투옥 6년 만에 석방되다.

　1981년 세계시인회의가 주는 '위대한 시인상' 수상, '브루노 클라이스키 인권상' 수상.

　1982년 창작과비평사에서 두 번째 시집 『타는 목마름으로』가, 중국 심양의 요녕출판사에서 『김지하작품선집』이 간행되다. 12월 창작과비평사에서 대설 『남』 간행 시작.


　6·25 전쟁 이후 우리나라 시문학은 추상적인 서정의 세계와 외래적인 언어유희에서 좀처럼 헤어나지 못하고 있었다.[11] 서정주, 유치환, 신석정,

---

11) 권영민, 『한국현대문학사』, 민음사, 1993, 100쪽 참조. 이하 문학사적인 서술은 주로 이

박두진, 조지훈, 박목월, 박남수, 박재삼, 박용래, 조병화, 이형기 등은 정치적 상황에서 비껴나 이른바 '비정치적 순수성'으로 문단의 대세를 형성하고 있었고, 김경린, 조향, 박인환, 김규동 등 '후반기' 동인들은 모더니즘이라는 이름 아래 새로운 형태실험에 몰두하고 있었다. 1960년 4·19 혁명을 기점으로 이른바 '참여문학론'이 '순수론'에 대항할 채비를 하게 된다. 그러나 5·16 이후 한국문학은 민족과 사회의 문제를 정면으로 다룰 기회를 다시 박탈당한다. 박봉우, 신동엽 등이 전통적인 서정성에 역사의식을 포괄하는 시를 발표하기도 하였으나 시적 자율성과 언어의 새로움을 내세운 당대의 성찬경, 박희진, 문덕수, 김종삼 그리고 황동규, 마종기, 이승훈, 정현종 등 언어파 시인들처럼 세를 이루지는 못하고 있었다.

이때 김지하는 「오적」을 필두로 하는 담시들과 첫 시집 『황토』를 앞세워 '순수 대 참여', '전통 대 반전통' 등 추상적인 논쟁을 일시에 깨뜨리고 현실의 역사와 구체적인 삶을 당당하게 문학에 끌어들였다. 부당한 권력에 대한 저항의지를 신명나는 전통 시가의 가락으로 풀어서 희화(戲畫)해 버렸다. 국민들의 민주적 열망과 민족적 자긍심을 일으켜 세우는 데까지 나아갔다. 그의 담시 속 비판의 적인, 부정하게 가진 자들은 모두 죽거나 멸망한다. 「오적」의 5적은 벼락 맞아 죽고, 「비어」의 고관과 임금은 간첩으로 몰려 도망하거나 육혈포에 맞아 죽고, 「오행」의 노앵왕도 벼락 맞아 죽고, 「앵적가」의 앵군은 능지처참 당하고, 「똥바다」의 삼촌대(三寸待)는 똥바다에 빠져 죽는다. 담시라는 새로운 형식 자체가 철저하게 민족적·민중적인 세계관에서 정립되고 도출된 것이다. 시집 『황토』, 『타는 목마름으로』 등의 시들도 민중 시가의 운율을 이어받으면서 지배 권력의 이데올로기로 전락한 민족주의(소위 민족적 민주주의)에 대한 가열찬 비

<hr>

책 참조

판을 담았다. 김지하는 민중적 시가 양식들을 당대 현실에 부합하는 새로운 시 양식으로 계발하여 당대 민중의 고통에 부합하면서 그것을 정치적인 무기로 썼던 것이다. 이는 귀족적이고 이국 모방적인 문예미학에 대한 정면 도전이기도 했다.

당시 그의 시가 가진 정치적 전위성은 다음과 같은 신경림 시인의 술회에서도 잘 드러난다.

> 내가 김지하 시인의 「타는 목마름으로」, 「빈 산」, 「1974년 1월」 등
> 을 읽은 것은 바로 이 무렵(1975년 3월)이다. 아마 『창작과 비평』,
> 『신동아』에서였을 것이다. 나는 온몸이 떨렸고, 사무실에 나와 앉았
> 지만 손이 굳어 펜을 잡을 수가 없어, 조태일 시인에게 전화를 걸어
> 이런 현상을 얘기했다. 그랬더니 즉각 그는 "나도 너무 흥분해서, 면
> 도를 하다가 살갗을 베었어요." 수염이 빳빳하게 서서 영 면돗발을
> 받지 않더라는 것이다. 그날 밤 우리는 늦도록 술을 마시며 김지하
> 시인의 시를 읽고 또 읽었다.[12]

김지하는 이탈리아의 독재자 무솔리니나 히틀러의 나치즘, 볼셰비키 공산주의를 이끈 레닌처럼 전위양식을 곧장 현실정치에 이용한 정치인은 아니다. 하지만 무솔리니가 미래파(futurism)의 속도, 기계, 새로움의 추구 등 혁명적인 진보정신을 정치에 끌어들였고 그에 영향받은 나치즘이나 볼셰비키가 미래파의 역동주의, 기계주의 등의 속성과 형식을 정치운동에 이용했듯[13] 김지하는 민간전승의 판소리와 서사민요 양식 등 전

---

12) 신경림, 『시인을 찾아서-2』, 우리교육, 2002, 10쪽
13) 코디 최, 앞의 책, 39쪽. 레닌의 기계주의, 구성주의도 그 예이다. Marc Aronson, 장석봉 옮김, 앞의 책, 113-115쪽 참조

통 민예를 부활시켜 독재 정권의 부당성과 산업사회의 권력형 부조리에 목숨 건 투쟁을 감행한, 우리 현대문학사의 대표적인 전위 시인의 면모를 보였던 것이다.

이러한 김지하의 시는 박두진, 고은, 신경림 등 선배들이 정치와 현실에 대한 비판의 대열에 나서게 하는 자극제가 되었고 양성우, 조태일, 정희성 등으로 이어지는, 민중의 힘과 신명을 담은 민중시 운동의 기폭제가 되었으며, 김남주, 박노해, 백무산 등 정치적 전위 계열 시인들이 출현하고, 80년대의 벽시, 르포시, 수기 등 정치적 문학 양식이 출몰하는 주요 계기가 되었다 할 수 있다.14) 뿐만 아니라 전통음악에서 가야금, 거문고 등을 중심으로 하는 귀족 음악이 꽹과리, 징, 북, 장고 등 민간의 사물로 대체되는15) 계기를 마련하였고, 70년대 후반엔 민중생활예술로서 신명풀이와 승리 다짐의 대동놀이가 은밀히 진행되는16) 계기가 되었으며, 미술에 있어서도 민주화 운동과 민중적 역량을 결집한 이른바 민중미술이 싹트게17) 되는 계기가 되기도 했다.18) 예술적인 전위와 정치적인 전위의 구별이 무색한 전위시인들의 자생 시대였다. 그리고 이들이 불러모으고 드높인 민중의 힘과 신명은 80년대 중반에 이룬 민주주의 승리의 중추가 된 것이다.

---

14) 이러한 사실은 예거한 시인들의 현실비판이 적극화하는 시점이나, 주된 활동시기, 그리고 김지하 시인의 당대의 파장 등을 고려할 때 추론이 가능하다.

15) 실제로 김덕수의 '사물놀이'는 70년대 중반에 태동했다. 당시 분위기로 보아 민중적 전통을 계승한 담시 양식의 출현이 전통 음악에서 계승될 수 있었다는 것은 어렵지 않게 추측되는 일이다.

16) 유해정, 「새로운 대동놀이를 위하여」, 백낙청, 염무웅 편, 『한국문학의 현단계Ⅱ』, 창작과비평사, 1983, 342쪽 이하 참조

17) 김윤수, 「한국미술의 새 단계」, 백낙청, 염무웅 편, 같은 책, 371, 382-383쪽 참조

18) 이러한 사실에 대한 구체적인 논의도 아직 보지 못하였다. 그러나 김지하 시인이 일으킨 당대의 파장과 영향력, 그리고 현대 민중예술의 발흥 시기를 보아 이를 추측하기란 어려운 일이 아니다.

1930년대의 이상(李箱)이 사회적 억압을 개인의 정신에 대한 억압으로 해석하고 언어유희의 세계에 빠져드는 예술적 전위시의 중심축이 되었다면, 김지하는 1960~70년대의 사회적 억압을 민중에 대한 억압으로, 정치적으로 해석하면서 전통 민예의 에너지를 저항의 도구로 되살린 정치적 전위 시인이다. 뿐만 아니라 민간진승의 판소리와 서사민요양식 등 전통 민예를 부활시켜 독재 정권의 부당성과 산업사회의 권력형 부조리에 목숨 건 투쟁을 감행한, 우리 현대문학사의 자생적 전위 시인의 중심축이라 할 것이다.

### 3) 담시(譚詩)의 전위성

예술적이거나 정치적이거나 간에 전위 예술은 형태적인 면에서 기성의 것들을 파괴하고 새로운 양식을 실험한다. 기성의 관습들을 붕괴시키고 장르적 경계를 넘나들기도 한다. 이런 점에서 김지하 시의 언어유희와 풍자 그리고 판소리, 서사민요, 서정민요, 노동요, 탈춤 등의 장르 패러디는[19] 기성의 관행들을 붕괴시킨, 전위의식과 민중의식을 표현하는 양식적 기반이라 할 수 있다.

유럽 도처에서 아방가르드 운동이 일어나던 1910년대 유럽인들은 대부분 식민지 전쟁과 1차 세계대전 등 그치지 않는 전쟁을 당연한 것으로 받아들였다. 우월한 백인 국가들이 후진적이고 야만스러운 민족들에게 문명을 전해 주는 것이 당연하다고 생각했던 것이다. 이에 반해 아방가르드들은 오히려 이들 식민지의 예술, 리듬, 외양, 소리들을 찾았다. 그들은 유

---

19) 김지하는 서정민요, 노동요, 서사민요, 판소리, 탈춤 등 전통민예 양식들을 풍자시의 보고(寶庫)라 하고 있다. 김지하, 「풍자냐 자살이냐」, 1970, 『민중의 노래, 민족의 노래』, 동광출판사, 1984, 188-189쪽. 김지하의 시가 이런 양식들을 차용하고 있음은 주지의 사실이다.

럽 제국들의 문명을 과대 포장된 잠꼬대 같은 소리나 바벨의 언어로 취급하였다. 자신들이 정복한 민족들의 예술 속에서 길들여지지 않은 새로운 에너지를 발견했던 것이다. 다다(dada)도 이 시기에 얻은 파괴인 동시에 축복이었고, 도발인 동시에 우스꽝스런 기발함이었다.[20] 이와 같이 전래적인 민예 양식의 포용과 그를 통한 새로운 실험은 현재의 낡은 권위에 도전하는 전위의 한 속성이라 할 수 있다.

　김지하 담시의 전위성은 「오적」의 서두에서부터 강력히 시사되고 있다.

> 시를 쓰되 좀스럽게 쓰지말고 똑 이렇게 쓰랬다.
> 내 어쩌다가 붓끝이 험한 죄로 칠전에 끌려가
> 볼기를 맞은지 하도 오래라 삭신이 근질근질
> 방정맞은 조동아리 손목댕이 오물오물 수물수물
> 뭐든 자꾸 쓰고 싶어 견딜 수가 없으니, 에라 모르겠다.
> 볼기가 확확 불이 나게 맞을 때는 맞더라도
> 내 별별 이상한 도둑 이야길 하나 쓰겄다.

　그가 좀스럽게 쓰지 말라고 스스로 권고하고 있는, "좀스럽게" 쓴 시란 어떤 것일까? 기성의 시들-도피적 서정이나 이국 모방적 언어유희를 현대시의 본령인 양 합리화하던 당시의 서정시나 예술적 모더니즘 지향의 시가 분명하다. 그러면 "똑 이렇게 쓰랬다"고 하는 꼭 써야 할 시는 어떤 것인가?

　우선 내용적인 면에서는 어딘가 끌고 가서 고통을 줄 수도 있는, 가진 자들에 대한 이야기요, 이상한 수단을 써서 사회를 병들게 하는 도둑에

---

20) Marc Aronson, 장석봉 옮김, 앞의 책, 85쪽

관한 이야기이기도 하다. 형식적인 면에서는 흥부가(興夫歌) 서두와 흡사하게 시작하는 패러디에 비어, 속어를 자유롭게 구사하여 서두에서부터 기존 시의 권위를 전복시키고 있다. 스스로의 시작(詩作)에 대한 입장까지 밝히는 서술자의 메타시적인 태도, 글 때문에 끌려가서 혼이 난 지 오래되니 다시 끌려가는 글을 쓰고 싶다는 역설적 상황. 골계성, 서사성 등을 아우르는 민중시가의 역동성도 아방가르드의 속성에 부합한다. 이는 식민지 미술사학자 일본의 야나기 무네요시(柳宗悅)가 우리나라의 전통미로 내세웠던 가느다란 선과 슬픔 – 수동성, 과거지향성, 여성성, 한(恨), 체념, 초월 등 식민지 미학을 붕괴시키면서 새로운 민중적 전통을 되살린 것이기도 하다.[21] 단적인 예로, 서정주로 대표되는 신라정신, 영성(靈性) 등 현실 도피와 초월의 귀족적 전통 미학에 대해 김지하의 시는 길들여지지 않은 민간전승 시가를 패러디하여 민중의 현실과 민중적 전통에서 우러난 새로운 에너지를 실천적으로 보여 준다.

우리 시 언어의 리듬은 김소월과 김영랑, 서정주를 통해 전승되고 있는데 (중략) 그러나 우리 문장의 리듬에 관한 한 크게 주목될 것은 그것들이 실험적인 성격으로 도입, 재생되고 있다는 점이다. 그것은 70년대 초에 발표된 담시(譚詩)들과 시인 최석하의 시들, 그리고 이문구의 「관촌수필」과 황석영의 「장길산」과 같은 소설에서 발견되는데 이들이 성공하고 있는 리듬이 판소리체(體)다.[22]

이는 1970년대에 평론가 김병익이 당대의 전통주의 또는 민족주의 문

---

21) 김주현, 「담시집 『오적』에 나타난 전토의 제 문제」, 한국문학회 2007년도 동계 전국학술발표대회, 50쪽
22) 김병익, 『상황과 상상력』, 문학과지성사, 1979, 118쪽

학이 마치 민족사의 수난과 영광의 사건을 취해야 이루어진다는 소재주의적 순진성이나 고정된 형식의 차용을 일삼는 데서 이루어진다는 상투성에서 벗어나야 하며, 민족정신은 형태적으로도 일체화되어야 한다는 관점에서, 김지하의 담시 양식이 바람직한 방향의 선구적인 의의와 실험성을 갖는다는 사실을 감지한 예이다.

　　첫째도둑 나온다 재벌이란 놈 나온다
　　돈으로 옷해 입고 돈으로 모자해 쓰고 돈으로 구두해 신고 돈으로 장갑해 끼고
　　금시계, 금반지, 금팔찌, 금단추, 금넥타이핀, 금카후스보턴, 금박클, 금니빨, 금손톱, 금발톱, 금작크, 금시계줄.
　　디룩디룩 방댕이, 불룩불룩 아랫배, 방귀를 뿡뿡꿔며 아그작 아그작 나온다
　　저놈 재조봐라 저 재벌놈 재조봐라
　　장관은 노랗게 굽고 차관은 벌겋게 삶아
　　초치고 간장치고 계자치고 고추장치고 미원까지 톡톡쳐서 실고추 파 마늘 곁들여 날름
　　세금받은 은행돈, 외국서 빚낸 돈, 왼갖 특혜 좋은 이권은 모조리 꿀꺽
　　이쁜년 꾀어서 첩삼아 밤낮으로 작신작신 새끼까기 여념없다
　　수두룩 까낸 딸년들 모조리 칼퀸놈께 시앗으로 밤참에 진상하여
　　귀띔에 정보얻고 수의계약 낙찰시켜 헐값에 땅샀다가 길뚫리면 한몫잡고
　　천원공사 오원에 쓱싹, 노동자임금은 언제나 외상외상
　　둘러치는 재조는 손오공할애비요 구워삶는 재조는 뙤놈술수 뺨

치것다.

—「오적」 일부

재벌을 묘사하고 서술한 대목이다. "재벌이란 놈 나온다"까지가 '아니리'에, "돈으로 옷해 입고" 이하가 휘몰이 장단의 '창'에 해당될 것이다. 매우 역동적인 운율과 현실 풍자의 힘을 보이는 문체이다. 화자의 기능도 다채롭다. 전반적으로 깔려 있는 사건 서술자로서의 목소리가 있는가 하면, "저 재벌놈 재조봐라"에서처럼 사건을 벗어나 독자에게 직접 말을 건네는 제3자적 목소리도 있다. 이와 같은 판소리의 다성성과 입체성, 역동성은 장르 패러디의 주요 이유가 될 것이다. 게다가 반복과 나열, 과장과 왜곡, 비속어와 의성어, 의태어, 언어유희 그리고 유기적 통일성에서 이탈하는 부분의 독자성 등 전위적인 표현이 민중적인 정서와 힘을 느끼게 한다. 이는 '유식한 관용구와 일상생활의 발랄한 율격'[23]이란 판소리의 성격과 관련되는 것이기도 하지만 그의 담시는 기존 판소리보다 훨씬 더 현실적이고 역동적인 리듬과 율격을 지니고 있다. 1920년대와 30년대 미국의 할렘 르네상스(Harlem Renaissance)가 흑인을 일종의 풍자대상으로 삼던 기존의 예술에서 탈피, 흑인들의 고유한 원시문화적 역동성과 이를 바탕으로 이상 세계를 추구했던 사실[24]에 비견될 수도 있는 현상이다. 20세기 초 전위예술을 주도한 입체파(cubism)의, 사실성에 대한 입체적인 시각이나 미래파의 미래지향적인 역동성과 혁명성[25]과도 공통점을 보이

---

23) 조동일, 「판소리의 전반적 성격」, 조동일, 김흥규 편, 『판소리의 이해』, 창작과비평사, 1978, 24쪽

24) 할렘 르네상스는 제1차 대전 이후 뉴욕의 할렘가를 중심으로 활발하게 전개된 미국 흑인 예술가들의 문화운동이다. 할렘가의 잡지 『위기』를 창간한 W. E. B. 뒤보아, 『새로운 흑인』(1925)을 저술한 철학자 알랭 로크를 중심으로 시인 랭스턴 휴즈, 화가 제이콥 로렌스 등이 전개했다. Marc Aronson, 장석봉 옮김, 앞의 책, 150쪽

25) 코디 최, 앞의 책, 38-39쪽

는 대목이라 할 수 있다.

담시들 중에서도 실연성(實演性)의 면에서 가장 완결된 판소리라 할 수 있는 「오적」이나 「소리내력」은 실연할 경우 판소리의 기본단위인 중머리장단이 도입될 만한 대목은 거의 없다.[26] 공격적 풍자와 해학에 초점이 맞추어져 있기 때문에 익살스럽고 빠른 자진모리장단과 강한 세마치장단, 처절한 계면조와 침통한 진양조장단이 쓰인다. 이들 담시가 여유 있는 서술골격에 의한 것이 아니라 골계적이거나 비장한 것의 양극단에 편중되어 있기 때문이다. 또, 「오적」의 꾀수, 「비어」의 안도 등 서민이 부조리한 권력에 의해 유린되는 대목의 애잔하고 느린 진양조는 당대 민중의 분노를 집약시키면서 짙은 연민과 연대감을 고취시키는 역할을 한다. 그의 정치적 의도와 시 형식은 그만큼 일체화되고 있었던 셈이다.

전통 장르의 패러디를 통한 새로운 시 창작이 김지하에 와서 처음 시도된 것은 아니다. 1920~1930년대의 김소월, 주요한, 김억, 홍사용 등의 민요시도 그러한 노력이었다. 하지만 그들의 민요시는 복고적 전통주의에 머물러 민족의 현실을 담아내지는 못하였다.[27] 한용운의 사설조 서정시도 형이상의 세계를 담거나 개인적 정한으로 소극화하고 말았다. 김지하의 시는 민중의 삶이 주체가 되는 새로운 문체와 새로운 형식, 도피와 초월에 대립하는 힘의 문체, 삶의 양식이었다. 이러한 힘의 문체가 미래파의 역동주의에 일맥상통하는 것도 판소리의 양식적 특징에 따른 우연이라고만 치부할 수는 없을 것이다.

이와 같이 김지하는 전통 민예를 통해 한국 근대시의 새로운 시 양식을 계발했다. 일제하에서부터 타성에 젖어 온 문학적 관습을 붕괴시키고

---

26) 임진택, 「살아있는 판소리」, 백낙청, 염무웅 편, 앞의 책, 335-337쪽

27) 고현철, 「한국 현대시와 장르 패러디」, 김준오 편, 『한국현대시와 패러디』, 현대미학사, 1996, 165쪽

민중적 전통문화를 계승한 골계와 서사성 그리고 삶의 역동성이 살아 있는 새로운 시 형태를 개척하고자 했던 것이다. 이는 담시라는 판소리 장르 패러디에서 비롯되거니와, 「오적」외 담시 「앵적가」, 「비어」등의 서사성은 신동엽의 「금강」을 문단의 중심으로 부상시켰고 모윤숙, 양성우, 고은, 문병란, 이성부, 이동순, 정상구, 신경림, 문충성 등 수많은 시인들의 서사시가 출현하는 주요 동인이 되었다. 전통 시가 양식의 보다 현실감 있고 역동성 있는 방향으로의 계승 또는 장르 패러디는 신경림, 하종오, 고정희 등의 무가(巫歌) 패러디, 즉 '굿시'를 비롯하여 서사민요, 가사, 경기체가 등을 장르 패러디한 시의 유행도 가져오게 했다. 심지어 무협지란 하위 장르를 패러디한 '무협시'까지 등장하여 현실 풍자적이고 해학적인 시 양식들이 출몰하는 계기가 되기도 했다.

### 4) 대설 『남(南)』 이후의 전위성

사형수로 복역하다 출감한 후 발간한 대설 『남(南)』도 장형 서사체를 기본 골격으로, 온갖 구비문학적 유산과 이질적이고 불연속적인 언술들을 통합한, 다원적인 시 형태이다.

제1권의 서두 '대설풀이'에서 시인은 다음과 같이 밝히고 있다.

> 동서고금에도 듣도 보도 생각도 비교도 할 수 없는 이 맹랑한 이야기를 어찌 담을 소리 못담을 소리, 할 말 못할 말 분명분명 갈라져 있고 제도야 문체야 규모야 이미 굳어질 대로 굳어져 고주알 미주알 시시비비가 더럽게 시끌시끌한 잔망스러울 「소(小)」자, 소리 「설(說)」자 잔소리 「소설」따위나 저 혼자만 아는 소리 남은 죽어도 모를 소리 두 편 이상 읊어대면 시시할 시자 「시(詩)」 나부랭이로써 말

하고 노래할 수 있겠느냐…중략… 유식한 한문 몇자 잠깐 빌려 우
선 큰 「대(大)」자 이야기 「설(說)」자 「대설」이라, 코쟁이 진서로는
「BIG STORY」라 떠억하니 이름 한번 거창하게 붙여놓고 구라를 쳐
도 칠 수밖에 없는 일.

　도대체가
　본시 문학이 어디 따로 있고 이야기가 어디 따로 있었던고?
　정치가 어디 따로 종교가 어디 따로
　예술이 어디 따로 철학이 어디 따로
　역사가 어디 따로 과학이 어디 따로
　경제 통신 교육 풍속 전설 신화 주술 은어 속담, 왼갖 유언비어와
시정잡배의 육두문자가 어디에 따로따로 놀고 있었던고?


　이와 같이 김지하 시인에 있어 새로운 형식의 실험은 그 자체가 당대의
권위주의와 그에 굴복한 타성들에 대한 도전이었다. '대설'은 시 같은 시
시한 소리가 아니고, 소설같이 소소한 잔소리도 아닌 'BIG STORY'이다.
이는 문학과 논픽션, 정치, 종교, 예술, 역사, 철학, 과학, 종교, 경제, 교육
을 아우르고 전설, 신화, 주술, 은어, 속담을 포용하며, 온갖 유언비어와
육두문자까지 섞어 만든 새로운 양식이다. 산문체에 시 문체적 내재율을
혼합했고, 서사적 성격을 가지는가 하면 극적인 장면들이 연작 형태로 이
어지기도 하는 독특한 양식이었다. 「남」에는 판소리, 민요, 탈춤 외에 대
중가요까지 노골적으로 삽입되고 있다. 뽕짝과 팝, 엔카 등이 등장하여
전위적인 문체 형성에 한몫을 하고 있다.


　만복동 고개마루
　도박장 마인게터 말방골 너머엔 무심한 흰 구름만 한적하게 오락

가락

『차비 쬐끔만 보태주쑈, 야!』

『차비 쬐끔만 떼어주쑈, 야!』

『기미노 오까쌍노 와다시노 바루구락이노 빨아데쓰무니노 차비
와 닥상닥상!』

『기미노 오까쌍노 와다시노 동구멍이노 핥아데쓰무니노 개평이
닥상닥상!』

조선놈 농투산이 돈 잃고 우는 소리

술취한 왜놈들 돈 따고 웃는 소리

안저자 밖저자거리 골목 골목 순배술집

연독 오른 늙은 갈보 쉬어터진 웃음소리 야싸라비야 소리

술상 엎어지는 쇨 계집 악쓰는 소리 뱃놈들 칼부림하는 소리 노랫
소리

사께와 나미다까 다마이끼까

사공의 뱃노래 가물거리고

불꺼진 항구드라 물없는 사막이다

울려고 내가왔나 영산강아 말해다오

삐빠삐룰라 쉬스 마이 베이비

부루라이또 요꼬하마하마하마하마──

부루라이또 요꼬하마하마하마하마──

부루라이또 요꼬하마하마하마하마──

―「남」 일부


담시 이상의 과격한 실험성을 보이고 있다. 기존 문예에 대한 총체적
부정과 새로움, 유기적 총체성을 이탈하는 부분의 독자성, 현실의 단편으

로 이루어진 알레고리, 그 틀 속에서 흰 구름 무심히 오락가락하는 맑은 날씨, 차비를 구걸하는 간절한 울음소리와 오만에 찬 일본인의 작태, 분위기 돋우는 접대부, 술판 엎고 싸우는 소리 등이 몽타주되고 뽕짝과 팝송과 엔카 등의 콜라주와 패스티쉬, 키치적 서술 등이 이어진다. 기성 시 양식 자체의 해체를 시도한다거나, 대중적 성격이 강하고, 반엘리트적인 태도를 견지하며, 형식적으로 무작위적인 창작법, 패스티쉬 등은 포스트모더니즘적 사고와 형식적 속성들에 무척 닮아 있다. 노벨문학상 수상자인 옥타비오 파스(Octavio Paz) 등에 의해 남미 지역을 중심으로 1970년대 후반에 생겨난 좌파 포스트모더니즘 - 민족정신을 존속시키면서 사회주의적 관점에서 포스트모더니즘을 포용한 좌파 포스트모더니즘적 면모도 엿볼 수 있는, 주체적인 전위시 형식이라 할 것이다.

뷔르거(P. Bürger)의 견해에 따르면 아방가르드의 특성으로는 ①예술작품이 유기적인 조직이라는 전통적인 개념 파괴, ②예술이라는 제도에 대한 총체적인 부정이라는 관점에서의 '새로움' 추구, ③어떤 의미도 부정하는 초현실주의적 '우연'의 개념, ④고립된 현실의 단편들을 결합하는 창조적인 '알레고리', ⑤통일성을 파괴하고 새로운 방향으로의 충격을 목표로 하는 몽타주 또는 콜라주 개념 등을 들 수 있다.[28] 이승훈 교수에 따르면 이상(李箱)의 시가 보여 주는 전위적 요소는 위의 다섯 가지 중 ①, ②, ③, ④ 등 네 가지, 김수영은 ①, ③, ④ 등 세 가지, 김춘수는 ③, ⑤ 두 가지이다.[29] 이에 비해 김지하의 경우, 위의 예만으로도 뷔르거가 제시한 전위의 요소 ①, ②, ④, ⑤ 등 네 가지는 만족시키고 있다.

빠진 하나 '③의미 부정의 초현실주의적 우연'이라는 요소도 담시와 대

---

28) P. Bürger, *Theory of the Avant-Garde*, M. Shaw 역, 1984, pp.55-82 참조, 이승훈, 『모더니즘 시론』, 41-47쪽 참조
29) 이승훈, 같은 책, 44-45쪽

설의 신명 속에 내재화되긴 하지만 1980년대 후반 이후의 자유시에서는 확연하게 나타난다. 『애린』(1986), 『검은 산 하얀 방』(1986), 『별밭을 우러르며』(1989), 『중심의 괴로움』(1994), 『유목과 은둔』(2004) 등의 시집들이 그 예이다.

저녁 몸속에
새파란 별이 뜬다.
회음부에 뜬다. 가슴 복판에 배꼽에
뇌속에서도 뜬다

내가 타죽은
나무가 내 속에 자란다
나는 죽어서
나무 위에
조각달로 뜬다

사랑이여
탄생의 미묘한 때를
알려다오

껍질 깨고 나가리
박차고 나가
우주가 되리
부활하리.

—「줄탁」 전문

그의 우주적 차원의 거듭남은 몸속에서 새파란 별이 뜬다거나, 내가 타 죽은 나무가 내 속에서 자라고 나는 또 조각달로 뜨는, 우연한 이미지들의 병치로 형상화되고 있다. 비논리적이고 환상적인 이미지들이다. 이는 엉뚱한 자리에 오브제를 배치하여 충돌하게 하는, 다다이즘이나 초현실주의의 데뻬이즈망과도 같은 수법이다. 첫 시집 『황토』의 자유시 형태가 담시, 대설 등을 거쳐 보다 정제된 형식으로 신지학적(神智學的) 의미를 가지면서 이미지의 우연한 충돌을 이루는 형태가 되고, 수묵화(水墨畵)에서나 볼 수 있는 여백의 효과와 초현실주의의 의식의 흐름까지 동시에 활용하여 현실 논리를 넘어서는 분위기를 성취하는 것이다. 독일의 전위 예술가 칸딘스키(W. Kandinsky)는 독일의 예술을 새롭게 변형시키려고 노력했던 바, 신지학이라 불리는 신비주의적 믿음으로 색채이론과 회화 등 온갖 예술매체와 그 잠재적 가능성들을 사회를 새롭게 하려는 시도 속에 결합시켰다.[30] 이는 동서양을 아우르는 시 양식에 동학사상, 생명사상을 담으려는 김지하의 노력과 대비될 수 있을 것이다.

　사실 서구 중심의 아방가르드 예술사에서는 치열한 현실 비판력이나 새로운 삶을 향한 열망을 담지 않은 순수 형태 실험만의 전위를 찾기는 어려운 일이다. 현실 대응력과 형태실험성은 그 정도의 차이는 있을지언정 전위 시인·예술가로서는 당연히 동시에 갖추어야 할 조건이라 할 수 있다. 이상(李箱)이 일제강점기 현실적 억압 요인과 개인적 사정에 의해 비현실적인 형태실험에 치중했고, 50, 60년대 조향, 김수영, 김춘수 등 한국 예술적 전위 시인들의 중심축이 되었다면, 김지하는 현실 개혁적인 의

---

30) 신지학(神智學)은 보통의 신앙이나 추론으로는 알 수 없는 신의 심오한 본질이나 행위를, 신비적인 체험이나 계시를 통해 신과 접합으로써 알게 된다는 철학적, 종교적 지식을 말한다. Marc Aronson, 장석봉 옮김, 앞의 책, 90쪽

지와 실천력을 잊지 않는 정치적 전위시의 중심축이자 새로운 예술적 전위라 할 것이다. 오규원, 황동규, 박남철 등 후배 예술적 전위 계열 시인들도 어느 정도의 현실 대응력을 갖추게 하는 계기가 되기도 했다. 특히 그는 이국모방을 위주로 한 우리나라의 전위와 모더니즘의 논리를 비판하고 전통적인 것과 현대적인 것의 역동적인 결합을 지향하면서, 우리의 현실과 역사에서 우러난 자생적 전위시 형태를 보였다. 그러므로 그의 시는 현실외면 내지는 현실도피에서 시작되는, 우리나라 아방가르드 시인들이 갖는 비현실의 한계를 극복하는 동시에 우리나라 정치시의 미학적인 한계를 극복하는 방안을 제시한, 우리나라 전위 시의 중심축의 하나로 우뚝 서는 것이다.

## 5) 김지하의 위상

표현성 위주의 예술적 계보만 대접받고 존중되는 상황은 우리의 시문학을 마치 한쪽 바퀴만으로 가는 수레처럼 편협하게 하고 불균형하게 할 수 있다. 치열한 비판과 도전으로 창의의 힘을 잃게 되고, 현실 도피적 자기도취에 빠져서 언어의 타락만 초래할 위험에 빠지게 할 수 있다.

김지하 시인은 정치적 전위의 중심축 역할을 하였고, 우리의 역사와 현실에 정서적 바탕을 둔 전통 민중시가 형식을 응용한 자생의 전위적 시양식을 계발했다. 그의 담시 「오적」은 우리 현대사에서 가장 큰 사회적 파장을 불러일으킨 필화사건이었고, 구체적인 역사와 삶을 당당하게 문학으로 끌어들인 거사였다. 김지하는 정치적 투쟁의 선봉이 되어 갖은 고초를 겪으면서도 민중의 인권을 살리고자 했고, 그것을 전통 시가의 신명으로 풀어 문학의 무기화했다. 그로 해서 우리 시문학은 구체적인 역사와 현실, 그에 대한 대응력을 당당하게 담게 되었고, 민중적 에너지를 사회적으로 실천하는 정치적 전위 계열 시인들이 출현하게 되었다. 뿐만 아니라 음악, 미술, 무용 등 각 방면에서 민중예술이 되살아났고, 이들은 국민들의 민주적 열망과 저항정신을 고취하는 주요 동인이 되었다.

또한 김지하는 귀족적이고 외래적인 문예미학에 정면으로 도전하여 민중적 전통을 계승하는 동시에 시 형태의 전위적인 실험을 감행한, 자생예술적 전위의 면모를 갖춘 시인이기도 했다. 그의 시는 판소리를 위시하여 서사민요, 서정민요, 노동요, 가면극 등을 패러디하여 반복, 나열, 과장 등 해학적인 형상화 방법과 다성적인 화자의 기능 등을 시대에 맞게 차용하였다. 이는 일제하에서부터 외래·귀족문화의 수입에 급급해 온 당대 문단에 민중적 신명이 가한 의미 있는 충격이었다. 1910년대 유럽의 아방가르드들이 오히려 정복된 식민지의 민속예술, 리듬, 외양, 소리들에서 길들여지지 않은 새로운 에너지를 발견했던 것에 비할 수 있을 것이다. 김지하의 실험은 서사시의 일대 중흥을 가져왔고, 무가(巫歌), 가사, 서사민요, 경기체가 외 무협지라는 하위 장르까지 장르 패러디하는 등 전통적이고 현실적이며 역동적인 문체의 계발에 진력하는 풍토를 조성한 것이다.

사형수로 복역하다 1982년에 출옥하여 내놓은 새로운 시가 양식 대설(大說) 『남(南)』은 갖가지 민중시가 형태를 빈 다원적인 문학 양식의 결정판이다. 방대한 분량의 서사체를 기본 골격으로, 판소리와 탈춤의 사설뿐 아니라 온갖 구비문학적 유산과 유행가, 민요, 한문, 경전, 학술어와 비속어, 재담과 욕설 등 모든 이질적이고 불연속적인 담론을 통합하고 있다. 기존 문예에 대한 총체적 부정과 새로움, 유기적 총체성을 이탈한 부분의 독자성, 현실의 단편으로 이루어진 알레고리, 콜라주와 패러디와 키치 등 형태상 전위 시의 속성을 유감없이 보여 주었다. 현대 시어의 폭을 무차별적으로 개방시켰으며, 전통의 시 양식을 창조적으로 계승한 일대 변혁이었다.

그의 후기 자유시도 돌연한 시적 이미지의 출현과 모호성, 환상적이고 무의식적인 흐름을 기술하고 있다. 마치 수묵화에서와 같은 여백의 효과를 활용하면서 현실 논리를 넘어선 추상의 세계를 형상화하고 토착화한 초현실주의의 모습을 보여 준다. 이는 독일의 전위예술가 칸딘스키가 총체 예술을 새롭게 변형시켜 새로운 사회를 열고자 했던 신지학에 대비될 수 있을 것이다. 뿐만 아니라, 뷔르거(P. Bürger)가 제시한 아방가르드 시의 다섯 가지 특성에 견주어 보아도 김지하의 시는 국내의 어느 시인과도 견줄 수 없는 전위시의 요건을 갖추고 있었다. 1930년대의 이상(李箱)이 사회적 억압을 개인의 정신에 대한 억압으로 해석하고 기존의 시 형태를 붕괴시키는 예술적 전위의 중심축이 되었다면 김지하는 1960~1970년대의 사회적 억압을 민중의 생명력에 대한 억압으로 정치적으로 해석하면서 목숨 건 투쟁을 감행한 정치적 전위의 중심축이 되었다. 뿐만 아니라 전통적인 것과 현대적인 것의 주체적인 결합을 지향하면서 우리의 역사와 현실에서 우러난, 자생적 예술적 전위시의 면모를 보였다. 소위 예술적 전위 시인들이 가진 서양 모방성과 비현실적 추상의 한계를 극복하는 동시에 우리나라 정치시가 갖는 미학적인 한계를 극복하는 길을 개척한 문학사적 의의가 있는 것이다.

우리 시문학사, 특히 전위시인의 맥락과 의의를 파악함에 있어, 이상, 조향, 김수영, 김춘수 등으로 이어지는 외래적 예술적 전위 계열 외에 김지하를 축으로 하는 자생적 정치적 전위 계열의 시인들을 함께 논의하여 문화사적 건강성을 확보해야 할 것이다.

# 6. 우리 시의 자생 모더니티

## 1) 모더니즘, 모더니티

짧은 시간에 근·현대를 수입해야 했던 우리 문화 속에는 적합성을 충분히 갖지 못한 채 차용된 외래문화의 요소가 많다. 그것은 전통문화의 해체에 따른 공백을 메우기 위해 도입되었기 때문에 선택적으로, 주체적으로 수용되기보다는 흉내 내기로 받아들인 문화이다. 그러므로 시일이 지나 외래적인 행위양식이 널리 확산되는 단계에 이르면 외래문화는 문화적 전통의 정체(identity)를 위협하게 된다.[1] 일제와 해방 이후의 독재 정권하에서 현실적 안위와 예술적 만족감을 동시에 성취하기 위한 방편으로 성장한 흉내 모더니즘이 우리 현대성의 정체성을 위협하게 되는 것도 이와 같은 이치이다. 모더니즘의 문화사적인 의미는 멀찌감치 에돌면서 서양 모방에 급급해 온 우리 모더니즘이 체계적으로 품을 넓혀야 하는 이유도 여기에 있다. 문맥이 이어지지 않고 뜻이 통하지 않는 글들이 모더니즘 시로 주목받고, 난해한 시를 쓴다는 사실에 지나친 자부심을 느끼는 시인이 적지 않은 현상도 형식 흉내의 자기합리화에 급급하여 우리 문학사의 정체성과 자생성을 돌아보지 않은 결과인 셈이다.

---

1) 임희섭, 『한국의 사회변동과 문화변동』, 현암사, 1984, 12쪽

모던과 모더니즘은 넓고 다양한 의미를 가지는 용어로 시간적 공간적 풍토에 따라 다양한 모습을 띠는 개념이다.[2] 그래도 그 공통분모를 적시하자면 기성의 사회·문화에 대한 비판 또는 전복의식, 지성으로 제어하는 물질적 이미지 그리고 언어의 유희와 미적 실험 등으로 요약할 수 있다. 그러나 일제강점기와 독재 정권이라는 시대적 한계 속에서 형성되어 온 우리의 모더니즘은 현실 비판정신이 거세된, 대체로 서구문화권 진입을 위한 방편이었고 자기과시의 차원에서 시도된 것이었다.[3] 비교적 온건한 영미 모더니즘도 19세기 이전의 단순한 진리-주어진 지위를 마냥 수용한다든지, 권위자에게 충성하고 의무에 충실하며 맹목적으로 기독

2) 모더니즘(근대주의 또는 현대주의)이란 르네상스 이후의 합리주의와 계몽주의, 이들을 원천으로 하는 자본주의적 개발을 통칭한다. 이들에 대해서는 대개 근대 또는 근대주의라는 호칭이 사용된다. 근대 내부에서 이들에 반발하는 다른 쪽 모더니즘-자본주의에 대한 20세기적인 절망과 비판, 그리고 그 양식은 모더니즘 또는 현대주의라 부르는 것이 적절할 듯하다. 우리나라에서 쓰여 온 모더니즘이란 말은 바로 이 후자의 '현대', 즉 1910년대 이후 영미(英美)의 이미지즘, 신고전주의 등으로 대표되는 온건 모더니즘과 다다이즘, 초현실주의로 대표되는 유럽 대륙의 과격 모더니즘. 여기에다 합리와 계몽에 절망하고 천민자본주의에 대항하는 마르크시즘, 나아가 실존주의, 포스트모더니즘 등을 아우르는 개념이다. 이들이 T. E. 흄의 불연속성과 동시성의 원리를 바탕으로 명료한 물질적 이미지(특히 영미의 온건 모더니즘의 경우), 기성현실의 전복과 언어 실험에 주력한 것은(특히 유럽대륙의 과격 모더니즘) 주지의 사실이다.
  여기에 더하여 모더니즘은 지역마다 시기마다 그 범주와 특성을 조금씩 달리하는 개념이라는 사실도 유념할 필요가 있다. 같은 유럽이라도 동서, 남북 지역에 따라 다르고, 아시아, 아프리카, 아메리카 국가는 또 그 지역의 풍토와 역사에 따라 조금씩 다른 모습을 띠는 것이 모더니즘, 그리고 모더니티인 것이다. 김용직, 「1930년대 모더니즘 시의 형성과 전개」, 『현대시사상』, 고려원, 1995년 가을호, 86-89쪽 참조, Peter Faulkner, 황동규 역, 『모던이즘』, 서울대출판부, 1980, 17-20쪽 참조
3) 1950년대의 모더니즘도 1930년대 김기림의 경우와도 같이 민족 현실에 대한 이해가 결여된, 다분히 외래사조적 미학이라는 한계를 보여 준다. 이승훈, 『한국현대시의 이해』, 1999, 226쪽. 1934년 김기림이 반파시즘을 지향한 서구의 행동주의를 높이 평가한 것이나(김기림, 「신휴머니즘의 요구」, 『시론』, 백양당, 1947, 125-126쪽), 문명비평의 태도를 확립할 것을 주창한 것(김기림, 같은 책, 125쪽)도 우리 모더니즘 시의 심각한 결손, 현실도피적 성향을 성찰한 결과였다.

교의 이상을 받아들이는 기성의 단순한 진리에 대한 도전이었고,[4] 유럽의 과격 모더니즘-미래파나 다다이즘, 초현실주의자들은 기존의 사회적 조건에 대한 전복의식을 갖고 시와 정치의 결합을 시도했다는 점을 상기할 때, 모더니즘의 진정성은 기존의 사회체제와 사고방식을 부정하고 비판하며 새로운 사고방식과 체제를 지향하는 정신적 모험에서 비롯된 것이 분명하다. 이것이 모더니즘 시가 형식적 실험과 언어유희를 감행하는 원래적 내적 동인(動因)이며, 자국(自國)의 문화사 속에서 스스로 체득하지 않고서는 이를 수 없는 모더니티의 형성인(形成因)이라 할 것이다. 해방 후부터 우리 시문학사에는 우리 스스로가 자각하고 쟁취한 모더니티가 본격 생성될 수 있는 기회를 가지게 되었다. 일제 주도의 근대화 과정에서 상징주의, 이미지즘, 주지주의, 다다이즘, 초현실주의, 마르크시즘 등으로 불리는 서구의 모더니즘이 수입되고 주목받기도 했지만 해방 후 분단과 6·25 전쟁기에 서양에 대한 접촉이 직접적으로 광범위하게 이루어지고 자본주의 체제에 대한 비판도 체험적으로 가해졌기 때문이다. 특히, 냉전체제하 독점권력과 군사 정권하에서의 비리와 부조리는 역설적이게도 우리 현대시에 강력한 현실 전복 의식과 그에 부합하는 미적 양식이 자생하는 계기가 되었던 것이다.

  모더니티에 대한 설명이 이미 모더니즘 시인으로 인정되어 온 시인을 대상으로 이루어질 필요는 없을 것이다. 사실주의, 서정주의의 시로 취급되어 온 시라 할지라도 우리 토양을 토대로 우리 시의 근·현대화를 모색하였다면 자생의 모더니티-현대성의 요소를 찾을 수 있기 때문이다. 1950년대-후반기 동인들이 당대의 전통 서정시를 비판하면서 맹위를 떨치던 시기에 이봉래는 "시인에 있어서의 성실성은 개인의 미덕에 그치는

---

4) Peter Faulkner, 황동규 역, 앞의 책, 18쪽

것이 아니라 사회에 대한 적극적인 참여를 의미한다"고 했고,[5] 홍사중도 당대의 모더니즘 시들이 역사의식과 시정신이 박약하여 옳은 문학적 성과를 거두지 못했다고 지적했다.[6] 우리 국민이 주체가 된 현실에서, 형식의 실험과 자본주의 현실 비판을 동시에 실천한 시인[7]으로는 우선 송욱(宋稶)을 주목할 수 있다. 뒤를 이어 자생 모더니티를 적극적으로 계발하고 실천한 시인으로 김지하의 시를 들 수 있다. 이들을 중심으로 우리 문학사가 간과한 우리 현대시사의 자생 모더니티를 찾아볼 수 있을 것이다. 그리하여 개발 독재에 대한 비판·전복의식, 전통 장르의 차용과 역동적인 민중성 확보 그리고 이야기를 동반하는 극적 제시 등 우리 시사의 자생적 현대성이라 요소들-자생 모더니티의 3대 축이 파악되는 것이다. 이는 모더니즘 시 공유의 특성을 감안하면서 우리 시문학사의 근·현대화 과정을 검토하는 과정에서 추출된 것이다.[8] 이것이 자생 모더니티의 전모라고 할 수는 없다. 하지만 20세기 우리 시의 좌표가 되는 동시에 자생성을 가늠하는 주요 요소라 할 수는 있을 것이다.

---

5) 이봉래, 「한국모던이즘 상」, 『현대문학』, 89-90쪽

6) 홍사중, 『현대문학』, 1957년 2월, 98쪽

7) 해방공간에 좌익 시인들의 자본주의 비판의 시들이 있었으나 이는 그들도 말하듯 이념적 투쟁·선전을 위한 수단이었다고 본다. 오현주 엮음, 『해방기의 시문학』, 열사람문학신서, 1994, 343-354쪽 참조

8) 자본주의 현실에 대한 실제적인 비판은 우리 역사에서 식민의 울분이나 맹목적인 이념적 대립이 지양된 지점-광복 이후에서 찾는 것이 온당할 것이다. 전통장르의 차용과 실험에 있어 민요의 차용은 김억, 주요한 등 초기 서구 현대시 수입자들이 선도한 바이고, 김소월, 한용운 등의 전통양식의 차용에서 미학적인 성과를 이루었다. 하지만 이들의 경우, 크게 보아 우리 시의 현대성 확보를 위한 차원에서라기보다 전통의 보전, 개인 스트레스의 위무를 위한 것이었다.

이야기를 동반한 극적 제시 역시 일제하 김소월, 한용운, 이상화, 임화, 백석 등에서 그 선구적인 모습들을 찾을 수 있을 것이다. 이들의 자생 모더니티가 정지용과 김기림, 김광균, 이상, 3.4문학 등 외래적 모더니즘과 결합, 해방 후 자생 모더니즘 시 양식을 형성한다고 보는 것이 온당한 문학사적 가설일 것이다.

## 2) 자생 현실 대응력과 민중성

우리 시문학사상 자본주의에 대한 부정과 비판 그리고 탈식민 의식은 일제하 카프 계열의 시에서 찾을 수 있다. 하지만 그것은 구체적인 현실을 바탕으로 한 측면보다 수입 이데올로기에 의한 추상적인 발아의 차원이었다고 볼 수 있다.

해방 후 우리 문학사에서, 대부분 한국 현대문학사가 체제 비판적 내용의 시를 쓴 시인으로 앞세우는 이는 김수영과 신동엽이다. 김수영은 현실 참여의 당위성을 자주 역설하였고, 1960년 4 · 19혁명이 발발하는 시기부터 그해 말까지, 어떠한 정치적 발언도, 집단적 시위도 용납되던 시절에는 강력한 반미, 반소 등 좌충우돌 혁명 선동의 시까지 썼던 것이 사실이다. 그러나 위험을 무릅쓰고 당대의 현실적 모순을 구체적으로 비판하지는 않았고, 그것도 자유로운 유희정신의 실천을 위한 지적인 자기위안을 목적으로 발상한 것이었다.[9] 신동엽의 서사시『금강』(1967)은 동학혁명이 누적되어 온 한국사의 구조적 모순에서 비롯되며, 해방 이후의 역사와도 밀접히 대응된다는 현실적 의미를 가지고 있었다. 4 · 19 정신과의 연계를 통하여 반외세 민족해방의식, 반봉건 민주화의식, 반계급 사회해방의식을 형상화함으로써 우리시의 사회성, 역사성을 제고하는 데 이바지하였다.[10] 하지만 그의 시에서 우리 모더니티의 중심을 읽기에는 미흡한 데가 많다. 무엇보다 과거 역사 중심의 추상성과 인과율에 의한 서술성 때문이다.

그런데 시기적으로 김수영이나 신동엽에 앞설 뿐 아니라 구체적인 현실비판과 언어의 현대적 실험을 선도한 송욱 시의 의의를 우리 문학사는

---

9) 이와 관련하여서는 신진, 「김수영 시의 놀이정신」, 『국문학 연구』, 구연식박사 화갑기념 논총, 1985. 242-244쪽

10) 김재홍, 『현대시와 삶의 진실』, 문학수첩, 2002, 49쪽

별로 주목하지 않고 있다. 모두 12편으로 이루어진 송욱의 연작시 「하여지향(何如之鄕)」[11]은 고려말 이방원의 '하여가(何如歌)'에서 제목을 차용한, 정치 풍자성이 강한 시이다. 6·25 전쟁 이후 한국 현대 사회의 풍속, 정치적 혼란, 사상적 혼돈을 해학, 역설, 풍자, 야유 등 차유의 수법으로 표현했다.

야당(野黨)이 아니라
여당(與黨)이드라.
당(黨)이 아니라
사람이드라.
골목처럼 그립다진
거리에 피는
고독이 매독(梅毒)처럼
꼬여 박힌 8자(字)면,
청계천변 작부(酌婦)를
한아름 안아보듯
치정(癡情)같은 정치가
상식이 병인양하여
포주(抱主)나 아내나
빚과 살붙이와
현금이 실현하는 현실 앞에서
다달은 낭떠러지!

—송욱, 「何如之鄕」 일부

11) 제목 자체가 '어찌된 마을이냐?'는 질책일 수도 있는 시 「하여지향」은 1956년 12월호 『사상계』에서 연재를 시작했고, 시집 『하여지향』은 1960년 2월 일조각에서 발간되었다.

정당의 선택은 개인적인 이익에 좌우되고, 정치가 매춘과 다름없는 추한 상태. 금권만능의 사회-. 송욱의 자본주의 세태 비판은 앞선 것이기도 하려니와 구체적인 것이다. 언어 실험에서 가장 많이 나타나는 것은 유음 중첩법(야당-여당-당, 고독이 매독처럼, 치정 같은 정치, 현금이 실현하는 현실)이고, 그 외에 음운반복, 변두리 장르의 차용("상식이 병인 양하여"는 시조) 등 언어유희와 실험이 가해지고 있다. 천민자본주의 풍자를 포함하는 현실 대응력을 보인다는 점에서, 그리고 그것이 당대 사회의 구조적 모순을 짚어 내면서 현대적 언어실험과 병행되고 있다는 점에서도 김수영, 신동엽과는 다른 실질적인 의의를 갖는다.

1970년대에 나온 김지하의 시들은 철저하게 민중의 시각에 입각하여 절대 권력과 독점재벌, 경제 제국주의의 팽창 등에 신랄한 비판을 가한다. 견실한 시적 동지 양성우도 시집 『산하여 산하여』, 『겨울공화국』 등에서 강도 높은 현실비판과 풍자, 고발, 야유로 함께했다. 그래서 이른바 민중·민족 문학이 당대 문학사의 중심[12]으로 자리 잡을 기반이 마련되었다. 김지하 시의 형성 과정을 거슬러 가면 1920년대의 카프, 특히 조선인의 8할이 프롤레타리아이며, 이들을 위해 수단으로서의 문학을 하겠다는 의지에까지 다다를 수도 있다. 하지만 김지하가 서울대 미학과에 재학하던 시절 같은 문리대 교수로 강의하였고, 문제 시집 『하여지향』을 비롯, 현실풍자와 언어실험, 새로운 시양식의 모색 등의 면에서 많은 유사점을 보이는 송욱의 시와 문학관은 김지하 시의 형성에 상당한 영향을 끼쳤을 것이다.[13] 풍자적 언어유희와 장르 패러디 등 시 형식의 면에서부터 주된

---

12) 김재홍, 『한국현대문학의 비극론』, 시와시학사, 1993, 337쪽
13) 당시는 대학생이나 교수의 수가 소수에 지나지 않았고, 거의 모든 대학의 학생들은 취업과 관계없이 관심 있는 강의를 들었을 뿐 아니라, 같은 단과 대학 내 관심 있는 교수와 학생이 자리를 함께하는 것도 드문 일은 아니었다. 김지하의 서울대 재학시절에 송욱은 우리의

관심이 '사회→문학(시)→철학'의 영역으로 옮겨가는 송욱의 정신적 여
정도 김지하와 유사한 과정을 보인다.


  또 한 놈이 나온다.
  국회의원이 나온다
  곱사같이 굽은 허리, 조조같이 가는 실눈,
  가래끓는 목소리로 웅성거리며 나온다
  털투성이 몽둥이에 혁명공약 배지차고
  가래를 퉤퉤, 골프채 번쩍, 깃발같이 높이들고 대갈일성, 쪽 째진
배암 샛바닥에 구호가 와그르르
  혁명이닷, 구악(舊惡)은 신악으로! 개조닷, 부정축재는 축재부정
으로!
  근대화닷, 부정선거는 선거부정으로! 중농(重農)이닷, 빈농(貧農)
은 이농(離農)으로!

                                —김지하, 「오적」 일부


  탄아 탄아 최루탄아 팔군으로 돌라가라
  우리 눈에 눈물 나면 박가분이 지워진다
  꾸라 꾸라 사꾸라야 대학가에 피지 마라
  네가 피어 붉어지면 삼매선이 들려온다.

                                —김지하, 「최루탄가」 일부


「오적」은 일부만 보아도 언어유희 - 유음중첩법(구악은 신악으로, 부정
축재는 축재부정으로, 부정선거는 선거부정으로, 빈농은 이농으로 등)과

---

모방 모더니즘 시를 비판하는 문학자이자 문제작 「하여지향」을 발표한 시인이었다.

의성의와 의태어의 실감나는 나열, 역동적이고 민중적인 문체의 유희 그리고 민중적 연희 양식인 판소리의 차용 등 송욱을 이어받으면서도, 한층 민중적 역동성과 적극적인 응전력을 갖추고 있음을 알 수 있다. 「최루탄가」는 전형적인 민요조 형식으로, 수업일수보다 휴업일수가 많던 대학가의 실태와 그것이 미국(8군)과 당시의 최고 권력자 박정희(박가분) 그리고 어용학자의 결탁에 의한 것임을 해학적으로 비판하고 있다. 송욱의 유학자 시조 부분 패러디에 비해 김지하의 판소리, 민요의 차용은 훨씬 더 적나라한 현실성과 민중성을 상징한다. 카프(KAPF)시나 해방 후의 사실주의 시를 모더니즘 시라고 하는 말은 아니다. 문학예술에서의 모더니티가 근대문학의 주류라 할 사실주의, 자연주의에서 벗어나려는 시도에서 생성된다고 하는 사실을 부정하자는 것도 아니다. 이들이 보여 주는 근대 부정의 정신과 탈식민성은 우리나라의 기존 모더니즘 계열 시들에도 크게 영향을 미치는 자생 모더니티로 작용하였다는 점을 강조하고자 하는 것이다.

이렇게, 송욱, 김지하 등을 중심으로 자생한 모더니티는 고은, 신경림 등 서정시인뿐 아니라[14] 모더니즘 시를 써 온 오규원, 이성복, 황지우, 박남철 등 70~80년대의 모더니스트 그리고 이른바 해체시, 미래시, 환상시 등 20세기 말의 모더니스트들의 언어유희에 현실 대응력이 결합할 수 있는 계기를 마련하게 하였다. 그것은 독점 권력에 대한 체제 전복적이고 민중적인 저항으로써 우리 현대사가 낳은 자생의 모더니티이다. 수감 생활을 겪는 시인의 수가 늘어나던 1980년대 전반, 수감생활을 거쳐야 이 땅의 시인으로서 행세를 할 수 있다는 말이 오가던 것도 이와 같은 문학사 내의 사정에 연유한다 하겠다. 20세기 말 우리나라 포스트모더니즘에

---

14) 신진, 「'전위의 중심축'으로서의 김지하 시인」, 『비평문학』 32호, 한국비평문학회, 2009, 198쪽

서 기존현실을 완벽히 부정하는, 탈 아우라의 순수 포스트모더니즘 시[15]를 찾기 어려운 이유도 자생한 사회 역사적 대응력이 그만큼 치열했던 까닭일 것이다.

### 3) 변두리 양식의 차용과 풍자

외래문화에 의해 정체성이 위협받을 때, 전통사회의 문화로 복귀하거나 외래문화를 배격한다고 해서 정체성의 회복이 이루어지지는 않는다. 그것은 현대에 적합성을 유지할 수 있는 '문화적 전통'의 재발견과 그 문화적 전통과 잘 통합(integrate)되는 외래문화의 선별적 수용을 통해서만 가능할 것이다.[16] 새로움의 추구라는 명분 아래 서구 모더니즘의 형식 흉내가 양식화할 때, 그리하여 우리 모더니즘의 허약성이 드러나고 정체성이 위협받을 때는 우리의 정체성을 회복할 수 있는 새로운 모더니즘 양식을 모색하게 된다. 전통의 재발견을 통해 새로운 양식을 생성하려는 이 노력의 대표적인 예가 일제하의 국민문학운동, 고전부흥운동 그리고 김지하의 담시(譚詩), 민요시, 대설(大說) 등 전통 양식의 차용과 실험이라 할 수 있다. 하위 장르의 패러디를 통한 새로운 양식 실험으로 새로운 역사관과 현실의식을 담는 것이다. 일제하 주요한, 김억, 김소월 등에 의한 민요조 서정의 계발, 한용운의 사설조, 정지용의 산수화풍과 백석의 민화풍 풍물시 등에서도 엿볼 수 있고, 전래의 민담 양식을 차용한 임화의 이

---

15) 토인비에 의하면 포스트모던 시대는 비합리성, 무정부성, 불확실성이라는 개념을 중심으로 나타나며, 래쉬에 의하면 포스트모더니즘 문학은 아우라-예술 작품이 소유하는 신비성, 단일성, 특수성 등의 가치를 갖지 않는 데 있다. 이승훈, 『모더니즘 시론』, 문예출판사, 1995, 40-45쪽. 완벽한 비개성이며, 기법의 특수성이 드러나지 않는 이 포스트모더니즘을 순수(또는 절대)포스트모더니즘이라 할 수 있을 것이다.

16) 임희섭, 앞의 책, 12쪽

야기 시도 이러한 각도에서 이해될 수 있다. 하지만 이들의 목표는 대개 당대 현실에 대한 저항이나 전복의식에서가 아니라 전통의 보존과 계승이나 자기위안, 또는 관념적 이데올로기에 있었다 할 것이다.

1970년대 "김지하가 시도한 장르실험 만큼 문단에 신선한 충격을 주는 것은 지난 2, 3세대 우리 시에서 찾아보기 힘들다."[17] 김지하는 판소리, 서사무가, 민요 등을 패러디했고, 대설이라는 새로운 장르를 실험했다. 「오적」, 「비어」, 「오행」, 「앵적가」, 「똥바다」, 「아주까리 신풍」, 「최선생」, 「민족의 비극이지 뭘」, 「화평이」, 「우리가 하자」, 「다람쥐」 등이 판소리, 「최루탄가」, 「탈」, 「축복」 등이 민요 형식 차용의 시이다. 민중적 시가 양식인 판소리의 신명은 당대의 정치 · 사회 구조와 문학적 관행에 적극 맞서면서, 잔재 식민성의 뿌리를 뽑아내고자 하는 실제적인 이유에서 우러난 것이었다. 이는 모방 모더니즘과 소위 전통 서정주의가 보이는 역사와 현실에 대한 도피와 비겁을 격파하는 동시에 민중적 신명의 보다 현실감 있는 양식을 모색, 대설이라는 새로운 장르를 실험하기도 했다.

서사 민요적 구성과 운율, 어휘 등의 측면에서 김지하와 가까운 모습은 신경림의 시에서 찾을 수 있다. 『농무』에서부터 그는 핍박받는 농민들의 애환을 민요적인 가락으로 노래하였고, 『남한강』에서는 농경민요와 구한말 · 신식민지시대의 신민요, 배따라기와 무가의 적절한 삽입 등으로 생동감 있는 표현[18]을 이루었으며, 시집 『달 넘세』에서는 전래 무가(巫歌) 양식을 집중적으로 차용하였다.

1980년대 후반, 신경림의 무가는 '굿시'라는 이름을 얻으면서 하종오, 고정희 등 일군의 시인들에 의해 계승된다.

---

17) 오세영, 『20세기 한국시인론』, 월인, 2005, 396쪽
18) 윤영천, 「농민공동체 실현의 꿈과 좌절」, 구중서, 백낙청, 염무웅 편, 『신경림 문학의 세계』, 창작과비평사, 1995, 194쪽

씻기러 가자스라

씻기러 가자스라

조각조각 찢어진 사지 골격에다

우리네 사지골격 박아주고

씻기러 가자스라

씻기러 가자스라

—하종오, 「오월굿」 일부

민요, 가사, 판소리 등을 차용한 시들이 '민중'으로 대변되는 서민의 한
을 토로하고 역동적인 소통을 이끄는 미적 양식이었다면, 무가(巫歌)의
차용은 현실적 한(恨)의 정화와 소통의 기능을 하기 위한 것이었다. 이뿐
아니라 1980년대 초에는 경기체가(景幾體歌), 평시조 등 귀족층 전통 시
가 양식도 현실 대응의 틀이 되었다. 귀족 시가양식은 당대의 지식인 내
지 몰계급적(沒階級的) 시민의 대응 양식으로 차용될 수 있었던 것이다.
당시 부산에서 발간된 시 동인지에서 본격적인 경기체가(별곡체) 양식
차용을 통한 풍자시를 찾을 수 있다.

크레파스 꺼내는 아동미술학원 다 큰 원아들

조심 조심 그리는 아버지 얼굴

강철 주먹 대신 분홍 솜사탕

회초리 대신엔 안개꽃다발

가정부 운전수 함께 와 참견하며

애 잘한다, 애 잘한다.

주거니 받거니 성인심법(聖人心法)이 다믄 잇분니이다.

솜사탕 방망이 유명 데스크
지우개 놓으면 회초리 떨어지고
가위 놓으면 손목 잘린다.
동아, 중앙, 조선, 한국, 지방단위 신문사
국영 국영 방송국
니자리 내자리 없이 어울려
대변지(代辯紙)에서 대변지(大便紙)까지 공장도 가격의 꽃다발 행상
위 상조(相助) 경(景) 긔 엇더하니잇고
알 둔 둥지 만져본들 알이 없고
강장제 정력제 영양제로 다져놓은
위 철석간장(鐵石肝臟)이라도 아니 긋거리 업더라.

─신진, 「매스컴 별곡」 전문[19]


　　군사정권에 의해 강제된 언론 통폐합으로 각종 정기간행물이 폐간되고
모든 출판물이 통제되던 상황을 지식인의 입장에서 풍자하고 있다. 유음
중첩과 음운 반복적 언어유희와 극적인 긴장감, 전통 양식의 차용을 통
한 풍자가 근대 정신에 의해 이루어지고 있다. 장르 패러디는 전국의 상
당수 시인이 체득한 바였다.[20] 전통 시가 양식 차용을 통한 정체성의 각
성과 현실 풍자는 우리 현대시단에 잡다한 하위 양식 차용의 물꼬를 트
게 하기에 이르렀다. 80년대 후반에 고정희, 박남철 등은 「마태복음」 제6
장의 '주기도문'을 패러디한 시를 발표하기도 했고, 유하 시인은 무협지
라는 하위 장르를 차용한 일련의 무협시를 내놓았다.

---

19) 시문학동인회 목마편, 『목마』 제14집, 도서출판 시로, 1983. 다수의 별곡체 현대시를 수록
20) 같은 시기 경기체가 차용의 시로 임보의 「수석경기체가」도 들 수 있으나, 당대 사대부의
　　호사한 생활과 취미를 열거한 옛 양식의 재현에 가까운 내용이라 생각된다.

권력의 꼭대기에 앉아 계신 우리 자본님

가진자의 힘을 악랄하게 하옵시매

지상에 자본이 힘 있는 것같이

개인의 삶에도 막강해지이다

나날에 필요한 먹이사슬이 되고

내가 나보다 힘있는 자의 먹이 사슬이 된 것 같이

보다 강한 나라의 축재를 북돋우사

다만 정의와 평화에서 멀어지게 하소서

지배와 권력과 행복의 근본이 영원히 자본의 식민통치에 있사옵
니다.

　　　　　　　　　　　　　　　—고정희, 「새시대 주기도문」 전문


경천동지할 무공으로 중원을 휩쓸고 우뚝 무림왕국을 세웠던

무림패왕 천마대제 만박이 주지육림에 빠져 온갖 영화를 누리다

무림의 안위를 위해 창설했던 정보기곤 동창 서열 제2위

낙성천마 금규(金圭)에게 불의의 일장을 맞고 척살되자,

무림계는 난세천하를 휘어잡으려는 군웅들이 어지러이 할거하기
시작했다.

　　　　　　　　—유하 , 「무력18년에서 20년 사이-무림일기 · 1」 일부


「새시대 주기도문」에서 신앙의 대상이었던 하늘에 계신 아버지는 자본
으로 대체되고 있다. 개인 간 국가 간 약육강식의 지배구조가 만연한 현
실을 배경으로, 신(神)이 더 이상 사랑과 정의를 행사하지 않는 아이러니
한 현실이 전경화한다. '주기도문'을 모방하면서, 과거와 현재를 연결시

키는 동시에 그 관계를 해체해 버리는 것이다. 「무림일기」는 대통령 박정희가 중앙정보부장 김재규에 의해 목숨을 잃은 이후의 난세를 무협소설이라는 대중적 하위 양식을 이용하여 표현하고 있다.

20세기 말에 이르면 일반 독자들도 시어와 일상 언어의 구분은 불필요하거나 불가능한 것으로 인식하게 되고, 다양한 양식을 패러디하여 현실을 반영하고 풍자하는 문화 소비 현상이 포스트모더니즘 시의 대세를 이루게 된다. 이성복, 황지우, 최승호, 김혜순, 하재봉 등에 의해 산업용어, 기호, 그림, 만화, 신문기사 따위를 그대로 옮기는 새로운 현상들이 생겨난 것도 1970년대 이후에 본격화한, 양식의 차용과 실험이라는 자생 모더니티와 관련되는 현상들이었다. 그리하여 기성의 자동화된 시 양식을 고리타분한 것으로 외면할 뿐 아니라 기성 시의 권위를 해체하고, 인유적 패러디, 메타시 등의 유행을 가져오기도 했다. 이 역시 계급의식의 파괴이며, 고급문화와 대중문화의 경계 해체를 의미하는 동시에 우리 현대시의 자생 모더니티 ─ 자본주의에 대한 끊임없는 대응력, 하위 장르의 차용과 실험의식 따위 속성들이 시적 모더니티로서 문학사에 편입되었다는 증거가 된다.


## 4) 이야기와 극성(劇性)

식민치하에 시작되어 감각적 이미지의 제시와 지성의 감정 통제, 아니면 오브제의 병치와 환상 놀이에 치중하던 한국 모더니즘 시는 60~70년대에 들어 이야기를 동반하는, 박진감 넘치는 극성(劇性)을 본격 활용하게 된다.

근대 이후 시의 주요 유형은 민요, 극의 시(dramatic poem), 서정시, 서술시(narrative poem 또는 서사시) 등으로 나눌 수도 있는데[21] 여기서 '극

---

21) J. R. 크루저, 권종준 역, 『시의 요소』, 학문사, 1987, 263-305쪽

의 시'란 연극이나 소설에 가까운, 단순한 이야기이면서 보다 극적인 시 양식이다. 프로스트(Robert Frost), 엘리엇 등 폭넓은 취향의 시인들이 이용한 바, 특정 상황을 제시하여 극적 긴장감으로 독자와의 소통력을 강화한 전개방식이다.[22] 극적(劇的)이라는 말은 현대비평에 있어 여러 다른 용어들, 상황, 반응, 긴장, 구체, 제시(presentment) 등과 아주 긴밀한 연관성을 가진다.[23] 가장 본질적인 속성은 지속적인 긴장감이다. 그것은 어떤 주어진 순간의 상황과 전체 액션 사이에 작용하는 긴장이다. 액션이 완결될 때까지 드라마는 불완전한 감정 상태에 머무르게 된다. 이러한 긴장의 가장 단순하면서도 두드러진 예가 서스펜스(suspense)이고, 여기에서 극성(劇性)이 발휘된다.

엘리엇은 형이상시에 관한 그의 비평문 외 엘리자베스 시대의 드라마에 관한 몇몇 비평문들에서 그가 권장하고 있는 것은 근본적으로 극적 언어였다. 몰개성(impersonality)을 강조하는 엘리엇의 시론은 전반적으로 극적인 이론인 셈이다. 「황무지」를 비롯한 많은 시가 두드러지게 극적 특질을 보이고 있는 것도 놀랄 일이 아니다. 예이츠와 에즈라 파운드, 로젠버그(Isaac Rosenberg) 등의 시도 마찬가지다.[24]

영미 모더니즘의 핵심 논리가 되고 있는 엘리엇의 시론, 특히 객관적 상관물과 몰개성론 등도 극적인 언어, 극적인 연출을 통해 마련되는 정서적 등가물이라는 점을 상기할 필요가 있다. 주지적 서술이나 감각적 이미지의 제시에 비해, 극적 제시는 정신적 반응뿐 아니라 육체적이고 물리적

---

22) J. R. 크루저, 권종준 역, 같은 책, 271-273쪽 참조
23) S. W. Dawson, 천승걸 역, 『극과 극적 요소』, 서울대출판부, 1984, 3쪽
24) S. W. Dawson, 천승걸 역, 같은 책, 102-103쪽

반응을 끌어내는 역동적인 등가물로 작동하는 것이다. 짧은 이야기 형식, 빈 극적인 상황, 청자와의 일체를 이끌어 내는 언술이 적극 활용된 것은 해방 이후 한국 시단을 주도하던 귀족적 서정과 추상적인 휴머니즘 그리고 추상적이고 권위주의적인 문체에 대한 민중의 반발이요, 일상성의 부상과 시민정신의 발로였다.

이슬비 오는 날.
종로 5가 서시오판에서
낯선 소년이 나를 붙들고 동대문을 물었다.

밤 열한시 반,
통금에 쫓기는 군상 속에서 죄 없이
크고 맑기만한 그 소년의 눈동자와
내 도시락 보자기가 비에 젖고 있었다.

국민학교를 갓 나왔을까.
새로 사 신은 운동환 벗어 품고
그 소년의 등허리선 먼 길 떠나 온 고구마가
흙 묻은 얼굴들을 맞부비며 저희끼리 비에 젖고 있었다.

………

이슬비 오는 날,
낯선 소년이 나를 붙들고 동대문을 물었다.
그 소년의 죄 없이 크고 맑기만한 눈동자엔 밤이 내리고

노동으로 지친 나의 가슴에선 도시락 보자기가

비에 젖고 있었다.

—신동엽, 「종로5가」 일부

신동엽의 인용시는 서사 장시 「금강」의 후화(後話) 형식으로 쓰인 시이다. 「금강」에서 장렬한 최후를 마친 주인공 신하늬가 1960년대의 종로 5가에서 가난한 소년 노동자로 변모되어 있는 상황을 가정하고 있다. 신하늬가 조선 말기의 봉건 학정에 시달렸듯이, 인용 시 속의 소년은 1960년대 개발 독재의 폭력 앞에 무방비로 노출되어 있다. 그의 맑은 눈동자와 가난한 노동자인 나의 비루한 삶이 함께 비에 젖는 상황이 비극적 서스펜스와 긴장을 자아낸다.

극의 시가 우리나라에서만 자생한 양식은 물론 아니다. 하지만 극적 상황제시 방법은 우리 민중시가 - 민요, 시조, 판소리 등의 특성일 뿐 아니라, 우리 언어의 특징에 견주어 볼 때도 자생 모더니티로서의 당위적인 의미를 갖는다. 무엇보다 인도 유럽어가 실체의 논리를 따르는 데 비해 우리말의 논리는 현상학적이고 나와 너와 상황의 삼각관계에서 이루어지는 상관의 논리이며 구체적인 삶의 논리이기 때문이다.[25] 민족의 언어에 민족성과 역사가 배어 있는 것이 사실이라면, 추상적이고 과학적인 논리에 의해 문면에 조직되는 서구의 시와 달리, 우리 시는 문면의 언어 자체보다 배면의 상황을 이끌어 극적인 긴장을 자아내게 된다는 사실[26]은 극성이 우리 토양의 주요 인자임을 알게 한다. 짧은 이야기나 전기적 스케치를 겸한 극적 상황의 연출은 우리 현대시에 있어 삶과 역사, 내면의 심리와 미학을 박진감 있게 연출하는 자생 모더니티의 하나가 되는 것이다.

---

25) 이규호, 『말의 힘』 증보11판, 제일출판사, 1982, 111쪽

26) 이규호, 같은 책, 105, 107쪽

우리 시문학사에서 극성에 의해 현실성 있고 박진감 있는 소통을 이루는 모습은 일제하 카프(KAPF)시와 해방기 좌익 계열의 시에서도 찾을 수 있다. 특히, 임화의 「네거리의 순이」, 「우리 오빠와 화로」, 「어머니」 등 단편 서사시의 극성[27]은 전개 방식과 주제의 면을 볼 때 거의 직접적으로 신동엽과 이어진다. 이는 분단 이후 북한 시 양식의 핵심 요소이기도 하고, 남한에서는 김지하에 의한 마당극적 양식의 차용과 실험이 더해지면서 한층 깊은 감응력과 선동의 효과를 발휘하게 되었다. 원래 마당극적인 특성—청자와 소통이 활발하며, 종내에 화자와 청자가 일체에 이르는 역동적인 언술의 전통이 있었기에 가능한 일이기도 했다.

그런데 그것은 일상의 생활 언어를 통한 극적 제시의 알레고리는 민중시 독점의 양식이다. 정치·사회적 문제와 동떨어진, 이른바 전통 서정시, 형식 모더니즘 계열의 시에서도 계승되어 변용되고 있었다. 미당 서정주의 시집 『질마재 신화』의 시들도 당대의 주목을 받은, 민중적 전통 현대화의 귀중한 자산이다.

아무리 집안이 가난하고 또 천덕꾸러기드래도, 조용하게 호젓이 앉아, 우리 가진 마지막것—똥하고 오줌을 누어 두는 소망 항아리만은 그래도 서너 개씩은 가져야지. 상감 녀석은 궁의 각장 장판 방에서 백자의 매화틀을 타고 누지만, 에잇, 이것까지 그게 그까진 정도여서야 쓰겠나. 집 안에서도 가장 하늘의 해와 달이 별이 잘 비치는 외따른 곳에 큼직하고 단단한 옹기 항아리 서너개 포근하게 땅에 잘 묻어 놓고, 이 마지막 이거라도 실컨 오붓하게 자유로이 누고 지

---

27) 이른바 임화의 '순이' 계열 시들은 김기림에 의해 단편 서사시로 명명된 바, "극적 전개 방식과 서간체 형식을 통한 계급적 전망을 노래한 시이다." 박철희, 「1930년대 시의 구조적 전개」, 박철희, 김시태 편, 『한국현대문학사』, 시문학사, 2000, 214쪽

내야지.

　이것에다가는 지붕도 휴지도 두지 않는 것이 좋다. 여름 폭주하는 햇빛에 일사병이 몇 천개 들어 있거나 말거나, 내리는 쏘내기에 벼락이 몇만 개 들어 있거나 말거나, 비 오면 머리에 삿갓 하나로 응뎅이 드러내고 앉아 하는 휴지 대신으로 손에 닿는 곳의 흥부 박잎사귀로나 밑 닦아 간추리는—이 한국(소망)의 이 마지막 용변 달갑지 않나?

　"하늘에 별과 달은
　소망에도 비친답네"
　가람 이병기가 술만 거나하면 가끔 읊조려 찬양해 왔던 그 별과 달이 늘 두루 잘 내리비치는 화장실—그런 데에 우리의 똥오줌을 마지막 잘 누며 지내는 것이 아무래도 좋은 것 아니겠나? 마지막 것일라면야 이게 역시 좋은 것 아니겠나?

　　　　　　　　　　　　　　　　　　　—서정주, 「소망(똥간)」 전문


　똥간은 별과 달이 비치고 비 내리고 바람 드나드는 곳에 자리하는 것이 좋다. 최고 권력자야 방안에서 백자 항아리를 이용한다지만 박 잎사귀로 휴지를 대신하는 서민에게는 바깥 구석에 놓인 옹기 항아리가 제격이다. 현실적인 불만은 포기되고, 분수를 지키는 안빈자족(安貧自足)의 풍류를 보이고 있다. 이른바 현실 참여 시인들에 대한 미당의 응수를 엿볼 수 있다. 왕권의 절대 권위를 "상감 녀석"이라는 한마디로 뭉개고, 기성 시어의 권위를 벗어던진 일상어, 설화 양식의 차용, 극적인 장면과 말 건넴의 효과-극성을 발휘하여 긴장과 카타르시스를 이끌어 내고 있다. 하기야 김소월의 「예전엔 미처 몰랐어요」, 「진달래꽃」, 「널」, 「달마지」, 만해의 「님의 침묵」, 「알 수 없어요」, 「비밀」 등도 극적 상황하의 서스펜스 중심의 구성을 보인 서정시들이다. 뿐만 아니라 이상(李箱)의 시들에서도 이미지의 극적인 전개를 발견할 수 있었거니와 이는 무의식적 환상 내지 자의식의 문맥을 가진 지적(知的)인 유희활동이었다.

20세기 말의 시에서도 서구 모더니즘의 특성을 공유하면서 극성이 강화되거나 일반화되는 현상은 어렵지 않게 찾을 수 있다.

포장술집에는 두 꾼이, 멀리 뒷산에는 단풍 쓴 나무들이 가을비에 흔들린다 흔들려, 흔들릴 때마다 한잔씩, 도무지 취하지 않는 막걸리에서 막걸리로, 소주에서 소주로 한 얼굴을 더 쓰고 다시 소주로, 꾼 옆에는 반쯤 죽은 주모가 살아있는 참새를 굽고 있다. 한 놈은 너고 한 놈은 나다. 접시 위에 차례로 놓이는 날개를 씹으며, 꾼 옆에도 꾼이 판 없이 떠도는 마음에 또 한잔. 젖은 담배에 몇 번이나 성냥불을 댕긴다 이제부터 시작이야, 포장사이로 나간 길은 빗속에 흐늘흐늘 이리저리 풀리고, 풀린 꾼들은 빈 술병에도 얽히며 술집 밖으로 사라진다 가뭇한 연기처럼, 사라져야 별 수 없이, 다만 다 같이 풀리는 기쁨, 멀리 뒷산에는 문득 나무들이 손 쳐들고 단풍을 털고 있다.

—감태준, 「흔들릴 때마다 한 잔」 전문

이 시를 두고 한 시인은 주관적인 아픔이나 우울한 느낌만을 표백하는 시들이 양산되는 현실에서 삶의 아픔을 초월하는 해학적인 맛과 풍유적인 냄새로 읽는 이를 빙그레 미소 짓게 할 뿐 아니라 시종 긴장감을 고조시켜 독자를 한눈팔지 못하게 하는 극적 효과를 노린, 산문시의 새로운 전형을 보여 준다[28]고 감상하고 있다. 이 시를 완전히 새로운 시라고

---

28) 임영조, 「산문시의 새로운 영상미-내가 읽은 산문시 1편」, 『현대시』, 1993. 7, 71쪽

할 수는 없을 것이다. 하지만 우리 시에 있어 극적 전개 방식은 주요한의 「불놀이」, 정지용, 이상을 비롯한 1930년대 시에서도 이어져 온 바이다. 같은 해사체적 언어유희 시 중에서도 조향, 박인환 등의 시보다 김춘수, 김수영의 모더니즘 시가 모더니즘 평판을 얻을 수 있었던 텍스트 내적 이유도 전의식의 논리를 빈, 극적 긴장을 도입한 세련에 있다 할 것이다. 20세기 후반의 모더니스트-전봉건, 문덕수, 정진규, 오규원, 이승훈 외 경향을 불문한 다수 시인들의 시에서도 볼 수 있는 이 모습은 20세기 말 환상시, 포스트모더니즘 시에서도 일반화되는 자생 모더니티의 하나라 할 것이다.

## 5) 자생 모더니티

우리나라 모더니즘 시는 오랫동안 지성이 통제하는 물질적 이미지, 의미를 배제한 기표(signifiant) 놀이 따위에 열중해 왔다. 이는 감당하기 어려운 정치적 억압들이 문학의 현실참여를 봉쇄한 데다 서구 모더니즘의 형식 모방만으로도 첨단의 현대시인 행세를 할 수 있었던 문화적 풍토에 편승한 현상이기도 하다. 그 한편에 자생적인 모더니티도 해방 후에는 본격화되었다는 가정하에 주체적 역사에서의 모더니티를 탐색해 보면 1950년대 송욱의 「하여지향」에서부터 자본주의적 현실에 대한 비판과 언어의 현대적 실험이 동시에 행해지는, 자생 모더니티의 본격적 실험이 가해졌다는 사실을 알 수 있다. 이 실험은 미군정기와 6·25 전쟁 이후 사회의 사회적 부조리, 비리, 매춘 등 자본주의의 병리를 목도해야 했던 지식인의 역사적 도전이었다. 이는 신동엽 시의 역사의식과 구상, 전영경, 김수영 등 다수 시인들에 의한 시어의 일상어화 과정을 거쳐, 1970년대 김지하라는 전위시인에 의해 분수령을 맞게 된다.

송욱의 시와 문학관에 직간접의 영향을 받았다고 생각되는 김지하는 판소리와 서사민요, 사설시조, 무가(巫歌) 등을 차용하거나 실험하면서, 서구 추종의 근대를 포함한 당대 사회의 비리와 모순을 적나라하게 비판하고 풍자했다. 뿐만 아니라, 민중의 힘을 일깨우고 반독재, 반제의 민중, 민족 문학을 당대 문화의 중심으로 떠오르게 했다. 이 강력한 현실 대응력은 서구취향 모더니스트들의 반성을 촉구하는 동시에 민중성과 비판 정신이 통합될 수 있는 계기를 제공하였다. 전통 문학 양식의 변용과 실험은 새로운 정체성을 모색하는 과정의 자생 모더니티로 작용하였다. 김지하에 이은 신경림 시집 『달 넘세』의 전래 무가(巫歌) 양식 차용은 '굿시'라는 이름으로 후배 시인들에 의해 계승되면서 민중적 한의 소통과 정화에 바쳐진다. 민중적 전래 양식 외에 경기체가, 가사, 시조 등 탈계급적 전통 문학 양식도 새롭게 변용되었다. 80년대 후반에는 '주기도문'을 패러디한 시가 발표되는가 하면, 무협지라는 하위 장르를 차용한 일련의 무협시, 산업용어, 수리적 기호, 그림, 만화, 신문기사 등을 옮겨 놓는 현상들도 나타났다. 하지만 우리의 포스트모더니즘 시의 중심은 정치 부정과 아우라 부정의 희극적이고 유희적인 순수 포스트모던 시에 있지 않고 현실의 분열, 붕괴, 부조리에 대한 해학적 풍자와 탐구 자세를 견지하면서, 그에 따른 기법적 독자성도 갖고자 하였다. 이는 1970년대 이후 자생의 모더니티가 토착화하면서 과도기 포스트모더니즘마저 우리 역사, 문화적 토양에 맞추어 수용할 만한 품을 갖추게 되었다는 사실을 반증하기도 한다.

　서구 인도-유럽어가 추상적인 이론 논리에 의해 성립되는 데 비해, 우리말은 구체적인 삶의 논리, 상황의 논리에 의한다. 우리의 현대시가 극적인 상황 제시에 의해 놀라운 박진감을 얻는 것도 자기 성찰의 모더니티가 된다. 우리 말 자체의 성립 논리도 그렇거니와, 현대시에 극적 상황의 박진감이 발휘되는 것은 전통 민중시가의 특성이기도 하고, 일제하에서부터 전통 시가 양식을 이용한 현대화 과정에서 획득한 결실들이기도 했다. 정서와 사상의 극적인 제시는 독자에게 직접 호소하기 쉽고, 박진감 있는 감응과 원활한 소통력을 발휘할 수 있다. 작은 설화 방식을 통한 구조적 차유의 긴장에 의해 구축되는 극성(劇性)은 순수 서정시 계열, 모더니즘 계열의 시에서도 계승, 발전되었다. 이는 현대 시민 사회, 특히 우리 민족의 언어 소통에 효과적인, 실감 있는 미적 양식으로 받아들여진다.

이렇게 볼 때, 1960년을 전후하여 본격 성장하고 1970년부터 80년대 전반까지 역동적으로 영향력을 발휘한 우리 시의 자생 현대성은 현실 비판성과 민중성, 전통양식의 차용과 실험, 이야기를 가미한 극적인 전개와 화법 등이라 할 수 있다. 여기에 속어, 비어 등 생활언어도 위의 요소들과 함께 자생 모더니티로 작동하는 주요 목록이 되었다. 어느 나라에서나 새로운 시 운동은 일상어 운동에서 출발했고 그 일상어에 담기는 내용과 그것을 담는 형태에 따라 새로운 양식이 탄생하거니와 우리 현대시에 있어서도 일상어는 전통 서정시류에서부터 형식 모방의 모더니즘 시들에게까지 현실성, 극성, 민중성 등 모더니티를 매개하고, 자생 모더니티의 기반적 조건으로 작용해 온 것이다.

# 7. '바다시'와 그 유형

## 1) 바다시

'바다시' 또는 '해양시'란 바다 체험은 물론, 어촌이나 섬 등 바다를 중심으로 하는 인간의 삶이 주요 모티프가 되는 시라 할 수 있다.[1] 우리나라 고대시가에서는 내세울 만한 바다시가 별로 없다. 이는 삼면이 바다라는 지리적인 특징에도 불구하고 우리 사회가 전통적인 농경사회인 까닭에 바다에 대한 관심이 적었던 탓이기도 하고, 우리 문화가 중국의 대륙문화와 밀접한 관계를 맺음으로써 해양문화가 발달하지 못하였기 때문이기도 하다.[2]

---

[1] 최영호, 「한국문학 속에서 해양문학이 갖는 위상」, 『해양문학을 찾아서』, 집문당, 1994, 11-53쪽 참조. 다소 추상적인 범주까지 포함하여, '바다가 가지고 있는 속성에서 유추된 정서 · 사상 · 관념으로 창작된 시까지 포함'한다는 견해도 있다. 양왕용, 「한국현대시와 현해탄 · 대양 · 연근해 체험-부산지역을 중심으로」, 한국해양문학상 심포지엄 원고, 2004, 『문학도시』, 부산문인협회, 2004년 가을, 19쪽 재수록. 이에 비해 해양, 배, 항해 등 세 가지 모티프로 좁게 한정하는 입장도 있다. 구모룡, 「해양문학론 서설-해양문학의 범위와 장르, 그리고 주요 모티프」, 『해양문학연구』 창간호, 1996. 필자는 어촌, 섬, 항해, 선원생활 등 바다체험과 그와 관련된 모티프의 시를 '바다시'라 하는 것이 보다 일반적인 인식에 가까운 판단이라 생각한다.

[2] 오세영은 동양문학이 서구문학에 비해 바다에 대한 관심이 적은 이유로써 첫째는 시가문학 위주의 문학적 관습, 둘째는 금욕주의적인 종교를 들고 있다. 오세영, 「국문학과 바다」,

개화 이후 일본과의 왕래가 빈번해지고, 항구가 근대적인 모습을 갖추면서 바다에 대한 인식에 큰 변화가 왔다. 바다를 통해 서구문화가 유입되면서 비로소 해양문학, 해양(바다)시라 할 만한 것이 생산되었다. 특히 일제강점기 현해탄은 가장 중요한 문물의 장이 되었고, 해방 후에는 바다에 대한 민족적 주인의식이 생기면서, 수산업, 운송업의 발달과 함께 그 중요성이 제고되었다. 바다는 현대시의 주요 제재로 부상하였고, 70년대에 들어서는 우리 지도의 삼면을 둘러싼 바다, 그 바다의 문학적 수용에 관한 논의도 이어졌다.[3] 하지만 논의는 최남선, 서정주, 고은, 장만영, 박재삼 등 몇몇 시인에 집중되었고, 바다의 원형적이고 관습적인 이미지를 시를 통해 확인하는 작업에 치중했다.

1990년대에 들어 해양문학에 관한 본격적인 논의가 일고[4] 한국 현대 바다시 수집 자료가 발표되면서[5] 바다시에 관한 본격적인 논의의 틀이 마련되었다. 정지용, 김기림, 임화, 유치환, 김성식 시인 등의 바다시에 관

---

『현대시와 실천비평』, 이우출판사, 1983, 67-73쪽

3) 대표적인 것으로 김규동, 「'바다'의 이미지에 대하여」, 『자유문학』, 1958년 11월, 김현, 「'바다'의 이미지 분석」, 『불문학과회지』제1집, 1968, 정한모, 「육당의 시가」, 『한국현대시문학사』, 일지사, 1974, 최강현, 「한국해양문학 연구」, 『성곡논총』 12집, 1981, 박호영, 「현대시에 나타난 '바다'의 양상-최남선, 서정주, 장만영의 시를 중심으로-」, 박호영, 이승원 공저, 『한국시문학의 비평적 탐구』, 삼지원, 1985 등이 있다.

4) 대표적인 것으로 윤치부, 「한국해양문학연구-표해류 작품을 중심으로」, 건국대 박사학위논문, 1992, 오세영, 「한국문학에 나타난 바다」, 양전 이용욱 교수 환력기념회논총간행위원회 편, 『해양문학과 국어국문학』, 형설출판사, 1993, 신명경, 「우리 시와 바다, 번민과 꿈의 변용」, 『전망』 10집, 도서출판 전망, 1994, 조규익, 최영호 엮음, 『해양문학을 찾아서』, 집문당, 1994, 강현국, 「「바다」이미지를 통해 본 한국시의 상상력 연구」, 『해양문학을 찾아서』, 같은 책, 신동욱, 「근대시에 나타난 바다와 삶의 인식」, 같은 책, 구모룡, 앞의 논문, 1994, 김정하, 「原水 체험과 바다 모티프의 관련성 고찰」, 『해양문학연구』 창간호, 한국해양대 해양문화연구소, 1996 등이 있다.

5) 김명수, 최영호 편, 『내마음의 바다 1』, 『내마음의 바다 2』, 도서출판 엔터, 1996, 제1회 바다의 날 기념 한국현대해양시선집

한 관심도 제고되었다. 부산을 중심으로 한 지역별 논의가 전개되고[6] 우리 바다시에 대한 통시적, 공시적 논의가 개진되었다. 하상일은 부산지역 시를 중심으로 하기는 하였으나 현대시에 나타난 바다를 자연 대상으로서의 바다, 상징 공간으로서의 바다, 생존 현장으로서의 바다, 역사 현장으로서의 바다, 생태학적 시각으로 본 바다, 환상적 공간으로서의 바다 등으로 유형화한 바가 있다.[7] 그에 앞서 김재홍은 생태 문제적 시각에서 한국 현대 바다시의 생태문제를 논하면서 그 통시적 유형을 체계화하였고,[8] 이승하는 고전·근대문학에서부터 1950년까지 우리 시에 나타나는 바다 이미지를 통시적인 관점에서 체계화하였다.[9]

이제 우리나라의 바다시를 구체적으로 이해하기 위해서는 특정 지역이나 시인, 특정 주제를 전제하지 않은 보다 통합적인 접근이 필요한 시점이다. 바다는 같은 시인에게 있어서도, 같은 연대에 있어서도 무척 다채로운 모습과 다양한 의미를 지니기 때문에 바다시 전반에 대한 통시적인 맥락에 공시적인 유형이 함께 고려되어야 한다. 현대시에 나타나는 '바다'의 상징적 의미와 시의 주제 그리고 시사적 맥락을 통합적으로 고려하여 논리적 체계를 마련함으로써 반도국가인 우리나라 현대시에서 바다시가 차지하는 위상과 그 가능성을 총체적으로 점검하는 계기를 만들어

---

6) 대표적인 것으로 노창수, 「전남지역 해양문학의 뿌리와 현황」, 『국어교육』 94호, 1997, 양왕용, 「한국해양시와 현해탄·대양·연근해체험-부산지역을 중심으로-」, 해양문학심포지엄 발표문, 부산문인협회, 2004년 8월, 하상일, 「현대시와 바다의 공간성-부산 시에 나타난 바다의 의미를 중심으로」, 『주변인의 삶과 시』, 세종출판사, 2005 등이 있다.

7) 하상일, 같은 책, 23-51쪽

8) 김재홍은 초기시에 나타난 바다, 30-40년대 시인들의 바다, 전후시인들의 바다, 바다시와 문학생태학 등으로 나누어 사적(史的)인 논의를 한 바 있다. 「시에서 본 바다와 생태주의」, 『제3회 한국 해양문학 심포지엄 발표요지』, 부산문인협회, 1998. 8. 3 또는 「현대시의 바다생태학」, 『현대시의 사적 탐구』, 일지사, 1998

9) 이승하, 「한국현대시에 나타난 '바다'-1908~1950년까지의 시를 중심으로-」, 『한국 현대시에 나타난 10대 명제』, 새미, 2004

보자는 것이다.

바다시를 연역적으로 분류하여, 바다가 교훈과 각성의 계기가 되는 시를 '교훈적 바다시', 갖가지 감정의 토로와 정화의 장이 되는 '정서적 바다시', 몰가치의 미적 대상이 되는 '심미(審美)적 바다시', 개인적이고 사회적인 삶의 질곡이 토로되는 '삶의 바다시' 등 넷으로 나누어 검토해 보고자 한다. 이는 선행하는 바다시 유형을 보다 통합적인 관점에서 수용하면서, 우리나라 바다시들을 재검토한 후에 얻게 된, 보다 일반적이고 공평한 논의를 위한 틀이다.[10] 바다시의 개념과 범주를 구체적으로 제시할 뿐 아니라, 논의의 심화를 위한 기본적인 체계가 되기를 기대한다. 우리나라 바다시의 성격과 범주를 구체적으로 이해하고, 그 역사적 의의와 미래적 가능성을 점검해 보는 논리적 기반을 마련하려는 것이다. 바다는 원초의 순수성, 무형태성(無形態性), 근원적 질료(質料), 끝없는 운동성 또는 가능성 등을 상징한다. 이는 무한한 가능성을 포함하는 생명의 원천이요, 헤아릴 수 없는 우주영(宇宙靈), 태모(太母) 등을 뜻한다. 또한 바다는 태어나 살다 죽는 인생살이 자체를 의미하기도 한다.[11] 바다시가 주는 다채로움은 교훈과 바다의 보편적 상징의미인 순수성과 운동성, 생명의 원천이자 현실적인 인생 그리고 그 리듬 같은 것들이 현실의 순간순간 시인에게 주는 체험에서 말미암는다. 여기에 한국현대시사의 정신과 물리적 형식이 융합하면서 한국 현대 바다시 양식을 이루는 것이다.

논의를 위하여 신시 이후 100년간의 우리 바다시 중 370여 편을 선정,

---

10) 한국 현대시 중에서 제재에 따른 하위 양식으로서의 바다시는 그 자체의 통시적 흐름과 공시적 특성들에 의해 나누어질 수 있다. 미리 준거를 내세우고 재단할 일이 못 된다. 이 책에서는 한국 바다시, 또는 한국시에 나타난 바다에 대한 기존 논의의 체계와, 에이브럼즈(M. H. Abrams)의 문학(예술)의 네 가지 관점 등을 참조하면서 우리 바다시의 성격과 범주를 객관적으로 드러낼 수 있는 가설적인 체계를 마련하고자 했다.

11) J. C. Cooper, *An Illustrated Encyclopedia of Traditional Symbols*, 이윤기 옮김, 『세계문화상징사전』, 도서출판 까치, 1994, 301쪽 참조

수록한 성과[12]를 주 텍스트로 하였다. 이는 특정 소재나 주제에 얽매이지 않고 순수한 자료발굴의 차원에서 선정한 시들이기 때문이다. 이 책에서 누락되었더라도 필요한 경우 논의의 대상에 포함하였다.

## 2) 교훈적 바다시

국권상실의 위기를 맞은 상황에서 서구 근대문물의 수용이라는 시급한 과제를 안은 채 우리 근대시가 출발했다는 것은 주지의 사실이다. 근대시의 출발점에서 바다를 통해 미래적 전망을 얻으려 했고, 바다를 통해 집단적 교훈과 개인적 각성의 계기를 얻고자 한 것도 이런 사정과 관련된다.

> 처-ㄹ썩 처-ㄹ썩 척 쏴-아
> 나의 짝 될 이는 하나 있도다
> 크고 길고 너르게 뒤덮은 바 저 푸른 하날
> 저것은 우리와 틀림이 없어
> 적은 시비 적은 쌈 온갖 모든 더러운 것 없도다
> 저 따위 세상에 저 사람처럼
> 처-ㄹ썩 처-ㄹ썩 척 튜르릉 꽉
>
> ―최남선, 「海에게서 소년에게」 일부

> 아무러기로 청년들이
> 평안이나 행복을 구하여
> 이 바다 험한 물결 위에 올랐겠는가?

---

12) 김명수, 최영호 편, 앞의 책

첫 번째 항로에 담배를 배우고
둘쨋번 항로에 연애를 배우고
그 다음 항로에 돈맛을 익힌 것은
하나도 우리 청년이 아니었다.

—임화, 「현해탄」 일부


　바이런의 「대양(The Ocean)」의 영향을 받은 것으로 알려진 「해에게서 소년에게」는 그 전의 개화기 시가에 비해 언어의 상징적 사용이라는 기법적인 면뿐 아니라, 바다라는 소재 자체만으로도 참신하고 진보적인 분위기를 가졌다. 바다와 소년의 상징적 의미를 빌어 자잘한 권세를 탐하고 자잘한 시비에 묶여 있는 현실을 개탄하면서, 미래 개척적 의지와 희망을 가질 것을 촉구한다. 순수하고 진실하게 큰 포부를 지니고 미래를 개척하자는 것이다. 이후 이 시는 오랫동안 우리나라 근대시뿐 아니라 바다시의 선구작으로 논의의 표적이 되어 왔다. 바다가 주는 계몽과 성찰의 의미는 물론 바다에 관한 문학계의 관심을 이어 온 계기가 되기도 했다. 임화의 「현해탄」은 임화의 시 가운데 당파성, 계급성, 현실적 비극성 등이 드러나지 않는 시로 알려져 있다. 후에 이 시의 제목을 「해협의 로맨티시즘」으로 고친 것도 시에 개인적 서정이 짙게 배어 있었던 까닭일 것이다. 하지만 이 시 역시 일제하 청년들의 미래적 의지를 고취시키기 위해 그들의 타락상을 반어적으로 꼬집고 있다. 바다의 기개를 잊지 말고 일시적 쾌락이나 작은 유혹에 흔들리지 않아야 한다는 점을 각성시키고 있다. 그와 동시에 바다를 통해 자기성찰의 기회를 갖는 시라 할 수 있다.
　해방 후에도 교훈적 바다시는 역사적 변혁기마다 그 변화의 거울이 되고 용기를 북돋우는 역할을 하게 된다.

파도는 그리하여,
파괴요
질서요
혁명이요 평화요,
압박과 항쟁과,
긍정하며 부정하며,
연상 낡은 것이 몰려 가는 길이다.

—고원, 「파도에 부쳐서」 일부


움직이며 몸부림치며
바다는 뿌리째 동요했으나
조금도 경박하지 않았다.
억만 년의 삶을 살았으되
그저 젊고 튼튼하여
모든 걸 그 속에 품고 있으리라는
생각이 들었다.
운명과 역사와 우리들의 미래
아니 우리의 통일조차 그 속에 품고
끝간데 없이 둥글게 돌아 나갔다
아득히 또 늠름히
오직 하나 되기 위해 밀고 당기며
쉬임 없이 일어서는 흰 파도
우람한 통일의 바다여.

—김규동, 「통일의 바다」 일부

보아라

이나라 식민을 단칼에 베는

시퍼런 조선낫 형상을로 핏물쳐오는

저 땀 배인 시퍼런 근육을 보아라

저 솟아오르는 근육에서 배어 나오는

노동해방의 거센 해일을 보아라

저 우렁찬 외침을 들어보아라

(중략)

하나의 파도가 무너지면

또 하나의 파도가 일어서는

저 시퍼런 분노의 주먹을 보아라

—이소리, 「파도」 일부


　4·19 혁명기에 쓰여진 고원의 시는 쉬임 없이 밀어오는 파도의 생리를
통해 언제나 낡은 것이 물러나고 새로운 시대가 열리기 마련이라는 역사
적 당위를 합리화하고 있다. 김규동의 「통일의 바다」는 민족사의 영원성
과 건강성을 바다를 통해 각성하고, 또 민족이 하나되는 통일의 철학을
바다에서 배우고 있다. 「파도」는 탈식민 노동혁명의 당위성과 그 추진력
을 파도의 생리에서 취하고 있다.

　교훈적 바다시는 역사적 변혁기마다 그 변혁의 정신이 되고 그 힘의 원
천이 되며 각성의 계기가 되어 왔다. 대개 세계에 대한 집단적 적응과정
을 보이는 시들이다. 반도국가로서의 지리적 여건과 근대화 과정의 제국
주의와 급격한 자본주의화, 남북분단 등 역사적 질곡이 바다를 통해 개
척의 의지와 실천의 힘을 얻게 한 것이다.

## 3) 정서적 바다시

정서란 희노애락애오욕 등 감정의 육체적, 심리적 운동이다. 자신의 정서를 독자의 정서에 연결하는 과정에서 시인의 개성이 발휘된다. 대부분의 정서적 바다시는 개인적 애로를 바다에 대고 토로하거나 항해의 소회를 형상화한다. 일제강점기의 바다시에는 아이러니컬하게도 해방 후의 시보다 사회적인 분노나 적개심이 훨씬 적다. 대신 사춘기적인 애상(哀傷)이 많이 나타난다. 그만큼 일제의 억압이 심했던 까닭일 것이다. 일제강점기의 우리 시는 일제에 저항하고 새로운 설계를 하기보다는 개인적 감정을 토로했고, 이를 우리 현대시의 한 관례가 되게 하였거니와 이런 현상은 바다시에서도 마찬가지였다.

임 실은 배 아니언만,
하눌가에 돌아가는 흰 돛을 보면,
까닭없이 이 마음 그립습네다.

호올로 바닷가에 서서
장산에 지는 해 바라보노라니,
나도 모르게 밀물이 발을 적시옵네다.

—양주동, 「해곡3장」 일부

흐름 위에
보금자리 친
오— 흐름 위에

보금자리 친

나의 혼……


바다 없는 곳에서

바다를 연모하는 나머지에

눈을 감고 마음 속에

바다를 그려보다

가만히 앉아서 때를 잃고―

―오상순, 「방랑의 마음」 일부


계몽의 틀을 벗은 정서적 바다시의 선구적인 시들이다. 최초의 현대시로 일러지기도 하는 주요한의 「불놀이」도 바다는 아니지만 강이라는 '물'을 제재로 하였고, 당시만 해도 강물 역시 바다 못지않은 교역의 장이었다는 점을 감안하면 개방기 우리 근대시에 있어 바다, 강 등 물의 이미지는 깊이 내면화되어 있을 것으로 생각된다. 이들 시에서 보다시피, 1920년대 한국시의 감상벽이나 허무벽은 바다시에서도 마찬가지로 나타났고 이어졌다 할 수 있다. 후에 유치환의 시 「그리움」의 "파도야 어쩌란 말이냐/님은 뭍같이 까닥 않는데"로도 이어지는, 막연하고 생리적인 애상이다. 그러나 우리나라 바다시에는 슬픔과 외로움의 정서만 나타나지는 않는다. 정지용의 「갑판우」 외 여러 편의 시는 일제강점기임에도 불구하고 항해의 즐거움이나 바다의 낭만을 노래하기도 한다.

해방 후의 시에 나타나는 바다는 보다 적극적인 의미를 띠고 있어서 주목된다. 더 이상 막연한 외로움이나 즐거움을 토로하는 공간에 그치지 않는다. 바다는 삶의 터전이며, 항구는 분주한 교역의 장이자 이제 바다 문화의 생산지이다. 떠나기만 하는 이별의 장이 아니라 방랑자들이 돌아

와 살아갈 거처이기도 하다. 해방 전에 비해 한층 현실적이고 다양한 정
서를 보이는 것이다.

아, 여기는 항구가 있는 도시.
나의 추억이 영구히 묻혀 갈
비정의 피안(彼岸).

외국인과 창부와
군인이 참 많은 도시

오후 한 시의 부둣가에 나서면
먼 이국에서 온 선박들이 일제히 닻을 올리고.

멀리 여기까지 편력해 온
나의 25년을 회한하는
뱃고동은 운다.

　　　　　　　　　　　　　　—이현우, 「항구가 있는 도시」 일부

생선 비린내
그것이 풍기는 바닷바람은
코허리가 시큰하게 좋았다.
그래서
곧잘 선창가로 나와서
목로방 「갈매기집」
판자 걸상에 앉았다.

그 집의 걸걸한 막걸리
그 집의 소란하게 흐뭇한 분위기.

문학을 논하고
인생을 술회하고
기우는 전세(戰勢)의 어두운 하늘 아래
벗들은 날개가 지친 갈매기

—박목월, 「갈매기집」 일부

　두 편 다 해방 후의 부산항을 제재로 하는 시이다. 일제강점기에 우리나라의 대표적인 항구로 자리를 잡은 부산항은 해방공간과 전쟁기에 사람이 가장 많이 붐비고 삶의 애증이 극명하게 노정되는 공간의 하나가 되었다. 「갈매기집」에서와 같이 값싼 먹거리가 비교적 풍부한 항구는 그 한편에 좌판을 열어 놓고 1980년대에 이르기까지 지역의 가난한 문화 예술인들의 사랑방 역할을 하기도 했다. 하지만 민주적이고 개방적인 사회에 대한 열망이 고조되면서 정서적 바다시도 역사적 정서와 민족적 정서라는 새로운 서정의 세계를 열게 된다.

아 이별 하나 있어야겠다 이 슬픈 항구에
뱃고동소리 짐승의 신음처럼 들리는 선창가 전봇대에서가 아니라
술취한 마도로스 담뱃불에서가 아니라
기지촌이 있는 미군기지에서 이별 하나 있어야겠다
성조기와
팬텀기와
미사일과

위장된 평화와 자유와

이별 하나 더럽게 있어야겠다

술도 없이 노래도 없이 멀뚱한 눈으로

저들을 보내야겠다 저들을 보내야겠다


이 슬픈 항구에서

—김남주, 「항구에서」 일부


비수처럼 날아드는 해안 경비대 차거운 서치 라이트 불빛에 찔려 관능에 젖어 추락하던 열일곱 어지러운 잠에서 깨어났을 때, 고모님은 홀로 그물을 깁고 계셨다. 소금을 가마째 풀고 가는 해풍의 비린 힘살들이 칼날 문양을 새긴 문고리를 흔들고 조금의 물살에 밀려 어업 한계선 밖으로 섬들이 흘러가는 소리 자욱하였다. 옥녀봉 산마루에 걸린 청무우밭같이 팽팽한 가슴을 가졌던 스물 이후 청상이 된 고모님 연일(延日) 정씨, 헝클어진 씨줄의 한과 날줄의 눈물이 굳은 살 박힌 손끝에서 다스려지고 있었다. 반평생 기다림에 지쳐 하얗게 바랜 정념들도 한 자락 낮은 육자배기로 연연히 풀어져 나가, 아직도 송장헤엄을 치며 떠도는 고모부가 가 닿아 잠들 섬을 만들고 있었다.

—정일근, 「열일곱살의 바다-고모님」 일부


김남주 시인은 포용과 교류의 장으로 여겨지던 항구에서, 이제는 축출해야 할 것이 있다고 선언한다. 그것은 미군 그리고 위장된 평화와 자유이다. 바다는 80년대에 이 땅을 휩쓴 신식민주의 논리와 제3세계의 민족주의 논리에 의한, 이념적 역사적 대결의 격앙된 감정 토로의 장이 되는 것이다. 반서정, 반낭만의 정서라 할까, 적대감과 분노의 정서가 존재한다. 이에 비해 정일근의 시는 우리 현대사를 따라다니던 안보 불안의 논리와 위험한 어부의 생활, 가정의 비극과 그 비극을 감내하는 전통적 윤리를 아름다운 한(恨)의 정서로 그려 내고 있다. 현실과 환상을 중첩하는 이미지와 전통적 정서의 언어가 분단국 어부의 한을 곡진하게 풀어낸다. 앞의 「항구에서」와 같은, 분노의 정서에 상대되는 적응과 포용의 정서이다.

이와 같이 일제강점기의 바다가 비교적 개인적이고 생리적인 감정토로의 장이었다면 해방 후에는 보다 현실적이고 현실적인 사회적 분노를 표출하는 공간이었다. 뿐만 아니라 개인적 비극은 물론 사회적 비극까지 승화시키는 한의 공간이기도 했다.

## 4) 심미(審美)의 바다시

바다의 평화로움과 격렬한 율동성, 쉬임 없는 파도의 혼동과 단조로움, 넓은 품, 맑은 물 등은 근대 시인들의 심미적 대상이 되기에 족했다. 교훈적이거나 세속적인 가치를 지닌 바다가 아니라, 비정적이고 미적인 대상으로서의 바다이다. 심미의 대상으로서 바다는 탈속적 쾌감에 젖게 하거나, 이국취미를 적셔 주거나, 섬세한 언어적 상상력을 불러일으키는 동력이 되었다. 그 대표적인 시인으로 정지용을 들 수 있다.

바다는 뿔뿔이
달어 날랴고 했다.

푸른 도마뱀떼 같이

재재발렀다.

꼬리가 이루
잡히지 않았다.

흰 발톱에 찢긴
산호보다 붉고 슬픈 생채기!

가까스루 몰아다 부치고
변죽을 둘러 손질하여 물기를 시쳤다.

—정지용, 「바다2」 일부

황해
황해

몸부림치며 우는
노호하는 「이반 이바노비치」

황해

얼굴에 칠한 멘소레이탐
녹쓸은 버터 나이프

빛바랜 염서(艶書)
향수 잊는 나그네

황해

돌아오지 않는 탕아의 레쿠이엠

서스펜더 감추는 신사

첫무도회에 나가는 소녀

—이한직, 「황해」 일부

「바다2」는 실제 바다가 아니라 해도(海圖)를 펼쳐 놓고 만지면서 쓴 시이다. 정지용이 쓴 10여 편의 바다시엔 애상이 배어 있거나 바다 여행의 즐거움에 들떠 있는 경우도 있다. 하지만 대개는 심미의 대상으로 바다를 감각적으로 표현한다. 이 시는 실제 바다가 아닌 만큼 더욱 비정적이고 감각적이다. 김광균의 「오후의 구도」, 김기림의 「바다와 나비」 등에서와 같이 바다는 심미적 관찰과 언어적 표현의 대상일 뿐이다. 「황해」에서처럼 외국어나 외래어가 많이 나오는 것도 심미적 바다시의 특징의 하나라 할 수 있다. 근대시 형성과정에 있어 바다시가 앞장서서 과감한 언어 개방을 하는 것도 어색한 일은 아니다. 바다란 끊임없는 교류의 장일 뿐아니라 바다의 운율 감각, 언어적 분위기 조성에 외국어나 외래어도 기여할 수 있기 때문이다. 시 「황해」는 변화무쌍한 바다 이미지와 이국적 정조, 그 노련함과 순수함 등을 은유적으로 표현하고 있다.

한편, 심미적 바다시의 또 다른 한 양상으로 무의식적 환상의 세계를 펼치는 시도 1950년대 이후 상당수 등장한다.

낡은 아코오딩은 대화를 관뒀습니다.

—여보세요?

폰폰타리아
마주르카
디이젤―엔진에 피는 들국화,

―왜 그러십니까?

　　　　　모래밭에서
수화기
　　　여인의 허벅지
　　　　　낙지 까아만 그림자

　　　　　　　　　　―조향, 「바다의 층계」 일부


바다가 왼종일
새앙쥐 같은 눈을 뜨고 있었다.
이따금
바람은 한려수도에서 불어오고
느릅나무 어린 잎들이
가늘게 몸을 흔들곤 하였다


날이 저물자
내 늑골과 늑골 사이
흙을 파고
거머리가 우는 소릴 나는 들었다.
베고니아의

붉고 붉은 꽃잎이 지고 있었다.


그런가 하면 다시 또 아침이 오고
바다가 또 한 번
새앙쥐 같은 눈을 뜨고 있었다.
뚝 뚝 뚝, 천(阡)의 사과알이
하늘로 깊숙이 떨어지고 있었다.

—김춘수, 「처용단장 제1부」 1-1부분

　인용시 두 편은 다다이즘적 기법을 사용하여 기존 언어의 질서를 무너뜨리고 있다. 초현실주의 작품으로 보아도 무방하다. 조향의 「바다의 층계」는 그의 시 「에피소드」와 함께 환상적인 심미적 바다시의 선구작이라 할 만하다. 이런 모습은 후배, 제자들의 시에서 이어지는 한편 김춘수라는 탁월한 언어주의자에 의해 무의미시라는 이름을 얻고 이름을 드날리게 된다. 「처용단장」도 절연의 기법에 의한 언어 충격의 미학을 보이고 있다. 김춘수 시의 경우에는 바다의 이미지에 일관성이 있어 보이고, 마치 일정 문맥이 있기라도 한 듯 나름의 대중성도 있어 보이는데, 그것은 '바다', '있었다', 그리고 단순문의 반복적 배치에 의한 '이미지 연결고리', 환상적 풍경을 이어가는 전의식적 유희성 덕분이다.
　이와 같이 심미적 바다시는 바다를 현실적이고 인간적인 대상이 아닌 비정적이고 심미적인 대상으로 담아내는 시이다. 외국어를 남발하는 등 언어적 감수성을 중요하게 여기면서 이미지즘적 회화성, 전위적인 환상시 등으로 나타나는 것이 심미의 바다시인 것이다.

## 5) 삶의 바다시

　바다는 관념적 교훈이나 감정의 토로, 심미의 세계를 제공하는 데 그치지 않는다. 바다는 삶이 구체화되는 현장이요 역사의 영욕을 전신으로 감당하는 상징적 존재로 받아들여지기도 했다. 우리 시에 있어 바다가 본격적인 삶의 현장성을 획득하는 것은 해방 후의 일이다. 일제강점기에는 모든 생산의 터전이 일제의 것이요, 바다 역시 일제의 것이었다면 해방 후에 우리는 비로소 우리의 바다를 갖게 되었고, 바다도 우리의 직접적이고 구체적인 삶의 터전이 되기 때문이다.
　우선 선원(마도로스)의 현실적인 삶이 나타나는 시를 들겠다. 일제강점기에도 마도로스의 삶이 구체적으로 나타나는 시가 있었다.

　　　마스트 꼭댁이에 켜졌던 란포가 떨어져 깨진 후
　　　헤여진 걸레쪽 같은 만국기만이 세차게 펄렁인다
　　　(중략)


　　　노후 화물선의 기름에 저른 선원들은
　　　금붕어의 입같은 퍼-런 입 달인 골목으로 몰켜 간다.


　　　챙 없는 모자에 손을 대어 군인같이 인사를 하고
　　　껄 껄 껄 너털우슴을 치며 홍낭(紅娘)을 얼싸안어
　　　건강히도 돌아와 다음날의 행복을 노래한다
　　　마도로스!
　　　부라보!
　　　노래를 불러라

술을 마셔라

이 탁자 – 이곳에는 시계가 없느니라

발 없이 실어가는 밤!

밖에는 아직도 바람이 세고

비까지 창을 두다린다

— 조벽암, 「南浦의 三情」 일부

1936년 동아일보에 발표된 이 시의 현실적 체험, 선원의 삶은 이듬해 이찬의 「소묘 · 북국어항」에서도 잘 나타나고, 해방 직후 오장환의 시 「해항도(海港圖)」에서도 이어진다. 이들이 간접적으로 겪은 마도로스의 삶은 항해와 항구의 낭만을 좇고 있다. 정서적 바다시로 분류하여도 될 만큼, 선원의 삶에 대한 막연한 동경과 아울러 항구의 분방하고 이국적인 풍경과 낭만을 노래한다. 삶의 현장으로서의 바다라기보다는 소비적이고 낭만적인 삶의 바다시로 보인다.

선원의 직접적인 체험의 시는 1970년대 선장시인 김성식에서 시작된다.[13] 그는 외항선 선장으로서 오랜 경험을 바탕으로 네 권의 바다시집을 내는 등 본격적인 해양시인의 면모를 갖추었다. 그런데 그의 선상생활 대부분이 '선장'으로서의 '외항선' 체험이고, 군사정권의 권위주의적 억압 때문인지 대부분 그의 시는 전대의 간접적 체험의 마도로스 시와 별 다름없는, 낙관적인 전망과 낭만적인 정조로 채색되어 있다. 그의 시에서는 충천하는 기개를 실감할 수는 있어도 그 전의 '마도로스시'에 비해 뱃사람으로서의 삶의 질곡이 진정성 있게 두드러지지는 않는다. 간접체험의

---

13) '선장시인 김성식 추모특집', 『해양과 문학』 창간호, 전망출판사, 2003, 37-82쪽 참조. 이와 관련하여 '본격적인 해양시'와 '수준 있는 해양시'의 조건을 음미할 필요가 있을 듯하다.

항해 시에 비해 항해 현장이 더 전문적으로 소개되고, 일관되게 바다시를 쓴 것은 사실이라 할지라도 선원의 시가 반드시 비선원(非船員) 시인의 시보다 가치를 더 인정받아야 한다든지, 전문성을 인정받아야 한다든지 하는 선입견은 경계해야 할 것이다. 아무튼 해방 후 삶의 바다시는 그 전에 비해 주인의식과 현장성을 더하게 되는 것은 사실이다.

다음은 해방 직후, 바다가 비로소 우리 민족의 구체적인 삶의 현장이 되었다는 감격과 각성이 나타난 시이다.

머리카락 날리며
소리 없이 스쳐가는 바람결

비등하는 검푸른 바다 위
청춘들이여 용맹스럽구나

물이랑 이랑 샅샅이
논밭처럼 일궈먹는 어부의 일생

—여상현, 「근해」 전문

「근해」는 바다를 일구어 나갈 의지와 희망에 찬 시이다. "물이랑 샅샅이 논밭처럼 일궈먹는" 감격과 희망에 차 있다. 그러나 그로부터 몇십 년이 지나 각종 산업이 눈부시게 발달하고, 국가적 위상이 드높은 1990년대에 발표된 「안개포구 · 2」에 나타나는 어부의 심사는 그리 편하지 못하다.

안개주의보가 내리고 등대에서는 무적이 울었다
수평선은 자꾸만 지워지고

물새는 허기진 목소리로 울었다
묶여 있어도 빈 배 물살에 출렁거리지만
우리의 허기를 채워줄 바다는 어디에도 없었다
안개꽃등 같은 포구의 가등을 천천히 걸어서
우리는 선창주막으로 찾아든다
김씨는 술 마시는 내내 코 떨어진 그물을 걱정하고
정씨는 집 나간 아내를 못 잊어했지만
나는 묵묵히 술잔을 비웠다

—이종주, 「안개포구·2」 일부

    고단하고 불안한 어부의 삶을 보여 준다. 허기지고, 울고, 걱정하며, 술 마시지 않을 수 없는 삶이다. 산업사회의 바다시가 삶의 고통과 분노를 토로하는 데는 어자원의 고갈이라는 현실적인 이유와 인권신장과 사회적 개방이라는 문화적인 이유가 함께한다 할 수 있다.

암초를 보았다.
청계천이나 을지로,
삼일로나 종로
혹은 퇴계로의 어느 쪽이거나
노를 저어가는 곳마다
그것은 불쑥불쑥 머리를 내밀었다.
뿌리를 내리지 않은 어뢰마냥 둥둥 떠서
그것은 나의 배곁에 바로 다가와 있었다.
항해지도에도 표시되어 있지 않은
저 절대적인 힘의 덫을 우회하기 위하여

나는 한낮에도 날개를 접고

돛을 접고

점화하는 일마저 삼가해야 한다.

저 암초에

부딪혀 부질없이 사라져간

어리석은 수부들을 생각하라.

우리가 날마다 떠 흐르는 바다 위에서

상하고 으깨어진 일이

어디 이것 뿐이랴

진달래·개나리가 그리운 오늘은

선창을 열고

4월에 침몰했던 젊은 수부들의 혼을 떠올린다.

—김종해, 「항해일지 6-암초」 전문

김종해는 세상살이의 위험 – 엄격한 통제와 예측 불가의 음모가 만연한 도시적 삶의 위험을 암초에 비유한다. 특히 권력자들의 횡포가 대표적인 암초이다. 그의 연작시집 『항해일지』는 선장의 입장에서 독특한 중첩구조로 현실적 삶의 고통과 불안을 형상화하고 있다. 직접 선상체험을 하지도, 지금 배를 타고 있지도 않건만 도시적 삶 자체가 위험천만의 항해로 인식되는 독특한 구조이다.

한편, 바다는 더 이상 무궁무진한 보고가 아니라 환경오염으로 인한 황폐한 삶의 현장으로 부각된다. 바다는 온갖 공장의 산업폐수와 유조선의 난데없는 침몰로 생명체가 죽어가는 참상의 현장, 반생명의 공간이 되었다.[14] 바다시가 생태시의 선도적인 역할을 하게 된 것도 수긍되는 일이

---

14) 최영호, 「한국문학 속에서 해양문학이 갖는 위상」, 『해양문학을 찾아서』, 집문당, 1994,

다. 다음의 시 두 편은 1975년도에 발표된 우리나라 생태시의 선구작들
이다.

> 번영이 버린 물
> 바다에 흘러들어
> 고기가 병신되어
> 벌레가 된 것을
> 어미가 물어다 먹인
> 새끼 제비가 죽은 것을 보고 놀라
> 갑자기 눈이 어두운 어미 제비도
> 전봇줄에 앉아 울다가
> 떨어져 죽었다
>
> ─김광섭, 「번영의 폐수」 일부

> 바다에서
> 둔탁한 소리가 난다
> 이따이 이따이
>
> 설익은 과일은
> 우박처럼 떨어져 내린다
> 이따이 이따이
>
> (중략)

---

13쪽 참조

아아
바다의 유언
이따이 이따이

—이선관, 「독수대(毒水帶)」 일부

생태시란 원래의 생태계가 파괴됨으로써 초래되었거나 닥쳐올 수 있는
고통과 비극을 극복하기 위해 생태복원을 의도하거나 실천하는 과정과
결과에 관한 시이다. 「독수대」의 "이따이 이따이"는 "아프다 아프다"란 뜻
으로 일본 삼정(三井)광업소에서 나온 카드뮴 중독, 공해병 증세를 뜻하
기도 한다. 바다 생태시의 선구작들은 곧 우리나라 생태시의 선구작이거
니와 이들이 보낸 따끔한 경고는 이제 곳곳에서 받아들여지고, 생태운동
은 사회적 운동으로 안정된 궤도에 이르게 되었다.

황사바람 뿌옇게 부는 토요일, 고온리 사람들 창자 울리는 폭격기
폭음 들리지 않는 날이다. 고온리를 쿠니로 들은 양키들, 이른바 쿠
니 사격장이 쉬는 날이다. 며칠 전 '사격장을 아메리카로'라고 외치
며 철조망을 넘어가 과녁 위에 누웠던 주민들 몇은 경찰서 유치장에
갇혀 있고 시위재발 대비해 사격장 한 켠에 백골단 진치고 있는 날
이다. 그래고 목구멍이 포도청이라 휴일에만 출입할 수 있는 드넓은
개펄에는 도요새 게구멍을 파고 남정네들 낙지를 잡고 아낙네들 조
개를 캔다.

—최두석, 「농섬」 일부

「농섬」은 우리 바다의 사정이 경제적 빈곤이나 생태문제 이상의 복잡
한 문제를 안고 있음을 보여 준다. 우리의 바다 문제가 우리들만의 문제

가 아님을 강력히 시사한다. 우리의 바다는 어민들의 삶의 터전인 동시에 국제적인 힘의 각축장이요 역사의 영욕을 함께 하는 상징적 존재이기도 한 것이다.

이와 같이 우리나라 삶의 바다시는 선원이란 특수한 직업인의 삶에서 연근해 어부의 희망과 좌절을, 개인적인 삶에서 사회적인 삶의 고뇌와 간난을 반영하면서 시적 모티프를 넓혀 온 것이다.

## 6) 우리 바다시의 유형

이 글에서는 우리나라 바다시의 유형을 나누어 살핌으로써 바다시의 성격과 의의를 보다 구체적으로 파악하고자 하였다. 바다시의 체계적 골격은 교훈적 바다시, 정서적 바다시, 심미적 바다시, 삶의 바다시 등 넷으로 유형화할 수 있었다.

근대 바다시의 형성은 바다를 통한 교훈적 인식에서 시작되었다. 바다를 통해 사회적 교훈과 개인적 각성의 계기를 마련하는 '교훈적 바다시'가 우리나라 바다시의 첫 양식이라 할 수 있다. 이는 해방 후 오늘에 이르기까지 역사적 변혁기마다 변혁의 당위성과 갱신의 용기를 주고 있다.

그런데 일제강점기 우리의 바다시는 민족적 울분을 토로하거나 사회적인 분노의 감정을 보이지 않는다. '정서적 바다시'는 개인적 감상(感傷)과 항해의 즐거움으로 출렁거린다. 해방 후 항구는 잠시 희망과 낭만의 요람 구실을 하기도 한다. 그러나 수산업 종사자, 어민들, 바닷가 주민들의 분노는 해가 갈수록 점증하는 현상을 보인다. 70년대 이후의 바다시는 분노와 울분의 감정으로 일관된다 할 정도이다. 이는 수산자원의 고갈과 빈부의 갈등 그리고 국내외의 복잡한 정세와도 연관된다 할 것이다.

바다는 인간적인 가치를 떠나 중요한 심미적 대상이라는 의의도 갖는다. '심미적 바다시'는 시적 상상력을 통한 바다 그 자체에 대한 섬세한 표현, 외래어의 과다 사용, 모더니즘적 시법, 이국적 정취 등을 특징으로한다. 해방 후의 바다는 다다이즘 내지 초현실주의를 바탕으로 하는 환상시의 주요 제재가 되고 있다.

바다는 삶의 현장으로서의 의의를 가진다. '삶의 바다시'는 선원의 삶, 어부의 현실적 삶을 반영한다. 일제하에서부터 선원 생활은 막연한 낭만과 동경의 대상이었다. 70년대 중반 이후 실제적인 삶의 현장성이 부각되면서, 바다는 환경오염의 대표 사례가 되고, 개인적 고통과 민족적 역사적 통한의 장이 된다. 국가의 경제력이 커질수록 바다시의 삶의 비극성은 확대되는데, 이는 어자원의 고갈과 정책적 결함 외에도 인권 신장 등이 그 원인이라 생각된다. 바다시가 심각한 생태파괴 현장과 역사적 모순을 고발하면서, 우리나라 생태운동을 선도한 것은 문화사적인 의의의 하나로 여길 만하다. 위와 같은 '바다시의 네 유형'은 우리 바다시의 특성을 체계적으로 보여줄 뿐 아니라 바다시와 다른 제재의 시와의 거리를 알게한다. 예컨대 '산의 시', '도시의 시' 등은 위와 같은 바다시의 유형으로 분류될 수는 없는 것이다.

그 외 탐색과정에서 밝혀진 사실로는 바다시의 '남성 편향성'을 들 수있다. 우리 현대시의 우선적인 특성의 하나로 '여성 편향성'을 드는 것을부정할 사람은 별로 없다. 어조와 화자가 대부분 여성인 것이 우리 시이다. 그러나 바다시에서는 여성 화자를 찾기가 어렵다. 개인적 슬픔을 토로하는 시조차 남성적인 어조를 버리지 않는다. 이에는 남성중심의 사회에서 바다를 금녀의 공간으로 여겨 왔던 속사정도 있을 것이다.

그 외 바다시의 특성과 맥락은 다른 현대시 일반과 별로 다르지 않다. 바다시에 나타나는 기법들이나 관념들은 같은 시기의 다른 시에서도 발견할 수 있는 것들이다. 이는 당연한 장르적 일반성이기도 하고, 또 한편으로는 우리나라 바다시가 개척해야 할 시적 처녀지가 아직도 크다는 전망을 갖게 하는 대목이다.

찾아보기

## 1. 주제어

## 2. 인명

## 3. 작품